Rizzoli

Sabrynex

Over
Un'overdose di te

Rizzoli

ISBN 978-88-17-08580-9

Prima edizione: gennaio 2016

Questa storia è un prodotto della fantasia dell'Autrice.
Ogni riferimento a fatti o persone reali è puramente casuale.

Over

1

Sarà impossibile rivivere ogni pensiero, ogni sensazione e ogni ricordo nel preciso istante in cui lo vedrò. Troppe sono le cose che mi legano a lui, al nostro passato insieme e alla storia contorta che c'è alle nostre spalle. Fissare i suoi occhi scuri, perdonarmi per averlo lasciato andare e provare, inaspettatamente, a dimenticare. Rimpianti, nostalgie e solitudine riaffioreranno in un attimo quando incrocerò il suo sguardo. Osservo la stanza intorno a me, in cerca del tassello mancante della mia vita. In cerca di lui.

La musica assordante mi impone di andare avanti tra i corpi; c'è gente che balla ovunque e sembra impossibile muoversi. So che sto per rivederlo, so che si trova qui da qualche parte, ma ancora non riesco a convincermene. Camminare in questa casa sconosciuta è come tornare indietro nel tempo e percorrere la stessa strada: magari, questa volta, con un finale diverso.

Mi faccio spazio tra le persone. Inutile dire che vado a sbattere più volte contro schiene nude e sudate, ragazze e ragazzi che ballano e si strusciano mentre la musica li avvolge. Capisco che siamo in piena primavera – o meglio, alle soglie dell'estate – ma tutti sono svestiti come fosse agosto pieno. Prima esco da questo posto e meglio è.

Qualcuno mi spinge di lato, obbligandomi a mordermi il labbro inferiore per non insultarlo.

«Fa' attenzione, dolcezza» ghigna la voce di un ragazzo.

«Perché non guardi dove cammini?» replico, chiudendo gli occhi in due fessure; faccio per muovermi ma lui si sposta e mi si para davanti. Mi chiedo cosa diavolo voglia questo sconosciuto.

«Cos'è, prima mi fissi e poi scappi via?» mi domanda con aria di sfida.

Questo ragazzo non ricordo di averlo mai visto prima. E il suo accento non sembra inglese.

Ha una bella faccia tosta. Comincio ad accigliarmi, e gli rivolgo un'occhiata rapida. Gli occhi di un profondo verde sono coperti da lunghe ciglia nere, la pelle è leggermente olivastra. I capelli riccioluti gli sfiorano la fronte e sono parecchio disordinati, come il suo modo di vestire dark.

«Fa' un favore all'umanità e levati dai piedi» sbuffo superandolo.

Lo sento ridacchiare alle mie spalle. Gente del genere non dovrebbe neppure esistere. Perché avrei dovuto fissarlo? È un bel ragazzo, può prendersene ogni merito, ma non squadro il primo che mi si piazza di fronte.

In quel momento succede.

«Cher!»

Seguo la voce alla mia sinistra e trovo due enormi occhi castani puntati verso di me. Mi copro le labbra con una mano per non mettermi a urlare dalla felicità. È quasi un uomo, non mi sembra lui. È più alto di quanto lo ricordassi, con gli stessi capelli neri pettinati ordinatamente all'indietro.

Nell'esatto istante in cui riesco a raggiungerlo, lui mi accoglie in un caloroso abbraccio. Un profumo di mare mi solletica la punta del naso non appena lui stringe le sue braccia intorno a me. Sento di trovarmi nel posto giusto, il mio cuore batte forte contro il suo petto. È come se riuscissi a respirare di nuovo.

«Non puoi immaginare quanto mi sei mancato!» Sorrido allontanandomi solo quel poco che basta per guardarlo meglio. Ha una maglia nera, con una buffa faccina aliena stampata sopra. Gli tocco il petto in modo affettuoso tastando i muscoli appena accennati, che due anni fa non aveva.

«Mon amour, non puoi immaginare quanto *io* sia felice di vederti!» esclama.

«Non mi sembra vero... sei di nuovo qui! È stato un periodo orrendo senza di te. Giurami che non andrai più via, stronzo.» Gli punto un dito contro, lui mostra uno sguardo smarrito che non gli avevo mai visto prima. Gli sorrido e torno ad abbracciarlo, di nuovo, stringendolo il più forte possibile.

Siamo stati separati per così tanto tempo che ora sembra assurdo. Sapere che lui è qui, con me, di nuovo al mio fianco: è la miglior cosa che io potessi desiderare. Mitchell Learman, l'unico vero amico che io abbia mai avuto in vita mia, ha lasciato l'Inghilterra perché si è messo in brutti giri.

Sono nei casini con la legge, devo sparire da Londra per qualche anno, ma ti prometto che tornerò.

E così è stato, ora è di nuovo qui con me.

I suoi amici non mi sono mai piaciuti, ma so che aveva dei motivi – anche se sbagliati – per frequentarli. A volte si è costretti a fare tutto nel modo peggiore per far andare le cose in quello migliore. E succede che non abbiamo alternative, perché sbagliare è l'unica cosa che sappiamo fare bene. Non l'ho mai criticato per il suo stile di vita, per come si riduceva il sabato sera, anche perché ero troppo piccola e troppo imprudente per rendermi conto che, prima o poi, la situazione si sarebbe messa decisamente male.

«Come sono gli USA?» gli chiedo.

Le sue labbra si contraggono, non sa come iniziare. «Gli Stati Uniti sono una forza, a Boston ho conosciuto un casino di gente.» Scrolla le spalle, poi i suoi occhi cadono su qualcuno. Seguo lo sguardo di Mitch e rimango quasi paralizzata. Perché il rozzo che prima mi ha spinto si sta avvicinando a noi?

«Un tizio...» borbotta il ragazzo riccio, rivolto al mio amico. Barcolla leggermente, con una mano sulla fronte.

«Un tizio?» lo interroga Mitchell.

«Un tizio con dei buffi capelli rossi» indica i suoi, di capelli, per rendere il concetto «mi sta torturando pur di avere qualche grammo. Quindi dimmi dove cazzo hai nascosto l'erba prima che gli rompa la faccia.»

«Si può sapere di cosa sta parlando?» mi acciglio, guardando Mitchell con un'espressione di totale stupore.

«Oh, di nuovo tu» sghignazza il tipo, accorgendosi di me. «Vedo che non riesci proprio a starmi lontano» aggiunge alzando un sopracciglio.

Se già quando ci siamo scontrati mi aveva infastidito, adesso ho i nervi a fior di pelle. Di solito sono una persona che non giudica un libro dalla copertina, ma lui non mi ispira nulla di buono.

«Hunter, lei è Cher.» Il mio amico lo osserva di soppiatto, lanciandogli un'occhiata d'avvertimento.

Lui porta una mano sulla spalla di Mitchell, sorridendogli distrattamente. «E allora?» brontola ad alta voce.

«È Cher, cazzo. Cherie.» Gli dà una leggera gomitata, al che il riccio sembra ricordare qualcosa. I suoi occhi verdi scorrono avidamente su di me, sul mio corpo e sui miei abiti. Quando si bloccano fissi nei miei ho un sussulto per l'intensità che esprimono.

«Cazzo, *quella* Cher?» abbassa la voce, nascondendo un sorrisetto.

«Sì, *quella* Cher» imito il suo tono di voce portandomi le mani sui fianchi. «Ti dispiace lasciarmi parlare con Mitch un secondo, adesso?»

«Sei proprio carina.»

«E tu invece non sei decisamente il mio tipo. Senti, puoi levarti dalle palle?» Compio un passo azzardato verso di lui, facendogli segno di andarsene. Ha un atteggiamento da duro, ma non mi intimorisce. O forse sì? No, certo che no.

«Una ragazza carina come te non dovrebbe dire certe parole...» mi provoca, infilando entrambe le mani nelle tasche dei jeans neri.

«Un tipo sfacciato come te non dovrebbe girare in libertà. Perché non torni allo zoo?» Per un attimo sembra stupito dalla mia replica. Poi accenna un sorrisetto, senza spostare lo sguardo dal mio.

«D'accordo, d'accordo, me ne vado. Un paio di ragazze mi aspettano, ci si becca in giro» conclude scomparendo dietro di me.

«Chi è quell'odioso essere umano? Lo hai pescato nel cassonetto dell'indifferenziata?» chiedo al mio amico seguendolo nella veranda della casa, mentre attraversiamo il chiasso assordante e i corpi eccitati e ci dirigiamo in giardino.

«È Hunter Davis. Negli ultimi due anni siamo stati molto uniti. Abbiamo vissuto insieme in un piccolo quartiere di Boston. Tutti nel giro temevano Hunter, ci ho messo poco a capire il motivo. Diciamo che quando vuole sa fare paura. Però *lui* ha salvato il culo a me un paio di volte nel mio primo periodo là, e dato che era a spasso gli ho proposto di trasferirsi nel mio appartamento.» Fa un lungo sospiro, prima di concludere: «Poi, quando ho avuto il via libera per tornare a Londra, abbiamo deciso di ricominciare tutti e due. Quindi nulla, cazzo, eccoci qui…». Scrolla le spalle, e con un sorriso cerca di alleviare la mia confusione. Missione alquanto complicata. So che non mi sta dicendo tutta la verità, ma so anche che sarà impossibile cavargli altre informazioni per il momento.

Ho un migliore amico che non riesce nemmeno a stare un secondo lontano dai guai. «Stai continuando a fare il coglione? Sei tornato nel giro? Spero davvero che tu stia scherzando, Mitch» sbotto contrariata, al che lui alza gli occhi al cielo stringendo così forte la ringhiera su cui siamo appoggiati che le nocche gli si colorano di un pallido bianco, quasi giallastro.

«Non prendertela con me, sai come funzionano le cose» borbotta, cercando di tenere il mio stesso tono.

«È proprio perché so come funzionano le cose che me la prendo con te.» Tiro un lungo respiro chiudendo gli occhi. «Fammi indovinare, ora inizia la parte in cui io devo farti da madre e tutto il resto? È questo il momento in cui ricominciano le tue bugie e le mie ansie? Non ho nessuna intenzione di vederti scappare ancora una volta e, soprattutto, non ho nessuna intenzione di venirti a trovare dietro le sbarre.»

Mitchell è impassibile, guarda dritto verso il piccolo lago su cui affaccia l'enorme villa. Sta pensando, mi chiedo a cosa, mi chiedo a chi. Abbasso lo sguardo sulle mie scarpe da ginnastica. Non voglio fargli sempre la predica e passare per la rompiscatole di turno, ma io mi preoccupo per lui, è l'unica persona che ho oltre ai miei genitori. Di Mitch posso realmente fidarmi, anche a occhi chiusi. Ci conosciamo da così tanto tempo, lui conosce le mie paure, i miei timori e i segreti più oscuri della mia famiglia… e anche i miei.

«Learman, presto, è iniziata una rissa tra Peteers e Hubers, non te la puoi perdere!» Un ragazzo dai capelli rossi arruffati irrompe nel nostro silenzio facendomi sussultare per lo spavento.

Mitch posa lo sguardo su di me, come per chiedermi il consenso, e poi fa un cenno al suo amico.

Io annuisco e lo avviso che sto per andarmene.

«Cher, mon amour, riprenderemo presto il discorso, promesso.» Mi abbraccia e come ogni volta mi si scioglie il cuore. Soltanto lui ha questo potere. Resto in silenzio finché non si allontana, seguendo il tipo dentro la casa. Quel ragazzo magro e con i capelli rossicci mi è familiare, mi ricorda qualcosa.

Mi faccio forza e cerco di abbandonare la festa che ora è concentrata sulla rissa in corso. Coppie che si baciano e botte da orbi non fanno per me. Mentre mi avvio verso l'uscita, neanche a farlo apposta, incappo in Hunter alle prese con una bionda. Si stacca dalla bocca della ragazza solo per farmi un sorriso malizioso. È sexy e lo sa, con quell'aria sempre più arrogante. Alzo gli occhi al cielo e con la mano destra lo mando al diavolo. Non lo conosco, non lo sopporto, e detesto qualsiasi persona che possa riportare Mitchell nei brutti giri del passato.

2

La London High School è la scuola più originale che ci sia: è popolata interamente da pettegole, spacciatori e nerd spaziali. Sono tutti così uguali ma così diversi, e allo stesso tempo sono tutti un unico disastro. Sono semplicemente loro.

Essere ricordata in questo schifo per quello che mi è successo non è per nulla piacevole. No, non vesto unicamente di nero e non vado in giro solo con il muso lungo. Ma per uno strano gioco del destino c'è sempre un motivo per cui la gente debba etichettarti e metterti in disparte se la tua vita subisce svolte troppo drastiche. È la legge della natura, una specie di catena alimentare scolastica.

Non mi sono mai sentita legata a questa scuola. Ogni dannato giorno, ogni volta che attraversavo l'aula e mi sedevo al mio posto, mi sentivo una sconosciuta. Un'estranea. Non sono mai stata a mio agio in questa vita, è tutto troppo complicato e ogni mattina, quando spalanco gli occhi, mi chiedo se ciò che vedo sia reale. La sveglia che suona alle sette in punto, i soliti jeans e le solite felpe. Tutto così monotono, così uguale. Prima o poi impazzirò, perché non potrò sopportare ancora a lungo una vita piatta, senza emozioni. La cosa assurda è che me lo ripeto ogni mattina quando apro gli occhi, e ogni sera quando li chiudo.

E anche oggi non sopporto le ragazze che sparlano tra loro al cancello, con gli occhi perfettamente truccati e le gonne accorciate, i ragazzi che le guardano poco lontano, poi l'entrata triste che tutti attraversano in fretta e questi corridoi grigi. Penso a Mitch. Mi chiedo – ma non ho avuto il coraggio di interrogarlo su questo – come sia riuscito a cambiare scuola proprio alla fine dell'ultimo anno. Date le sue insolite conoscenze non mi stupisco più di tanto, però nasconde senz'altro qualcosa.

«Cher, aspetta un attimo!»

Non è lui, purtroppo. Riconoscerei quella voce ovunque: mentre cerco di aprire l'armadietto so che Taylor è alle mie spalle.

Taylor Trisworden è una delle poche persone con cui io abbia creato un'amicizia stabile in questo istituto, e in questa città. Ci siamo avvicinate da quando Mitchell ha iniziato con le sue cattive abitudini, sprofondando nel baratro insieme al giro di ragazzacci che lui chiama "amici". Dunque conosco Taylor da un bel po' di tempo; anche se non posso definirla "la mia migliore amica", riesco a confidarmi con lei come se lo fosse. Abbiamo la stessa età, frequentiamo molti corsi in comune e, appena ci è possibile, passiamo dei pomeriggi insieme fuori da scuola.

L'unico nostro problema è che siamo diverse. Leghiamo facilmente, ma non posso fidarmi di lei con tutta me stessa.

Mi volto e le regalo uno dei miei sorrisi migliori. Sembra trafelata. «Taylor, sei tutta sudata, stai bene?» le chiedo.

Lei caccia fuori dalla tasca della maglia un volantino. «Manca poco alla festa di fine anno, Cher. Ti voglio assolutamente lì. Lo so che odi ogni tipo di festa, ma non mi interessa: tu ci sarai quest'anno, chiaro?» sputa fuori tutto d'un fiato, sventolandomi davanti al volto il foglietto stropicciato.

Non sono una festaiola, ma non odio le feste. Ho semplicemente smesso di andarci dopo la sera dell'incidente.

«Sì, ci sarò» scrollo le spalle chiudendo l'armadietto, e con lo sguardo incrocio quello di una ragazza che ride fissandomi e sussurra qualcosa di poco simpatico alla sua amichetta. Perché ce l'hanno tutte con me? Non ho idea di quali fossero le sue parole, ma decido in ogni caso di ignorarla.

«No! Non puoi dirmi che non ci sarai, non mi importa, ti farò venire con la forza se necessario» si intestardisce Taylor. Non mi ha nemmeno ascoltata, convinta del fatto che avrei rifiutato a priori.

«Taylor!» la richiamo. «Ho detto che ci sarò» corrugo la fronte, divertita.

«Oddio, dici sul serio? Ma è fantastico. Posso aiutarti a scegliere il vestito! Non è splendido? Ora devo proprio andare, ci vediamo più tardi!» Si avvicina per schioccarmi un bacio sulla guancia e poi se ne va sulle sue sottilissime gambe che sbucano dalla gonna corta.

Quasi dimenticavo di sottolineare che Taylor è una ragazza bellissima, con gli occhi scuri, la carnagione chiara e il volto ornato da un mare di capelli castani. Il suo unico problema? Non ha limiti, e non ha paura di essere etichettata come una "facile". Anzi, alle feste si lascia andare un bel po' e ha sempre due o tre ragazzi pronti a "riaccompagnarla a casa".

Arrivo all'aula e, sedendomi al solito posto nella fila centrale, non faccio nemmeno caso al viavai di studenti che entrano ed escono.

Mentre sono concentrata a ripetere gli appunti, sento dei mormorii che si diffondono nella stanza. Sono tutti rivolti nella mia direzione, anche se non guardano esattamente me.

Una bruna, di cui neanche ricordo il nome, manda un saluto con la mano alle mie spalle. È ovvio che quel cenno non è per me, non avrebbe nessun motivo per salutarmi dato che al massimo ci scambiamo qualche parola. Suppongo, dunque, che si stesse rivolgendo alla persona seduta dietro di me.

Sussulto quando sento una penna picchiettarmi sulla spalla sinistra, con tutta la calma che ho in corpo mi volto. No! Non *lui*.

«Sbaglio o sei l'amica di Mitchell?» mi chiede, sporgendosi appena per studiare meglio la mia espressione. «Quella della festa» precisa. I suoi occhi di un verde intenso sono vicini ai miei, riesco quasi a sprofondarci dentro. Ha quell'aria stanca di chi sta affrontando tutto senza chiedere niente a nessuno. È un'espressione che conosco troppo bene, eppure la ignoro.

«Pensavo saresti stato troppo ubriaco per ricordarti la mia faccia» lo provoco con un ghigno sarcastico.

«Mi piace sorprendere le persone ogni tanto» risponde sollevando una mano, con un mezzo sorriso stampato sulla bocca.

Il modo in cui muove le labbra, quando parla, mi strega per un periodo tanto lungo che finisco per imbarazzarmi. Non dovrei fissarlo così intensamente, non dovrei voler sapere nulla di lui, non dovrei nemmeno rivolgergli la parola. Ci sono troppe cose che dovrei evitare di fare.

«Ma non sei troppo vecchio per il liceo?» gli chiedo con aria impassibile. I mormorii della classe si sono fermati e, anche se nessuno è così vicino da ascoltare la nostra conversazione, ci fissano tutti sbalorditi. Perché affascina le persone? Per caso c'è qualcosa di lui che loro sanno e io no?

«Ho diciannove anni, non si è mai troppo vecchi per imparare. E comunque, com'è che ti chiami? Non sono un campione con i nomi.»

«Io sono Cherie. Tu sei Hunter, giusto?»

È uno di quei tipi convinti di avere il mondo ai propri piedi, spesso mi chiedo perché ragazzi del genere sono sempre così attraenti. Cerco di non giudicare qualcuno dall'aspetto, ma tatuaggi ed espressione maliziosa parlano chiaro.

Lui mi sorride dondolandosi sulla sedia. «Sì, esatto.»

Aspetto due secondi che dica qualcos'altro, poi mi volto di nuovo e inizio a scarabocchiare sul mio quaderno, cercando di non far notare il colore rosso delle mie guance. Cazzo, cazzo, cazzo. Sento un respiro dietro il mio orecchio e alzo lo sguardo dal disegno spaventata, concentrandomi sulla lavagna nera.

«Ti spiace?» sussurra quella voce roca, graffiante.

Mi volto indignata, sentendolo ridere a pochi centimetri dal mio viso. «Cosa?» ansimo imbarazzata.

«Vorrei indietro la mia penna, *Chee*» dice indicandola tra le mie mani. Me n'ero dimenticata. Anzi, no. Non mi ero proprio resa conto di avergliela presa.

Gliela restituisco senza dire una parola, e lui mi ringrazia continuando a ridere per la mia espressione buffa. Faccio uno, due, tre lunghi respiri. Questa situazione mi crea un'agitazione inutile.

Chee. Sto ancora pensando a come mi ha chiamato. Odio i soprannomi, ma "Chee" è talmente strano che quasi mi piace. *Quasi.*

Le lezioni sono finite quando ricevo il messaggio di Mitchell: vuole pranzare con me dietro la scuola, sul prato messo a disposizione degli studenti.

«Cher, mon amour!» esclama Mitch una volta che mi vede, venendomi immediatamente incontro. «Sono contento di poter pranzare con te come ai vecchi tempi, vieni a sederti.» Mi prende la mano e mi fa accomodare tra lui e Hunter.

«Lo stronzo mi ha costretto ad aspettarti, quindi mangiamo

e smettetela con i convenevoli» ghigna Hunter prima di addentare la pizza.

«Ti sei già organizzato per stasera? Non so, se magari non sei impegnato potremmo fare qualcosa insieme e concludere quello che avevamo iniziato...» Una ragazza seduta accanto a Hunter gli cinge l'avambraccio con le mani, mormorandogli all'orecchio. Lui ci mette poco a scrollare il braccio, staccandosela con una smorfia.

Non avevo fatto caso a lei, nonostante gli fosse praticamente appiccicata. «E lei?» domando.

La ragazza dagli occhi grigio scuro mi rivolge un'occhiata poco gentile quando si rende conto che mi sto riferendo proprio a lei.

«Penso che il suo nome sia Holly» afferma Hunter, dubbioso.

«Non si chiama Tryna?» Mitch corruga la fronte, avvicinando alle labbra carnose una lattina di birra.

«Tryna o Holly?» Guardo i due ragazzi, accigliandomi. Come fanno a non essere sicuri del suo nome? Mitch non è il tipo da dare così poca importanza alle persone. Hunter... Hunter non lo so.

«Probabilmente si chiama Molly. O comunque, in ogni caso, ha un nome che finisce per "ly"» mi risponde Hunter, dando un altro morso alla sua fetta di pizza, per poi alzare gli occhi verso la ragazza accanto a lui con scarso interesse. «O forse no?»

«Questo è davvero molto imbarazzante.» Mitchell si morde le labbra per non scoppiare a ridere.

«Siete proprio due idioti.» Scuoto la testa, alzando gli occhi al cielo e sporgendomi in avanti per prendere una fetta di pizza con doppio formaggio.

«Selena, ma puoi chiamarmi Selly.» La ragazza ridacchia in modo isterico mettendo una mano sul ginocchio di Hunter.

Classico comportamento da oca. «Ci siamo conosciuti alla festa» gli ricorda. Non sembra nemmeno essere offesa del fatto che i ragazzi non ricordassero il suo nome.

«Insomma, Hunter, è quella a cui hai fatto una visita odontoiatrica nel bel mezzo della festa» gli ricordo parlando con la bocca piena. «C'è una storia d'amore molto seria tra di voi, a quanto vedo.» Sollevo un sopracciglio, mandando giù il primo boccone.

«Ah giusto.» Si dà un buffetto sulla fronte e torna a guardare davanti a sé. «Comunque, ci sarai stasera? È il compleanno di una certa Jenna Chanser, Changer, o qualcosa del genere.»

È proprio un campione con i nomi.

«Certamente, passi a prendermi alle otto?»

Selly sembra fin troppo eccitata dalla cosa, ma sono abbastanza sicura che non stesse parlando con lei.

Hunter le rivolge un'occhiata ambigua, io e il mio amico la fissiamo contrariati.

«Stavo parlando con Mitchell» la avverte.

Selly ride nervosa e fa finta di niente, cominciando a toccarsi i capelli imbarazzata. Si guarda la scollatura, e cercando di renderla più profonda abbassa la camicetta.

Hunter, come un comune maschio alfa, fa ricadere più volte lo sguardo lì in mezzo. Come può non accorgersi che ha il reggiseno riempito di carta igienica e fazzolettini per il naso?

«Certo che ci sarò. Sei qui da un solo giorno e già ti invitano alle feste?» sghignazza Mitchell.

Hunter ride per poi ingoiare un sorso di birra fredda, il suo pomo d'Adamo si muove su e giù sotto la pelle abbronzata e liscia.

Deglutisco spostando lo sguardo da lui a Selly, che mi squadra come una leonessa inferocita. Che cosa le prende? Ha già marcato il territorio? Sollevo per l'ennesima volta gli occhi al cielo riportando l'attenzione sul riccio.

«Che ci posso fare, sono un tipo che piace» esclama ironico.

Mitchell scuote la testa mentre io scoppio a ridere per la faccia strana di quel ragazzo dagli occhi color smeraldo.

«In ogni modo, non vorrai mica lasciarmi a casa da sola? Insomma, dopo tutto quello che è successo ieri...» Selly inizia a gesticolare, quando viene interrotta da Hunter.

«Cazzo, non è successo niente ieri sera, smettila di parlare come se fossi la mia futura ragazza» sbotta.

«Siete andati a letto insieme?» mi intrometto. Appoggio i palmi contro l'erba fresca alle mie spalle e mi lascio andare buttando tutto il peso sulle braccia.

«No.» Quello di Hunter sembra quasi un ringhio, mentre fissa prima me e poi Mitchell, come per assicurarsi che anche lui abbia prestato attenzione alla sua risposta.

Il mio migliore amico si finge indifferente, prende un filo d'erba tra le dita e ci giocherella. Socchiudo gli occhi, fissandolo appena, convinta che mi stia nascondendo qualcosa.

«Stavo comunque pensando che...»

Hunter interrompe per l'ultima volta Selly. «Continui a parlare come se quel che dici potesse interessarmi. Levati dalle palle» alza le sopracciglia, «dico sul serio.»

Selly, imbarazzata e con il volto paonazzo, prende la sua borsa e scappa via, la vedo passarmi davanti e le sorrido come per scusarmi. I maschi, almeno in questa scuola, sono fatti così.

Poco dopo mi stendo e Hunter, che ha stampata sulla faccia un'espressione abbastanza quieta, fa altrettanto. Siamo sdraiati tutti e tre sull'erba verde del retro della scuola e restiamo a contemplare il cielo per minuti interi, senza pronunciare una sola parola. Sono felice insieme al mio amico, e per la prima volta penso che anche Hunter non è forse così male. Siamo tanto vicini che sento i loro respiri profondi.

Qualche istante più tardi arriva un ragazzo dall'aria familiare, che si picchietta leggermente le dita sulla faccia. Lo riconosco subito per i capelli rossi e l'aria stralunata.

«Hunter, hai dell'erba?» gli domanda, mettendosi le mani in tasca e guardandosi intorno circospetto.

Ci mettiamo a sedere e io attendo che i ragazzi facciano quel che devono fare. Ogni secondo che passa spero che Mitchell gli dica di levarsi dai piedi. Invece, con un rituale a cui sono abituati, scambiano qualche oncia d'erba con delle banconote.

«Vacci piano, Shay» lo avvisa con aria divertita Hunter mentre s'intasca i soldi.

«Contaci, fratello» risponde lui per poi scomparire all'interno dell'edificio, col capo chino.

Non posso credere che Mitchell sia ricaduto in questi stupidi affari, e questa volta in compagnia di Hunter, che in effetti ha l'aria di uno che ama mettersi nei guai. Il soggiorno in America non gli è servito a schiarirsi le idee? Inizio a credere che Mitchell sia masochista. Forse ama cacciarsi nei casini, forse si diverte a pagarne le conseguenze.

«Va tutto bene?» Hunter mi guarda cercando di toccarmi il viso con una mano, ma mi ritraggo.

Non voglio fare la parte della stronza, o forse sì. La pace di pochi istanti fa è già lontanissima. Il fatto è che non mi va che questo tizio rovini la vita dell'unico amico che mi è rimasto vicino nel momento peggiore. E ora che siamo tutti e due qui non deve succedere niente di brutto. Finché potrò lo terrò lontano dai casini, anche a costo di finirci io stessa.

Mitchell, ora, evita di incontrare i miei occhi.

Una lacrima mi solca la guancia e la asciugo subito, prima che la notino. Io non piango. La mia è pura nostalgia per quello che eravamo in passato. È solo un momento d'ansia, uno di quegli attacchi improvvisi che mi bloccano il respiro. Ho un'immensa paura di restare di nuovo sola. Combatterò con le unghie se necessario, ma non sprofonderò di nuovo in quel pozzo senza fondo che erano diventate le mie giornate.

«Merda. Stai piangendo. Ma che ti prende?»

Hunter deve starci alla larga, così come dovremmo fare noi con lui. Mitchell è abbastanza adulto per badare a se stesso, ma io non voglio permetterglierlo: ho paura che possa commettere ancora gli stessi sbagli. Eppure l'unica cosa che riesco a dire prima di andar via è: «Lasciatemi stare».

3

Non appena apro gli occhi la prima cosa che vedo è la sveglia sul comodino che indica le sette di sera. Accidenti, dormo da ore, dalla fine della scuola fino a adesso. Mi sento un vero straccio. Prendo il cellulare e non mi stupisco degli innumerevoli messaggi di Mitchell.

Leggo direttamente l'ultimo, in cui mi avvisa che alle nove passerà a prendermi per andare alla festa. Andrebbe bene se io avessi accettato la sua proposta, ma è esattamente ciò che non ho fatto. Gli scrivo che non deve disturbarsi a venire, dato che non metterò piede fuori di casa.

Una festa? Di nuovo? Stanno cercando di distrarmi da ciò che è il mio vero obiettivo, vale a dire arrivare alla maturità con degli ottimi voti. Mi ci sono voluti gli ultimi due anni per prepararmi, costruirmi la reputazione di studentessa modello e rendere i miei genitori fieri di me.

Qualche minuto e il cellulare inizia a squillare. Leggo il nome di Mitch che lampeggia sullo schermo. Faccio scivolare il dito sul tasto verde e, sospirando, lo avvicino all'orecchio.

«Tu ci verrai, devo farmi perdonare. È il miglior modo per strapparti un sorriso e farti dimenticare dove ti trovi» dice tutto d'un fiato senza nemmeno lasciarmi il tempo di replicare.

Scaccio via le lenzuola e mi alzo dal letto. «Mitchell, domani è martedì. Non posso restare fuori tutta la notte. Solo a una suonata come Jenna poteva venire in mente di organizzare una festa a inizio settimana. Sono sotto esame, non posso distrarmi in questo modo.»

«Non puoi nemmeno immaginare quanta voglia abbia di vederti, te ne prego, mon amour, solo per oggi.»

Ha una voce così dolce e sincera, non roca e accattivante come quella di qualcun altro di mia conoscenza. E quando inizia a parlare in francese muoio ogni volta. Questo è uno dei tanti svantaggi di avere un amico mezzo francese: ha una voce e un accento totalmente ammalianti.

«D'accordo, ma passa a prendermi alle nove precise. E torno a casa a mezzanotte in punto!» Di come faccia ogni volta a convincermi non me ne capaciterò mai. Sono troppo vulnerabile con le persone a cui voglio bene.

«Perfetto!» esulta. «Passo a prenderti con il pick-up di un mio compagno di corso, ho portato la macchina a verniciare e non l'avrò prima di mercoledì. Staremo un po' stretti perché ci sarà anche Hunter, ma non importa. A tra poco, Cherie.»

Non ho il tempo di ribattere che lui stacca la chiamata. Come sempre mi ha fregata; ora mi toccherà infilarmi in un rottame con due aspiranti criminali, fantastico.

E mentre indosso la maglietta bianca, quella corta che lascia scoperto l'ombelico, e i jeans a vita alta, mi chiedo perché ho accettato. Jenna Chanson è la tipica reginetta del ballo, la figlia prodigio di mamma e papà e l'orgoglio delle compagne di scuola. Le va sempre tutto alla grande. È bella, abbronzata anche d'inverno e ha dei capelli fantastici pure dopo gli allenamenti. Perché mai io, il suo opposto, dovrei presentarmi alla sua festa?

Quando esco dal mio appartamento sono passate le nove da qualche minuto. Sono concentrata a infilare le chiavi di casa nella tasca posteriore dei pantaloni, rimproverandomi di non aver optato per una borsetta, quando, alzando la testa, lo noto.

Hunter. È appollaiato allo sportello del pick-up e tiene tra le labbra una sigaretta. Lo sguardo è rivolto verso il basso, e i suoi lineamenti perfetti sono illuminati dalla luce pallida della sera. I ricci gli sfiorano la fronte, ma non sono trasandati come stamattina, ora mi sembrano sistemati con più cura.

Indossa lo stesso paio di jeans neri e stracciati con una camicia nera aperta che lascia vedere i suoi tatuaggi. Lo fisso per diversi secondi, eppure è tanto concentrato a fumare e a guardare l'asfalto che non si accorge minimamente di me. Non si accorge dell'invisibile, mi sembra ovvio.

Ed è dannatamente bello.

«Cher!» Mitch scende dall'auto e solo in quel momento Hunter mi nota, e mi sorride. Uno come lui non potrebbe mai accorgersi di me e guardarmi con occhi diversi.

Scuoto il capo, pentendomi subito di essere rimasta lì a fissarlo. Punto immediatamente il dito contro il mio amico. «Mitch, ti ho avvertito.»

«Sì, a mezzanotte devo portarti via dal castello: come desideri, Cenerentola.» Solleva gli occhi al cielo, facendo cenno a Hunter di spostarsi per farmi entrare.

«Non ci staremo mai in questo rottame» esclama il riccio, gettando il filtro della sigaretta a terra.

Mitch alza le spalle e tira fuori il mazzo di chiavi lanciandolo a Hunter, che lo prende al volo alquanto perplesso.

«Tu guidi e io la tengo sulle gambe» risolve il mio amico sistemandosi la maglia lungo i fianchi.

Le labbra di Hunter si curvano in quella che definirei una

smorfia, ma le fisso per così tanto tempo che dimentico tutto il resto. Sono rosee e a prima vista sembrano anche morbide, da mordere. Cavolo, cosa vado a pensare? Scuoto la testa, girandomi verso lo specchietto laterale per una controllata veloce.

«Questa sera tocca a me bere. Lo sai perfettamente, non ho nessuna intenzione di perdermi una singola goccia di alcol di quella stupida festa perché non c'è posto in macchina» risponde, digrignando i denti.

«Avrei dovuto aspettarmelo.» Mitch sospira. «Dunque, come ci sistemiamo?» chiede.

Ho paura che dovrò mettermi sul tettuccio pur di farli contenti. Prima che Mitch partisse per gli Stati Uniti non abbiamo mai avuto problemi di questo tipo. Uscivamo la maggior parte del tempo noi due. Cinema, cene, feste, piscina, scuola. Sempre da soli. Eravamo un duo perfetto e, in un certo senso, bastavamo a noi stessi. Era una di quelle amicizie esclusive, non poteva entrarci nessun altro nel nostro mondo, stavamo bene.

«Chee si siede sulle mie gambe e il gioco è fatto. Oppure la principessina ha da ridire?» mi provoca Hunter, avanzando verso di me.

Sono indecisa se rispondere con il dito medio al suo stupido appellativo o no. Faccio una smorfia e nego con il capo, lui scoppia a ridere per la mia espressione e mi porge la mano aprendomi lo sportello. Non appena la sfioro sento una forte scossa, e ritraggo subito la mia fissando le sue dita rigide.

«Ma che cazzo hai?» Hunter spalanca gli occhi toccandosi le dita impressionato.

«Sei tu che hai l'elettricità nelle vene!» sbotto mentre un po' goffa cerco di sedermi sulle sue gambe senza sfiorare la zona proibita. Lui mi prende per i fianchi e cerca di mettermi in una posizione comoda, ma la cosa gli riesce parecchio difficile, dato che sono rigida e tesa ai massimi livelli. È tanto vicino che riesco a sentire il suo profumo da uomo, uno di quelli che fanno percepire tutta la virilità di un ragazzo. Con una mano mi stringe la vita, giusto per far aderire la mia schiena al suo petto, e con il pollice mi sfiora involontariamente la parte scoperta dell'addome. Per mia fortuna non può vedermi: in questo momento le mie guance fanno invidia alla salsa piccante.

«Stai bene, Cherie?» Mitchell ci guarda, corrugando la fronte mentre gira la chiave nel quadro.

Annuisco troppo velocemente, mordendomi le labbra, nervosa. Non sono mai stata così tanto a disagio in vita mia. Sono seduta sulle gambe di un ragazzo incredibilmente attraente e con un profumo da pelle d'oca. Il problema è che non è un ragazzo qualsiasi, è Hunter.

Rimango in silenzio e mentre lui giocherella con il cellulare, senza spostare la mano dalla mia vita, Mitchell canta tutte le canzoni che passano alla radio. È stonato come una campana, ma in compenso mi fa morire dal ridere.

Durante il tragitto Hunter ha lasciato la presa, si è totalmente distratto. È strano, non so a cosa stia pensando, ma si capisce che non è nulla di piacevole. Mi metto a osservare il cielo scuro fuori dal finestrino. Quando riabbasso lo sguardo, vedo nel riflesso opaco del vetro i suoi occhi che mi fissano.

Siamo alla festa da circa un'ora. Hunter si è buttato all'attacco di una bionda che, quasi certamente, frequenta il college ed è più grande di lui. Il suo modo di flirtare è abbastanza originale. I suoi occhi, seducenti come tutto il resto del corpo, ti osservano in un modo che definirei astuto. Ti guarda, ti parla, ti sussurra, ti provoca, ti sfiora con le sue grandi mani, ma ti fa capire che non vuole andare a letto con te.

Sì, te lo fa capire. Un ragazzo dà dei segnali se è intenzionato a concludere qualcosa, e Hunter non dà quei segnali, a volte sembra trattenersi.

Come so queste cose? L'ho fissato tutto il tempo, confondendomi tra la folla, non riuscivo a smettere di osservarlo. Qualche volta si è accorto della mia presenza, mi ha sorriso come per farmelo notare e io, arrossendo, mi sono voltata dall'altra parte facendo finta di niente.

Non voglio sembrare ficcanaso, la mia è solo curiosità. Sono seduta sull'unico divano libero nel secondo salotto a sorseggiare un bicchiere di Red Bull. Sono molto tesa e cerco Taylor con lo sguardo. Sono sicura che è alla festa, l'ho intravista prima e il suo abito rosso un po' troppo corto mi è saltato subito all'occhio. Rosso è il tema della festa, il colore preferito di Jenna a quanto pare. I ragazzi delle squadre sportive hanno della vernice rossa sulle schiene con il numero della loro maglietta, mentre le ragazze, anche quelle che non praticano sport, hanno dei numeri in faccia o sulle scollature che non so cosa stiano a indicare.

Sussulto appena, sbattendo più volte le palpebre quando vedo un liquido trasparente mischiarsi alla mia bevanda analcolica. «Ma cosa…»

«Non mi morire così, Jels.» Sollevo d'istinto lo sguardo verso la ragazza che ha appena accorciato il mio cognome. È Taylor. E io ero così rapita dai miei pensieri da non essermi accorta che si era sistemata esattamente di fronte a me.

«Si può sapere cosa mi stai versando?» Avvicino il bicchiere al naso.

«Vodka liscia.» Scrolla le spalle nude, portandosi la bottiglia senza etichetta alle labbra e scolando le ultime gocce. Le porgo il bicchiere, facendole capire che non ho la minima intenzione di berlo.

«Non fare la noiosa e bevilo!» Con il fondo della bottiglia vuota spinge il bicchiere verso di me.

Inspiro dal naso, per poi trattenere il fiato e buttarne giù il contenuto. Ha un sapore dolce che mi rimane in bocca per un po' di tempo. «Wow» scuoto la testa, ridacchiando.

«Andiamo in pista.» Mi prende per il polso, trascinandomi via dal divano su cui mi ero accomodata. La seguo, poco convinta, lasciando che il bicchiere mi scivoli di mano dopo qualche passo.

«In realtà non ho nessuna voglia di ballare» le dico a voce bassa, fissando la gente che si muove senza inibizioni intorno a me.

«Cerca di divertirti, almeno per una sera. Sei sempre così sulle tue, finirai per vivere una vita troppo piatta e non avrai nulla da raccontare ai tuoi nipoti quando sarai vecchia.» Taylor mi mette le mani sulle spalle, sorridendo come un'ebete, visibilmente brilla.

«Dài, facciamo questa cosa.» Le indico il tavolo basso al centro della stanza sul quale sono posati dei bicchieri e alcune borse.

«Sei sicura?» Mi guarda, con un sorriso che le parte da un orecchio e le arriva fino all'altro.

Annuisco.

«Oh dio, così ti voglio, Cher.» Mi prende entrambe le mani, guidandomi in mezzo alla sala. Le pareti della casa rimbombano al suono di *Spaceman* di Hardwell, e il ritmo di quella canzone mi accarezza la pelle.

«Dove mettiamo questa roba?»

Taylor mi guarda con un'espressione maliziosa prima di abbassarsi sulle ginocchia e far cadere tutto sul pavimento con un colpo di mano.

Spalanco gli occhi socchiudendo le labbra mentre mi trattengo dallo scoppiare a ridere.

Il tavolino centrale ha un piano di legno ben levigato e lì sopra potrebbero starci quattro persone in piedi.

«Avanti, cosa stai aspettando?» Taylor mi fa cenno di salire.

Tiro un lungo respiro, poso un piede fasciato da uno stivale nero alto e poi l'altro. La mia amica mi raggiunge poco dopo, levandosi i tacchi, e lanciando un urlo eccitato mentre inizia a ballare sensualmente.

Cerco di lasciarmi guidare dalla musica. Porto le mani in alto e, allungando le braccia, mi muovo seguendo il ritmo. Fingo di non notare gli sguardi dei ragazzi sul mio corpo, che mi danno una sensazione mai provata prima. Ondeggio il bacino, scendendo lentamente verso il basso, affondo le mani nei capelli e continuo ad agitarmi in preda all'euforia.

Scuoto le braccia, sorrido, rido, impazzisco. Perdo la testa. In un attimo mi scopro vuota, leggera, senza preoccupazioni. Mi sento come se nel mio armadio ci fossero vestiti, non scheletri. Nel mio cassetto sogni, non foto.

Quando socchiudo gli occhi, mettendo a fuoco le persone intorno a me, noto che qualcuno è venuto a ballare più vicino per poterci osservare. Due ragazzi che non ho mai visto prima mi fanno un cenno col mento, salutandomi, e io mi imbarazzo all'istante.

«Guarda la faccia di Jenna» mi urla all'orecchio Taylor, fermandosi un secondo.

Quando seguo il suo sguardo, noto la festeggiata rossa in volto che cerca di recuperare l'attenzione del suo accompagnatore, il capitano della squadra di baseball, che mi sta sorridendo. Scoppio a ridere e salto giù dal tavolo facendo cenno a Taylor. «Vado a cercare Mitchell. Si è fatto tardi.» Mi indico il polso, fingendo di avere un orologio.

«Penso di averlo visto andare in uno dei bagni al piano di

sopra» mi avvisa, per poi girarsi e sorridere a un ragazzo che le offre da bere. Lei accetta, leccandosi poi le labbra in maniera provocante.

Quando raggiungo le scale, una ragazza mi viene addosso, spingendomi con un fianco contro la ringhiera. Trattengo un'imprecazione, toccandomi il punto dolorante non appena lei si fa di parte.

«Scusami, tesoro.» Si passa una mano tra i capelli, come per sistemarli.

«Conosci per caso Learman? Mitchell Learman?» le chiedo con non so quale coraggio. «Lo sto cercando.»

«Hai voglia di fumare? Learman ha erba buona ma al momento è fuori» dice barcollando, mentre scende qualche gradino.

«È fuori casa? In piscina?» le chiedo conferma. Lei scoppia a ridere, guardandomi quasi fossi un'aliena. «È fuori» singhiozza, poi si sposta i capelli neri dalla fronte. «Fuori come un balcone, tesoro. Ubriaco fino all'osso. Ha alzato un po' il gomito, hai presente?» mi fa un cenno.

«Umh… sì» mi acciglio. Mitchell si è ubriacato. Perfetto. E io come torno a casa?

«Ho visto quello figo in piscina, Hunter, magari lui ha qualcosa.» La ragazza mi dà una pacca sulla spalla prima di oscillare verso la cucina.

Stringendo le braccia al petto, mi dirigo verso la cucina, la attraverso, esco dal retro e supero la piscina. Chiedere aiuto a Hunter è l'ultima cosa che volevo fare stasera.

Lo intravedo quasi subito: è seduto su una sedia con una ragazza sulle gambe, non è la stessa di prima. Non si stanno baciando, lei semplicemente gli passa una mano tra i capelli sussurrandogli parole all'orecchio, e lui le sorride distrattamente.

«Hunter, ho un problema» gli vado incontro, a disagio. Sono nervosa, e quando i suoi occhi incontrano i miei lo divento ancora di più. «Mitchell ha bevuto troppo, non è nelle condizioni di accompagnarmi a casa e domani ho un test e non posso...»

«E cosa cazzo dovrei farci io?» mi interrompe, alzando un sopracciglio.

Trasalisco. «Niente, ovviamente» rispondo mordendomi le labbra.

«Ti aspetti per caso che faccia una magia per farlo tornare sobrio?» Dal suo tono di voce capisco che è abbastanza ubriaco anche lui. Ha un sorriso storto, ma comunque attraente, mentre passa una mano sulle gambe della sua conquista.

Lo stomaco mi si chiude. «Non c'è bisogno di fare il coglione. Non so come andare a casa, ho pensato di chiedere il tuo aiuto sperando che ti fosse cresciuto un neurone che ti rendesse una persona con un pizzico di cervello, ma mi sbagliavo» sbotto.

«E sei venuta a chiederlo a me? Sembravi abbastanza convinta di ciò che facevi mentre ballavi su quel tavolo, da perfetta puttana» soffia con aria di sfida.

«Come mi hai chiamata?» Lascio andare le braccia lungo i fianchi.

«Hai sentito benissimo» mi risponde, impassibile.

«Mi hai appena dato della puttana, sei impazzito, Hunter?» gli urlo contro. «Sei un maleducato assurdo» lo rimprovero.

«Oh, ora che me lo hai detto, stanotte non chiuderò occhio per i sensi di colpa» ghigna lui.

«Va' a farti fottere» lo liquido camminando con decisione verso la fine del giardino, e supero la piscina.

«E ora dove vai?» mi grida dietro.

Non gli rispondo, lo ignoro, stringo i pugni e continuo a marciare. Sorpasso la staccionata che divide la villa dalla strada e cerco di non crollare. Pensa questo di me? Come può pensarlo senza nemmeno conoscermi? Cerco di dare la colpa al fatto che fosse ubriaco, ma non trovo comunque una giustificazione per quelle sue parole.

Sono sicura di non piacere a Hunter, come lui non piace a me, d'altronde. Il problema è che dovrò conviverci, perché abbiamo un'amicizia in comune. Hunter e Mitch vivono insieme anche qui a Londra. Se voglio restare al fianco di Mitch, dovrò subirmi anche quello stronzo del suo nuovo migliore amico.

Sto avanzando da circa trenta minuti sui marciapiedi deserti. Mi sento una cretina, più volte ho rischiato di scoppiare a piangere, ma no: Cherie Jelson non piange mai, nemmeno quando è sola. Nemmeno quando è contro il mondo intero. E avvenimenti di poca importanza non dovrebbero sfinirla, non così facilmente.

E invece piccole sciocchezze come queste mi mandano letteralmente al tappeto. Avverto un senso di vuoto, mi guardo intorno e non trovo nessuno. Non trovo *lui*.

«Perché non sei qui? Perché non sei qui a difendermi da quello stronzo come hai sempre fatto?» Mentre parlo con gli occhi rivolti al cielo, il respiro inizia a mancarmi. Mi accascio contro un muro, mi siedo strusciando la schiena contro la parete ruvida.

Odio la solitudine, odio non avere il mio migliore amico accanto, odio tutto questo. Odio il fatto che lui e Hunter vendano erba, odio il fatto che la persona più importante della mia vita, l'unica che ha sempre preso le mie difese e mi ha incoraggiato ad andare avanti, non sia più qui con me. Lui non sarà mai più qui. E mi manca, mi manca così tanto.

Inizio a sfogarmi, piango come non piangevo dalla partenza di Mitchell, piango come una bambina a cui è stato strappato via il suo unico giocattolo. Non mi era mai capitato prima di lasciar andare tutte le mie emozioni in un momento solo, e con un impeto impossibile da arrestare.

«Finalmente ti ho trovata.» Una voce rauca si confonde tra i miei singhiozzi. Quando sollevo lo sguardo incrocio un paio di occhi verdi, confusi, duri e penetranti. Le sue labbra si schiudono per parlarmi: «Non puoi scappare, Chee».

4

“Ti prego, non adesso” penso. Cerco di asciugarmi con le dita le lacrime che mi bagnano le guance. In questo momento ai suoi occhi sembrerò sicuramente una bambina. Il che non mi sorprende, con il mio comportamento dell’ultimo periodo darei quest’impressione a chiunque. E invece è solo uno stupido scherzo del destino che sia stato lui a trovarmi in queste condizioni.

Continua a imprecare contro la propria sbronza e barcolla. Si regge contro il muro alle mie spalle con entrambe le mani, si abbassa verso di me e con un ghigno mi guarda. «Sali in macchina, dammi solo un minuto.»

«Se pensi di guidare in queste condizioni sei effettivamente fuori di testa» gli punto il dito contro il petto, dal basso. «Sono ancora abbastanza lucida da non permetterti di uccidermi.»

«Non mi sembra che il tuo culo possa sedersi su quel rottame e insegnarti magicamente a guidare, dolcezza.» Mi lancia un’occhiata. «Quindi o entri o ti ci sbatto dentro io. Mitch mi ha mollato le chiavi, tanto lui non è in grado di guidare» sbuffa fissando il muro di fronte a sé. Questa situazione gli scoccia tanto quanto infastidisce me. E allora perché lo fa?

«Finiremo per andare a sbattere e metterai nei guai entrambi. Ma quanto sei irresponsabile?» Sono passata da piccola indifesa a mamma assillante nel giro di due minuti, mi meraviglio di me stessa.

«Irresponsabile? Detto da una che cammina alle due del mattino per strada e si ferma per piangere è davvero il massimo.»

Mi lancia le chiavi dell'auto e mi abbasso a raccoglierle per nascondere l'imbarazzo.

«Entra, arrivo tra un attimo.» Lo ripete, fingendo che il resto della conversazione non ci sia mai stato.

Guardo al di là del parabrezza dopo essermi accomodata dal lato del passeggero. Hunter sta tornando con passo veloce in direzione del veicolo. Qualche secondo dopo è al mio fianco ed è pronto per partire, prima però si sfila il portafoglio dalla tasca posteriore dei jeans; e nel farlo alza il bacino con un movimento che non riesco a ignorare. Ha una completa padronanza del suo corpo, un gesto così insignificante sarebbe capace di fare urlare intere file di ragazzine.

«Fissi?» sghignazza. Una macchina ci passa di fronte e grazie ai suoi fanalini noto il colorito pallido del viso di Hunter. Non so perché ma ho la sensazione che abbia vomitato. Ha un aspetto a dir poco orribile, ma da quanto ho capito è troppo orgoglioso per ammettere di stare male anche solo con se stesso.

«Figurati» mi difendo, cercando di apparire il più composta possibile, e sposto lo sguardo sulle mie mani.

«Posso chiederti perché sei scappata dalla festa?» mi fa.

«Hai anche il coraggio di chiedermelo?» sollevo un sopracciglio. «Mi hai insultato facendomi sentire una stupida. Ti sei comportato come un vero idiota» scuoto la testa.

Hunter sembra assente, fissa la strada e guida a una velocità fin troppo moderata. Continuando di questo passo non arriveremo mai a casa mia.

«E tu perché sei venuto a cercarmi?» provo a farlo parlare.

«Scommetto che sei scappata dalla festa perché non hai amici.» Evita la mia domanda, abbassa il finestrino e caccia fuori un gomito.

«Scusami?» mi acciglio. «Ho amici» rispondo. «Ho amici che sanno guidare» preciso abbastanza insicura.

«Te ne stai sempre per i cazzi tuoi.»

«Puoi usare parole meno volgari?» faccio una smorfia. Sono abituata a quel linguaggio, ma quando lo fa lui la cosa mi innervosisce.

«No.»

«Solo perché me ne sto per i fatti miei non significa che io non abbia amici» ci tengo a precisare.

Lui solleva una spalla, continuando a guidare, distratto. Socchiude e apre gli occhi più volte, come se avesse la vista appannata. Manca ancora parecchio a casa mia. Incrocio le braccia, e guardo fuori dal finestrino.

«Accendi la radio» mi ordina.

«Non sai farlo da solo?» mi volto, fulminandolo con un'occhiata poco gentile.

Hunter sbuffa, lasciando perdere e passandosi una mano sui ciuffi che gli sfiorano la fronte. Stringo le labbra e mi rendo conto che sto esagerando, dato che, in un modo tutto suo, è stato gentile nel venirmi a cercare.

Clicco sul pulsante della radio. La maggior parte delle stazioni parlano dell'estate che si avvicina, ma quando finalmente ne trovo una che trasmette dei vecchi successi dei Queen mi fermo ad ascoltare.

In My Defence riesce a calmarmi. Cerco di non pensare al momento imbarazzante che ha preceduto la nostra partenza, e a quello successivo una volta entrati in auto. Gli lancio una veloce occhiata, vedendolo sempre concentrato ma allo stesso tempo assente.

In questo preciso istante mi chiedo perché non riesco a sopportarlo e perché lui non riesce a sopportare me. Non ci abbiamo proprio provato.

Torno a osservare fuori dal finestrino, sospirando.

«Non muoverti da qui» borbotta improvvisamente, mentre accosta di colpo vicino a un parco e scende dall'auto in tutta fretta.

Sgrano gli occhi, pentendomi di non aver indossato la cintura di sicurezza.

«Ma ti sei bevuto il cer...» Non ho tempo di offenderlo che lui balza fuori dall'auto, si piega contro la ringhiera e vomita tutto ciò che ha ingerito nelle ore precedenti. È una scena così repellente che sono costretta a voltarmi dall'altra parte.

Quando torna in auto sta visibilmente male, si siede e stringe il volante tra le dita. Chiude gli occhi e porta la testa all'indietro tirando un lungo respiro. Do un'occhiata a dove ci troviamo, è parecchio lontano da casa mia, ma meno rispetto a quella dei ragazzi.

«Hunter, forse è meglio se andiamo da te, dormo lì.» Gli poso una mano sulla spalla, lui mi guarda sofferente e inerme. Questo suo stato di arrendevolezza mi fa battere forte il cuore. Lo rende più sopportabile, più domabile e meno stronzo. In ogni modo, non voglio che guidi da casa mia al suo appartamento da solo, potrebbe succedergli qualcosa e io non dormirei sonni tranquilli.

Una volta arrivati, vedo Hunter precipitarsi nel bagno del corridoio senza chiudere la porta alle sue spalle. Inizia a vomitare nel water, lasciando che i suoi lamenti riempiano l'aria. Io mi guardo intorno e cerco di riportare alla mente i ricordi che ho di Mitchell.

Quando è arrivato in Inghilterra con suo cugino era solo un ragazzino che parlava a malapena la nostra lingua. Anche se i suoi sono inglesi è cresciuto a Parigi. La prima volta che lo conobbi eravamo con alcuni amici, giocavamo a tirarci palle di neve. Io ero inciampata su di lui e ci eravamo spiaccicati a terra. Da bambina ero un disastro, e lui era troppo mingherlino per tenere in piedi se stesso, figuriamoci entrambi. Siamo diventati amici quasi subito, lui mi faceva ridere, tanto.

Mi viene spontaneo sorridere. Sono così felice che adesso sia tornato ad abitare a Londra. Quanto a me, vivo da sola ormai da qualche mese, e questo ha stupito molto Mitchell quando gliel'ho raccontato su Skype.

Ho lasciato casa appena compiuti i diciotto anni, avevo bisogno di cambiare aria e cominciare a prendere in mano le redini della mia vita. I miei genitori, anche se con fatica, hanno accettato la mia scelta. Quelle mura mi opprimevano, la stanza accanto alla mia era diventata troppo silenziosa e io mi sentivo distrutta, ogni giorno. Poco dopo il mio trasferimento, anche per loro è diventato impossibile vivere in quella casa, e hanno colto l'occasione per venderla. Ora si sono trasferiti a Liverpool, ma li vado a trovare abbastanza spesso. Mia mamma ha iniziato a interessarsi di giardinaggio, subito dopo la disgrazia che ci ha colpiti. Le piante, i fiori, il verde, riuscivano a colmare almeno un poco il vuoto dentro di lei.

«Porca troia» sento bofonchiare dal bagno. Torno al presente, scuotendo la testa e attraversando il corridoio. Mi avvicino e vedo Hunter seduto ai piedi della tazza con la testa contro la parete di piastrelle azzurre.

«Tutto questo fa schifo» si lamenta, chiudendo gli occhi.

Sorrido appena e mi siedo a distanza di sicurezza. «Perché hai bevuto così tanto? Sapevi che poi ti saresti ritrovato in queste condizioni.» Mi porto le ginocchia al petto.

«Perché l'alternativa all'alcol è cominciare a pensare.»

«Ed è tanto brutto?» Corrugo la fronte, grattando via della terra dai miei stivali.

«Fa dannatamente schifo» mi risponde.

Lo fisso. «A cosa non vuoi pensare?»

«Al fatto che mi trovo qui» brontola, stirando le gambe di fronte a sé. Hunter ha delle gambe lunghissime, è scomodo per lui muoversi in questo bagno come lo è entrare in un'auto. «Sto cercando di farmene una ragione, ma ho la sensazione di essere scappato e mi sento un vigliacco.»

«Questo dipende da che cosa sei scappato.»

«Da tutto.»

«Tutto sono tante cose» lo scruto.

«Appunto.» Si solleva da terra, avvicinandosi al lavandino per lavarsi i denti.

«'Notte» mi liquida, senza guardarmi. Non vuole affrontare l'argomento, tanto meno con me.

Sollevandomi da terra, mi porto i capelli su una spalla e gli lancio un'occhiata prima di uscire dal bagno e dirigermi nella camera di Mitchell per dormire.

Hunter

Ho saltato la scuola fino a qualche giorno fa. Odio quel posto, odio le persone che provano a insegnarmi qualcosa supponendo che io non la sappia. Odio il modo in cui i professori mi guardano, come se sapessero tutto di me, come se fossero loro a decidere del mio futuro.

Ho sempre studiato volentieri e leggevo molto. Il problema è che mi sono sempre comportato male, dando agli altri una brutta impressione.

La realtà è che a casa avevo abbastanza tempo per studiare. Lo ammetto: mi piaceva imparare, mi piaceva sapere come funzionava il corpo umano e come si ottenevano le reazioni chimiche. Ho sempre avuto degli ottimi voti, ma non mi è mai sembrato importante, a casa non avevo nessuno a cui interessasse.

E allora ho iniziato ad avere altri interessi. Ho conosciuto persone sbagliate, ho cominciato a spacciare e a fare lavoretti sporchi per gli altri. I soldi non mi mancavano, mio padre era ricco sfondato in quel periodo e potevamo permetterci di tutto. Io però non volevo i suoi soldi, quando avevo bisogno di qualcosa facevo in modo di procurarmi la grana da solo.

Seduto in camera mia, fisso lo schermo spento del cellulare. Sollevandomi dal letto, lo metto in carica e tiro fuori dal cassettone un paio di boxer neri, indossandoli velocemente. Ho bisogno di farmi una doccia e di mangiare per placare la nausea e il mal di testa.

Esco dalla stanza a piedi nudi per prendere un bicchiere d'aranciata dal frigo e lo tracanno d'un fiato. Devo fumare un po' di erba per calmare i bollenti spiriti mattutini. Inizio a guardarmi intorno, frugando nei cassetti e sotto i cuscini, chiedendomi dove diamine l'abbia nascosta Mitch.

Faccio una smorfia, chiudendo l'armadietto accanto all'ingresso. Pensando che l'abbia nascosta sotto il materasso, mi dirigo nella sua camera e trovo il suo letto intatto. Per un istante presumo che Cher sia andata a scuola, ma quando dal corridoio sento il rumore dell'acqua che scorre nella doccia, mi ricredo.

«Ahia!» Sento un lamento seguito da un tonfo e da piccole grida. Scatto nel bagno e, aprendo la porta, me la ritrovo stesa a terra con un asciugamano bianco che la copre appena.

«Cazzo» inveisco, sorpreso. Ha delle gambe che sono una favola, soprattutto da questa prospettiva. Sono lunghe e magre, un po' muscolose. Come ho fatto a non accorgermene prima? È stesa lungo il pavimento di fronte a me, con i capelli sciolti sulle spalle e il viso arrossato dall'imbarazzo. Non avrei mai dovuto vederla in queste condizioni e rendermi conto di quanto sia bella. Mi attira così tanto che fatico a spostare lo sguardo dal suo corpo.

«Ti do tre secondi per uscire di qui prima che chiami la polizia» minaccia, lanciandomi una saponetta azzurra sulla quale suppongo sia scivolata.

Riesco a scansarla e accenno un sorriso compiaciuto.

«E non ho bisogno di una mano, se sei qui per questo» borbotta, cercando di alzarsi tenendo stretti i lembi dell'asciugamano sul petto.

Non appena fa un passo verso di me, mi allungo per aiutarla e lei inciampa ancora, facendoci cadere l'una sull'altro.

«Non hai bisogno di una mano, certo che no» sorrido e noto quanto siamo vicini. Le nostre bocche si stanno quasi sfiorando, procurandomi un fastidioso formicolio nello stomaco.

Le sfioro il naso con il mio, respirando il profumo della sua pelle, e con una mano vago per i suoi capelli lisci come la seta. Il suo corpo emana calore, e ancora una volta mi trovo a pensare che è nuda, con uno strato sottilissimo di tessuto che ci divide, e che, accidentalmente, si è sciolto sul davanti dandomi una meravigliosa visuale del suo seno. Mi mordo il labbro inferiore. Non resisto più, ogni singola parte di lei è una tale tentazione, vorrei poterla toccare ovunque. Ma è Cher, *quella Cher*.

«Merda, Hunter!» grida all'improvviso. Le lancio un'occhiata stranita, non capendo la sua esclamazione improvvisa. «Datti una regolata.»

Scoppio a ridere per la sua faccia indignata, si deve essere accorta che mi sono eccitato avendola a così stretto contatto.

«Come se l'idea non ti allettasse» ammicco scherzosamente, tenendomi sui gomiti.

«Sei un pervertito del cavolo.» Si solleva, si ravvia i capelli con una mano, guardandosi allo specchio.

Faccio un mezzo sorriso, scrollando le spalle. «E non hai ancora visto niente.»

«E non ci tengo nemmeno, tranquillo.» Fa una smorfia adorabile con le labbra, iniziando a pettinarsi. Poco dopo nota il mio sguardo fisso su di lei, e si volta, accigliata. «Sei ancora qui?»

«Nel caso ti servisse una mano sono già pronto a correre in tuo aiuto» la provoco con un sorrisetto.

Cher alza gli occhi al cielo, mentre continua a spazzolarsi. Un'idea si intrufola nella mia testa nell'esatto momento in cui mi posiziono dietro di lei. Le prendo la spazzola dalle mani, posandola sul lavandino, poi le sposto i capelli bagnati su una spalla.

«Hunter, vattene» mugola, mordicchiandosi il labbro.

«Vuoi davvero che me ne vada?» Mi fingo sorpreso, mentre poso le mani sul lavandino ai lati dei suoi fianchi, bloccandola tra le mie braccia.

Lei annuisce, cercando di allontanarsi da me spingendosi in avanti. «Sì.»

«Ne sei proprio sicura, Chee?» Accosto le labbra al suo orecchio, facendo un passo per far scontrare il mio petto nudo con la sua schiena. I suoi capelli mi sfiorano, mentre con il bacino mi spingo verso il suo sedere. «Io invece sono sicuro che la mia compagnia...»

«Hunter...» Si porta una mano davanti alle labbra, sfiorandosele con le dita.

La vedo ricambiare l'occhiata dallo specchio e resto ammaliato dall'intensità dei suoi occhi.

Abbassandomi verso di lei, le sfioro la pelle sotto l'orecchio con la punta del naso, e mi ci soffermo con le labbra. «Dimmi tutto.»

«Sei insopportabile» le esce quasi in un ringhio.

Ridacchio mentre cerco di tirarle via l'asciugamano avvolto intorno al petto. «Non osare!» Si stringe in un abbraccio per tenersi coperta.

Le mordo il collo. «Mi bastano due secondi per spogliarti.»

Cher si morde forte il labbro inferiore. «Non è divertente.»

«Io penso che sia molto divertente invece.» Le metto una mano sul fianco, sopra l'asciugamano, poi salgo verso il suo seno ma mi fermo poco prima.

I suoi occhi sono ancora fissi nei miei, ma adesso ha uno sguardo di sfida che ha preso il posto di quello imbarazzato. «Ti ci vogliono davvero due secondi per spogliarmi?»

Faccio un mezzo sorriso, stringendo nuovamente la presa contro il tessuto spugnoso, annuendo. «Due secondi.»

«E allora cosa stai aspettando?» solleva un sopracciglio, provocandomi.

Non ci credo. Lo ha veramente detto? Finirà per farmi impazzire se continua così.

Allargo il sorriso, scuotendo la testa, poi la lascio andare. Prima di allontanarmi definitivamente, riporto le labbra accanto al suo orecchio e la sento trattenere il respiro, mentre ne approfitto per sussurrarle qualcosa. «È più divertente quando ci metto più tempo.»

5

Lui, io e l'altro. Sembra quasi il titolo di un film americano. Eppure sono entrata a fare parte di un trio con Mitchell e Hunter.

La settimana dopo lo spiacevole incidente nel bagno del loro appartamento abbiamo iniziato a studiare seriamente per l'esame finale. Io e Hunter non abbiamo mai accennato allo scambio di battute dei giorni precedenti, per non creare imbarazzo. L'ho visto poco e niente, in realtà, per quanto ne so è stato molto impegnato a procurarsi l'erba da rifilare ai ragazzi a scuola e nei locali il sabato sera.

Mi sono tenuta lontana dai loro guai e, ogni volta che si davano da fare, ho girato la testa dall'altra parte. Io e Hunter quasi non ci siamo parlati, ma ammetto d'essere stata la prima a cercare di evitarlo, rifugiandomi nei libri.

Sono seduta in camera mia, con il manuale di matematica sulle gambe e una bibita in mano. Sto bevendo tè freddo con una cannuccia viola, sfoglio le pagine tranquilla, e cerco di ignorare i rumori che provengono dalla cucina.

Non vivo da sola, i miei non me lo avrebbero permesso. Condivido l'appartamento, anche se ancora per poco, con una ragazza filippina, Trisha. Ha la mia stessa età, ma ha intenzione di lasciare questa casa prima della fine della scuola per iniziare a convivere con il suo ragazzo.

Non andiamo particolarmente d'accordo, lei abitava già qui quando sono arrivata e non ha mai provato a stringere amicizia con me.

Ci siamo sempre tenute alla larga l'una dall'altra, perché abbiamo caratteri opposti.

Trisha odia le feste, lo shopping, il mare, la piscina, gli americani, i ragazzi – eccezione fatta per il suo –, avere gente tra i piedi, il modo in cui mi vesto, i miei capelli, il mio profumo e me. A volte mi guarda in modo talmente velenoso che mi viene da chiedermi cos'ho che non va. È fredda, distaccata, ma entrambe abbiamo bisogno di un posto in cui vivere. E questa è l'unica cosa che ci accomuna.

Faccio una pausa dai numeri e prendo il cellulare per chiamare Mitchell e sentire la sua voce.

«Cherie!» grida dall'altro capo il mio migliore amico. Lo fa così forte che per un secondo sono costretta ad allontanare il cellulare dall'orecchio.

«Mitchell?» sorrido.

«Stavo proprio per chiamarti. Come stai?»

«Non male, studiavo. Ti va di mangiare insieme?» Ho studiato così tanto che l'ora di cena è ormai passata, ma ci provo comunque.

«Lo vorrei tanto, ma sto per uscire per un incontro clandestino. Mi chiedevo se ti andava di venire con me.»

Non vedo gente prendersi a pugni in cambio di soldi da anni. Mi sfioro le labbra con la cannuccia, indecisa. «Non credo che sia un'ottima idea» rispondo.

«Sarà nel garage di un edificio abbandonato, non molto lontano da dove ti trovi, ci divertiremo se vince chi so io...» Fa una piccola pausa e si schiarisce la voce. «Ci saranno un sacco di soldi in palio, non puoi perdertelo» mi informa ancora.

«L'idea non mi convince in ogni modo.»

«Dov'è la mia Cher? La ragazza che lancia popcorn addosso a due energumeni che si prendono a pugni davanti ai suoi occhi?»

Scoppio a ridere per quelle parole, e non posso fare a meno di ripensare a quella ragazzina di appena quindici anni che si intrufola agli MMA illegali della città insieme al suo migliore amico.

«Forse distrarmi un po' dallo studio non mi farà male» mi arrendo sospirando.

«Sono già in macchina, sarò lì tra qualche minuto» mi risponde, elettrizzato.

«Hunter è con te?» chiedo.

«No» risponde incerto. «È andato con la sua macchina, lo troveremo già lì.»

«Uh, va bene. Ti aspetto allora. Vado a prepararmi.»

«A tra poco.»

Dopo aver chiuso la chiamata, mi metto di fronte allo specchio. Indosso dei pantacollant neri con sopra una camicia scozzese con le maniche tirate su. Mi sistemo appena i capelli dietro le orecchie, e mi do una veloce occhiata prima di spostarmi a riordinare i libri.

Poco dopo Mitchell suona il campanello, ma per mia sfortuna è Trisha ad aprire la porta.

«Oh no» piagnucolo.

Mi alzo dal letto e attraverso il corridoio diretta verso l'ingresso. «Ehi, Mitch» saluto il mio amico con un cenno del mento.

«Perché lui vuole entrare in casa mia?» Trisha mi fulmina con i suoi occhi color ruggine. Il volto scuro è incorniciato da un caschetto castano liscio, che la rende ancora più seria e autoritaria.

«Non ti preoccupare, stiamo andando via» dico mentre tiro Mitchell per il polso.

«Se mi porti dei casini a casa, stai certa che ne pagherai le conseguenze» mi minaccia, sbattendoci la porta in faccia.

«E questa?» corruga la fronte il mio amico, scendendo le scale insieme a me.

«Ti presento Trisha, la mia coinquilina.» Alzo gli occhi al cielo. «Te ne avevo parlato...»

«Sì, ma non me la aspettavo così» si acciglia, incredulo. «In ogni modo...» posa i suoi occhi su di me, guardandomi in un modo in cui non mi aveva mai guardata prima. «Sei bellissima stasera» mi sorride sincero.

«Grazie» mi mordo il labbro, non sapendo cos'altro aggiungere.

Raggiungiamo il luogo dell'incontro in meno di quindici minuti, Mitchell ferma l'auto e mi fa cenno di seguirlo. All'entrata, seduto su una sedia con una bionda sulle gambe, c'è Shay, il rosso che solitamente chiede l'erba ai ragazzi.

«Learman, hai per caso...?»

«Uhm...» Mitch mi guarda velocemente, mugolando, e dopo avere notato la mia espressione impassibile nega col capo.

C'è un mare di gente, non si capisce nulla e non riesco a vedere a un palmo dal mio naso. Rumore, rumore e ancora rumore. Stringo forte la mano di Mitchell che si fa largo tra i corpi sudati, non c'è musica ma le voci rimbombano in modo esagerato. Il parcheggio, nonostante sia molto spazioso, ha un soffitto talmente basso che mi crea un certo disagio.

Siamo riusciti a prendere posto in seconda fila, dopo un paio di gomitate, e mi manca l'aria. Per fortuna una voce al centro del ring improvvisato mi distoglie dai miei pensieri.

«State zitti!» urla al microfono. Tutti cessano di sbraitare, e quelle grida rauche di ragazzi ubriachi e divertiti si trasformano in mormorii eccitati.

Stringo ancora la mano al mio amico che si abbassa per sorridermi, iniettandomi attraverso i suoi occhi castani una piccola dose di tranquillità.

«Spero abbiate portato abbastanza soldi per questa sera.»

Cerco di capire chi parla ma sono troppo bassa, o quelli davanti a me troppo alti. Mitchell se ne rende conto e ridendo mi fa segno di salire sulle sue spalle.

Il ragazzo che parla è Raymond. In piedi su un tavolo, indossa dei pantaloni grigi e una camicia sbottonata. È uno dei principali organizzatori d'incontri della città. Ci siamo scambiati qualche parola un po' di mesi fa, in giro, ma non siamo mai entrati in confidenza. Detto ciò, Ray è uno dei più bei biondi che io abbia mai conosciuto.

«Stasera con noi abbiamo un vecchio combattente. Ecco a voi Fletcher Hemmings.» Indica lo sfidante numero uno con le dita, e un ululato si alza dalla folla.

Fletcher è un ragazzo abbastanza massiccio, con la barba appena accennata e due occhi celesti che ti stendono. È a petto nudo e, mentre con le mani cerca di aizzare la folla, mostra i muscoli alle poche ragazze presenti.

«E sono felice di presentarvi, per la prima volta qui in Inghilterra... Hunter Davis!»

Sgrano gli occhi, incredula quando Hunter si fa spazio tra i corpi sudati con addosso una canottiera e dei pantaloncini da basket.

«Dice davvero?» grido a Mitchell che mi sorride divertito.

Poi riporto l'attenzione su Hunter, notando il suo sguardo serio, la mascella perfettamente delineata e l'espressione concentrata sul ragazzo che lo ha annunciato. Un attimo dopo, quando sposta gli occhi verso la folla, il suo sguardo si blocca a sorpresa sul mio.

Gli faccio un cenno con la mano e un sorriso abbastanza imbarazzato, lui alza il sopracciglio e ricambia il saluto.

Dopo i chiarimenti sulle regole, i ragazzi sono pronti per sfidarsi e gli spettatori iniziano subito a scommettere. La maggior parte, non fidandosi di un combattente sconosciuto, punta tutto su Hemmings.

Appena l'incontro inizia Fletcher assesta un pugno sul viso di Hunter che mi blocca il respiro in gola. Hunter, al contrario, non sembra per niente ferito da quel gesto e si passa una mano sul punto in cui è stato colpito, quasi a incitare lo sfidante a fare di meglio.

Le immagini passano velocemente, e non so dove guardare. Mi sono quasi scordata di essere sulle spalle del mio migliore amico, che pare in tensione quanto me.

«Tutto bene» gli sussurro, piegandomi.

«Sì, ma devi ancora vedere il meglio.»

Risollevo gli occhi. Il corpo elastico di Hunter si sporge in avanti senza troppa fatica, colpendo Fletcher allo stomaco talmente forte da farlo barcollare all'indietro.

Non gli dà tempo di riprendersi, e gli sferra una gomitata sul volto, facendolo cadere a terra con un lamento rauco. Fletcher è inginocchiato e cerca di rialzarsi facendo perno sulle braccia, ma Hunter non glielo consente, lo prende per le spalle, e lo fa voltare spingendolo con la schiena a terra.

Sale a cavalcioni su di lui, poi gli sferra un pugno deciso sulla guancia e un altro al setto nasale.

Trasalisco alla vista di tutto quel sangue che mi gela sul posto, e mi spavento per la violenza. Vedo il viso di Hunter, i suoi bellissimi occhi verdi che si scuriscono e si riempiono di rabbia, come se al posto di Fletcher ci fosse un'altra persona. Una persona da lui odiata. Serra la mascella e lo colpisce ancora più forte, l'avversario non riesce a difendersi, sembra senza speranze: continuando di questo passo finirà per ucciderlo.

«Qualcuno lo fermi!» urlano dalla folla. Sono tutti concentrati sull'aggressività di Hunter: sul volto sfinito dell'altro ragazzo.

«Ray, separali!» lo incita Mitch.

Ray balza in pista, spingendo Hunter per le spalle e facendolo alzare, in modo che lo spettacolo non finisca troppo presto. Il pubblico è rimasto senza parole e quasi trema nel vedere Hunter pulirsi le labbra con il dorso della mano mentre fissa il proprio rivale, a terra, con disprezzo.

Con sorpresa di tutti Fletcher si rialza e, preso da una rabbia irrefrenabile, lascia un urlo grottesco e corre verso Hunter con la mano chiusa a pugno. Lui si lascia colpire sulla faccia due volte, poi torna all'azione e blocca Fletcher per i polsi, rigirando le sue braccia in una stretta pericolosa e facendolo urlare dal dolore.

L'incontro finisce, Hunter ha vinto. Io scendo dalle spalle di Mitchell abbastanza confusa. Lui mi lancia un sorriso dolce.

«È stato bello sentirti così vicina.»

Io sono scossa, non rispondo. La conclusione del combattimento è stata troppo straziante e tutto quel sangue, per la prima volta, mi ha terrorizzata. Non è il primo free fight a cui assisto, ma questo è stato diverso, in un certo senso. È stato come se l'obiettivo di Hunter, in quel momento, non fosse vincere ma uccidere. Cosa c'è nella testa di uno che colpisce così forte, senza pietà e regole?

Siamo usciti all'esterno e la folla si è dispersa quasi subito, Hunter e Fletcher hanno preso un'uscita sul retro, per non essere nuovamente al centro dell'attenzione. Quasi tutti i presenti avevano scommesso su Hemmings, perché non conoscevano Hunter, e se ne sono pentiti. Non mi aspettavo di vederlo combattere, e questo ha scatenato in me una strana reazione, sono stata presa completamente alla sprovvista.

«Non ci credo che Mitchell si sia portato una bambina agli incontri.» Hunter appare alla mia destra, già vestito, pulito, pronto ad accendersi una sigaretta. «Non dovresti essere a letto già da un bel po'?» Solleva le sopracciglia, sfidandomi con lo sguardo.

«Non potrei mai andare a dormire senza prima essermi assicurata che tutte le tue ferite si siano chiuse, Davis» lo provoco, accennando un sorriso, mentre mi appoggio con le spalle al muro dell'edificio.

Mitchell si è messo all'opera con i suoi traffici e le scommesse, non ha voluto dirmi nulla, ma non sono così stupida. Ha detto che sarebbe tornato in due minuti. Il problema è che lo ha detto dieci minuti fa.

Hunter sbuffa una risata, accendendosi la sigaretta che tiene ferma tra le labbra. «Hai già assistito a queste cose, vero?»

Scrollo le spalle. «Ogni tanto» rispondo.

Hunter si avvicina a me, posizionandosi al mio fianco, senza incontrare i miei occhi, e continua a fumare. Paragonare la sua tranquillità in questo momento ai suoi scatti di rabbia sul ring mi viene quasi automatico. «Ma non ho mai assistito a nulla del genere» aggiungo in un sussurro.

Lui non si sorprende e resta ancora in silenzio, facendo un altro tiro dalla sigaretta.

«Sei sicuro di stare bene?»

Si volta di scatto, come se lo avessi appena offeso, e inchioda i suoi occhi nei miei. Un mezzo sorriso appare sulle sue labbra rosee, il solito sorriso che copre il vero strato di dolore, mentre mi guarda con finto divertimento. «No che non sto bene, sono qui perché sto aspettando che tu chiuda tutte le mie ferite, Chee» ridacchia.

«Ti costa tanto non fare l'idiota per due minuti, Hunter?» Alzo gli occhi al cielo, incrociando le braccia al petto.

Hunter fa un lungo tiro e butta la cicca a terra per poi piegarsi verso di me e sbuffarmi il fumo in faccia.

«A cosa stavi pensando?» Sbatto più volte le palpebre, voltandomi verso di lui. «Mentre combattevi eri furioso, una cosa...»

«Non cercare di capirmi» mugola, portando la testa all'indietro contro il muro. «È una cosa che mi dà fastidio.»

«A te dà fastidio anche l'aria che respiri.»

«Hai ragione. È per questo che fumo e spaccio, perché l'aria che respirano tutti mi sta sui coglioni, quindi la muto in aria tossica.»

Resto a bocca aperta, non sapendo come ribattere. È così difficile tenere una conversazione con lui, nonostante stia facendo del mio meglio per capirlo. «Potresti lasciarti andare, qualche volta.»

Hunter si porta una mano alla tasca dei jeans, caccia fuori le chiavi della sua auto e infila un dito nel cerchietto che le tiene unite al portachiavi. Ride. «Lasciarmi andare?»

«Sì.»

«Se io mi lasciassi andare» si avvicina a me, spingendomi nuovamente contro la parete e mettendo la mano con le chiavi contro il muro accanto al mio viso «ce ne pentiremmo entrambi.» Solleva l'altra mano verso la mia faccia, accarezzandomi il labbro inferiore con il pollice.

«O forse no» ribatto, deglutendo.

Hunter si avvicina come se dovesse baciarmi, mi attrae così tanto che mi dimentico per un istante dove sono. Ma dura un attimo, poi si mette a ridere di gusto, allontanandosi da me per andare verso il parcheggio.

Mi stacco dal muro, ricominciando a respirare, sbattendo più volte le palpebre per svegliarmi da quello che mi è sembrato il sogno, o l'incubo, più intenso mai vissuto.

Subito dopo l'incontro seguo controvoglia Mitchell a una festa. Hunter ci raggiunge con la sua auto. La casa è di Jonathan Smith, ed è una specie di festeggiamento organizzato all'ultimo minuto per la vittoria di Davis. È già diventato una specie di celebrità e le ragazze non lo lasciano solo nemmeno per un secondo, nonostante lui sembri ogni volta infastidito dalla loro presenza.

«Eri all'incontro?» mi chiede Taylor in giardino, alzando di poco la voce. Non c'è molta gente, ma la musica è così alta che sembra stia partecipando tutto il vicinato.

Ho incontrato Taylor per caso, non mi aspettavo di trovarla qui, ma è stato un bene. Mitchell si è buttato su una del quarto anno e Hunter è sparito non appena ha messo piede alla festa.

«Sì» annuisco.

«È vero quello che ho sentito? Davis ha fatto il culo a Hemmings? Quel tipo è incredibilmente sexy, non trovi?» Taylor mi guarda con un sorrisetto malizioso. «Non posso credere che faccia così tante cose, è talmente interessante e...» le sue labbra si delineano in una smorfia di stupore.

«Cosa?» aggrotto la fronte, prendendo un sorso del vodka lemon che mi passa Taylor.

«Ehi, Chee.» Sento una leggera pressione sulla schiena, mi

giro e vedo Hunter accanto a me che mi sorride. «Ti va di venire un secondo con me?» mi chiede improvvisamente.

Guardo confusa Taylor che mi incita ad andare e mi ruba dalle mani il bicchiere ormai vuoto.

«Vado a farmi un giro» mi fa l'occhiolino, allontanandosi.

«Sei sicuro di voler proprio me?» sussurro, scrutandolo ancora con stupore.

«No, non voglio te.» Fa una smorfia odiosa, mentre mi prende per mano e mi obbliga a seguirlo all'interno della casa. «Però la tua amica è ancora più noiosa di te, e tu hai assolutamente bisogno di bere qualcosa.»

«Chi ti dice che io abbia bisogno di bere?» mi acciglio, cercando di tenere il suo passo. «E poi, prima del tuo arrivo, stavo beve...»

«Piccola» ridacchia, lasciando la presa al mio polso. «Quello non si chiama bere.» Apre la porta d'ingresso facendomi strada.

«Vuoi insegnarmi a diventare come te?» Accenno un sorriso furbo, portandomi i capelli dietro le orecchie, mentre mi accosto a lui di fronte al bancone.

Hunter afferra una bottiglia di un alcolico senza etichetta, portandosela al naso per sentirne l'odore. «Prendi del sale dal ripiano in alto.»

Sospiro, sollevandomi sulle punte per aprire l'armadietto. Ci siamo solo noi in cucina, la musica arriva in maniera più ovattata. Hunter prende dal cesto della frutta un limone, lo taglia a metà e me ne passa una.

«Non mi piace il limone» rispondo.

«Non deve piacerti» mi dice, prendendomi la mano e avvicinando lo spazio tra l'indice e il pollice alle sue labbra.

«Hunter, cosa...» Cerco di ritirarla, ma lui mi tiene bloccato il polso, portando la sua bocca tra le mie dita e bagnandomi la pelle con la lingua. Sento lo stomaco attorcigliarsi, ma resto ferma compiacendomi della sensazione della sua bocca contro di me. Quando si stacca continua a tenere gli occhi fissi nei miei, prendendo il sale e posandolo tra le mie dita, sulla parte umida, in modo che i granelli si attacchino alla mia pelle.

«È tequila?» chiedo.

«Sì» annuisce. Dopo essersi assicurato che la quantità di sale sia sufficiente, prende la bottiglia e me la passa, con un sorriso astuto. «Provala.»

«Non penso che mi piaccia...» Arriccio il naso, avvicinando la tequila per sentirne l'odore.

Hunter alza gli occhi al cielo, riprendendo la bottiglia. «Leccati il sale tra le dita» mi ordina.

Lo guardo dubbiosa, poi decido di non aggiungere altro e avvicinare la bocca. Succhio la mia pelle, arrossendo al pensiero di posare la lingua dove prima l'ha passata lui. Sento una presa sul polso che allontana la mia mano dalla bocca trascinandomi via dalle mie assurde fantasie, per poi percepire la bottiglia contro le labbra. Socchiudo la bocca, incontrando gli occhi elettrizzati di Hunter, mentre solleva la bottiglia in modo che il liquido scivoli nella mia gola. Chiudo gli occhi, deglutendo, e sento immediatamente i sapori mischiarsi.

«E ora il limone.» Prende una metà del limone e me lo spalma sulle labbra, aspettando pazientemente che le schiuda. Non penso di essere mai arrossita così tanto in vita mia. È talmente vicino, non dovrebbe. Il mio corpo sta avendo troppe reazioni e in troppo poco tempo.

Inizio a succhiare il limone, arricciando il naso e chiudendo gli occhi. Non è orribile come al solito, anzi, mischiato alla tequila e al sale, ha un sapore quasi dolce. Mi acciglio, stranita, e poso quello che rimane del frutto nel lavello. Scuoto la testa, meravigliata, constatando il sapore che ho in bocca. «È...»

«Incredibile» commenta lui, guardando le mie labbra gocciolanti. Non sposta gli occhi nemmeno per un secondo.

Rabbrividisco, deviando lo sguardo, passandomi la lingua sulle labbra. «Sì, esatto.»

Hunter beve ciò che rimane nella bottiglia facendo un lungo sorso. Osservo il suo pomo d'Adamo fare su e giù, restando ammaliata dall'elasticità della sua pelle, dal modo in cui ogni suo lineamento è virile e affascinante. La mascella delineata, morbida, con delle lievi imperfezioni. I suoi capelli, ricci, scuri, sparpagliati dietro le orecchie, che gli danno quell'aria aggressiva che tanto adoro.

Quando riposa la bottiglia sul bancone mi guarda con uno sguardo furbo ma rilassato. Socchiude la bocca, pronto a dire qualcosa, ma si sofferma per troppo tempo con gli occhi sulle mie gambe prima di dire: «Balliamo?».

«Vuoi ballare?»

«È per caso un male?» Si avvicina furtivamente, facendo in modo che il suo profumo invada l'aria.

«Non lo so.»

Lui non aspetta una risposta, intreccia le dita alle mie e mi guida in un posto più spazioso, all'esterno della casa. Lo seguo in silenzio, cercando di controllare i battiti del mio cuore. Ho quasi paura che possa sentirli. Non ho mai ballato con un ragazzo, non a una festa, ma suppongo che le movenze usate su quel tavolo con Taylor possano rivelarsi utili anche in questo caso.

Le sue mani mi accarezzano i fianchi, mentre gli do le spalle e inizio a muovermi sinuosamente contro il suo corpo. Mentre sento il suo respiro caldo sul collo mi rendo conto che, in realtà, non dovrei stargli tanto vicino. È esattamente l'opposto di ciò che dovrei fare, ma il suo profumo, e il modo in cui mi accarezza, mi mandano in confusione. Se aggiungiamo il giro di tequila che ci siamo fatti insieme, mi rendo conto di essere fregata.

Lui inclina la testa di lato, poggia le labbra sul mio collo e lo bacia appena, ma nel modo giusto per farmi rabbrividire.

«Dio» sussurro. Chiudo gli occhi e, portando le mani all'indietro, gli accarezzo i capelli.

Non capisco l'effetto travolgente che Hunter ha su di me. La sua voce, i suoi occhi verdi, il modo in cui si muove, tutto. È detestabile. È uno stronzo. E io sono una stupida ubriaca che fra non molto se ne pentirà.

Mi mordo di nuovo le labbra, lui sta continuando con la scia di baci e la sua mano vaga sulla mia pancia in modo protettivo. «Vieni con me» mi sussurra all'orecchio, ma riesco a sentirlo come se lo avesse urlato a tutto il mondo.

Mi prende per mano e mi porta nel retro della casa, meno popolato, dove c'è la grande piscina. Mi spinge contro il muro, mentre il suo sguardo percorre il mio corpo.

«Quello che sto per fare deve restare tra di noi» mi ordina fissando prima le mie iridi, poi le mie labbra. Si avvicina e mi spinge contro il muro, mettendo le mani intorno ai miei fianchi.

Tremando gli sfioro il petto con le dita, trattenendo il fiato quando lo vedo avvicinarsi con le labbra socchiuse.

«Siamo solo ubriachi. Tu non vuoi baciarmi, in altre circostanze non lo faresti...» Tento di convincere entrambi con una squallida scusa.

«È solo un bacio, stai calma» sussurra lui, sfiorando il mio naso con il suo.

«Sei un coglione.» Comincio a respirare contro la sua bocca, chiudendo gli occhi quando lui è troppo vicino. Sento una pressione piacevole sulle labbra, che socchiudo in modo da permettere alla sua lingua di infilarsi. Con le mani dietro la sua nuca, lo spingo maggiormente verso di me, rilassandomi quando inizia a muovere la lingua con più intensità. Se Mitchell ci scoprisse in questo momento, saremmo entrambi nei guai, ma non mi importa.

Hunter si stacca un secondo, senza separarsi dal mio corpo, per guardare la mia reazione. «Non ti sopporto» mormora, fissandomi.

«Nemmeno io.» Mi spingo verso le sue labbra, baciandogli quello inferiore, e rubando un ultimo assaggio del suo sapore.

«Ragazzi, dove siete?» Una voce in lontananza ci divide, ma quando ci guardiamo intorno, con il respiro corto, non vediamo nessuno. Solo poco dopo Mitchell fa il suo ingresso, sorridendo sollevato.

«Finalmente vi ho trovato!» esclama venendoci incontro con in mano un bicchiere e un mazzo di chiavi.

L'imbarazzo scende immediatamente su me e Hunter, che cerchiamo di non guardarci e speriamo che non ci abbia visti.

6

«Va tutto bene, ragazzi?» Mitchell ci scruta confuso.

Stringendomi nelle spalle, mi sposto di poco verso il mio amico, annuendo in maniera convincente. «Perché ci stavi cercando?»

«Eravate scomparsi entrambi» si giustifica. Ci osserva ancora con un'espressione interrogativa.

«Come vedi stiamo più che bene.» Hunter fa un passo avanti guardandosi intorno. «Penso che andrò a casa» aggiunge, e mi fissa per un secondo. Ha un'innaturale capacità di controllo. Riesce a comportarsi come se davvero non fosse successo nulla prima dell'arrivo del nostro amico.

«Io vorrei restare ancora un po'.» Mitchell si gratta un braccio. «Puoi accompagnarla tu?»

«Chi?» Hunter fa una smorfia.

«Me» mi indico, lanciandogli un'occhiata di sottecchi. «Ma se è un problema chiedo a qualcun altro.»

«Come se avessi qualcun altro a cui chiederlo» mi schernisce. Scuote la testa con un sorrisetto provocatorio mentre si ficca una mano in tasca.

«Ancora con questa storia?» sbuffo. Poi mi porto i capelli su una spalla e mi avvicino a Mitchell per baciarlo sulla guancia. «Ci vediamo domani» lo saluto con un sorriso.

«Mon amour.» Mi prende per il polso, mi stringe tra le sue braccia e mi stampa un bacio sulla fronte.

Alzo la testa verso di lui, e noto una strana luce nei suoi occhi. «Va tutto bene?» chiedo liberandomi dalla sua stretta.

«Muovi il culo!» grida Hunter alle mie spalle. Voltandomi lo vedo mentre mi fa cenno di seguirlo.

Sbuffo, saluto Mitchell e vado verso Hunter che mi aspetta vicino alla staccionata.

La sua auto è una vecchia Audi A5 bianca. Quando mi avvicino, lui è già entrato e mi ha aperto la portiera dall'interno.

Mi siedo e noto che uno strano odore di pulito mi circonda. «Non immaginavo che la tua macchina fosse così accogliente» gli dico.

Poi mi accomodo sui sedili rossi, e mi allaccio la cintura di sicurezza.

Hunter cambia argomento non appena l'auto inizia a ruggire. «Dobbiamo parlare di quello che è successo alla festa.»

«Già... Insomma, il modo in cui ho ballato insieme a te e tutto il resto» inizio a gesticolare «non è da me. Sembra che tu ti stia facendo un'idea sbagliata su quella che sono.»

«Non devi giustificarti. Ti ho già vista ballare su quel tavolo e mi sono già fatto un'idea piuttosto chiara di te.» Fa un mezzo sorriso, guardando davanti a sé.

Incrocio le braccia al petto. «Facevi il tifo per me o per Taylor in quel branco di pervertiti?» domando in modo scherzoso.

«È Taylor il suo nome? Quella non è proprio il mio tipo» mi lancia un'occhiata veloce. «Non che lo sia tu, in ogni modo.»

«E qual è il tuo tipo?»

«Non tu.»

«Questo lo avevo capito» alzo gli occhi al cielo. «Non è una delle mie priorità piacerti.»

«Non ti sforzi nemmeno» commenta.

«E perché mai dovrei?» mi acciglio. «Sei l'ultima persona a cui vorrei piacere in questo momento.» Abbasso il finestrino perché ho bisogno di aria fresca in faccia.

«Come no...» trattiene un sorrisetto.

Gli do una leggera spallata che fa ridacchiare entrambi.

«Comunque sia, non era proprio di questo che volevo parlarti.»

«Ah, no?» Mi osservo le unghie, imbarazzata. So già dove vuole andare a parare, ma non sono ancora pronta ad affrontare il discorso.

«Quel bacio...» inizia, ma lo blocco quasi subito.

«Non dobbiamo per forza parlarne adesso.» Gli metto una mano sulla gamba, istintivamente; lui sussulta a quel tocco e fissa le mie dita sul tessuto dei suoi jeans.

Imbarazzata allontano la mano, sentendo le guance avvampare. «Scusa...» mormoro.

«Mitch non deve saperne niente» mi dice con voce roca ma sicura.

«Non avevo comunque intenzione di dirglielo.» O forse sì? Insomma, è il mio migliore amico, sa tutto di me. Ho baciato Hunter, Hunter ha baciato me. Sarebbe giusto informarlo, anche se, in realtà, non c'è nulla di cui preoccuparsi. Siamo abbastanza brilli da non farcene una colpa. Non lo avrei mai fatto se fossi stata completamente sobria. Le sue labbra erano troppo vicine, invitanti e profumate. Mi sono lasciata prendere la mano, mi sono spinta oltre e sono andata contro i miei ideali. Ma non succederà di nuovo.

«Dico sul serio, Chee, metteresti nei guai sia me che te.» Con un movimento del capo sposta all'indietro i ricci. «E poi non è stato nulla di speciale, quindi cerca di non spargere in giro la voce che ci siamo baciati.»

«Che cosa vorresti dire con questo?» lo incalzo.

«Non sei niente per cui valga la pena vantarsi.»

Le sue parole mi lasciano di sasso. Per un buon minuto rimango in silenzio, cercando di assimilare al meglio la sua provocazione. Non sono *niente* per cui valga la pena vantarsi.

«Godi così tanto nel fare lo stronzo, Hunter?» lo accuso.

«È più forte di me.»

«Dovresti lavorarci su, le tue battute convenzionali sono davvero irritanti.»

«Ho detto qualcosa di sbagliato?» Si finge meravigliato, portandosi una mano al petto.

«Non hai mai detto qualcosa di giusto da quando ci conosciamo, in realtà.» Ed è effettivamente così.

Hunter si limita a scrollare le spalle e si concentra sulla guida.

Restiamo muti per qualche minuto, intorno a noi sentiamo solo il rumore del motore e i nostri respiri.

Mi volto e gli lancio un'occhiata veloce. Non capisco cosa sia quest'attrazione, questo bisogno di sentirlo vicino, come se ci fosse un filo invisibile che mi lega a lui. Non vorrei trovarlo tanto attraente, non vorrei che lui mi guardasse come guarda le altre, eppure tutto questo sembra essere più forte di me e non riesco a non desiderarlo.

Ho bisogno di attenzioni che lui non vuole darmi, e di cui io non vorrei aver bisogno. Forse mi sbaglio, ma al momento l'unica cosa a cui riesco a pensare è un modo per entrargli nella testa e curiosare tra i suoi pensieri, tra le sue idee e tutto il resto. Accidenti, vorrei semplicemente che mi dicesse qualcosa. Qualsiasi cosa.

Quasi come se mi leggesse nel pensiero, parla. «Mi piace» mormora.

«Cosa?» Mi schiarisco la voce quando mi rendo conto che

la mia domanda è parsa troppo acuta, sibilante. «Uh, cosa?» ripeto.

«Mi piace il sapore che hanno le tue labbra.»

Sono così stupita da quest'affermazione che non riesco nemmeno a muovermi. Guardo il contorno della sua bocca rosso fragola e il modo in cui si schiude in un sorrisetto.

«Tu...» provo a dire, ma l'auto si spegne improvvisamente stupendo entrambi. Cerco di deglutire l'agitazione e provo a nascondere il volto tra i capelli, che sposto frettolosamente davanti alla faccia. Santo cielo, non mi sono mai sentita tanto stupida prima d'ora. Ha detto che gli piace il sapore che hanno le mie labbra? Come può, questo ragazzo, farmi passare in così poco tempo da arrabbiata a uno stato di trance che non so spiegarmi?

«Che cazzo» impreca a denti serrati, battendo i palmi contro il volante. «La benzina» sbuffa.

«Siamo rimasti a secco?» indago, incredula. Non ci posso credere, tutto ciò non può essere reale.

«Nooo» mugolo, sedendomi nuovamente sul sedile e sbuffando.

«Sai dov'è il distributore più vicino?» chiede Hunter.

Mi guardo intorno, e mi rendo conto di essere abbastanza lontano dal centro della città e dalla festa. Non c'è nessuno oltre a noi, siamo quasi a un incrocio, più avanti c'è un semaforo fermo sul giallo e delle abitazioni sparse qua e là. È una zona molto triste, isolata, non ci sono stata molte volte ma so come uscirne.

«È a pochi passi» annuisco. «Possiamo spingerla fino alla prima a destra, per spostarla da questo stradone, poi se andiamo dritto troviamo il distributore.»

Hunter fa segno di sì e apre la portiera. «Andiamo.»

Lo seguo dietro l'automobile, sistemo le mani sul retro dell'auto, e inizio a spingere.

Sento una rauca risata alla mia destra: quando mi volto, imbarazzata, vedo Hunter che ghigna di gusto.

«Che cos'hai da ridere?» poggio le mani sui fianchi, guardandolo. «Pensavi che me ne sarei stata ferma e ti avrei lasciato fare tutto da solo?» Sollevo il mento, fingendo di arrotolarmi le maniche della camicia prima di rimettere le mani sul portabagagli.

«Sei incredibile» scuote la testa, imitando la mia posizione e iniziando a spingere l'auto in avanti.

Dopo qualche tentativo riusciamo a portare la macchina nella via a destra. Hunter mi fa cenno di spostarmi, prima di aprire il bagagliaio e recuperare dal suo interno una tanica di benzina vuota.

Ci avviamo in silenzio verso il distributore. L'aria è tranquilla, c'è un leggero vento e di tanto in tanto passano delle macchine che ci illuminano il volto. Hunter tiene una mano in tasca e con l'altra regge la tanica.

«Stasera sei meno sbronzo della scorsa festa» commento a bassa voce.

«Già» brontola, accennando una smorfia. «Avrei dovuto bere di più.»

«Per smettere di pensare?» lo raggiungo quando inizia ad allungare il passo.

«Sì, anche per quello. Stavo pensando a noi» dice subito dopo.

«Noi?» balbetto, sbattendo più volte le palpebre.

«Merda… no… non in quel senso» scuote la testa, guardandomi come se fossi impazzita. «Intendevo me e te, non noi. Il modo in cui ci facciamo la guerra. Dobbiamo darci un taglio.»

«Ma ci viene così bene che sarebbe quasi un peccato smettere proprio adesso» replico con sarcasmo.

«La penso allo stesso modo» accenna un sorriso parecchio forzato. «Io però per i prossimi mesi, se non anni, vivrò nella tua stessa città, nella tua stessa scuola e sotto lo stesso tetto del tuo migliore amico» mi ricorda. «Proverò ad accettare la tua esistenza, ma tu dovrai fare lo stesso con la mia.»

«Sarà davvero complicato» incrocio le braccia al petto. «Mi hai insultata. Mi hai dato dell'asociale e della puttana senza nemmeno conoscermi.»

«Già» ripete.

«Dovresti scusarti... Adesso» gli consiglio.

«Io non mi scuso mai, perché dovrei cominciare proprio con te?» mi liquida e mi sorpassa diretto verso la pompa della benzina. Prende in mano la tanica, poi aspetta che si riempia fino all'orlo.

Resto ferma a guardarlo, immersa nel mio silenzio, con un lieve broncio sulle labbra. Prima dice che vorrebbe creare un rapporto d'amicizia con me, e un secondo dopo si rifiuta di scusarsi per avermi insultata.

È un tipo così egoista, vede il mondo da una sola prospettiva: la sua. Non si adatta mai agli altri, fa in modo che siano loro a cambiare. Se non ci riescono, poco importa, lui potrà comunque farne a meno. Non riesco a seguire la sua logica, non riuscirei a capirlo nemmeno se mi sforzassi. Non posso fare altro che arrendermi all'evidenza.

Lui non è un libro chiuso, al contrario, è una pila di fogli bianchi sparsi sul pavimento. Il problema è che sono solo fogli su fogli, cose su cose, segreti su segreti. Sono silenzi che urlano fino a graffiarti i timpani. Lui è un *niente* che contiene *tutto*.

«Non ti capisco.» Sciolgo le braccia lungo i fianchi.

«Uh?» mi guarda, girando il tappo rosso sulla tanica. «Nessuno mi capisce davvero.»

Ci scambiamo uno sguardo intenso e indecifrabile. Lo detesto ma non posso fare a meno di desiderarlo.

La domenica è il mio giorno preferito della settimana. È ugualmente lontano dal sabato e dal lunedì. Dal bene e dal male. È una giornata rilassante, ma allo stesso tempo stressante. La trascorro pensando a come rimediare ai disastri di un sabato movimentato e a come programmare al meglio un lunedì burrascoso.

Sono ancora abbracciata al cuscino, quando sento il campanello suonare ripetutamente, come se qualcuno stesse cercando di entrare con la forza. Inspiro il profumo di pulito delle lenzuola, ed emetto un verso lamentoso mentre cerco di sollevarmi dal materasso.

Indosso una maglia bianca larga che mi copre a malapena gli slip neri mentre mi dirigo alla porta, annoiata, guardando dallo spioncino. È Mitchell, dunque non ho bisogno di indossare dei pantaloni. Bussa con il pugno ancora un paio di volte prima che gli apra.

«Non c'è bisogno di bussare così forte...» brontolo mentre mi gratto una spalla, ancora in dormiveglia. Non sono del tutto pronta per lasciare le braccia di Morfeo.

«Mon am...» Mitchell si ferma a metà frase, bloccandosi improvvisamente.

Sbadiglio, alzando lo sguardo verso il suo. I suoi occhi seguono il mio intero profilo, squadrandomi. Le sue labbra sono socchiuse in una smorfia di stupore, le pupille letteralmente inchiodate alle mie gambe.

Lo spingo per una spalla, svegliandolo dalla sua trance. «Mitch!»

«Sei cresciuta tantissimo... accidenti...» deglutisce, scuotendo la testa come per riprendersi.

«Se mi guardi così però diventa imbarazzante» mi mordo il labbro inferiore, notando un secondo dopo un sacchetto tra le sue mani. Mi illumino e non riesco a non sorridergli.

«Oh, giusto» fa un passo in avanti chiudendosi la porta alle spalle. «Visto che la scorsa volta hai dovuto sopportare Hunter, ho pensato di dovermi far perdonare.»

«Facendomi ingrassare, ottima idea» annuisco scherzosamente quando tira fuori delle ciambelle glassate al cioccolato e due caffè confezionati in bicchieri di polistirolo con il logo di Starbucks.

«Lo sappiamo entrambi che sono le tue preferite.» Mi porge una ciambella avvolta in un tovagliolino. «Ti ricordi quando facevamo colazione insieme tutti i giorni?»

«Come posso dimenticarlo?» Addento il mio dolcetto con gusto, accomodandomi sul tavolo con le gambe a penzoloni. «Mi portavi sempre ciambelle e caffè» indico il sacchetto che sta spiegazzando tra le mani.

«Hai ragione, lo facevo sempre» sorride. «Ne valeva la pena. Tu adori queste ciambelle.»

«Mi conosci troppo bene.» Continuo a mangiare, leccandomi una briciola dall'angolo della bocca. «Dov'è Hunter?»

«In giro» scrolla le spalle, indifferente. «Per caso...» socchiude gli occhi mentre mi guarda «ti sta creando problemi?»

«No...» Un boccone mi va di traverso e mi copro la bocca con una mano tossendo. «Insomma, no» rido istericamente, e scuoto la testa. «Nessun problema, non lo sento da quando siamo tornati a casa insieme.»

«È un tipo molto particolare» dice bevendo un sorso del suo caffè.

«Ho avuto modo di scoprirlo da sola.»

«Non è una cattiva persona» mi rassicura.

Non so se credergli. Non fa comunque del suo meglio per sembrare il contrario.

«Perché partecipa ai combattimenti?» Cerco di incontrare gli occhi del mio migliore amico, anche se lui fa di tutto per non incrociare i miei.

«Lo divertono, immagino.» Alza le spalle.

«Non sono stupida» allungo il piede per colpirlo su un fianco.

Mitchell sospira, posa la ciambella sul tavolo e mi guarda arrendevole. «È uno dei suoi tanti sfoghi. È una storia complicata, te l'ho già detto. Ci sono cose di lui che non posso dirti, Cherie» mi accarezza una guancia, approfittandone per spostarmi i capelli dietro l'orecchio. «Solo... Ti prego, stagli lontano.»

Mi libero dalla sua presa, guardandolo come se fosse impazzito. «Sono abbastanza grande da scegliere le mie amicizie, Mitchell.»

«Lo so, mon amour, lo so» annuisce.

«I suoi occhi sembrano furibondi quando colpisce qualcuno» socchiudo le palpebre, ripensandoci. Quel verde travolgente, caldo, graffiante mi provoca ogni volta una strana sensazione lungo la schiena. «È qualcosa che va oltre un semplice scontro. Sembra essere infuriato con tutti» sussurro.

«O forse con una sola persona.» Mitchell fissa il vuoto mentre accarezza il contorno del bicchiere con le labbra.

«Chi?» chiedo.

«Cher.» Mi guarda con rimprovero, come se stessi superando una linea invalicabile.

Annuisco, facendo un passo indietro. «Hai ragione.»

«Non provare a conoscere Hunter. So che non dovrei dirti cosa fare, ma sono serio, stagli lontano.»

«Prima dici che non è un tipo cattivo, poi mi consigli di stargli alla larga. Fa' pace con te stesso.» Scendo dal tavolo con un balzo.

«È…»

«Complicato. Ho capito.» Sollevo una spalla, concludendo la frase per lui. «Sai che sono solo curiosa.»

«Cerca di tenere a freno la curiosità per adesso.»

«Farò del mio meglio, ma non ti prometto nulla.»

«Grazie, mon amour» mi circonda le spalle con un braccio, poi si abbassa appena e mi sfiora la guancia con le labbra.

Sorrido al suo dolce gesto, chiudendo gli occhi e rilassandomi a contatto con la sua pelle.

7

Hunter

Negli ultimi mesi della mia vita ho continuato a ripetermi che il sesso non è di fondamentale importanza. Ci sono cose che possono rimpiazzarlo, ma senza darti lo stesso brivido e la stessa eccitazione. Pelle contro pelle, è questo che cerco, è questo che amo.

Ora ho solo sostituito il piacere con il dolore, ottenendo comunque un identico risultato. Ho dovuto mettere un freno al numero esagerato di ragazze che mi portavo a letto, altrimenti sarei finito nella merda da un momento all'altro; ho rimpiazzato una bella ragazza e un letto caldo con un ring e un energumeno pronto a farsi spezzare le ossa dal sottoscritto. In quei combattimenti ho messo tutto me stesso, tutta la mia rabbia e tutta l'angoscia che mi sono portato dentro in questi anni.

Non mi sono mai tirato indietro, ho sempre accettato le sfide. Il sangue che mi cola dalle nocche, le vene che pulsano contro la mia stessa pelle, il sudore che mi bagna il petto e la schiena, gli occhi offuscati da una rabbia assurda e le labbra piegate in un ghigno. Fa tutto parte di me. O questo, o le corse in auto. Non posso stare fermo e aspettare. Non andrò da uno strizzacervelli, non permetterò che qualcuno riesca a gestirmi meglio di me stesso.

Spingo la linguetta della lattina di birra che ho in mano verso il basso, godendo nel sentire il suono frizzante. La porto alla bocca, piegando la testa all'indietro.

«Vacci piano con quella, Davis, è la terza» gracchia una delle ragazze.

Dopo averne scolato quasi metà, la abbasso per guardare la mora che ha parlato. È intima di quel tipo dai capelli rossi, Shay. Ci troviamo nel suo garage, spaparanzati con i Linkin Park che suonano nello stereo.

Se non ricordo male i loro nomi, quelli seduti sul divano accanto al mio dovrebbero essere Fletcher, il mio ultimo avversario, e Barney Bellvieri.

Girano diverse voci su di lui e sui suoi fratelli, che mi hanno incuriosito e non poco. Da quello che mi ha accennato Mitchell, Barney è il più piccolo dei tre. Ha un'aria fin troppo innocente per essere un giovane delinquente, soprattutto con quei capelli spazzolati dietro le orecchie e il corpo magrolino.

«Fatti gli affari tuoi» ghigno, avvicinando le labbra alla bevanda.

La mora e un'altra bionda sono le uniche due ragazze della festa, entrambe formose e poco vestite. E io, come la maggior parte delle volte, non ricordo i loro nomi. O forse sì, se non sbaglio una delle due ha il nome di una pianta o di un'automobile.

«Calmati, Davis.» Fletcher si sporge in avanti per afferrare il bicchiere di plastica rosso dal tavolino di vetro. «Sei sempre così alterato, dovresti rilassarti.» Con il mento mi indica dell'erba sul tavolo.

«Quella roba farà sicuramente schifo.» Trattengo una risatina, poggiandomi allo schienale del divano.

«Se non la provi non puoi dirlo.» Barney guarda nella mia direzione, tranquillo.

Sollevo un sopracciglio, appoggiando i gomiti sulle ginocchia. «È roba tua?»

«Può darsi» ricambia la mia occhiata impassibile.

«Sento puzza di concorrenza» mormora Fletcher, passando le mani sulle gambe della bionda, che è andata a sedersi in braccio a lui.

«A me piace l'erba di entrambi.» Shay si alza dallo pneumatico su cui era seduto nel fondo della stanza insieme alla mora e viene a inginocchiarsi di fronte al tavolino. «Se vuoi qui ho anche la tua» mi informa, cacciando dalla tasca dei jeans stropicciati una piccola bustina annodata.

«Dunque è vero quello che dicono su di te?» faccio un cenno nella direzione di Bellvieri.

«Può darsi.» Barney, come me, è senza ragazza, ma la cosa non sembra infastidirlo affatto.

«Smettetela di fare i coglioni e fumatevi quest'erba prima che la faccia fuori io» ci richiama Fletcher, ridacchiando mentre si gratta la barba ispida.

Faccio una smorfia, raccogliendo dalla tasca dei jeans una cartina stropicciata. La riempio dell'erba dei Bellvieri e aggiungo uno dei filtri che trovo sul tavolo.

«Faccio io» tossisce Shay, inginocchiandosi di fronte al tavolo e avvicinandosi a me con un accendino pieno di adesivi. Non appena ho finito di arrotolarla, mi avvicino con la canna tra le labbra alla fiamma.

La accendo e inspiro lento il fumo che mi graffia quasi subito la gola, obbligandomi a tossire. Non mi arrendo, faccio un altro tiro seguito da uno ancora più lungo. È come se stessi inspirando merda bruciata. È forte e dà una sensazione strana. «Porca troia» tossisco portandomi una mano davanti alla bocca. Passo la canna a Shay mentre faccio una smorfia disgustata che fa ridere le ragazze presenti. «Che diavolo spingono in giro i tuoi fratelli? Questa roba fa cagare.»

«Ora datti una calmata» ringhia.

«Non dirmi di darmi una cazzo di calmata, Fletcher» inveisco, portandomi alla bocca ciò che resta della birra.

«Barney almeno non va in giro a imitare i suoi fratelli» fa Shay, infilandosi subito dopo una strana pasticca sotto la lingua.

«Che vuol dire?» Guardo interrogativo Barney che prende una bottiglia di whisky dal minibar.

«Niente» si difende lui.

«Lui si occupa della parte tecnica, dei conti, di come vanno gli affari in famiglia» mi spiega Shay. Poi passa le dita sull'erba sparpagliata sul tavolo, ridacchiando quando gli si infila sotto le unghie.

«Lasci il lavoro sporco a chi se ne intende» constato.

«Semplicemente non voglio sporcarmi le mani.»

«Quanta roba si fanno arrivare ogni giorno?»

«Molta di più di quanta riesci a venderne tu in un mese» mi provoca.

Sollevo un sopracciglio, senza distogliere lo sguardo dai suoi occhi turchesi. «Come si chiamano?»

«Non farmi domande a cui sai che non risponderei» scuote la testa, aprendo la bottiglia e versandosene un bicchiere prima di posarla sul tavolo accanto all'erba.

«Bruno e Brandon.» Shay sorride come un coglione.

«Fanculo, Shelman!» Barney lo spinge per una spalla, sbuffando pesantemente. Shelman deve essere il nome per intero di Shay.

«La famiglia B, baciategli le mani.» Fletcher cerca di imitare stupidamente un dialetto del Sud Italia, baciando la mano della sua ragazza.

Quel tipo mi procura ogni volta uno strano fastidio e una voglia di spaccargli la faccia che non mi so spiegare.

«In ogni modo, con te è tornato anche Learman, giusto?» Barney mi guarda da sopra il suo bicchiere di whisky, che beve a piccoli sorsi.

Annuisco con un cenno del capo.

«Da quando è tornato vedo le tette della Jelson ovunque.» Fletcher si sganascia dalle risate.

Jelson? Perché mi è familiare?

«Cherie Jelson?» Shay non guarda nessuno mentre fa quella domanda, e prende una manciata di pop-corn dalla busta aperta sul pavimento. Jelson è il cognome di Chee?

«Proprio lei» conferma Fletcher. «Dannazione, l'avete vista alla festa di Jenna Chanson? Quando ha iniziato a ballare su quel tavolo con Taylor?»

Non riesco a ignorare lo sguardo da maniaco stampato sulla sua faccia. Stringo i pugni, cercando di non dare peso alle sue parole. Quel figlio di puttana non sa quando è il momento di tacere.

Ricordo perfettamente quella sera. Cher non sembrava lei, non so cosa mi abbia trattenuto in quel momento. Ero a un passo dal prenderla e baciarla lì davanti a tutti. Era davvero bella con i fianchi che ondeggiavano a ritmo di musica, le mani che le scorrevano tra i capelli e tutto il corpo in movimento.

«Avrei proprio voluto scoparmela.» Fletcher fa un commento di troppo, credendosi divertente. «Soprattutto con quel…»

«Chiudi quel cesso di bocca» gli abbaio contro.

«Che ti prende, amico?» si acciglia.

«Smettila di pensare a quella lì.» La sua ragazza gli passa una mano tra i capelli.

Le mie invece sono strette a pugno lungo i fianchi, pronte a scattare anche senza la mia approvazione.

«Mercedes, vieni qui.» Barney mi guarda, mentre fa cenno alla ragazza di allontanarsi da Fletcher.

La bionda, un po' confusa e un po' eccitata dal fatto di poter cambiare finalmente ragazzo, si solleva dalle gambe del coglione e va a sedersi accanto a Barney.

«Che minchia succede adesso?» Fletcher fa una smorfia annoiata. «Oh... giusto. Jelson è l'amichetta del cuore di Mitchell, e lo sei anche tu» gesticola. «Non ho collega...»

Prima che possa concludere lo prendo per il colletto della polo nera, spingendolo a terra.

«Devi sapere che mi dà fastidio quando parlano male dei miei amici» lo minaccio, facendo dei passi sicuri verso di lui.

«Dài, amico... Stavo solo scherzando, non lo penso sul serio!» Fletcher si ripara la faccia, alzando le mani di fronte a sé.

«Fa' silenzio!» Mi accovaccio rapido verso di lui. «Forse non ti è bastata la prima lezione, hai bisogno di un ripasso.» Gli stringo la gola, e vedo il suo viso arrossarsi mentre cerca di liberarsi dalla mia presa.

«Ha la faccia colorata...» ride Shay, talmente fatto da non rendersi conto della situazione.

Forse non mi rendo conto nemmeno io di cosa sto facendo. Il suo è stato solo un commento del cazzo, non c'è bisogno di tutto questo. Sono posseduto da una rabbia che non riesco a gestire.

Un secondo dopo ho la vista offuscata e mi gira la testa. Casco all'indietro, gemendo mentre cerco qualcosa a cui aggrapparmi. «Merda» impreco, trovando finalmente il divano su cui faccio perno per rialzarmi.

«Amico, sei malato» fa Fletcher, portandosi una mano alla gola e tossendo.

«Cosa cazzo è successo?» Barcollo appena, cercando di trovare un equilibrio.

«Se non lo sai tu» sussurra Barney, riempiendosi ancora una volta il bicchiere.

«Merda.» Oscillando mi dirigo verso l'uscita del garage, cammino senza guardarmi indietro. Sono in uno stato di confusione totale, cerco di riprendermi per qualche minuto prima di decidere dove diavolo andare.

Cherie

Amo la notte. Racchiude così tanti segreti: di notte si rivelano cose che di giorno non avresti mai sognato di dire. La notte è speciale soprattutto quando sei adolescente e hai voglia di divertirti, di infrangere le regole e superare i limiti. La notte non è fatta per persone tranquille, la notte non è fatta per me.

Potrei chiudere gli occhi e aspettare il mio momento, il giorno, ma invece non faccio altro che rigirarmi tra le lenzuola, stringendo al petto il cuscino bianco e fantasticando su cosa potrei fare per scappare dalla *mia*, di notte.

Ho lasciato la finestra spalancata, che affaccia su un angolo popolato della città in cui passano diverse auto e si sentono delle voci. Trascorro intere ore, di notte, a guardare fuori dalla finestra.

Quante persone si stanno amando in questo momento? *Quante* persone stanno leggendo un libro nel proprio letto, da sole? *Quante* persone stanno piangendo una perdita? *Quante* di loro stanno pregando Dio?

Non faccio in tempo a darmi una risposta che sono già stata

abbracciata dalla stretta di Morfeo, gli occhi chiusi mentre mi lascio andare a un sonno profondo.

All'improvviso sento una risata familiare e un sospiro leggero sul mio viso, ma quando socchiudo gli occhi non vedo altro che buio. Li richiudo quasi subito e, convinta di essermi immaginata quel suono, mi giro dall'altra parte.

«Andiamo, so che sei sveglia» sussurra una voce.

La luce della lampada di camera mia si accende un secondo dopo. Sobbalzo spaventata, sbatto la nuca contro la testiera del letto, poi mugolo e mi massaggio la parte dolorante.

«Hunter?!» sbotto a denti stretti, mentre metto a fuoco la sua immagine.

È proprio lui, seduto sul mio letto con uno sguardo smarrito e gli occhi lucidi, ma non di pianto. «Chi altri, sennò?»

«Hai almeno la minima idea di che ore siano?» sussurro contrariata, fissando la sveglia che indica le due del mattino.

«L'ho appena scoperto» scrolla le spalle.

«Oh mio dio.» Mi passo una mano tra i capelli, spostandomi un ciuffo dalla faccia. «Come hai fatto a entrare?»

«Una tipa isterica mi ha aperto la porta.»

Ora dovrò spiegare alla mia coinquilina una situazione che non riesco nemmeno a spiegare a me stessa. Cosa lo ha spinto a farsi trovare in camera mia a quest'ora?

«Trisha» mugolo, mettendomi il cuscino davanti alla faccia. «Ora sono nei casini.»

«Più che altro mi ha detto di riferirti che sei proprio nella merda.» Accenna una risata. «Devi smetterla di portare tossici in casa o ti manderà via ancora prima che se ne vada lei.»

«Ha detto proprio così?» Sbircio da sopra il cuscino, fissando Hunter con i miei occhi assonnati.

«Proprio così, Chee.» Hunter prende il mio cuscino, spingendolo via.

Deglutisco, mi stringo nella mia maglia larga e mi copro le gambe con il lenzuolo.

«Ti vergogni del tuo corpo?» Trattiene un sorriso.

«Un po'.» Mi porto i capelli dietro le orecchie. «Tu non... dovresti essere qui.»

Hunter ignora le mie parole, prende un lembo del lenzuolo in un pugno e lo scosta lentamente. Quando mi scopre le gambe diversi brividi pervadono il mio corpo.

«Non hai nulla di cui vergognarti, Chee.»

All'improvviso si ferma, e mi fissa negli occhi con un'intensità tale che mi fa battere forte il cuore. I nostri sguardi si fondono l'uno nell'altro con un'intimità unica, come se si conoscessero da sempre. Non riesco comunque a rilassarmi e stringo le gambe, deglutendo mentre continuo a perdermi in lui.

«Vieni qui» mi ordina, spostando le coperte di lato.

Titubante mi spingo in avanti, camminando sulle ginocchia, fino a sedermi di fronte a lui. Inclino la testa quando si avvicina alla mia bocca, chiudo gli occhi ancora prima di sentirlo contro di me, aspettando che quel contatto tanto desiderato avvenga.

La sua lingua calda si fa spazio tra le mie labbra, accarezzandole con dolcezza mentre porta una mano tra i miei capelli e spinge il mio viso più vicino al suo.

Gli tocco il petto con le mani che tremano e le faccio scendere sull'orlo della sua maglietta. La alzo e gli sfioro la pelle nuda e calda, Hunter lo prende come un invito e si stacca da me il tempo necessario per sfilarla.

I suoi baci scendono lentamente, fino ad arrivare al mio collo, che accarezza e tortura con la bocca. Porto la testa all'indietro per il piacere intenso.

È come se tutto a un tratto la mia notte avesse senso. Lui ha dato un senso alla mia notte. Questo piacere mi spaventa, e allo stesso tempo non posso farne a meno. Non ho mai provato nulla del genere prima, con nessuno.

Le sue mani scivolano lungo i miei fianchi e poi mi spingono verso il suo corpo, obbligandomi a mettermi seduta sul cavallo dei suoi pantaloni. Quando la sua bocca torna sulla mia le nostre lingue si incrociano nuovamente, accarezzandosi tra di loro, facendomi rabbrividire. Sento la sua mano salire lungo la schiena, mentre spinge la lingua nella mia bocca, smorzando i miei mugolii.

«Dio» ansimo.

Gli prendo il viso tra le mani, accostandolo maggiormente a me, chiudendo gli occhi e intrecciando la lingua alla sua. Sento il respiro caldo di Hunter contro il viso, e so per certo di non aver mai provato una sensazione tanto piacevole prima. Le sue labbra sono calde, la sua lingua umida è penetrante e si muove con esperienza contro la mia, che cerca di starle dietro.

Improvvisamente mi afferra per i fianchi, invertendo le posizioni, spingendomi sotto di sé, per poi stendersi sopra il mio corpo. Sento la sua erezione, mentre afferro i suoi capelli in una presa salda e socchiudo gli occhi.

È inebriante la sensazione che provo quando siamo così a stretto contatto, l'imbarazzo si dissolve nel nulla e prevale il forte desiderio che ho di lui. Un desiderio proibito che non ho mai provato per qualcuno prima.

«Cazzo, cazzo» impreca inaspettatamente, staccandosi come se lui fosse fuoco e io acqua. Balza in piedi, affannosamente.

«Io...» Provo a dire qualcosa, ma Hunter inizia a brontolare qualche insulto rivolto a se stesso mentre afferra la propria maglia e la indossa. Ha il volto in fiamme, ma mai più del mio.

Penso di stare sperimentando nuove sfumature di rosso in questo momento.

«Tutto questo non doveva succedere.»

«Dici sempre così» sbuffo, deglutendo la bile.

«No, questo non doveva davvero succedere» si porta le mani nei capelli. «Ho perso il controllo, cazzo» impreca, e gira in tondo per la stanza.

«Smettila di prenderti tutta la colpa. L'ho voluto anch'io, è colpa di entrambi» mi mordo le labbra, imbarazzata per averlo ammesso.

«Non succederà più» cerca di convincersi lui.

«Lo sai che succederà di nuovo» gli dico.

«Sì, lo so» ringhia, prima di chiudersi la porta di camera mia alle spalle e sparire nel buio del corridoio.

8

Lo studio prosegue in modo burrascoso, ma non posso dare la colpa alle mie nuove amicizie, bensì a me stessa. In queste settimane mi sono distratta con Mitchell e Hunter, cercando di sbirciare il più possibile nel loro mondo. Mi hanno permesso di seguirli nei loro guai e di assistere ad altri combattimenti clandestini.

Il tutto senza darmi alcuna spiegazione e senza rispondere alle mie domande. Ho deciso di lasciare perdere, di sorvegliarli quando me lo permettevano senza chiedere troppo.

Questa sera Hunter avrà la sua prima corsa in auto – ovviamente illegale – in Inghilterra. Ci siamo spostati molto dal centro della città, quasi un'ora e mezza di macchina. Non vedo Hunter da due giorni, Mitch mi ha detto che si è preso del tempo per prepararsi con degli amici.

«Questo posto mi inquieta» commento mentre attraversiamo una strada buia e deserta.

«È la prima volta che vieni qui?» mi chiede Mitchell alla guida. Non sposta lo sguardo dal parabrezza, concentrandosi sulla strada di fronte a sé come se da un momento all'altro potesse spuntare qualcuno.

«Come se non lo sapessi» lo fulmino con lo sguardo. «Non ho mai assistito a una corsa in auto con qualcuno che non fossi tu.»

«In realtà qualcuno prima di me c'è stato» bisbiglia.

«Non... in quel senso... Insomma...» borbotto mentre sento gli occhi pizzicarmi a causa delle lacrime spuntate improvvisamente.

«Scusa» dice dispiaciuto. «Ho parlato senza pensare, Cher, non era mia intenzione» si giustifica posandomi una mano sul ginocchio.

Il vuoto mi avvolge per un istante. Poi un paio di occhi azzurri, simili ai miei, mi tornano in mente e riempiono tutto. Riesco quasi a sentire il calore delle sue braccia intorno alle mie. Avverto le stesse sensazioni che mi hanno portato a lasciare la casa in cui sono nata, a cominciare la mia nuova vita, a farmi passare notti insonni a sfogliare vecchie foto stropicciate e bagnate dalle lacrime.

«Cher...» Quando Mitchell sussurra il mio nome mi rendo conto che siamo arrivati. «Non volevo riportarti alla mente quella notte, mi dispiace davvero tanto. Forse non saremmo dovuti venire.»

Scuoto la testa, asciugandomi le guance con il dorso della mano. «Va tutto bene. Andiamo.» Cerco di sorridergli mentre apro la portiera dell'auto.

Devo affrontare la cosa, non posso più scappare dal passato. È inutile fingere che non sia successo nulla. Sono passati tre lunghi anni e io provo lo stesso identico dolore all'altezza del petto.

«Finalmente sei arrivato!» Shay si avvicina a noi, più precisamente a Mitchell, con un sorriso storto sulle labbra. «Davis è irrequieto.»

«Come sempre.» Il mio amico scrolla le spalle. «Si sta solo caricando prima del grande botto.»

«Col casino che sta facendo qui in città, hanno tutti scommesso su di lui.» Shay ci affianca mentre ci dirigiamo al luogo della gara.

«Chi è il suo sfidante?» domanda Mitchell.

«Haerlot.» Shay si porta una sigaretta alle labbra e cerca un accendino. «Mike Haerlot.»

«È uscito di prigione?» chiede stranito Mitchell.

«Buona condotta.» Shay gli strizza l'occhio mentre inspira il primo tiro.

Una volta arrivati sulla pista improvvisata, Shay si allontana da noi e segue un gruppo di ragazzi dall'aria losca.

Sono le tre del mattino e ci sono numerose persone radunate intorno a due auto all'inizio della strada.

«Qual è quella di Hunter?» chiedo a Mitch, sporgendomi in avanti per dare un'occhiata.

«Queste auto non sono degli sfidanti. Sono a loro disposizione però» mi spiega. «Hunter gareggerà con quella nera. È una BMW M3, ovviamente modificata» accenna una risatina. Camminando, indica un ragazzo con una canotta che ci dà le spalle. «Lui è Mike Haerlot e la BMW Z4 bianca è sua.»

«È stato veramente in prigione?»

«Cher, ci conosci, la maggior parte delle persone presenti qui si è messa nei guai con la legge almeno una volta.»

«Hai ragione» sospiro.

«Cherie Jelson!» Qualcuno gracchia il mio nome. «Cazzo, è un botto di tempo che non ti vedo» continua.

Mi giro e incrocio lo sguardo di Brandon Bellvieri. I suoi occhi turchesi mi scrutano attentamente man mano che si avvicina, mettendomi in soggezione. Trattengo il respiro, guardandolo come se fosse Satana sceso in terra. «Che ci fa lui qui?» sputo a denti stretti.

La solita aria da presuntuoso stampata sul volto ornato da

una chioma castana, quasi bionda, sistemata ordinatamente all'indietro. Le sue spalle sono larghe, strette in una maglia aderente, e fanno risaltare ancora di più il suo fisico palestrato. È impossibile confonderlo con i suoi fratelli, anche se ha una grande somiglianza con Barney: Brandon è l'unico ad avere degli antitragus sulle orecchie e degli snake sulle sopracciglia. È la persona con più piercing che io conosca, al momento.

Brandon Bellvieri è stato uno dei miei peggiori incubi per buona parte della mia adolescenza. Ho subìto diversi atti di bullismo da parte sua. Nulla di grave, non mi ha mai toccato con un solo dito, non glielo avrei permesso; ma le sue parole mi ferivano ugualmente. Mi ha preso di mira da quando avevo undici anni, mi spintonava per i corridoi e spargeva in giro voci su una falsa gravidanza.

«Sono io che presto le auto» solleva le sopracciglia, avvicinandosi ancora di più. «Non te lo ricordi?» I suoi occhi si chiudono in due fessure, mentre alza un angolo delle labbra in un sorriso provocatorio. «Eppure quella Audi TT era mia...»

«Smettila di fare il cazzone, Brandon.» Barney appare alla nostra sinistra, si accosta a suo fratello e lo guarda male. «Ti sembra il caso di scherzare su una cosa del genere?» lo riprende.

Barney è il più piccolo dei Bellvieri, viene subito dopo Brandon. Sono fratelli, ma oltre agli occhi, non hanno nulla in comune.

«Touché.» Brandon solleva le spalle, e mi manda un bacio prima di scomparire tra la folla.

«Cher...» Barney mi saluta con un cenno del mento.

«Ciao» abbasso lo sguardo, grattandomi un braccio. Le parole di Brandon mi gironzolano ancora per la testa, ma noto una cassa piena di bottigliette di plastica poco lontano da noi. «Io vado a prendermi qualcosa da bere.»

Allungo una mano verso l'aranciata, pronta ad afferrarla, ma qualcuno la prende al posto mio. «Sei cresciuta un casino.»

Quando alzo lo sguardo incrocio per la seconda volta gli occhi di Brandon. «Ti sono cresciute anche le tette.»

«Va' a farti fottere, Brandon» ringhio, girando i tacchi per tornare indietro.

«Ehi, con calma.» Brandon mi afferra il polso. «Questa è la mia serata, nessuno può tenermi il muso.»

«Lasciami, prima che mi metta a urlare.» Dimeno il braccio, ma lui non molla. «Smettila di stringere, stronzo!»

«Dovremmo trovare un posto più appartato per parlarne» mormora, poi avvicina il viso al mio per guardarmi meglio. Sento una puzza di liquore mischiato a un forte odore di dopobarba che mi fa rivoltare lo stomaco.

«Brandon!» Una voce femminile ci interrompe. Ringrazio la ragazza che mi guarda con compassione, avvicinandosi a noi. «I ragazzi stanno per partire, dovresti andare.»

«Giusto.» Molla la presa. «Resta nei paraggi, dolcezza» mi strizza l'occhio, e poi si allontana con in mano la bottiglietta.

«Stai bene?» mi chiede la ragazza.

«Non lo so.» Sento il cuore battere forte. Decido di tornare da Mitchell, che è già pronto per assistere alla competizione. Incrocio le braccia al petto mentre a poco a poco riprendo a respirare. Cerco in tutti i modi di non attirare l'attenzione.

«Cherie, stai bene?» Mitchell mi circonda le spalle con un braccio, poi mi alza il mento con due dita e mi guarda negli occhi. «È successo qualcosa? Se questo posto ti ricorda l'incidente possiamo andarcene.»

«Sto bene, devo solo calmarmi» gli sorrido per tranquillizzarlo. Non voglio raccontargli di Brandon, non voglio rovinare la serata con i miei piagnistei.

«Okay» prova a credermi.

«Ci sei anche tu?» Una voce roca, inconfondibile, invade il nostro momento. Hunter si avvicina a noi, con le mani in tasca e un'espressione impassibile stampata sulla faccia.

«E ti stupisci?» ribatto.

«Hai fegato.» Ride e si ferma di fronte a me. Poi sposta lo sguardo sul nostro amico: «Mitch, ti cerca Shay».

«Vado a dare un'occhiata» dice, rilassando i muscoli. «Tu resta con lei.»

«Non ho bisogno di un babysitter» sbuffo.

«Come vuoi...» Hunter stringe le labbra cercando di non sorridere.

Mitchell ci lascia soli per andare a cercare Shay.

«Tra quanto inizia la gara?» gli chiedo.

Hunter mi guarda con le sopracciglia inarcate. «Il tipo è andato un attimo a prendere qualcosa, non appena torna cominciamo.»

«Figo» annuisco.

«Cos'è successo?» Continua a fissare la mia faccia pallida anche se io non lo guardo.

«Niente.»

«Sembra che qualcuno abbia cercato di metterti le mani addosso» commenta.

Sussulto appena, sentendo le guance arrossarsi dalla rabbia per ciò che Brandon avrebbe voluto fare. «Certo che no...»

«Cristo» sbotta a bassa voce. «Qualcuno ti ha infastidito?»

«Non è come sembra.» Sposto gli occhi sui miei stivali neri.

«Stai bene?» Mi posa una mano sulla spalla e si abbassa di poco verso di me scrutandomi. «Ti hanno toccata?»

«E a te che importa?» Mi mordo il labbro, senza deviare lo sguardo. «No, non mi ha toccata, ma ci ha provato.»

«Non fare la ragazzina. È una cosa seria» mi rimprovera, scivolando con le dita tra i miei capelli.

Rilassandomi per quel gesto, sospiro per un attimo.

«Devi dirmi chi è stato» mi ordina. Avvicina di più il viso al mio e sento il suo respiro caldo contro la pelle.

«Brandon» sussurro con un certo imbarazzo.

«Quel coglione non mi piaceva nemmeno prima» digrigna i denti.

«Ti prego, non fare niente, non dirlo a Mitchell» deglutisco. Come ho potuto confidarlo a lui e non a Mitch?

«Quello è fuori di testa.» Gli occhi di Hunter brillano di una luce oscura. È arrabbiato, decisamente. Sprigiona una certa sicurezza quando lo è. Ha l'aria di qualcuno che combatterebbe contro chiunque pur di ottenere ciò per cui sta lottando.

«Hunter, penso che stia per iniziare» gli stringo un braccio con una mano, indicando con l'altra Mike che si avvicina alla sua vettura. «Dovresti andare.»

«Non posso lasciarti qui da sola» dice senza guardarmi, come se si vergognasse di ammettere la sua preoccupazione.

«Aspetterò qui Mitchell» lo rassicuro. Non ho alcuna intenzione di muovermi.

«Ci vorrebbe troppo tempo.» Inizia a pensare tra sé e sé, poi posa gli occhi sulla sua auto. «Entreresti con me?»

«Scusami?» squittisco, sbattendo più volte le palpebre. «In auto con te? Non mi sono ancora bevuta il cervello.»

«E allora resta qui e aspetta che Brandon venga a metterti una mano nelle mutande.»

«Preferisco aspettare Mitchell» rispondo.

«Lo immaginavo» sbuffa. «Te la fai sotto. Non so nemmeno perché mi preoccupo, sei solo una ragazzina» commenta.

«Non provocarmi.»

«Non ti sto provocando, sto solo dicendo ciò che penso.»

«Pensi troppe cose su di me. Dacci un taglio» ribatto.

«Come se tu non pensassi mai a me» controbatte. «Dovresti smettere di contare i passi che fai, come se avessi paura di sbagliare, e lasciare che sia qualcun altro a guidarti.»

Subito dopo quella frase, che mi lascia a bocca aperta, si dirige alla sua auto.

Sono sempre ferma sui miei passi. Forse per una volta, una singola e decisiva volta, Hunter ha ragione. Devo buttarmi nel vuoto, correre il rischio, affrontare la *notte.*

«Cinque.» Una ragazza al centro della pista inizia il conto alla rovescia.

Ho il cuore che mi martella nel petto. *Come se avessi paura di sbagliare.* Ho sempre la costante paura di sbagliare, di fare un passo di troppo e cadere giù da un precipizio. Non ho mai pensato che prendendo la rincorsa potrei saltare e arrivare dall'altra parte.

«Quattro» continua. Dovrei imparare a fidarmi di me stessa, di smetterla di aspettare che le acque si calmino. «Tre!»

«Cher, eccoti!» Mitchell si avvicina, con un sorriso sulle labbra. «Stanno per iniziare.»

Il cuore mi batte così forte che lo sento fin dentro le orecchie. Inizio a correre verso la pista, facendomi spazio a forza di gomitate. Cammino così velocemente che i piedi mi sembrano quasi non pesare nulla. Qualcuno prova a fermarmi, mentre Mitch mi grida alle spalle che è pericoloso stare lì in mezzo.

«Due!» urla.

«Dove stai andando?» Sorpasso Barney che mi guarda con gli occhi sgranati.

La portiera del passeggero della BMW M3 si spalanca. Hunter

mi ha vista arrivare e mi ha aperto. Salto al suo interno, chiudendo la portiera dietro di me.

«Sei stata brava, Chee» mi sorride, il suo volto illuminato dai fanali esterni.

«Uno!»

Cerco di normalizzare il respiro, ma prima di riuscirci l'auto inizia a ruggire. Il tempo si ferma, tutto intorno a me va a rallentatore.

La ragazza di fronte alle macchine si sfila il top rosa che le stringeva il petto, gridando un caloroso: «Via!».

«Tieniti forte» sussurra Hunter con la sua voce profonda, facendomi rabbrividire.

Con le dita stringo il sedile sul quale sono seduta, sentendo una forte pressione contro il petto quando l'auto sfreccia in avanti.

«Accidenti» mormoro per poi chiudere di scatto gli occhi. La BMW M3 va così veloce che non riesco nemmeno a muovermi, sono immobilizzata al mio posto.

«Devi tenerli aperti, gli occhi» mi fa Hunter. «Ti perdi il meglio.»

«Qual è il meglio?» faccio una smorfia, e cerco di guardare davanti a me.

«Sapere quanto lontano stiamo andando. È così eccitante.»

Dallo specchietto laterale noto l'auto bianca di Mike alle nostre spalle che si distanzia sempre di più, segno che siamo visibilmente in testa. Hunter corre così spedito da spaventarmi e un'ansia mai provata prima mi avvolge.

«Cosa ci trovi di eccitante in tutto questo?»

«Come fai a non capirlo?» Stringe il volante tra le mani. «Stiamo nuotando controcorrente, Cher. Quando corro sono consapevole di quanto tutto questo faccia male, di quanto la merda in cui mi ritrovo faccia schifo.»

«A me dà la sensazione di scappare.» Mi volto per fissare il suo profilo.

«No» scuote la testa. «La vedi nel modo sbagliato. È come se sfidassi il mare che vuole risucchiarti, allontanandoti dalla riva. Nuoti controcorrente, hai il controllo su ciò che ti sta succedendo. Non è il mare ad attirarti a lui, sei tu a correre verso il mare.»

Lo ascolto con attenzione, rilassando stranamente i muscoli. «Mi sento libero quando sono su una macchina e corro senza seguire alcuna regola. Sfido me stesso ad andare il più lontano possibile, consapevole delle conseguenze.»

«Non stai scappando dai problemi» mi passo la lingua tra le labbra. «Gli stai andando contro.»

«Esattamente, Chee.» Stacca una mano dal volante, cercando la mia gamba.

Trattengo il respiro quando la tocca. «Dovresti farlo anche tu.»

9

«Se all'esame ci chiedono questi ultimi capitoli, posso dire addio alla LSE» si lamenta Taylor sfogliando velocemente le pagine del libro che ha tra le mani. «Quando abbiamo affrontato questo argomento? Non ricordo.» Fa una smorfia, senza smettere di sfogliare le pagine.

Taylor vuole frequentare la London School of Economics and Political Science, e specializzarsi in scienze umane e della comunicazione.

Non è il massimo per lei, non aspira alle relazioni internazionali, ma visto che gran parte della sua famiglia si è laureata alla LSE lei non fa altro che seguirne le orme.

Le importa così poco del college che ha lasciato che fossero i suoi genitori a scegliere per lei.

Io sono decisa a iscrivermi alla University College London, per frequentare la facoltà di Lettere e Filosofia. Ho sempre avuto questo obiettivo fin dal primo anno di liceo, e ho scelto i corsi giusti per prepararmi.

«Circa due mesi fa!» Metto un dito sulla pagina indicando un'immagine illustrata. «Miss Hamilton avrà spiegato questo pezzo almeno quindici volte nell'ultimo trimestre.»

Taylor alza lo sguardo verso di me, inarcando un sopracciglio perfettamente delineato. «Tu spaccherai all'esame.» Sorride, chiudendo il libro.

Imbarazzata sposto i capelli su una sola spalla, come sono solita fare. «Non mi aspetto nulla di eccezionale.»

«Fidati di me, Jelson, sei un piccolo genio!» Mi dà una spinta scherzosa.

Sorrido scuotendo la testa, levandole il libro di mano. «Possiamo prenderci una pausa.»

Io e Taylor ci siamo chiuse in camera mia a studiare il più possibile, cercando di non distrarci in alcun modo. Abbiamo ripetuto bene o male tutto ciò che c'era da sapere. Taylor è molto più seria dei ragazzi, con lei mi trovo bene a ripassare, anche perché non mi deconcentra ogni due minuti parlando di auto e fumo.

«Hai organizzato qualcosa per questo fine settimana?» mi domanda improvvisamente, picchiettandosi la penna blu contro il labbro colorato di rosso.

Corrugo la fronte. «Passo sempre due fine settimana al mese dai miei genitori, dovresti saperlo.»

«Non puoi rimandare?» Fa un ghigno contrariato.

«No» scuoto la testa. «Ho già saltato lo scorso per seguire Mitchell e Hunter alla corsa di str...» mi tappo la bocca con una mano, e sgrano appena gli occhi. Forse non avrei dovuto dirlo.

«Una corsa di strada?» Taylor pare molto eccitata mentre si sporge verso di me. «Hunter fa quelle cose lì?»

«Ecco, ho parlato troppo.»

«Stai scherzando? Devo assolutamente sapere tutto!» Mi spinge per una spalla, guardandomi con un sorriso malizioso. «Quel ragazzo è una cosa fantastica. Hai visto quanto è figo?» Si mordicchia il labbro inferiore, passandosi una ciocca di capelli tra le dita mentre assume un'espressione sognante. Non penserà mica a Hunter in quel senso? La cosa mi spaventa, o disgusta, non saprei. Immaginarli insieme mi dà un fastidio che non mi so spiegare.

«Mhh...» Corrugo la fronte, sforzando un sorriso nervoso. Non riesco a parlare di ragazzi con Taylor, la vediamo in maniera troppo diversa.

Lei è decisamente una ragazza facile, non aspetta quello giusto e non ha paura di mostrarsi per quello che è.

«Anche Mitchell non è male» mormora timidamente, abbassando lo sguardo verso le gambe piegate sul mio letto. Mi scruta, come per cercare in me una reazione.

«Il mio migliore amico?» mi acciglio. «Tu vorresti...»

«Non ci vedo nulla di male.» Scrolla una spalla, fissandosi le unghie laccate di rosso. «È un bel ragazzo.»

«Questo lo so.»

«E anch'io non sono niente male» ammicca, sorridendo sfacciatamente.

Annuisco spostando lo sguardo sulla parete ocra della mia camera.

«Potremmo organizzare qualcosa» dice dopo qualche secondo di silenzio. «Tu e Hunter, io e Mitchell!»

«Io e Hunter?» Faccio una smorfia, corrucciandomi. «Perché pensi che uno come Hunter uscirebbe con una come me? Andiamo, ci hai visti? Oltre a essere gli opposti, non siamo proprio compatibili.»

«Gli opposti si attraggono» cita.

«Siamo due opposti che si respingono. Andiamo contro natura» abbasso gli occhi verso la trapunta color pesca. «E poi lui non mi piace in quel senso.»

«Se lo dici tu...» Prende il suo cellulare, sfogliando alcune pagine online.

«Possiamo tornare allo studio?» Mi passo una mano sulla

fronte, portandola poi tra i capelli. «È molto più divertente che parlare di situazioni improbabili con ragazzi impossibili.»

Taylor sbatte più volte le palpebre. «Abbiamo due visioni completamente differenti sul divertimento.»

Scoppio a ridere quando assume quella smorfia d'orrore. «Scherzavo!»

Lei mi sorride, passandomi il cellulare. «Segni il numero di Mitch? Mi piacerebbe parlargli ogni tanto» si passa la lingua tra le labbra.

Esitante e confusa, inizio a digitare il numero del mio migliore amico. Non mi importa ciò che faranno, so che si useranno a vicenda, il problema consiste nel guardarli in faccia dopo che sarà successo. Sarà così imbarazzante.

Hunter

Il nero mi avvolge come una coperta bollente nel bel mezzo dell'estate. Lo sento in ogni dannato secondo della mia vita. È come un peso insopportabile, un masso sulle spalle o dei chiodi contro la pianta del piede. È qualcosa che vive dentro di me, ma mi graffia la pelle dall'esterno.

È tutto freddo e doloroso.

Come me.

Ho pochi mondi che mi ospitano quando scappo dalla mia realtà. Sono mondi crudeli, pericolosi e arrabbiati. L'erba, le auto e le lotte. Farmi del male è l'unico modo che conosco per non fare del male agli altri.

In pochi capiranno, anzi, quasi nessuno capirà.

«Davis, può bastare, hai finito!» Ray mi tira per le spalle facendomi cadere all'indietro.

Il ragazzo sotto di me ansima, ha le labbra spaccate e sanguinanti, non riesce a tenere aperti gli occhi da quanto la pelle intorno si è gonfiata. Rialzandomi sono quasi spaventato da quella scena, indietreggio e tiro il fiato.

Non posso credere di averlo ridotto così senza nemmeno accorgermene. Sono caduto in una sorta di trance, in cui non mi rendo conto di quanto male posso fare finché non è troppo tardi.

Devono sempre fermarmi, altrimenti andrei avanti all'infinito.

Pulendomi il labbro con il dorso della mano, faccio per parlare ma Ray mi precede. «Potevi ucciderlo.»

Perdo facilmente la ragione quando combatto. Non so spiegarmelo ma, più immagino la mia faccia lì, di fronte a me, più vorrei continuare a tirare pugni. Vorrei poter ferire me stesso, ma non posso, dunque mi sfogo sugli altri. So che tutto questo è sbagliato, ma non hanno ancora inventato un modo giusto.

Due ragazzi vestiti di bianco vengono a recuperare il corpo inerme del tipo steso ai miei piedi, trascinandolo nel retro. Non c'è nessuno in quella sottospecie di palestra o centro d'allenamento che sia. È solo un allenamento del cazzo e io ci sono andato giù pesante.

«Prendi.» Ray mi lancia una bottiglia d'acqua che afferro al volo. «Va tutto bene? Sembra che tu sia appena uscito da un incubo.»

«Eh?» corrugo la fronte.

«Non hai una bella cera...» Accenna una risatina.

«Sto bene» borbotto ingoiando l'acqua gelida.

«Ti serve un passaggio?» È talmente gentile che mi dà fastidio. Come può un tipo apparentemente tranquillo organizzare incontri così in gran parte del Regno Unito?

«No, ho la mia auto parcheggiata qui fuori» mugugno.

«Dovresti andarci piano.»

Non rispondo al suo commento, mi limito a guardarlo.

«Con tutto questo» indica intorno a noi. «Potevi farlo fuori.»

«È vivo, no?» sollevo un sopracciglio. «Trovami sfidanti alla mia altezza e proverò ad andarci piano.»

«Farò del mio meglio, amico.» Fa una risata, camminando all'indietro e salutandomi con un cenno del mento. Poi sparisce dietro una porta.

«Complimenti» stride una voce femminile.

Girandomi noto una ragazza che era seduta in un angolo a godersi la scena. Non avevo fatto caso a lei prima. È davvero sexy, anche se bassa. Ha i capelli neri, divisi in piccole treccine, piercing sulle labbra e un anellino sul naso.

«Grazie» faccio una smorfia, bevendo un altro sorso.

Quando cammina le sue gambe si muovono sinuose nei jeans neri attillati che indossa. Si avvicina a me, troppo, e sono obbligato a indietreggiare di un passo.

Devo darci un taglio con le ragazze. Anche se lei è abbastanza carina da poter essere un'eccezione, e io ho sempre bisogno di smaltire l'adrenalina dopo aver preso a pugni qualcuno.

«Io sono Sun Smith.» Si passa la lingua tra le labbra. «Non scappare, non ti mangio mica.»

Sollevando le sopracciglia, la guardo confuso.

«Non ancora, almeno.»

Faccio un sorrisetto, prendendole la mano e spingendola verso di me. «E quando, allora?» sussurro contro le sue labbra, catturandola quasi immediatamente nella mia rete.

Cherie

Ho passato tutto il venerdì pomeriggio a occuparmi delle faccende domestiche prima di partire per Liverpool. Ho il treno alle undici di questa sera, così ho ancora un po' di tempo per rilassarmi e prepararmi psicologicamente all'incontro con i miei. Il tempo a mia disposizione però viene dimezzato dalle lunghe telefonate che mia madre si sente obbligata a fare prima che io parta, ogni volta.

«Il gas, Cher, non dimenticarti di chiudere il gas» mi avvisa con tono autoritario.

Annuisco, anche se non può vedermi. «Perché dovrei dimenticarmi di chiudere il gas? A stento cucino, mamma. E poi abbiamo l'allarme.» Spingo la nuca contro il cuscino del divano, fissando la porta della cucina.

«La maggior parte degli incidenti domestici è causata da piccole distrazioni. Gas aperto, finestre aperte che attirano i volatili; microonde impostato male.»

«Mamma, ho capito!» sbuffo, ruotando gli occhi. «Ci vediamo tra qualche ora.»

«Papà passerà a prenderti.» Papà viene sempre a prendermi.

«Perfetto.» Chiudo gli occhi, rilassandomi.

«Ti ho messo da parte delle lasagne ai pistacchi. Puoi mangiarle anche domani» mi dice, addolcendo il tono. Dopo averle ripetuto cento volte che le voglio bene riesco finalmente a chiudere la telefonata; neanche due minuti dopo ricevo un messaggio: *Mitch.*

Posso passare da te?
H

H?

Supponendo che sia Hunter dal cellulare di Mitchell – visto che il mio numero non ce l'ha – gli rispondo che può passare da me anche subito. Ho una strana voglia di vederlo, di smaltire il nervosismo che provo ogni volta che devo andare a casa dei miei. Provo una sensazione particolare quando sono con lui, in un certo senso mi fa dimenticare tutto il resto. Nulla di cui bisognerebbe preoccuparsi, in teoria.

Sfilandomi di dosso il completo casalingo, tiro fuori dall'armadio una maglia grigia e dei jeans blu lacerati sulle ginocchia. Infilando le scarpe da ginnastica, seduta sul pavimento di camera mia, sento la porta di casa aprirsi.

Non l'ho lasciata aperta, dunque sicuramente non è Hunter.

«Santo cielo!» esclama Trisha. «Quante volte devo dirti di non usare il deodorante per interni al profumo di fiori? Devi usare quello al limone, questo mi irrita.» Bussa alla porta di camera mia, ma è solo un modo per avvertirmi, non vuole entrare e lo so.

«Era finito!» le urlo di rimando, allacciandomi le scarpe.

«Sei una cosa impossibile, non fai mai ciò che ti dico» si lamenta ad alta voce.

«Non sei mia madre!» faccio una smorfia, anche se lei non mi può vedere.

«Per fortuna!» mi grida, per poi chiudersi in camera sua sbattendo la porta.

«Gesù» piagnucolo a voce bassa, sollevandomi dal letto e prendendo il mio cellulare. Sarà meglio che veda Hunter fuori da qui, non voglio avere altri problemi con Trisha facendolo entrare in casa. Potrebbe dare di matto, di nuovo.

Scendo a due a due le scale del condominio, per poi fare un balzo all'ultimo. Apro il portone principale, riprendendo fiato, ma finisco per colpire la faccia di qualcuno che si accovaccia a terra.

«Dannazione...» si lamenta Hunter, toccandosi il naso.

«Oddio!» Sgrano gli occhi. Gli prendo il viso tra le mani, controllandogli il naso leggermente arrossato. «Non sai quanto mi dispiace, stai bene? Ti fa tanto male? Giuro, non ti ho visto arrivare!»

Hunter mi guarda, bloccando i suoi piccoli smeraldi nei miei occhi azzurri e intimiditi. Sento il solito solletico lungo la schiena che mi provoca il suo sguardo quando incontra il mio. Mi mordo le labbra, imbarazzata, e rimango il silenzio. Il modo in cui mi osserva è serio, deciso, fermo. Fa venire i brividi.

«Ciao» sussurra, ancora con il viso tra le mie mani.

Lascio la presa lentamente, sfiorando la pelle calda delle sue guance con i polpastrelli.

«Ciao» ripeto.

Quando spiego a Hunter la situazione, lui mi scoppia a ridere in faccia ma non sembra preoccupato del fatto che non possiamo salire da me. Guida fino a una villetta abbandonata dietro al vecchio consultorio, dove ormai non vive più nessuno. Ferma l'auto di fronte al cancello malandato, e poi mi fa segno di scendere.

«Non possiamo stare qui» gli dico, uscendo ugualmente dalla sua auto.

«C'è un cartello che lo vieta?» sorride sfacciato. «E anche se ci fosse, chi ti dice che lo rispetterei?» Preme un piede sul muretto che divide la strada dall'abitazione, al di sopra del quale si innalza una lunga cancellata.

«Che cosa hai intenzione di fare?» Accetto la sua mano che mi aiuta a salire, per poi scavalcare insieme a lui. Una volta atterrati dall'altra parte, mi guardo intorno a disagio.

«Scambiare due chiacchiere.» Scrolla le spalle, facendomi cenno con la testa di stargli dietro. Ci sediamo all'entrata, sui gradini. Restiamo distanti, lui si appollaia due gradini più in basso, mentre io sto in cima, con le ginocchia al petto.

«Di che cosa vuoi parlare?»

«Cosa farai questo fine settimana?» Cerca nelle tasche dei jeans il suo pacchetto di sigarette, lo tira fuori e se ne porta una alla bocca. «Non che io voglia uscire con te, chiariamoci. È solo che non fai mai niente nel weekend.»

«Come puoi dirlo?» sollevo un sopracciglio.

«Sei sempre con me e Mitchell. Ho gli occhi, Chee.»

Cerco di mantenere la calma e non rovinare la serata con qualche insulto a lui e alla sua faccia tosta. «Lo passo dai miei genitori.»

Hunter tace per un paio di secondi, fissando il vuoto. «Oh.»

«Abitano a Liverpool.» Decido di dirglielo anche se probabilmente non gli interessa.

«Quanti anni hai?»

«Diciotto.»

«E perché non vivi con loro?»

«Uh… Non…» Mi mordo le labbra tanto forte che sento i denti quasi incidere la pelle. «Storia lunga.»

«Non vai d'accordo con i tuoi?» Quando parla non mi guarda, posa la nuca sul corrimano bianco dietro di lui e tiene lo sguardo fisso nel vuoto. «Non c'è nulla di male nell'ammetterlo.»

«Vado molto d'accordo con i miei genitori» deglutisco. Il magone inizia a prendere il sopravvento e non riesco più a tenermi tutto dentro. «Quella casa mi metteva ansia, e vedere i miei mi riportava alla testa fatti che non voglio ricordare.»

«Giusto per farmi ancora di più i cazzi tuoi» sbuffa fuori il fumo, e si volta verso di me. «È successo qualcosa di particolare in quella casa?»

«Mio fratello viveva lì» sputo senza nemmeno rendermene conto. Hunter rimane basito, mi guarda con un'espressione confusa, e non sa cosa dire.

«Lui dava vita a quella casa.»

«È andato via?»

«Per sempre.» Tiro su col naso, trattenendo un singhiozzo. «È morto.»

«Non sapevo avessi un fratello.» Ora non sposta più gli occhi dai miei.

«Mio fratello Charles era il migliore amico di Mitchell.» Accenno un triste sorriso. «Suppongo abbia preferito non parlarne.»

«Lo vedo» corruga la fronte. «E… come è morto?»

Mordicchiandomi ancora le labbra e le guance, inizio a fissarmi le dita che si torturano tra loro. «È morto facendo quello che fai tu» lo guardo di sottecchi. «Partecipava alle corse in auto dei Bellvieri, non lo faceva per soldi, solo per dare una lezione a Brandon. Una sera però il destino ha deciso di non farlo uscire vivo da quell'auto» sospiro.

Hunter resta fermo a fissarmi con la sigaretta che si consuma e gli occhi bloccati nei miei. Non mi fa delle patetiche condoglianze e non mi dice che gli dispiace. Anche se può sembrare strano, stimo molto il suo silenzio. È la prima volta che qualcuno, ascoltando questa storia, non si finge dispiaciuto o in pena per me. Per mesi mi hanno parlato alle spalle, mostrandomi i loro sorrisi falsi e guardandomi come se fossi un animale abbandonato al suo destino.

Un minuto dopo, passato in un silenzio assordante, Hunter si alza dal suo posto e si siede accanto a me, riscaldando con la sua presenza il freddo che mi aveva avvolto dall'interno. «Mia madre è morta quando avevo cinque anni, non ricordo quasi nulla di lei, nemmeno la sua voce» confessa.

Rimango a osservarlo, incredula.

«La morte fa schifo» ammetto, abbozzando una risata nervosa per smorzare la tensione.

«Una vita passata a pensare alla morte fa ancora più schifo» replica, spegnendo la sigaretta contro il corrimano. «Smettila di pensare alla morte, Cherie, altrimenti quando arriverà farà ancora più male.»

Scrollo le spalle, distendendo le gambe lungo le scale. «Quando ci penso ho un senso di vuoto che mi divora lo stomaco.»

«Lui non vorrebbe vederti così.» Mentre lo dice caccia dal pacchetto un'altra sigaretta e se la mette tra le labbra.

Gliela sfilo, gettandola alle mie spalle. «Tua madre non vorrebbe vederti fumare» ribatto.

Lui mi guarda come se fossi impazzita, per poi scoppiare in quella rauca risata che adoro tanto. «Piccola, il fumo mette a tacere le voci» sussurra, come se fosse un segreto.

«Quali voci? Io non sento nessuna voce» sussurro a mia volta, avvicinandomi a lui per farmi sentire meglio.

«Le voci nella testa.» Mi picchietta una tempia con la nocca dell'indice. «Quelle che raccontano storie che non vorresti sentire, favole senza un lieto fine.»

«Io non fumo, non c'è un altro modo per farle tacere?» Lo guardo, senza nascondere un sorriso sottile sulle labbra.

«Certo» ammicca, accostandosi con lentezza a me.

Il respiro mi si blocca, mentre chiudo gli occhi e aspetto che mi tocchi. Le sue labbra non sfiorano le mie, anzi, si posano dolcemente sulla fronte per un arco di tempo che mi sembra infinito. Le voci tacciono, tutte. Un silenzio mi avvolge, i muscoli si rilassano, e per la prima volta mi sento in pace con me stessa.

Nel tragitto fino al mio appartamento, siamo circondati da un silenzio imbarazzante, cosa mai successa prima. Nessuno si è mai comportato come lui. Non mi ha fatto pesare la morte di Charles, si è dimostrato più comprensivo di quanto mi sarei immaginata, e ancora una volta ha mostrato di non essere un completo stronzo come vuole far credere.

«Come sono i tuoi genitori?» Hunter è alla guida mentre mi porge quella domanda, spezzando il nostro silenzio.

«Sono normali, come tutti i genitori» scrollo le spalle. «Mia madre è una segreteria e mio padre è operaio, sono sempre andati d'accordo prima e dopo la morte di Charles.»

«Sono meglio di molte famiglie che conosco.» Hunter fissa il vuoto anche mentre guida. «Molte famiglie dopo aver subìto un lutto si sfasciano, qualcosa in loro cambia.»

«Stai pensando a qualcuno in particolare?» trovo il coraggio di chiedergli.

Hunter ferma l'auto di fronte al mio condominio, senza spegnerla. «No» scuote la testa, rimangiandosi in tutta fretta quelle parole. «Era solo una parentesi.»

Annuisco, scendendo dalla macchina. Voltandomi verso di lui, accenno un piccolo sorriso spostandomi i capelli su una sola spalla. «Sono stata bene.»

«Guarda che non era mica un appuntamento» ridacchia.

Mi aspettavo un commento del genere, e alzo gli occhi al cielo. «Lo so, ma è stato comunque bello passare questa serata con te.»

Hunter mi sorride sorpreso, e poi annuisce lentamente. «Quando vuoi.»

«Buon fine settimana» gli auguro, chiudendo lo sportello dell'auto.

Il finestrino è abbassato e Hunter mi lancia un'ultima, lunga occhiata. «Anche a te.»

10

Hunter

L'ultimo fine settimana è stato uno dei più movimentati che abbia avuto qui a Londra. Io e Mitch abbiamo approfittato dell'assenza di Cher per metterci al lavoro, partecipando a diverse feste e mettendo in giro più roba possibile. Abbiamo guadagnato abbastanza da permetterci una pausa per il resto della settimana, e questo è sicuramente un bene. Sta diventando complicando concentrarsi sullo studio quando c'è di mezzo il lavoro, o gli incontri, o Cher.

Oggi è stato l'ultimo giorno di scuola prima delle vacanze estive. Mancano solo quei maledetti esami finali che mi stanno risucchiando il sangue dalle vene e creano in me un'ansia incredibile.

Avrei mollato il liceo se non fosse stato per la promessa fatta a mio padre, l'unica cosa che lo ha convinto a lasciarmi trasferire in Inghilterra.

Pensava che le mie abitudini sarebbero cambiate una volta atterrato in Europa, ma si sbagliava di grosso. Ho ricominciato quasi subito a farmi un nome, a conoscere gente disposta a comprare erba da me, a trovare un modo per dare sfogo alla rabbia che ho dentro.

Appena entrato in casa, crollo sul divano e prendo il pacchetto di sigarette cacciandone fuori una con le labbra. Poi cerco l'accendino nella tasca dei jeans.

Mitch e Cher sono rimasti a scuola per dei corsi extra o qualcosa del genere. Non ho fatto molto caso alle parole di Mitchell mentre mi avvertiva che non sarebbe tornato a casa. So solo che doveva sbrigare qualcosa con la sua amichetta, nient'altro.

Due sigarette e una confezione di noodle dopo, Mitchell e Cher varcano l'ingresso, accennando un'espressione di stupore nel vedermi tranquillo sul divano con in mano il telecomando.

«Perché quella faccia?» sollevo un sopracciglio, tornando a guardare la televisione. «Eppure sono vestito» sghignazzo.

«In realtà non ci aspettavamo di trovarti a casa, soprattutto sobrio.» Cher mi prende in giro avvicinandosi al divano, per poi sedersi a una debita distanza da me.

«Mi dispiace deludere le tue aspettative.» Continuo a fare zapping.

«E allora non deluderla.» Mitchell sorride posizionandosi di fronte al televisore. «Ti va di prendere a pugni qualcosa?»

«Ci risiamo.» Cher alza gli occhi al cielo sprofondando con le spalle nello schienale.

«Non è come pensi» la riprende Mitchell. «Voglio portarlo ad allenarsi» precisa.

«Volete andare in palestra?» Ci guarda, incontrando per un secondo troppo lungo i miei occhi.

Io non le rispondo, e cerco di non mostrare alcuna reazione al suo sguardo affettuoso. Non voglio che pensi che tra noi possa esserci qualcosa, si sbaglierebbe di grosso e creerebbe una nuvola di imbarazzo.

«Quella all'aperto frequentata dai ragazzi del ghetto, vicino ai campi abbandonati, ricordi?» le fa un cenno.

Sono già stato lì con Mitchell due volte la settimana scorsa, e tre quella prima. È un bel posto, ci sono molti attrezzi e anche un campo da basket.

«Sì, penso di ricordare.» Cher annuisce in modo quasi automatico. «Ci andiamo ora?»

«Viene anche lei?» Faccio una smorfia fingendomi infastidito. Non so perché debba mentire, prima mi veniva abbastanza facile irritarmi per il fatto di trovarmela sempre tra i piedi.

«Ti disturba?» Cher mi sfiora il fianco con la punta del piede, stuzzicandomi.

Con una smorfia mi alzo senza nemmeno guardarla, e mi dirigo in camera mia per cambiarmi.

«Sbrigati, usciamo tra quindici minuti» mi avverte Mitchell.

«Esco quando mi pare» ghignando sbatto la porta alle mie spalle, poi mi infilo la maglietta.

Cherie

Sta cercando in tutti i modi di evitarmi, di non incrociare il mio sguardo e di fingere che io sia invisibile. So che lo sta facendo, lo si capisce dal modo in cui si comporta nei miei confronti oggi. Hunter mi sta letteralmente voltando le spalle come se non ci fossimo mai baciati e come se non fosse mai successo nulla venerdì scorso.

Il sole risplende in cielo rendendo ancora più faticoso per i ragazzi allenarsi. Si suda facilmente e l'acqua della fontana va a ruba, c'è addirittura la fila per riempire le bottigliette.

Io, Mitch e Hunter siamo nell'angolo ovest dell'enorme campo d'allenamento, dove ci sono i pesi e gli estensori per rinforzare i muscoli delle braccia. Io e Mitch siamo seduti sul muretto di fronte a Hunter, lo guardiamo allenarsi. Hunter ha l'espressione seria, mentre si fa forza e allarga l'attrezzo che ha tra le mani non si cura della nostra presenza.

«Se continuate a fissarmi così dovrò farmi una foto e spedirvela come regalo di Natale» ci schernisce mentre rimette al suo posto l'attrezzo.

«Ti prego, non voglio bloccarmi la crescita» lo prendo in giro.

«Pensi di poter crescere più di così?» mi provoca, ammiccando nella mia direzione.

Sento il viso andarmi a fuoco, e mi sposto i capelli davanti agli occhi per nascondere l'imbarazzo. «Io non sono bassa, sei tu a essere troppo alto!» Ed è vero, più o meno. Hunter è circa quindici centimetri più di me, e io mi posso vantare del mio metro e settanta.

«Credici» ridacchia, alzando gli occhi al cielo.

Quando passa agli addominali, Hunter riesce a farne quattro serie da sessanta, affaticandosi parecchio ma senza dare il minimo cenno di cedimento. Il suo petto è stretto in una canotta bianca, aderente, che, ormai umida del suo sudore, fa trasparire i tatuaggi che ha sull'addome.

I disegni sul suo torace sono impossibili da definire, ma sulle braccia ha una serie di piccoli tatuaggi tutti uniti tra loro da un messaggio a me oscuro. Ha delle carte da gioco, da poker, all'interno del braccio sinistro. Sull'altro ha un teschio messicano con delle decorazioni floreali che rendono l'insieme ancora più triste. I suoi tatuaggi sono misteriosi tanto quanto lui. Ho intravisto anche delle date e delle iniziali. Non so a cosa siano riferite, ma non è mia intenzione intromettermi fino a questo punto.

Mi mordo le labbra, frenando la mia fantasia che vaga su un Hunter senza maglietta, col petto macchiato d'inchiostro.

È così bello che potrei seriamente odiarlo solo per questo. Per questo, e perché è un vero stronzo. Uno stronzo di alti livelli, ma uno stronzo che ha saputo dirmi le parole giuste quando gli ho parlato di mio fratello.

«Cher.» Hunter si ferma di botto, con i gomiti sulle ginocchia e il fiato corto. Mi scruta attentamente, guardandomi come se volesse entrarmi dentro.

«Mhh?» mi acciglio, facendo ciondolare le gambe dal muretto.

Mitchell è distratto, sta parlando con due ragazzi non molto lontano da noi, occupandosi dei loro affari sporchi. L'ho visto di sfuggita prendere un mazzo di banconote da quello più basso, ma vorrei essermi sbagliata.

«A cosa stai pensando?» Socchiude gli occhi in due fessure, picchiettando le dita sul ginocchio scoperto dal pantaloncino da basket.

Boccheggio per un po', fino a trovare le parole giuste. «Ovviamente non pensavo a nulla» scrollo le spalle, deglutendo.

«Non sei per niente brava a mentire, sai?» trattiene un sorriso.

Con una mano mi sposto i capelli dietro un orecchio. «Sì, lo so» rispondo annoiata. «Tu invece sei bravissimo a ignorare le persone.»

«Che cosa vuoi dire?» si corruccia.

«Non hai fatto altro che evitarmi tutto il giorno, come se non fossi veramente qui» mi stringo nelle spalle. «Pensavo che volessi cercare di essermi amico, o qualcosa del genere...»

«Ci siamo baciati.» Guarda nella direzione di Mitchell per assicurarsi che sia abbastanza distante. «Gli amici non si baciano.»

«Vuol dire che non lo faremo più.» Abbasso lo sguardo sulle mie scarpe da ginnastica consumate ai bordi. Ho detto quella frase, ma non so se sarei disposta a tirarmi indietro se si presentasse l'opportunità di dargli un altro bacio. Le sue labbra sono la peggior droga di cui io abbia mai sentito parlare. Sono perfette e si muovono in modo lento e graffiante contro le mie, il suo sapore è un misto di tabacco e dolcezza. I suoi baci sono una piccola fuga dalla realtà.

«Vuoi dire che non mi bacerai più?» fa un mezzo sorriso, sollevandosi da terra per venire a sedersi accanto a me. Tremo quando, per sbaglio, mi sfiora le dita con le sue. Afferra la bottiglietta d'acqua e ne beve l'ultimo sorso.

«Sì, forse, io... voglio dire questo» continuo.

«Sembri imbarazzata.»

«Forse lo sono» alzo gli occhi al cielo.

«Ti imbarazza parlare del fatto che ci siamo baciati?» sghignazza.

«Dovrebbe imbarazzare anche te» lo fulmino con lo sguardo. «Solo che tu non hai la minima idea di cosa sia la vergogna.»

«Detto così suona un po' rude» risponde giocando con il tappo blu della bottiglia.

«Senza vergogna.»

Lui accenna una risata. «Un ubriacone senza vergogna che se ne frega di tutti, come Frank Gallagher.»

«Esatto» gli sorrido, scendendo dal muretto. «Andiamo a riempirti la bottiglia.» Indico la fontana con un cenno del mento.

«Me la riempi tu?» chiede porgendomela.

«Non sono la tua badante. Al massimo ti accompagno.»

«Come se non sapessi arrivarci» ruota gli occhi al cielo seguendomi verso la fontana.

«Ehi, Davis!» Barney, comparendo dal nulla, si avvicina a noi con aria disinvolta e una mano nella tasca dei jeans logori.

Ha l'aria stanca, le occhiaie gli circondano gli occhi turchesi e il sorriso è forzato.

«Hai una pessima cera» commento.

Barney sembra notarmi solo in quell'istante, lo sguardo gli si accende mentre mi fissa in modo determinato. «Ho dormito poco» si limita a dire.

Conosco Barney da quando avevo quattordici anni, eravamo molto amici in quel periodo, andava d'accordo anche con mio fratello e con Mitchell e passavamo molto tempo insieme a casa mia. Avevo anche una cotta per lui, è durata qualche mese prima che lui iniziasse a mettersi nei guai con i fratelli maggiori.

Ha sempre avuto l'aria da "ragazzo della porta accanto", con i capelli di un castano ramato pettinati all'indietro e un fisico magro ma non troppo muscoloso. È di una bellezza semplice, quella tipica dei ragazzi inglesi anche se ha origini italiane.

«Stai proprio messo di merda.» Hunter fa una smorfia, sorpassandolo per riempire la bottiglietta d'acqua.

«Gentilissimo.» Barney lo guarda con un sopracciglio alzato.

«Cosa ci fai da queste parti?» chiedo.

«Ero a fare due passi e vi ho visti da lontano» si giustifica, per poi posare l'attenzione su Hunter. «Eri qui per allenarti?»

«Sì» gli risponde.

Barney annuisce, anche se Hunter gli dà volutamente le spalle. «Mitchell è qui in giro?»

«Sì» ripete Hunter.

Mi avvicino alla fontana, e mi sposto di fronte a lui, guardandolo bere direttamente da lì mentre si bagna il mento e il petto.

«Praticamente sei sempre insieme a Learman» sogghigna Barney.

Cerco di decifrare la sua espressione. «E allora?» mi intrometto.

Barney continua a non guardarmi, fissa le spalle di Hunter, aspettando di incontrare i suoi occhi al posto dei miei.

«Era solo una constatazione» mi risponde dopo un po'.

«Fa' le tue diavolo di constatazioni da un'altra parte.» Hunter si alza da terra e si asciuga la bocca con l'orlo della canotta.

«Non c'è bisogno di alterarsi!» Barney allarga le braccia mentre noi camminiamo in avanti lasciandolo alle nostre spalle.

Continuando ad avanzare mi volto per un tempo massimo di due secondi, vorrei cercare una spiegazione a ciò che è diventato.

Non è lo stesso ragazzino di qualche anno fa, adesso è come i suoi fratelli, come ha sempre desiderato. Sono sicura che Barney non è realmente così, è molto più di un pusher e di un piccolo Bellvieri, è molto più di ciò che vuole dimostrare.

Poco dopo devia lo sguardo, si gira dall'altra parte e ricomincia a camminare, come se non ci fosse stata quest'occhiata tra di noi.

Sospiro, girandomi verso Hunter che stringe la bottiglia con tanta forza da rischiare che il tappo voli via.

«Ehi, calmati!» Gli strappo la bottiglia di mano. «Che cosa ti prende?»

«Odio quando non si fanno gli affari propri.» Si ferma di fronte al sacco da boxe.

«Non era sua intenzione immischiarsi, è solo un ragazzo molto curioso.»

«Per quale assurdo motivo lo difendi?» mi lancia un'occhiata, aggrottando la fronte. «Devo insinuare qualcosa? Perché da come lo guardavi presumo di doverlo fare.»

Mi acciglio, indietreggiando con la testa. «Cosa? Oh, no... assolutamente.»

«Sei sicura?»

«Sono sicura.»

«Non è che hai una cotta o qualcosa del genere?» Hunter ferma il sacco da boxe con entrambe le mani, continuando a scrutarmi con quegli occhi verdi perforanti.

«Cosa?!» Faccio una smorfia, negando con la testa.

Hunter sospira, quasi sollevato, e si concentra sul sacco, tirando leggeri pugni.

Una domanda mi sorge spontanea e inizio a guardarlo mentre rigiro la bottiglietta tra le mani. «Non sarai mica geloso...»

«Cazzo, no.» Hunter ferma di nuovo il sacco. Mi incenerisce. «Levatelo dalla testa. Perché mai dovrei esserlo?»

«Già» fingo un sorriso sollevando una spalla.

Sussulto quando lo vedo sferrare un pugno, seguito da una lunga serie di destri e sinistri. Solleva una gamba, colpisce il bersaglio con la caviglia, e lo fa oscillare di lato. Rabbrividisco a ogni sua mossa, vedendo il sudore bagnargli i capelli e attaccarglieli alla fronte, mentre la canotta bianca gli si appiccica addosso.

Hunter continua senza prendere fiato, concentrandosi sul suo sacco, picchiandolo come se volesse staccarlo dalla corda. Prima che possa rendermi conto delle mie azioni, stappo la bottiglia e gli butto dell'acqua in faccia, facendolo fermare di scatto.

«Cristo... Ma che fai?» ringhia scuotendo la testa e riprendendo a respirare.

Precipitandomi verso di lui, ignoro le sue lamentele e gli prendo una mano tra le mie, accarezzandogli le nocche con il pollice. «Non ti fa male?» chiedo preoccupata.

Lui mi guarda come se fossi impazzita, poi sospira e scivola via. «Mi piace quando fa male» scrolla le spalle.

«Sei un pazzo masochista» lo accuso, riprendendo la sua mano e accarezzando le nocche arrossate. Per fortuna non si sono rotte, ma le sento leggermente gonfie. Le mani di Hunter sono enormi, le sue dita lunghe e le unghie rosicchiate fino alla carne.

«Smettila di preoccuparti inutilmente.»

«Ma guarda cosa hai combinato... È rossa, e qui hai un callo... Guarda!» gli sfioro un punto tondo sul palmo, spingendo appena con l'indice.

Hunter ridacchia a bassa voce, mentre mi osserva giocare a fare l'infermiera. «Hai finito? È davvero strano.»

«Scusami.» Lo lascio andare spostandomi i capelli su una spalla.

«Lo sai...» socchiude gli occhi «che quando sei nervosa ti tocchi sempre i capelli?»

Mi acciglio. Non ci credo che ci ha fatto caso. «Qualche volta...»

«Te li sposti davanti alla faccia per nascondere il rossore» sogghigna, avvicinandosi lentamente a me, e afferrandomi una ciocca di capelli. «Sto imparando le reazioni che il tuo corpo ha quando sei accanto a me.»

«Cosa ti dice che ho queste reazioni solo con te?» replico con il fiato corto.

«Questo.» Hunter si avvicina così tanto da sfiorare la mia guancia con la punta del naso. Mi accarezza, mi stuzzica, e mi fa rabbrividire a causa del soffio del suo respiro sulla mia pelle sensibile. Le sue labbra si avvicinano a un angolo della mia bocca, accarezzandolo come se fosse un gesto involontario: trasalisco e trattengo il respiro. Ha sempre questo strano effetto su di me. Il suo profumo è intenso, e il suo sudore ha un retrogusto salato ma non è spiacevole, anzi, gli dà un'aria più mascolina e rude.

Fa passare una mano dietro la mia nuca, e mi avvicina a lui. Mi fa alzare sulle punte dei piedi per poter premere le labbra sulle mie. Le schiudo e permetto alla sua lingua di incontrarsi con la mia.

Hunter si stacca dopo una manciata di secondi, lasciandomi andare e ghignando divertito mentre si guarda intorno sperando che nessuno ci abbia visti.

«E con questo cosa vuoi dimostrare?» Sento il viso andarmi lentamente a fuoco.

«Assolutamente niente.» Mi guarda con un sorriso furbo. «Solo che volevo baciarti.»

«Perché?» chiedo con voce flebile.

«Ancora non lo so» sospira, prendendo la bottiglia dalle mie mani e buttandola giù quasi tutta.

11

«Hai deciso di rimanere qui per il resto della tua vita?»

Sono chiusa da un paio d'ore nella camera di Mitchell, dopo l'allenamento di Hunter. Quando ci siamo baciati – o meglio, lui mi ha baciata – non abbiamo aggiunto altro, ci siamo divisi e io sono andata a cercare Mitchell con il cuore che batteva a mille.

Quando ho trovato il mio migliore amico, gli ho detto che Hunter era pronto ad andare via, e lo ero anche io.

Per fortuna non ci ha fatto domande, non sembra sospettare qualcosa per il momento. Ma dovrò comunque dirgli che tra me e il suo amico americano sta succedendo qualcosa, qualsiasi cosa sia: ci siamo baciati, più di un paio di volte, e abbiamo condiviso segreti e confidenze.

Sposto i libri dalla mia visuale, e vedo Mitchell entrare nella stanza con un sorriso. «Non sei stanca?»

«Non tanto.» Chiudo il volume e mi metto seduta sul letto con le gambe incrociate. «Sono pronta, sono solo ansiosa.»

«Lo so» replica. «Non fai altro che studiare, ma fidati che andrà tutto bene.»

«Lo spero» sorrido timidamente, poi osservo il mio amico che cerca qualcosa nel suo armadio. «Stai per uscire?»

«Sì» risponde, sfilandosi la maglietta mentre mi dà le spalle. Su quella sinistra ha tatuato il nome di sua sorella: *Michelle*.

La famiglia di Mitchell, compresa la sorella stessa, si trova in Francia. Mitchell era molto piccolo quando insieme a suo cugino si è trasferito qui, e torna in Francia solo durante le vacanze scolastiche. Dopo che mi ha raccontato di quello che succedeva in casa sua e del motivo per cui era andato via, gli sono stata vicino e ho cercato in ogni modo di infondergli la sicurezza che lui dava a me ogni giorno.

«Esci con una ragazza?»

«Be', sì» risponde con tono insicuro, infilandosi una camicia di jeans a maniche corte.

«Wow» esclamo. «Se indossi quella camicia deve essere una cosa seria.»

«Una cosa seria...?» si corruccia. «Oh, no, è solo una ragazza.»

«E non mi dici niente?» accenno una risata.

«Niente da dire» scrolla le spalle. «Per caso hai dato tu il mio numero a Taylor?»

«Che c'entra ades...» mi interrompo, sgranando gli occhi. «Stai uscendo con lei?»

«Più o meno.»

«Stai andando a un appuntamento con Taylor?» gli chiedo, mettendomi in ginocchio sul letto. «Taylor Trisworden? La mia amica?»

«Ah, è questo il suo cognome?» Si avvicina allo specchio per sistemarsi i capelli dietro le orecchie, poi controlla attentamente che la barba appena accennata sia tagliata nei punti giusti. La barbetta di Mitchell è appena visibile, ma gli dà un'aria molto matura e responsabile. Gli è cresciuta molto tardi rispetto ai suoi amici, e questo lo ha sempre messo a disagio.

«Non sai nemmeno il cognome della ragazza con cui vuoi andare a letto» scuoto la testa con aria di rimprovero, nonostante mi faccia ridere.

«Vogliamo solo divertirci» ribatte mentre si spruzza qualche goccia di profumo. «Si lascia andare facilmente.»

«Già.» Mi stringo nelle spalle, ricambiando l'occhiata.

«Spero che tu non prenda la stessa strada.»

«Pensi che possa diventare una ragazza facile come lei?» Il mio tono è leggermente offeso.

«No. Ti conosco, so che non sei così. Semplicemente non vorrei che stando con lei si svegli in te il desiderio di provarci, solo perché...» La sua voce va a perdersi, ha gli occhi dispiaciuti mentre mi guarda mettendomi in imbarazzo.

«Solo perché non ho mai avuto un vero ragazzo?» Faccio una smorfia quando intuisco il suo pensiero. «E con chi pensi che possa provarci? Con Hunter?» Lo guardo con aria di sfida.

«Gli devi stare lontano. Non fa per te.»

«E chi fa per me, allora?» continuo a sfidarlo.

Mitchell rimane in silenzio per un lungo minuto. Le lancette dell'orologio sono l'unico suono che ci tiene compagnia. Lui non mi dà alcuna risposta, come se non ce ne fosse una. Mi ferisce pensare che il mio migliore amico mi veda come mi vedono tutti: una ragazza sola che non può fare a meno di essere così.

«Perché?» chiedo in modo secco.

«Perché cosa?»

«Perché non Hunter? Che cos'ha? Non sono alla sua altezza?»

«Dio mio, Cher, no!» Mitchell si volta, guardandomi come se avessi bestemmiato. «Non pensarlo nemmeno per sogno. Tu sei all'altezza di tutti, al massimo sono loro che non sono alla tua.»

«E allora qual è il problema?» lo incalzo ancora una volta, decisa ad avere una risposta. «Cosa nasconde Hunter?» So che c'è qualcosa che non mi avete detto in queste settimane, e io sono determinata a fargli sputare il rospo. Stringo i pugni sostenendo lo sguardo nervoso di Mitchell.

«Ci sono cose che non puoi sapere.» La sua mascella è serrata e lui sembra sul punto di urlare. «Devi stare al *tuo posto.*»

«Non pensi che io sia stanca di starmene al mio posto e vedere il mio migliore amico mettersi nei guai con gente del cazzo?» allargo le braccia, e con uno scatto mi alzo dal letto.

«Non sono affari che ti riguardano. Qui nessuno ti ha chiesto di starmi dietro, Cher» mi imita lui, alzando la voce.

«Nessuno me lo ha chiesto?» Scuoto la testa perché non riesco a concepire il senso di quelle parole. Si è forse dimenticato degli anni d'amicizia che ci legano? Senza pensarci due volte abbasso una spallina della canotta che indosso, mostrando una piccolissima cicatrice a forma di V sulla spalla e aspettando una sua reazione. «Questo graffio me lo sono fatto quando siamo andati in bicicletta insieme, ma io non avevo ancora imparato. Era la tua prima estate senza famiglia, senza *tuo padre*, ricordi?» mi mordo il labbro inferiore. «Tu eri caduto da una piccola rupe nel bosco dei picnic, ci eravamo allontanati dalla zona dove c'erano i miei genitori e Charles. Io ero spaventata perché ti eri fatto male e non riuscivi a muovere una gamba. Ricordi cosa feci? Lasciai la bici e mi spinsi giù dalla rupe per soccorrerti, ma finii per farmi il doppio delle tue ferite, eppure mi buttai e rotolai sulla terra fangosa e le pietre. Siamo tornati indietro sporchi di terra e sangue, due bambini doloranti che si tenevano per mano, che si erano fatti male ma che si volevano bene» gli sorrido tristemente rialzandomi la spallina. «Ci sono sempre stata per te. I tuoi problemi sono i miei problemi. Possiamo davvero affrontarli insieme, devi solo parlarmene.»

Mitchell mi guarda negli occhi, in un modo strano. Sembra dispiaciuto, nostalgico, afflitto e stanco. Non so spiegarmi il suo stato d'animo e non so dirmi perché mi fissa ancora in quel modo, finché non parla: «Qui non si tratta di ginocchia sbucciate o graffi sulle spalle, mon amour. Qui si tratta della vita vera. Non ti basterà cadere insieme a me per farmi sentire meno uno stupido, perché non si tratta di me. Questa volta sono stato io a essermi lanciato giù, ma da un precipizio, e non per distrazione, ma per aiutare un amico».

Rimango in silenzio, troppo arrabbiata per accettare la sua risposta nonostante sappia che Mitch ha ragione.

Tacciamo ancora per qualche minuto, finché lui non sospira e apre la porta di camera sua. «Ti accompagno a casa, se vuoi.»

Annuisco, prendendo la mia borsa e il libro di algebra. Ammutolisco per tutto il tragitto fino alla macchina, lo stesso poi fino a casa mia. Non parliamo, lasciamo che la mente elabori la nostra prima discussione che riguarda qualcun altro. Restiamo in un silenzio straziante che fa più rumore di qualsiasi altro suono.

«Non ti fidi più di me?» chiedo improvvisamente, spezzando il nostro silenzio.

Mitchell sembra stupito, si acciglia. «Scusa?»

«Ti ho chiesto se ti fidi ancora di me» ripeto. «Voglio sapere solo questo.»

Mitchell sospira, annuendo. «Certo che mi fido di te, Cherie.» È concentrato sulla guida mentre si dirige verso casa mia, ignorando le mie occhiate. «È davvero complicato, molto più di quanto tu possa immaginare.»

«Lo hai già detto, Mitch.» Sposto lo sguardo fuori dal finestrino, sospirando. Odio avercela con lui, ma tutto questo mi sta mandando in uno stato di confusione incredibile. Ho un bisogno eccessivo di sapere cosa sta succedendo intorno a me, in modo da non restare bloccata in un gioco senza regole. Vorrei poter fare qualcosa per rendermi utile, per mostrare a Mitchell che non sono solo un'impicciona, ma che sono rimasta la ragazza alla quale raccontava ogni singolo particolare, sempre.

«Ci sentiamo presto, mon amour» mi dice, non appena l'auto è ferma davanti al mio condominio. Fisso il portone a pochi metri da noi, cercando di sistemare lo scompiglio che si è creato nella mia testa.

Porto i capelli su una sola spalla, annuendo, ed esco dall'abitacolo. «A domani.»

Più tardi ho organizzato una delle mie solite serate perfette. Gelato in una mano, telecomando nell'altra e cucchiaio tra le labbra. Ripenso a tutto ciò che è successo negli ultimi giorni: Hunter. Mitchell. Mitchell. Hunter.

Chiudo gli occhi, caccio fuori il cucchiaio dalla bocca e lo infilo di nuovo nella dolce e fredda crema alla nocciola e pistacchio, lasciandomi andare in un lungo sospiro frustrato.

Forse ho esagerato con quelle parole, forse non avrei dovuto intromettermi nella vita di Mitchell, è comunque abbastanza maturo da prendere le sue scelte: giuste o sbagliate che siano.

In TV, sul canale dedicato al cinema, c'è LOL – *Pazza del mio migliore amico*, con Miley Cyrus e Douglas Booth. Seguo a malapena la trama del film, troppo impegnata a immaginare me e Mitchell al loro posto. Non potrei mai innamorarmi del mio migliore amico, perché è troppo simile a un fratello per me. C'è sempre stato, come io ci sono sempre stata per lui. Siamo simili, siamo compatibili, siamo fatti per volerci bene, non per stare insieme e fare ciò che fanno i fidanzatini. È troppo strano. Sono felice di come vanno le cose, non potrei mai far funzionare una storia con lui, e sono felice che non ci abbia mai provato davvero.

Abbasso il volume della televisione quando sento bussare

forte contro la mia porta. Sobbalzo e mi sporco di nocciola la mia comoda maglia XL. Caccio via il cucchiaio dalla bocca, posandolo sul tavolino di legno insieme alla coppetta gigante.

Indosso solo questa enorme maglia bianca con sopra stampata la faccia di un coniglietto baffuto. Deciderò se sarà necessario mettermi i pantaloni quando avrò scoperto chi c'è alla porta.

«Hunter?» dico, guardando dallo spioncino. Apro immediatamente, dimenticandomi del mio outfit. Quando mi appare di fronte, noto le sue pessime condizioni: il labbro superiore è graffiato e sanguinante, una tempia è quasi viola e l'aria sfacciatamente distrutta.

«Oh, uh... Ciao, posso entrare?» Annaspando, inizia a barcollare in casa.

«Sembri appena uscito dal set dell'*Esorcista.*» Non appena entra chiudo la porta, avvicinandomi a lui e mettendogli una mano sulla spalla. «Dio... puzzi di...» arriccio il naso «fumo... alcol...»

Oscilla fino al divano, appoggiandosi allo schienale.

«Si può sapere che cosa hai combinato?» lo rimprovero, prendendogli il viso tra le mani e controllando le ferite. Le labbra sono screpolate e sembrano bruciargli quando prova a chiuderle.

«Ho pensato, Chee, ho pensato parecchio» ridacchia. Poi si passa un dito sul labbro sanguinante, e ride quando vede la macchia rossa che gli macchia il polpastrello.

Scuoto la testa, rifugiandomi in bagno in cerca del kit di pronto soccorso nel ripiano in basso.

Quando torno in salotto Hunter è ancora fermo nella stessa posizione in cui lo avevo lasciato. Mi siedo sul divano, e gli faccio cenno di raggiungermi.

Guarda per un po' la valigetta rossa che ho in mano, corrugando la fronte. «Che vuoi fare?»

«Sistemarti un po'.» Lo prendo per il polso facendolo sedere accanto a me. Apro il contenitore cercando dell'acqua ossigenata e dell'ovatta. «A cosa stavi pensando? Sei stato a un incontro?»

«Ho pensato che finirò per incasinare la vita agli altri a causa dei miei problemi» confessa. «Non sono stato a un incontro, ero in un bar e un vecchio del cazzo si è messo a parlare dei miei tatuaggi e mi sono girate le palle.»

«Ti sei fatto menare da un vecchietto?» Faccio una smorfia, prendendogli il viso in una mano e girandolo nella mia direzione mentre gli pulisco il labbro.

«No» ghigna. «Solo che a quanto pare il tipo era parecchio conosciuto in quel posto e tutti hanno preso le sue difese» spiega. «Cazzoni» sputa a denti stretti mentre chiude gli occhi per il bruciore.

«E sei andato in quel bar per ubriacarti» scuoto la testa.

«Non sono ubriaco.»

«No, non sei ubriaco, sei solo pazzo» replico ironicamente.

«Sono decisamente pazzo» ripete lui annuendo. «Sono pazzo soprattutto per essere venuto da te, non avrei dovuto metterci piede in casa tua, non so nemmeno come ho fatto a ricordare la strada.»

«Hai guidato fin qui?» lo guardo con rimprovero.

«No, questa volta no» ridacchia nervosamente. «Ho camminato un po', anche per riprendermi, non è molto lontano il bar.»

«Sei venuto qui perché era il posto più vicino, non hai da rimproverarti.»

«Prima della tua c'erano due case che mi avrebbero ospitato volentieri visto che mi devono un casino di soldi e sono stato fin troppo gentile con loro» precisa. «Quindi sì, sono pazzo per essere venuto qui.»

«Forse sei venuto qui perché sai che mi importa di te.»

«Ti importa di me?» aggrotta la fronte, unendo le sopracciglia. «No, non sono venuto per queste stronzate.»

«Forse però le altre due persone che ti avrebbero ospitato non si sarebbero prese cura di te.» Poso l'ovatta passandogli una crema trasparente sulle labbra. «E forse avevi bisogno di qualcuno che lo facesse. Il tuo stesso istinto ti ha portato da me, nessuna stronzata.»

«Ma non lo trovi strano? Io sono venuto da te, quando avrei potuto non farlo, invece sono venuto.» Cerca di darsi una spiegazione, scuote la testa e sposta le labbra dal mio dito.

Inizio a pulirmi le mani con un tovagliolo bianco. «Perché lo trovi così strano? Sono una persona anch'io, Hunter, non devi evitarmi o starmi alla larga. Non rimproverarti se senti l'impulso di venire da me.» Cerco i suoi occhi mentre prendo dell'ovatta pulita.

«Non devo rimproverarmi, Chee? Ho pensato a te tutta la sera!» esclama.

«Che c'è di male?!» alzo la voce, sostenendo il suo sguardo.

«C'è che non sono qui per la ferita del cazzo, sono qui perché mentre mi scolavo quel liquore amaro sentivo la tua stramaledetta mancanza!» Lo urla come se mi stesse rimproverando. «Non posso sentire la tua mancanza. Cristo, non mi spiego nemmeno *perché* sentivo la tua mancanza.» Si porta le mani tra i capelli, affranto.

«Perché non puoi sentire la mia mancanza?» mi mordo il labbro, quasi piagnucolando.

«Non sarebbe corretto nei confronti di Mitchell» si calma, sprofondando nello schienale.

«Cosa c'entra Mitchell in tutto questo?» Sfioro la ferita alla tempia con l'ovatta umida, e lo vedo sussultare e provare ad allontanarsi. A quanto pare questa forma di dolore non gli piace.

«C'è qualcosa in voi due che non so spiegarmi. Sei rimasta ad aspettarlo nonostante lui fosse scomparso per due anni, non avevi nessuna certezza del suo ritorno eppure sei rimasta» dice. «Sai quanto fa male aspettare qualcuno che, probabilmente, non tornerà mai.»

«Sapevo che sarebbe tornato.» Abbasso lo sguardo, aprendo un cerotto.

«No, non lo sapevi» mi riprende. «C'è qualcosa dentro di te, qualcosa di incredibile, che ha tenuto accesa la tua speranza per tutto quel tempo. Io non ho nessun diritto di mettermi tra di voi e far andare male le cose. Sarò anche un incredibile stronzo, ma so ammettere le mie colpe.»

«Potrei dire lo stesso, potrei essere io quella che si mette tra di voi» aggiungo.

«Voi c'eravate da molto prima. Non rimproverarlo quando cerca di tenerti lontano da me, vuole solo proteggerti.»

Prima di rispondergli gli sistemo la ferita alla tempia coprendola con un cerotto. «Proteggermi da cosa? Cosa c'è di così spaventoso in te, in voi, in quello in cui vi siete cacciati?»

«Lui mi ha tirato via dalla merda peggiore. Non puoi capire ciò che ha sopportato a causa mia, quanti pugni si è preso per difendere il mio nome. Lui mi camminava accanto mentre tutti mi sorpassavano. È diventato il mio migliore amico, è l'unica persona che può guardarmi negli occhi senza spaventarsi dei segreti che porto con me» spiega, poi fa una piccola pausa. «So cosa vi lega, una lunga storia durata anni e ora so anche di tuo fratello, ma, Cher, io ho bisogno di lui come ne hai bisogno tu. E lui ha bisogno di noi, non metterlo di fronte a una scelta.» Mi guarda fisso negli occhi.

«Non lo farei mai» scuoto la testa.

Hunter mi alza il viso mettendo due dita sotto il mio mento. «Tieniti lontano da tutto questo. Lui lo fa per te, ti vuole bene.»

«Gli voglio bene anch'io.» Lo ammetto alzando gli occhi verso i suoi, per perdermi in quei piccoli diamanti. Hunter sta trattenendo il respiro, non lo sento contro il mio viso nonostante la nostra vicinanza. Gli prendo il polso con una mano, allontanando le sue dita dal mio mento. Rimane in quella posizione, e inizia a sfiorarmi le labbra col respiro.

«Voglio baciarti» confessa un secondo dopo.

Mi mordo il labbro inferiore, alzando gli occhi verso di lui, e spostandoli poi verso le sue labbra. Lui vuole baciarmi mentre io muoio dalla voglia di sentirlo contro di me. Non so cosa mi stia facendo, ma è un bisogno di cui mi vergogno.

«Voglio baciarti ancora, lo voglio da tutto il pomeriggio» continua, passandomi una mano dietro al collo.

Socchiudo la bocca, respirando contro le sue labbra, e, mentre si avvicina, ne approfitto per mordergli quello inferiore.

Gli porto una mano tra i capelli, lasciandolo insinuarsi nella mia bocca con la lingua umida e dolce. Chiudo gli occhi mentre sento le nostre bocche che si cercano, e godo della solita sensazione travolgente che solo lui sa darmi.

Hunter mi sfiora il labbro inferiore con la lingua, fino a farmi ansimare contro di lui. Improvvisamente sento una presa contro i miei fianchi, quando apro gli occhi sono già sulle sue gambe.

Seduta a cavalcioni su di lui, non smetto di baciarlo, intensificando il nostro contatto. Le sue mani mi guidano e trovo il coraggio di muovermi su di lui, col bacino, socchiudendo gli occhi. Ho addosso solo una maglia enorme, questo significa che il nostro contatto è più vivo di quanto sembri.

«Qualsiasi cosa tu mi stia facendo, Cher» ansima, portando

le mani sotto la mia maglia e accarezzandomi la schiena, «non smettere» mi ordina. Annuisco, spostandogli i capelli dalla fronte, e inclino la testa di lato per baciarlo.

Hunter continua a guidarmi contro il cavallo dei suoi pantaloni, procurandomi una sensazione al basso ventre per niente spiacevole. È come una carezza, che mi causa dei brividi in ogni parte del corpo.

«Ti piace?» avvicina le labbra al mio orecchio per sussurrarlo. Sta avendo un'erezione, riesco a percepirla, il che mi fa socchiudere le labbra per lo stupore. Non sta piacendo solo a me, ma anche a lui.

«Tanto» ammetto in un sussurro, spingendomi nuovamente contro di lui.

Hunter ansima, portando le labbra sul mio collo, e succhiandomi la pelle. Sento i suoi denti mordermi, la sua lingua leccarmi e le sue mani stringermi le natiche.

«Voglio sentire quanto ti piace» fa un mezzo sorriso, mentre mi porta una mano tra le gambe. Lo sento oltrepassare il tessuto degli slip, sfiorandomi con le dita la parte più sensibile. Non sono mai stata così tanto in imbarazzo in vita mia. Nascondo il viso nell'incavo del suo collo, sospirando, mentre muove le dita contro le mie piccole labbra.

«Hunter» mugolo, baciandogli il collo.

Lui lo prende per un invito e continua a toccarmi, mentre sposta l'altro braccio intorno alle mie spalle, stringendomi in un abbraccio. L'imbarazzo si sta dissolvendo, e lascia spazio a un'eccitazione mai provata prima. Deglutisco, battendo più volte le palpebre, mordendomi il labbro per non gemere. È quasi impossibile: ciò che mi sta facendo, qualsiasi cosa sia, è strabiliante.

Un attimo dopo inizia a penetrarmi con un dito, al che gelo sul posto, e portando una mano sul suo braccio lo stringo.

Sollevo lo sguardo verso di lui, fissandolo per la prima volta da quando ha iniziato a toccarmi. Cerco di spiegargli ciò che sto provando. Hunter sembra confuso, troppo, ma non smette di guardarmi mentre sposta il dito contro il mio clitoride. Nascondo nuovamente il volto contro il suo collo, e lui mi bacia i capelli mentre muove velocemente le dita dentro di me. Gemo, incredula.

Il piacere che mi pervade è incredibile. Non riesco più a trattenerlo, mi spingo verso la sua mano e, mordendogli la spalla, mi lascio andare contro le sue dita. Stringo le gambe ai lati dei suoi fianchi, sentendo gli spasmi lungo tutto il corpo, incessanti.

«Stai bene?» Hunter ha un mezzo sorriso mentre mi scruta con un sopracciglio inarcato. Non riuscirò più a guardarlo negli occhi. Annuisco, rossa in volto, e resto ferma nella mia posizione con una guancia contro la sua spalla. Hunter mi accarezza la schiena, con entrambe le mani, facendomi sentire a mio agio.

«Possiamo dormire?» gli chiedo con un filo di voce, accarezzandogli il petto con una mano. Lui annuisce, senza lasciarmi andare, e si distende lungo il divano subito dopo aver fatto cadere il kit del pronto soccorso. Porto la testa contro il suo petto, incrociando le gambe alle sue, respirando a malapena. Lo vedo chiudere gli occhi quasi subito, stringendomi poi il bacino con un braccio, in modo da tenermi stretta a sé. Non posso credere di avergli lasciato prendere il controllo su di me, ma, in un certo senso, non me ne pento.

12

Sono stesa sul mio letto appena rifatto, in leggings neri e camicia scozzese con le maniche arrotolate. Fisso il soffitto, e penso a cos'è successo la sera prima con Hunter. Ho lasciato che mi toccasse. Non ero mai arrivata a questo punto con lui, ma è stato piacevole. Non mi sono sentita costretta o usata, anche perché abbiamo passato il resto della notte abbracciati come una coppia. È incredibile ciò che mi fa provare, non riesco a pentirmene. L'unica cosa a cui riesco a pensare è la sensazione che mi hanno procurato le sue mani.

Come se non bastasse ieri sera abbiamo parlato, per la prima volta, lo abbiamo fatto davvero. Il modo in cui parla è una delle cose di lui che adoro. Riesce a spiegarsi benissimo quando sa cosa dire e non è nervoso o arrabbiato. È chiaro, netto, e mentre parla ti guarda negli occhi. È imbarazzante quando lo fa, ma allo stesso tempo riesce a ottenere la mia completa attenzione.

Ora si è fatto velocemente una doccia nel bagno, indossando gli stessi vestiti della sera prima e permettendomi di medicargli di nuovo la ferita alla tempia senza troppa resistenza. Quando rientra in camera mia, senza bussare, ha tra le mani un bicchiere di aranciata accostato alle labbra.

«Che fine ha fatto l'isterica della camera accanto?» mi chiede.

«Trisha? Si è trasferita qualche giorno fa dal suo ragazzo.»

«E non hai festeggiato?» Solleva le sopracciglia, prendendomi in giro.

«Forse dovrei. Mi consigli qualcosa?»

«Ha lasciato nel mobile in alto un libro di piatti tipici filippini, potresti bruciarlo in segno di rispetto per tutte le pietanze che sono state offese dal suo modo di cucinare» ammicca.

Scoppio a ridere, alzandomi e spingendolo scherzosamente. «Sei uno stronzo. Andiamo.»

«Credo che Mitchell si sia bruciato le palle» suppone Hunter aprendo la porta del loro appartamento.

Effettivamente c'è un'insolita puzza di fumo, di erba bruciata e di secco. Lo affianco, ridendo di gusto e guardandomi intorno. Ci sono diverse cartine sparse sul tavolino di fronte al vecchio divano, e sotto al tavolo due bottiglie di Coca-Cola vuote.

«Razza di coglione irresponsabile!» Mitchell esce da camera sua con un diavolo per capello e la fronte aggrottata, ignorandomi e fissando Hunter in cagnesco. «Dove sei stato? Non hai risposto nemmeno a una chiamata. Ti sembra questo il modo di comportarsi? Potevi almeno avvertirmi che dormivi fuori casa!» Alza in aria le mani, scuote la testa e continua a guardarlo.

Non so perché ma la scena è divertente in un modo assurdo.

«Scusa, mamma, mi dispiace un casino, non succederà più!» Hunter ghigna, sorpassandolo con una spallata per poi rifugiarsi in camera.

«Ehi! Io ero preoccupato!» ribatte Mitchell.

Continuo a ridacchiare, attirando la sua attenzione su di me.

Lui studia la mia espressione, o il mio stato d'animo. «Come stai?»

«Uh, bene» annuisco freneticamente. «Se non ti dispiace vorrei parlarti» gli dico mentre mi siedo sul divano.

«Sì» annuisce. «Voglio parlarti anch'io.» Si lascia cadere accanto a me.

«Quello che è successo l'altra sera non mi ha fatto chiudere occhio. Confesso di essermi comportata come una ragazzina, non avevo semplicemente accettato che tu ormai hai problemi e affari più grandi di me, che io non posso risolvere.»

Mitchell si prende un secondo per elaborare le mie parole, ma non parla ancora.

«Mi dispiace.»

«Non devi scusarti, in parte hai ragione quando dici che ti nascondo troppe cose» annuisce. «Hai il diritto di sapere qualcosa e, anche se non a tutte, devo rispondere a qualche tua domanda.»

«Voglio sapere come è nato tutto questo» gli dico, cercando i suoi occhi.

«Ho conosciuto Hunter circa due anni fa, dopo un paio di settimane che ero arrivato a Boston. L'amico che mi ospitava in quel mese mi aveva invitato a un incontro di lotta, e Hunter era uno degli sfidanti» sorride nostalgico. «Ero pronto a scommettere tutto sul suo avversario, che era praticamente il doppio di lui, ma questo mio amico ha iniziato a prendermi per il culo e mi ha sfidato a giocarmi tutto su Davis. In un attimo l'ira di Hunter si è abbattuta sull'altro ragazzo, non ho mai visto qualcuno così preso da quello che faceva, era proprio deciso a ucciderlo.» Un brivido gli percorre le spalle mentre ripensa a quella scena. A quanto pare Hunter non ha cambiato le sue abitudini. «È stato inquietante quando ho visto i denti del ragazzo cadere ai miei piedi, stavo per vomitare.» La sua faccia è leggermente disgustata.

Rabbrividisco.

«Quella stessa sera l'ho seguito fuori dal posto e mi sono presentato; ma lui in quel periodo non si fidava di nessuno e ci siamo parlati a stento. Dopo pochi minuti tre ragazzi ci hanno raggiunti: si sono avvicinati a me chiedendomi di un certo Hunter Davis, di cui sapevano il nome ma non la faccia. Hunter non li guardava negli occhi, stringeva i pugni e si preparava a un altro duello. Io ho finto sfacciatamente di non conoscerlo, ma quando hanno capito che stavo mentendo hanno iniziato a prendersela con me. Mi hanno spinto un po', minacciandomi, e quando finalmente mi hanno lasciato andare Hunter è corso in mio aiuto e si è giustificato con il fatto che se avesse preso le mie difese lo avrebbero riconosciuto. Gli ho detto che come minimo mi avrebbe dovuto dare una spiegazione. Lui non mi ha risposto e se ne è andato.»

Non riesco a trovare un filo conduttore nel racconto. «Credevo fosse stato Hunter a salvare te, non il contrario» ammetto confusa.

«Non ho finito.» Mi accarezza la gamba con una mano, per poi continuare. «Un mese dopo lavoravo per l'amico che mi ospitava. Mi aveva mandato a spacciare a Dorchester, che era già sotto il controllo di un uomo pericoloso, Gerald White, ma in un modo o nell'altro dovevo sdebitarmi. La seconda notte che mi trovavo in quel quartiere Mr. White ha mandato i suoi scagnozzi per farmela pagare, inutile dire che mi hanno quasi ucciso, avevano i coltelli ed erano decisi a farmi fuori. Ho perso un mucchio di sangue, ma nell'esatto momento in cui stavo per svenire è apparso Hunter, letteralmente dal nulla, e mi ha salvato il culo» sorride. «Ti dico solo che Hunter aveva dei problemi con molte cose, tra cui: sesso, alcol e droga. Le tre cose che ti rovinano la vita, come sai. Non posso raccontarti di questo, è un tasto dolente, gli ho promesso che una volta arrivati qui a Londra non ne avremmo più parlato.»

«Oh… capisco. Non puoi parlarmi nemmeno di suo padre?»

«Hunter ha avuto e ha tuttora dei problemi con il padre, e non potendosi permettere un appartamento tutto suo, dato che eravamo diventati amici, gli ho detto che poteva stare da me. Dopo qualche lavoretto sono riuscito a pagare le spese per un piccolo monolocale a Boston. Ho conosciuto il padre, è un uomo molto… diciamo difficile da capire, ma vuole il meglio per suo figlio e mi ha praticamente supplicato di portarlo via dall'America.»

Hunter è proprio un mistero. Ha sempre l'aria irritata, ma allo stesso tempo si comporta in modo premuroso. Un secondo dopo, però, è ancora più irritante. So che nasconde qualcosa: forse un piccolo segreto, un punto debole, un disagio o un tormento. So di sua madre, ma non so di lui e di suo padre. Vorrei conoscerlo di più, in modo da poterlo capire e stargli vicino più di quanto è disposto a permettermi.

«Pensi che si aprirà mai con me?» sussurro mentre fisso la porta chiusa della camera di Hunter. È lì già da un po'. Non so se si è addormentato o altro, ma da quella stanza non esce alcun suono, come se non ci fosse nessuno al suo interno. Eppure la luce è accesa, lo vedo dalle fessure della porta.

«Lui non si apre mai con nessuno» ride, circondandomi le spalle con un braccio.

«State ancora blaterand… Uoh, ragazzi.» Hunter fa una smorfia disgustata quando, uscito da camera sua, ci vede così vicini. «Hai una stanza, amico, usala.»

Mitchell scuote la testa, si stacca da me e fa cenno a Hunter di passargli la cartina arrotolata che ha tra le dita. Non ci avevo fatto caso prima. Non credo sia una sigaretta, si vede lontano un miglio cos'è realmente.

Il mio migliore amico fa un tiro lento, chiudendo gli occhi, per lasciare uscire l'aria dalle labbra qualche secondo dopo. La ripassa a Hunter, poggiando i gomiti sulle ginocchia e fissando il pavimento macchiato di gocce di Coca-Cola.

Incrocio le braccia al petto, e li fisso. Un attimo dopo il cellulare di Mitch gli suona in tasca e dal suo sguardo smarrito capiamo che non si aspettava nessuna telefonata a quest'ora.

«È Ray» si acciglia.

«Raymond?» chiedo conferma, avvicinandomi a lui per spiare lo schermo lampeggiante.

Mitch annuisce, poi accetta la chiamata. «Amico, sei in vivavoce, spara.»

«Non possiamo avere un po' di privacy, Learman?» sogghigna Ray dall'altro capo del telefono.

Hunter ruota gli occhi al cielo spegnendo la canna nel portacenere di legno.

«Non nascondo nulla alla mia famiglia, fratello, dovresti saperlo.» Mitchell mi guarda con un sorrisetto furbo.

«Hunter è lì con te?» gli domanda.

«E dove dovrei essere?» ribatte Hunter, sprofondando sul divano.

«Ho un incontro tra qualche ora, ma uno degli sfidanti si è tirato indietro all'ultimo.»

«Fammi indovinare: Scott Allison» sghignazza Mitch.

Ray in risposta fa una bassa risata. «Cazzo, quel coglione se la fa addosso sempre qualche ora prima. È solo un pallone gonfiato. Scott ha dato forfait giusto qualche minuto fa, e non conosco nessun altro così fuori di testa da battersi con Trenton Gordeen» ammette.

«Cazzo, Gordeen.» Mitchell fa una strana espressione quando sente quel nome.

«Se per Hunter non è un problema vorrei che fosse lui lo sfidante.»

«Non lo so.» Mitchell si morde il labbro, guardando il suo amico.

«Non ho un cazzo da fare.» Hunter solleva una spalla ricambiando l'occhiata.

Mitch sospira, arrendendosi. «Dove dobbiamo incontrarci?»

«Nella vecchia scuola, la Trensicol, quella in periferia» spiega velocemente.

«Ci vediamo lì alle...» Mitch lascia che sia Ray a continuare la frase.

«Alle zero zero?» conclude Ray.

«Zero zero» lo scimmiotta Hunter a voce bassa, facendomi ridacchiare per il suo stupido tentativo di imitare l'accento inglese. Quando si accorge di me, mi regala un lieve sorriso e un'occhiata profonda dei suoi occhi smeraldo. Se solo non ci fosse Mitchell tra noi.

«Perfetto, ci vediamo tra qualche ora.» Dopo i classici saluti Mitchell chiude la telefonata e si alza dal divano, liberando lo spazio tra me e Hunter.

Torno composta, poso i piedi a terra e mi sposto i capelli dietro le orecchie. «Che si fa?»

«Vieni anche tu?» Mitchell mi fa quella domanda mentre si accende una sigaretta, fissandomi negli occhi.

«Se non vi disturbo.» Alterno lo sguardo da lui a Hunter. I due ragazzi si fissano, come se comunicassero telepaticamente. Tutti e tre sembriamo sapere tutto, ma allo stesso tempo siamo all'oscuro dei pensieri dell'altro.

«Ormai...» Davis scrolla le spalle, dando il suo consenso.

«Perfetto, allora!» esclama con sarcasmo Mitch.

Sprofondo con le spalle nel divano, mentre desidero scomparire in silenzio.

13

Hunter

«Mi dà fastidio» sussurro, ma in modo che lei riesca sentirmi.

«Cosa?» mi chiede Cher. È da quando siamo qui che non fa altro che guardarmi con rimprovero, come se fossi un mostro e lei la bambina seduta accanto a me. Una bambina dai capelli castani lunghi che gli accarezzano la schiena e gli occhi azzurri che mi graffiano l'anima, fino a farla sanguinare. È così strana, e nei momenti in cui è accanto a me mi fa sentire davvero una persona di merda. E quando ti accorgi di essere una merda, vuol dire che lo sei davvero.

«Che mi fissi.»

Siamo nel retro della vecchia scuola, seduti sui muretti insieme a una dozzina di persone che si rilassano fumando, sparpagliati sull'erba pungente. Mitchell è andato a cercare Raymond, mentre a me pare di aver intravisto Barney e Brandon nei paraggi.

«Non ti sto fissando.»

Distoglie lo sguardo, concentrandosi su un gruppo di ragazzi che ha appena iniziato una discussione. Uno di loro dà una spinta all'altro, e lo fa cadere contro dei bidoni vuoti, attirando l'attenzione di un paio di persone. Non sembrano davvero incazzati, solo annoiati e in cerca di un pretesto per prendersi a pugni.

«C'è qualcosa che non va?» domando piuttosto irritato, spostando la sigaretta dalle labbra.

«No, assolutamente» afferma con sguardo indifferente.

«Ti è per caso venuto il ciclo o...» gesticolo con la mano libera.

Cher riprende il suo colorito rosso, e scuote la testa. «Accidenti, no! Che razza di domanda!»

«E allora qual è il tuo problema?» Faccio una smorfia, appoggiandomi contro il muretto e guardandola negli occhi. «Sei decisamente strana.»

«E perché sarei strana?» corruga la fronte.

«Solitamente sei più logorroica.»

«Stai per caso insinuando che io parli troppo?» Fa una smorfia infastidita incrociando le braccia al petto, socchiudendo gli occhi e sfidandomi con una delle sue occhiate poco provocatorie.

«Non lo sto insinuando, lo sto proprio dicendo» scrollo le spalle.

«Be', sei stato strano anche tu ultimamente» ribatte, rilassando i muscoli delle braccia e guardandomi in cerca di risposte che non sono pronto a darle.

«Io sono sempre strano.»

«Mi stavo solo facendo delle domande» abbassa lo sguardo verso le sue scarpe da ginnastica.

«Del tipo?»

«Perché fumi?» chiede, girandosi di scatto verso di me. I suoi occhi azzurri e profondi mi mettono a disagio mentre mi guarda. Nessuno mi aveva mai rivolto una domanda simile prima d'ora, e non mi aspettavo che fosse proprio lei la prima a farmela.

Sposto la sigaretta dalle labbra, picchietto sulla cartina e faccio cadere la cenere. I ragazzi che qualche minuto fa avevano iniziato una discussione adesso ridono e si abbracciano come se nulla fosse. Com'è strana questa vita.

«Perché non dovrei farlo?» Faccio un lungo tiro con gli occhi chiusi, poi butto fuori il fumo verso il suo viso e mi godo la sua fronte aggrottata e il naso arricciato.

«Perché ti uccide» ribatte, sventolando l'aria con una mano.

«Ecco» accenno un sorriso. «Questa è la risposta alla tua domanda.»

Un fischio attira l'attenzione di tutti verso le porte sul retro, quelle di emergenza. Mitchell cerca di attirare la nostra attenzione. «Hunter, stanno per iniziare!»

Tutti si voltano verso di me, guardandomi con una certa meraviglia. Non si aspettavano di trovare uno degli sfidanti tra loro?

«Quella non può essere la risposta.» Cher mi blocca un braccio con la mano, impedendomi di andare avanti.

«Non è nulla di importante» scuoto la testa.

«È importante invece.» Mi guarda negli occhi, per l'ennesima volta. Un ciuffo di capelli le copre una parte dell'occhio destro, rendendola così bella e fragile. La mano mi trema al desiderio proibito di spostarle i capelli dal viso, in modo da poterla vedere meglio.

«Cos'è importante? Sapere perché mi rovino la vita?» Cerco di togliere il braccio dalla sua presa, ma lei stringe più forte. Non me lo aspettavo. Corrugo la fronte, fissando le sue nocche impallidirsi, e resto fermo al mio posto nell'attesa che mi lasci andare o dica altro.

«Hunter, cazzo, datti una mossa!» urla Mitchell. Tutti ci fissano, anche se non possono sentirci.

«Mi importa sapere ciò che provi» sussurra.

Non può interessarle davvero, a nessuno interessa. «Niente

di importante.» Mi libero dalla sua stretta e mi avvicino alla porta che Mitchell mi tiene aperta.

«Che cazzo ti prende?» mi sussurra lui, guardandomi irritato.

Non gli rispondo, ho solo voglia di prenderlo a sprangate sui denti. Mi sfogherò con quel povero coglione sul ring, in modo da non dover dare spiegazioni.

«Oh, merda.» Le mie pupille si dilatano quando delle luci blu e rosse mi lampeggiano davanti agli occhi. La polizia. Qualche figlio di puttana ha chiamato davvero la polizia? Non ci credo.

Siamo all'esterno del luogo in cui si è tenuto l'incontro, che si è concluso con la mia vittoria. È stato molto più semplice di quanto mi ero immaginato, sono riuscito ad allentare tutta la tensione.

«Il bosco.» Cher mi strattona per un braccio, svegliandomi dalla mia momentanea trance. «Presto, corriamo verso il bosco!» aggiunge agitata, indicandomi gli alberi dall'altro lato della strada.

Le stringo la mano, e scappiamo lungo la strada prima che la polizia fermi le auto di fronte alla scuola. Ci sono persone che corrono ovunque, lasciando a terra mozziconi, bottiglie vuote e qualche oncia. Hanno paura che li trovino con addosso della roba e la buttano prima che sia troppo tardi.

Continuo a tenerle la mano mentre sorpassiamo i cespugli, correndo tra gli alberi e calpestando ramoscelli. Sento le gambe cedermi a ogni passo, come se non riuscissi ad andare oltre, come se fossi arrivato al limite delle mie forze. Dopo un centinaio di metri mi accascio.

«Hunter, ehi.» Cher mi strattona per farmi riprendere.

Rotolo su un fianco con il respiro corto mentre apro gli occhi e fisso il cielo oscurato dai rami alti degli alberi. Cher è in ginocchio accanto a me, con le mani sul mio petto, i capelli in disordine e gli occhi terrorizzati.

«Piccola, va tutto bene.» Riesco a fatica a mettermi seduto, con le spalle contro un tronco, e dopo svariati tentativi ricomincio a respirare normalmente. Cher si siede accanto a me, posa la testa sul mio petto, io le metto un braccio intorno alle spalle.

«Lo sai vero che tutto ciò che è appena successo è colpa tua?» mi fa, mentre gioca con le dita della mia mano.

«Colpa mia?» sollevo le sopracciglia, guardandola come se fosse impazzita.

«Se tu non avessi accettato di combattere non saremmo qui.»

Si morde le labbra per nascondere un sorrisetto.

Ruoto gli occhi al cielo, e la pizzico su una guancia. «Come se qualcuno ti avesse obbligata a seguirci.»

«Non ti farebbe male dire qualcosa di carino ogni tanto, sai?»

«Probabile.» Mi volto dal lato opposto, fissando il buio del bosco. Siamo in mezzo al nulla, ma riusciamo ancora a sentire la folla nei pressi della scuola e la polizia che cerca di mantenere la calma tra i ragazzi ubriachi e arrabbiati per l'incontro finito male. Ray sarà incazzato nero con me e non mi farà combattere per un po', ne sono certo.

«Grazie» sussurra inaspettatamente.

Corrugo la fronte. Non mi aspettavo nessun "grazie". «E di cosa?» chiedo, poi mi giro verso di lei, e avvicino le labbra alla sua fronte.

«Per avermi portata via da lì» ammette in un altro sussurro, stringendosi contro di me.

Non so perché l'ho fatto, ma in quel momento mi è parsa la cosa più giusta. Portarla via da lì, stringerla forte fino a toglierle il respiro. Le cose sbagliate mi sembrano improvvisamente le più giuste da fare.

14

Hunter

Odio queste scarpe: hanno le suole consumate e mi stringono in punta, diventando ogni giorno più fastidiose. Ma sono troppo pigro per cercarne un paio nuovo.

Tra un lamento e l'altro causato dal dolore dei miei piedi, cerco di mantenere l'equilibrio stringendo sulla schiena Cher che dorme. Il suo respiro leggero sul mio collo mi crea un piacere che si disperde lungo il basso ventre.

Inciampo su una bottiglia vuota e impreco a bassa voce, svegliando Cher. Quando questa mattina molto presto me la sono ritrovata addormentata sulla spalla non ho avuto il coraggio di svegliarla. È incredibilmente bella così.

«Hunter, cosa stai facendo?» mormora in uno sbadiglio. Stringe le braccia lungo le mie spalle, e nasconde il viso nel mio collo.

Sorrido, stranamente intenerito, continuando a camminare come se nulla fosse.

«Chee, va tutto bene, torna a dormire» la rassicuro.

«Tu» sussulta, alzando la faccia verso di me per guardarmi. I suoi occhi si spalancano mentre inizia a dimenarsi. «Mi stai portando? Oddio, ma sarai stanchissimo, lasciami!»

«Va tutto bene. Non muoverti, Chee!» Quando cerco di bloccarle le gambe contro la vita, lei inizia a tirarmi i capelli come una bambina offesa. Nascondo un sorriso mentre oscillo perdendo l'equilibrio, poi mi trovo le sue mani contro il viso che provano a tapparmi il naso e la bocca. Dopo un attimo di confusione, mollo la presa e la faccio cadere con il sedere a terra. È quello che si merita.

Cher si rialza e non mi guarda con quello sguardo d'odio che mi aspettavo, al contrario si pulisce i pantaloni con i palmi della mano e mi rivolge un sorriso gentile arricciando il naso. «Grazie per avermi portato fin qui, ma potevi anche svegliarmi.»

Sono un mostro, ma non fino al punto di svegliare un angelo che dorme. Mi sarei sentito troppo in colpa.

Continuo a camminare con le mani in tasca, lasciando che mi raggiunga a piedi. «Quel coglione del tuo migliore amico non è venuto a cercarci, non potevamo morire in quella pineta...»

«Il mio cellulare è scarico» si lamenta, cliccando i tasti del telefonino.

«Il mio è nella sua auto» faccio una smorfia ancora più infastidita. «Sembra che ci lasci da soli di proposito.»

«Non esattamente» mi riprende. «Siamo stati noi ad abbandonare l'incontro per primi, dopo tutto il casino che è successo non si è capito praticamente nulla.»

«Potrebbe almeno, non so... venirci a cercare» continuo a lamentarmi.

«E se lo ha preso la polizia?» si ferma all'improvviso, terrorizzata al solo pensiero.

«Non aveva nulla addosso, fidati» la rassereno, facendole poi cenno di procedere. Non so esattamente dove stiamo andando, non conosco queste strade e passano pochissime auto.

«Guarda lì!» esclama, indicando un camioncino che sbuffa

una nube grigiastra di fumo. Si sta avvicinando, ma spero non voglia fermarlo, sarebbe un'idea decisamente stupida.

«No, Chee, non farlo.»

In meno di due secondi lei inizia a sbracciarsi per farsi notare dal conducente, finché la vettura rallenta e si ferma.

«Serve un passaggio, ragazzi?» L'autista è un uomo dai capelli neri nascosti sotto un berretto blu e una pancia che potrebbe benissimo suonare il clacson da sola.

Cher gli sorride cordialmente. «Può portarci in centro? Ci siamo persi.»

«Certo, salite a bordo.» L'uomo sorride, aprendoci la portiera dall'interno.

Cher sta per salire quando mi accorgo che c'è un unico sedile. La fermo prima che si arrampichi sul gradino, e salgo al suo posto obbligandomi a non imprecare quando sfioro la pelle sudata dell'omone. Puzza di benzina e birra, e ha la barba lunga di giorni. In seguito scopro che si chiama Adam e consegna acqua a domicilio. Questo quarto d'ora è terribile: Cher sorride ogni volta che l'uomo parla e si finge interessata al discorso.

«E voi? Siete fratelli o...» ci chiede all'improvviso.

«No, è la mia ragazza» mento, stringendo la mano di Cher e rivolgendogli un'occhiata di disgusto. Per tutto il tempo ha cercato di guardare nella scollatura di una che ha meno della metà dei suoi anni.

Adam si ferma a un'area di servizio, tirando poi il freno a mano. «E come vi siete conosciuti?»

Cher non sa cosa rispondere e, per l'imbarazzo, sputa la cosa più vicina alla verità. «Ci ha presentato un amico che abbiamo in comune.»

«Poi me ne parlate» annuisce disinteressato. Apre la portiera. «Ragazzi, torno subito, non fregatemi il carico.» Ci fa un sorriso storto accompagnato da una risata aspra, e scende dal camioncino.

Finalmente ricomincio a respirare e lascio la mano di Cher. «Porca troia, che cazzo» inizio a imprecare senza freno. «Quello è fuori di testa!» Cerco inutilmente una sigaretta nelle tasche dei jeans. Niente.

«Perché gli hai detto quella bugia?» Cher mi dà una pacca sulla spalla, guardandomi interdetta in attesa di una risposta.

«Non smetteva di guardarti le tette, quel malato del cazzo» ringhio.

«Come sempre esageri, anzi, è una brava persona.» Sposta lo sguardo fuori dal finestrino.

«Una brava persona?» Faccio una smorfia a dir poco disgustata. «Ti ha raccontato di come ha scopato sua moglie in un ascensore, accidenti!» sbotto, spalancando gli occhi. «Hai una strana concezione di brava persona.»

«Okay, okay!» alza le mani di fronte a sé con un leggero sorriso. «Forse non è il principe azzurro, ma ha un non so che che mi attrae» dice scrollando le spalle, come se fosse la cosa più naturale del mondo. «Sai? Potrebbe anche piacermi un tipo così.»

«Un camionista dai denti ingialliti?» mi acciglio.

«No, uno spietato del sesso.» Si morde il labbro con fare seducente per poi scoppiare a ridere.

Nel frattempo Adam ritorna alla guida e ci avverte che, prima di portarci a destinazione, deve finire il giro di consegna. Questa è senza dubbio l'ora peggiore di tutta la mia vita.

Quando finalmente arriviamo la mia pazienza è al limite, ho i pugni stretti e la voglia di buttarmi giù da un ponte. Il camioncino si ferma e io apro la portiera, scavalcando Cher e spingendomi fuori dall'abitacolo in cerca di aria pulita.

«È qui che abita il tuo fidanzatino?» L'uomo sta sorridendo a Cher e io mi sto di nuovo irritando. Deve smetterla di guardarla e di parlare.

«No, qui abito io.» Cher gli sorride gentilmente prima di voltarsi verso di me, aspettando che la aiuti a scendere. «O ti sposti o mi dai una mano» mi fa.

Scuoto il capo e chiudo le mani intorno ai suoi fianchi, lei mi cade tra le braccia. La stringo un secondo prima di farle toccare la terra con i piedi.

«La ringrazio per il passaggio, è stato molto gentile.» Cher continua a sorridere in un modo esageratamente cordiale.

«Di niente, stellina, è stato un bel viaggio.» Adam la saluta alzandosi di poco il berretto. «Alla prossima.»

«Non ci sarà nessuna *prossima*» ringhio a voce così bassa che solo Cher mi sente e, di nuovo, mi risponde pizzicandomi il braccio.

Cher decide che è il caso di salutare Adam con l'ennesimo sorriso prima di voltarsi e avviarsi verso il portone del suo condominio.

La affianco quasi subito, infilandomi le mani in tasca. «Sorridi sempre così agli sconosciuti?» le chiedo.

Cher infila la chiave nella serratura. «Che c'è di male nel mio sorriso?»

«Non c'è nulla di male nel tuo sorriso, anzi.» Mi mordo il labbro inferiore evitando di dire qualcosa di eccessivamente sdolcinato. «Trovo solo che sia irritante vederti sorridere a quel tizio» commento, salendo le scale verso il suo appartamento subito dopo di lei.

«Si chiama cordialità» risponde.

Una volta arrivati nel suo appartamento, la mia impazienza sale ad alti livelli. Se il cellulare di Cher non suonerà nei prossimi trenta secondi inizierò a dare di matto e spaccherò la faccia a quel buono a nulla di Mitch. È in carica con lo schermo acceso e zero messaggi né chiamate perse. Non ci credo che non ci abbia nemmeno cercati. Potremmo anche essere morti per quanto ne sa.

«Se continui a fissarlo così finirai per metterlo a disagio.» Cher esce dal bagno ed entra in camera sua tamponandosi i capelli con un asciugamano viola. Ha una maglia con la stampa di un buffo coniglio, i capelli bagnati e le gambe scoperte. Sta cercando di mandarmi il cervello a farsi fottere o cosa?

«Hai dimenticato di proposito i pantaloni?» Mi alzo dal letto e le vado incontro.

Cher squittisce, allungando la maglia verso le ginocchia, ma non si rende conto che, con questo gesto, non fa altro che aumentare la scollatura mettendo in risalto il reggiseno di pizzo nero. Stringo il labbro inferiore tra i denti, portandomi le mani in tasca e continuando ad avvicinarmi a lei e alla sua aria fintamente imbarazzata.

Punto i miei occhi verdi nei suoi del colore del mare, e le blocco le spalle contro la parete. Sollevo le mani, le poggio contro il muro, poi mi abbasso verso di lei.

So che vorrebbe dire qualcosa, glielo leggo in volto, ma si sta risparmiando la fatica di muovere le labbra per quando saranno incollate alle mie. Faccio un passo avanti e le sono praticamente addosso. Mi avvicino al suo viso, ma le bacio il mento, poi le metto una mano tra i capelli umidi, accarezzandole la cute con i polpastrelli.

«Sei così bagnata» le sussurro mordendole la mandibola. «Intendo i tuoi capelli, i tuoi capelli sono bagnati. E tu sei sexy» continuo a sussurrare salendo lentamente con le labbra fino a un angolo della sua bocca.

Brama maggior contatto, ma mentre lei vorrebbe baciarmi subito, io desidero molto più di un semplice bacio.

«Ti prego» mi supplica, avvicinandosi di più a me. Le sue guance si colorano di rosso mentre io continuo a provocarla e l'accarezzo con dei baci lievi, sfiorandola appena.

Le prendo i polsi e li blocco sopra la sua testa, e dal colorito ancora più rosso delle sue guance capisco che non se lo aspettava. Grazie al movimento la maglia è leggermente risalita e ora riesco a vederle gli slip neri, sempre di pizzo. Il suo corpo è una piacevole tortura, la guardo come si guarda un'opera d'arte e capisco che in tutta la mia vita non ho mai desiderato qualcuno così tanto.

Se qualcuno non mi ferma non ci riuscirò mai da solo.

Caccio fuori la lingua e la faccio passare sul suo labbro superiore, con la mano libera le stringo un fianco e la sento sospirare. Spingendomi in avanti faccio incontrare i nostri corpi in un tocco proibito, e subito dopo sento la sua lingua accarezzarmi la bocca.

Poi sento la suoneria del cellulare di Cher. Stringo i pugni, mollando la presa, e premo la fronte sulla sua, totalmente scazzato per l'interruzione. Se esiste un dio, in questo momento mi sta odiando con tutte le sue forze.

«Rispondi tu?» mi chiede lei con un sibilo, sistemandosi la maglietta lungo i fianchi.

«Certo» annuisco e, senza guardarla negli occhi, vado a rispondere a quel buono a nulla di Mitch. «Pezzo di merda.»

«Nelle ultime ore quante volte mi hai chiamato in questo modo?» La sua voce è incredibilmente divertita.

«Oh, non credo tu voglia saperlo» sbotto. Non so cosa mi faccia più rabbia: il fatto che non abbia provato prima a mettersi in contatto con noi, oppure che quando si è deciso ha rovinato il miglior momento tra me e Cher.

«State bene? Dove siete?» Improvvisamente ricomincia a interessargli.

«Stiamo? Come fai a sapere che sono con lei?»

«Vi ho visti» sospira. «Dobbiamo assolutamente parlare, Hunter.»

Annuisco, anche se non può vedermi, e lancio un'occhiata a Cher.

«Sarò lì tra qualche minuto» lo avviso.

«Sbrigati» dice, e riattacca.

«Va' al diavolo.» Faccio una smorfia, fissando lo schermo spento.

«Devi andare?» mi domanda lei, ancora imbarazzata.

La ignoro, e mi dirigo direttamente verso l'uscita con passo frettoloso per poi chiudermi la porta alle spalle senza dare altre spiegazioni. Sono uno stronzo, ma non posso permettermi di rovinare tutto ciò per cui ho lottato a causa di una ragazzina.

Cherie

«Non puoi tirarmi un bidone del genere all'ultimo minuto» piagnucola Taylor al telefono.

È già sera, ho passato il pomeriggio a riordinare casa e ho chiamato i miei genitori, giusto per fare due chiacchiere e rassicurarli sul fatto che la loro unica figlia è viva e vegeta. Non gli ho parlato di ciò che è successo alla Trensicol la notte scorsa, loro non sanno nemmeno che Mitchell è tornato in città; non vogliono che io abbia a che fare con i vecchi amici di Charles. Non posso dirgli di Hunter, di Mitchell, di ciò che fanno per sopravvivere e di come mi metto continuamente nei guai assieme a loro. A mia madre verrebbe come minimo un infarto e non voglio averla sulla coscienza per il resto della vita.

«Non sono dell'umore giusto per le feste, Taylor» dico al telefono, camminando nel vialetto appena illuminato che porta al mio condominio.

«Dài Cherie, si tratta di questo sabato, l'ultima settimana prima degli esami. Non puoi tirarti indietro!»

«Non saprei con chi andarci, e partecipare al ballo di fine anno da soli è davvero deprimente.»

«Posso combinarti qualcosa.»

«No» rispondo categoricamente.

«Nicholas Oakley è un bel ragazzo, è capitano della squadra di rugby» prova a convincermi.

Faccio una smorfia disgustata. «Nicholas Oakley al secondo anno si mangiava le caccole.» Rabbrividisco al solo pensiero di quella bocca.

«Dimitri Gordeen, il cugino di Trenton, è alto un metro e novantadue» si esalta. «E posso assicurarti che non è niente male nemmeno sotto le coperte» ridacchia a bassa voce.

«Quel bestione di un metro e novanta come minimo mi spezzerebbe in due.»

«Sei una cosa incredibile, non ti va bene nessuno.»

Mi fermo nel bel mezzo del marciapiede, con in mano ancora la busta della spesa. «Ma ti rendi conto di chi mi hai suggerito? Cosa c'entrano con me?»

Taylor resta in silenzio per qualche secondo. «Chiedilo a Hunter.»

«Scusami?» mi acciglio. «Ti sei davvero bevuta il cervello» scuoto la testa ridendo.

«Che c'è di male? E se lo chiedi a lui ci sono molte più possibilità che venga anche Mitch.» La sua voce è quasi sognante.

«Voi due… state ancora…»

«Oh, sì, continuamente» ridacchia in modo isterico.

Rabbrividisco ancora una volta, poi, mentre ricomincio a camminare verso casa, scorgo in lontananza dei fanali gialli familiari.

«Ti farò sapere, ora devo proprio andare» riattacco, senza aspettare un suo saluto.

Affretto il passo perché mi accorgo che stasera in strada non c'è quasi nessuno. Saranno le dieci passate, il discount sotto casa mia per fortuna è aperto fino alle dieci e trenta perché la signora Mallory ama la compagnia dei suoi clienti. Da quando le è morto il marito diventa sempre più strana.

Ho la sensazione che qualcuno mi stia seguendo, un brivido mi sale lungo la schiena e il mio sesto senso femminile si risveglia. Giunta davanti al portone, cerco le chiavi nelle tasche, ma le mani sudate rendono l'azione ancora più complicata.

Quando finalmente le trovo cadono a terra, e mentre mi abbasso per raccoglierle sento una voce rude e graffiante alle mie spalle: «Stellina, ciao».

15

Ho il cuore che batte fortissimo, le gambe tremano e inizio a perdere il senso dell'orientamento. Non ricordo quale delle cinque chiavi che ho in mano apra la porta d'ingresso del condominio, e quale quella di casa mia. Torturo con i pollici il portachiavi, una tartaruga di legno colorata di rosso e giallo. Cerco di rilassare i muscoli, nauseata dalla puzza di alcol e sudore alle mie spalle.

«Stellina, ti ho aspettato tutta la sera, ci hai messo un po' a farti viva» gracchia con la sua orribile risata.

Non mi giro. «Uh... Ciao, Adam, ti... ti... serve qualcosa?» balbetto, infilando lentamente una chiave, ma costatando che è quella sbagliata.

«Il tuo fidanzatino?» bofonchia, appoggiando le sue grasse dita tra i miei capelli.

Sobbalzo e rischio di far cadere nuovamente le chiavi. «È sopra» mento, con il fiato corto.

«Ha detto che non vive con te.» Stringe i miei capelli in una morsa dura, forse mi strappa addirittura qualche ciocca.

Digrigno i denti, e trattengo le lacrime dovute alla paura e al dolore. «È... è... così, ma... dorme spesso da me...» deglutisco. «Non voglio che si preoccupi, lasciami andare.»

«Voglio solo salutarti, andiamo stellina, ci siamo fatti un bel giro insieme.» Fa scendere la mano sulla mia schiena, accarezzandomi. «Ho visto come eri interessata ai miei discorsi, sono sicuro che ti piacerebbe provare.»

«Sei ubriaco, faresti meglio ad andar via prima che qualcuno ci veda, Adam.» Provo a essere gentile, per non irritarlo, ma sembra impossibile.

«Se non vuoi che qualcuno ci veda, apri la porta, piccolina.» Mi tocca il sedere e trattengo il respiro mentre un conato di vomito mi risale lungo la gola.

Non so cosa fare e come muovermi, vorrei soltanto che tutto ciò finisse in questo preciso istante. Sono terrorizzata, spiazzata, ho paura e il mio corpo non risponde più ai comandi mentre infilo la chiave giusta e apro la porta.

«Bravissima» mi elogia, spingendomi in avanti.

«Hunter non sarà felice di saperti qui, dico sul serio.» Inizio a camminare facendo in modo che la porta dell'atrio non si chiuda e alzo la voce perché spero che qualcuno del condominio venga a dare un'occhiata. Per mia sfortuna la maggior parte degli inquilini supera i sessantacinque anni ed è quasi impossibile attirare la loro attenzione.

«Hunter non saprà che sono qui.»

«È in camera mia, si arrabbierà molto.»

«Lo sappiamo entrambi che non è qui, smettila di mentirmi!» Mi stringe il polso, obbligandomi a salire le scale. «A che piano abiti?» ringhia, tirandosi fuori dai pantaloni la maglia sudata.

Il cuore mi sale in gola, lo sento battere. Immagini disgustose mi passano per la mente e non so cosa mi trattiene dal rimettere la cena sul tappetino con i fiori dei coniugi Robinson.

«Non mi hai sentito?!» Stringe la presa sul mio polso, tirandomi verso di sé.

«Il quarto.» Mi mordo le labbra, mentre sento lo stomaco trasformarsi in poltiglia a ogni passo. Non sta succedendo davvero. Devo trovare il modo di liberarmi di lui. Siamo quasi al quarto piano, la mia vicina di casa è un'anziana fioraia, la signora Hank, starà già dormendo.

«Passami le chiavi!» Inizia a barcollare. «La giusta... qual è?» ringhia.

«Non lo so» grido, provando nuovamente a liberarmi.

«Non urlare, stellina» mi riprende, abbaiando.

Riesco a fuggire alla sua presa ma le chiavi scivolano via. Le lascio a terra e corro verso la porta di fronte alla mia, bussando freneticamente con entrambi i pugni alla signora Hank. «Signora Hank! Signora Hank! Mi aiuti, la prego!» piagnucolo, suonando anche al campanello.

«Brutta deficiente, torna qui.» Adam mi prende per il braccio, e mi tira verso il mio appartamento. Ha trovato la chiave giusta e appena apre la porta mi getta sul pavimento del salotto. Gattono verso il divano, caccio fuori il cellulare dalla tasca dei jeans e invio alla svelta un messaggio vuoto a Hunter e a Mitchell.

«Non provare a chiamare nessuno, cazzo!» mi urla, sorpassando il divano per raggiungermi.

Ignoro il suo avvertimento e telefono a Hunter, muovendomi per la stanza per scappare alla sua presa. Hunter non risponde.

«Ti prego, Adam, non obbligarmi a chiamare la polizia» piango, e indietreggio verso la mia camera.

«Non lo farai» mi fissa rabbioso negli occhi, con un'espressione che mi intimorisce.

«Lo farò se non te ne andrai immediatamente» lo avverto, cliccando i tasti per le chiamate d'emergenza.

«Mia moglie ha scopato con un altro» confessa con odio. Si avvicina a me, e mi guarda come se io fossi lei. «Siete delle puttane, voi donne!» continua a urlare. Poi scatta verso di me prima che riesca a cliccare il tasto per la chiamata e mi strappa il cellulare di mano facendomi cadere a terra.

«No, ti prego!» lo supplico.

«No!» Hunter urla aggressivo. È in piedi accanto alla porta che Adam non aveva chiuso a chiave per la concitazione.

Il respiro mi manca ancora, potrei svenire da un secondo all'altro, eppure non riesco a spostare lo sguardo dai suoi occhi iniettati d'odio.

«Sparisci, ragazzino, ti sto risparmiando la fatica» bofonchia Adam. «Sono tutte tro...» Non completa la frase che Hunter, prendendolo di peso, lo spinge via da me. Mi guarda un secondo e poi si precipita su Adam con un odio e un'impetuosità mai visti prima.

«Figlio di puttana!» gli urla. Lo lancia a terra, gli dà un calcio nelle costole, poi un altro, un altro ancora.

Io mi rannicchio in un angolo, impietrita. Hunter si mette a cavalcioni sul suo pancione, bloccandogli il collo con una mano mentre con l'altra gli riempie il volto di pugni, ripetutamente, senza mai stancarsi. Non lo vedo in faccia, ma so quanta rabbia sta provando in questo momento. «Io ti ammazzo» ringhia, sollevandosi da terra, con le mani sporche del sangue delle sue nocche mischiato a quello di Adam. «Ti ammazzo, merda, ti ammazzo!»

Non riesco a fermarlo, quella che ho appena vissuto è stata l'esperienza più brutta della mia vita e il mio corpo tremante non risponde più ai miei comandi. Non ho il controllo su ciò che sta accadendo. Ho solo tanta paura.

«Cazzo, vaffanculo!» Le imprecazioni di Hunter mi ricordano che lui è qui, che sta facendo tutto questo solo per me. Continua a ferirlo, a fargli del male, ma un male che non può competere con quello che sto provando io in questo preciso momento. È inutile.

«Hunter» provo a dire, ma le mie labbra non si muovono. Chiudo gli occhi per un istante, cercando di avere la meglio su tutto il dolore che sto sopportando. «Hunter» riesco finalmente a dire, muovendo le dita della mano.

Lui si ferma. Ci mette un po' di tempo prima di voltarsi verso di me, spaventato almeno il doppio di quanto lo sia io. Intravedo la figura inerme dell'uomo a terra, che non dà segni di vita.

Mi sollevo di scatto, ancora intimorita, ma trovo la forza di mettermi seduta. «È... morto?» spalanco gli occhi.

«No.» Hunter si gira verso il corpo di Adam, e gli sposta la testa con la punta del piede. Adam fa un lamento grottesco.

«Vieni qui» allargo le braccia, chiedendogli in silenzio di smetterla.

Hunter mi guarda come se fossi impazzita, e alterna lo sguardo da Adam alle mie braccia.

«Non ci credo, piccola, non ci credo!» Ride nervosamente, e continua a camminare in cerchio per qualche secondo. «Voglio ammazzarlo» si porta una mano sulla fronte. «Voglio ammazzarlo!» urla, esasperato.

«Ti prego» piagnucolo, con le mani che mi tremano.

Hunter mi guarda ancora, addolcisce la sua smorfia e scivola a terra, stringendomi tra le sue braccia. Nascondo il viso nell'incavo del suo collo e inizio a singhiozzare.

«Piccola, va tutto bene, sono qui.» Mi stringe forte e intanto mi accarezza con una mano i capelli e con l'altra la schiena, baciandomi sulla testa. Improvvisamente mi sento più leggera, al sicuro, riesco di nuovo a respirare anche se non in modo continuo.

«Ho avuto così tanta paura» ammetto.

«Sono qui, guardami, Chee, sono qui.» Mi prende il viso tra le mani, sorridendo e cercando di trasmettermi sicurezza. «Chee, va tutto bene, sei al sicuro.»

«Che cosa cazzo sta succedendo?» Mitch entra nel mio appartamento e si guarda intorno senza parole: deve aver visto il messaggio ed è accorso. Ci mette un po' a collegare i fatti, guardando l'uomo sanguinante a terra e poi me tra le braccia di Hunter. «Dio santissimo, dimmi che non è ciò che penso» mi supplica con i suoi occhi teneri.

«Tu cosa pensi che sia?» gli abbaia contro Hunter, senza mollarmi. «Si può sapere perché ci hai messo così tanto?» sbraita.

«Io… io…» Mitch non sa cosa rispondere, continua a guardarsi intorno con le mani lungo i fianchi. Mi fissa dispiaciuto, sussurrandomi con gli occhi che al posto di Hunter ci sarebbe dovuto essere lui. «Non… lo sapevo…»

«Chiama la polizia e fa' portare via questo malato» gli dice, tornando a baciarmi le tempie, e fregandosene del nostro migliore amico che ci fa da spettatore. Il profumo di Hunter è qualcosa di delizioso che mi avvolge completamente.

«La polizia? Lui… ha…» Mitchell ricomincia a balbettare, portandosi le mani tra i capelli.

«Quasi» risponde Hunter, arrabbiato. «Cazzo, chiamala.»

Mitchell ci pensa su un attimo, scombussolato. «Hunter, non possiamo chiamare la polizia.»

«Che cazzo dici? Chiamala, non farmi girare i coglioni ancora di più.» Non ho mai sentito una persona dire così tante parolacce.

«Dobbiamo stargli lontano, Hunter.» Mitch non incrocia i miei occhi supplicanti mentre parla. «Portiamolo da qualche parte e diamogli una lezione, ma non possiamo chiamare la polizia, non possiamo incasinarci da soli.»

«Ha cercato di stuprarla!» urla.

Mitch è impassibile. «Non sempre si può chiamare la polizia.»

Hunter rimane in silenzio, allentando la presa sul mio corpo e lasciandomi andare lentamente.

Rimango senza parole quando leggo l'accondiscendenza nel suo sguardo, ormai rassegnato. Non ci credo che si sia arreso. Che cosa significa?

«Mitchell» boccheggio, liberandomi dalla stretta debole di Hunter e alzandomi in piedi, ancora barcollante. «Non stai dicendo sul serio, Mitch!»

«Mon amour, non avere paura, dormirai con noi, non ti lasciamo qui» prova a rassicurarmi.

«Non me ne frega niente! Quello ha cercato di mettermi le mani addosso e tu, pur di salvarti il culo, non vuoi chiamare la polizia?» Le lacrime ricominciano a picchiettarmi sulle guance.

«Cher, mantieni la calma» Hunter si rialza, prendendomi una mano. «Si scatenerebbe un putiferio. I tuoi genitori lo verrebbero a sapere, e così tutta la scuola e il vicinato. Dovrai parlare alla polizia, fare denuncia, e loro faranno ricerche su di te e i tuoi amici.» Mi stringe la mano nella sua. «Ti terremo al sicuro, promesso, ma tu fidati di noi.»

«Non vi capisco.» Tiro su col naso e mi asciugo le guance con i polsi.

«Cherie, mi dispiace così tanto...» Mitchell abbassa lo sguardo.

«Non vi capisco» singhiozzo, rifugiandomi nuovamente tra le braccia di Hunter che mi stringe al suo petto trasmettendomi una sicurezza che solo lui riesce a darmi.

16

La settimana dopo l'ho passata chiusa in camera di Mitchell, fingendo di studiare, e cercando di riprendermi dallo shock dei giorni precedenti.

Ma non sono riuscita ad aprire libro né a mangiare nulla e non ho nemmeno seguito i ragazzi nelle loro avventure strampalate.

Le loro parole mi hanno ferita, non me lo aspettavo davvero. Non so perché Hunter si sia tirato indietro dopo avere insistito tanto, ma il modo in cui Mitchell ha pronunciato l'ultima frase ha fatto mutare in un secondo le sue intenzioni.

È sabato sera e c'è il ballo di fine anno, gli studenti sono elettrizzati e ne parlano su tutti i social. Dopo ci sarà anche una festa a casa di Fletcher Hemmings, una vera e propria forza a quanto pare.

Sono seduta sul letto di Mitchell e leggo *Città di carta* di John Green. Mi sono rifiutata categoricamente di andare al ballo e i ragazzi hanno preferito non insistere più di tanto e lasciarmi il mio spazio: sono andati con l'auto di Hunter, e quindi sono qui da sola. Non sarebbe troppo tardi per raggiungerli, in realtà non è nemmeno ancora iniziato, ma Mitchell doveva incontrare prima un paio di persone.

Io sono fuori dai loro giochi, non mi interesso a ciò che fanno, ho preferito stare lontana da tutto ultimamente.

Hunter non ha più toccato l'argomento, ci siamo incontrati di sfuggita in cucina o in salotto non più di tre volte nel corso della settimana. Non ci siamo rivolti parola, l'imbarazzo tra di noi è palpabile.

Prima che riesca a girare pagina per iniziare il quarto capitolo, sento il cellulare vibrare sul comodino accanto alla tazza fumante di tè. Lo prendo e rispondo alla chiamata.

«Apri la porta» mi ordina Taylor con decisione.

Corrugo la fronte, stranita, balzo in piedi e chiudo il libro. Corro verso la porta d'ingresso, chiudo la chiamata e osservo dallo spioncino la figura minuta di Taylor con in mano una montagna di borse e scatoloni.

So già cosa ha in mente, e questa volta devo apparire abbastanza convinta e rifiutare. «Non ci posso credere» sbuffo, lasciandola entrare.

Taylor non mi guarda in faccia mentre posa tutto il materiale sul divano, per poi battere le mani, soddisfatta. «Ho portato anche dei jeans, nel caso la scollatura dei vestiti sia troppo profonda per i tuoi gusti.»

Si volta di scatto verso di me, mi mette le mani sulle tette e mi fa sobbalzare. «Anche se tutto questo non è da nascondere!»

Non sembra essere pronta per andare al ballo, ha una coda di cavallo disordinata e indossa dei jeans logori e una maglietta a maniche lunghe. È ancora struccata e mi guarda con rimprovero. «Non fissarmi, so di essere in pessime condizioni, ma tu stai messa peggio.»

Rimango a bocca aperta, portando gli occhi alla mia maglia bianca e ai pantaloncini da basket di Mitchell. «Sono in una casa con due amici, non al *Geordie Shore*. Non devo fare colpo su nessuno.»

Proprio perché sei in una casa con due uomini dovresti fare colpo su qualcuno...» Taylor si scioglie la coda e fa ondeggiare la testa mettendo in mostra i suoi capelli color castagna. «Da mettere con i jeans ho dei top di paillettes, sono adorabili.»

«Taylor, non me la sento proprio di venire al ballo, non ne ho voglia.» La supplico con lo sguardo, stringendomi in un abbraccio e sedendomi sul bracciolo del divano.

«Dovresti dare più vita ai tuoi anni.» Si volta verso di me, lasciandomi tra le mani una scatola di scarpe. «Hai diciotto anni ma ti comporti come se ne avessi quarantacinque» mi rimprovera, aggiungendo un'altra scatola.

«Cosa c'entra questo adesso?» mi corruccio.

«C'entra» annuisce lei, posandomi sulle gambe un paio di jeans neri stracciati sulle ginocchia.

Ne prendo un altro paio, e lo osservo con attenzione.

Quando mi rendo conto che non mi darà altre spiegazioni, mi faccio avanti. «Tu non capisci, sono successe delle cose ultimamente che mi hanno fatto andare l'umore sotto i piedi.»

Non ho intenzione di raccontarle dell'aggressione, Taylor ha una lingua così lunga che andrebbe in giro a raccontarlo a tutti.

«Io capisco perfettamente» ribatte. «Cher, o ti convinci con le buone o con le cattive. Non dirmi che non verrai. Io non voglio vederti qui, da sola, a demoralizzarti leggendo libri e bevendo tè come se la tua vita si fosse fermata tutta d'un tratto.» Mi posa ancora un'altra scatola davanti, coprendomi la visuale. «Se non vivi oggi non potrai farlo domani, devi sfruttare al meglio tutte le possibilità che ti vengono date.»

Non ho mai visto Taylor così determinata. A quanto pare non ha nessuna intenzione di andare a quel ballo senza di me, dunque mi trovo obbligata ad accettare. Quando mi capiterà di nuovo che qualcuno ci tenga così tanto alla mia presenza a un evento?

Sollevo lo sguardo verso di lei e annuisco. «Ok, hai vinto tu.»

Taylor sfodera un sorriso di gioia, saltellando felice e lanciando piccoli gridolini entusiasti mentre ritorna a frugare tra le borse. «Ho portato tutti i miei vestiti, tu hai i fianchi più larghi dei miei ma non importa, te li faremo entrare comunque.» Parlotta, cacciando fuori dalle borse altre borse più piccole. «Ho comprato degli orecchini a forma di cuore, dorati e pieni di brillantini, sono stupendi» sorride.

«Scommetto che fai tutto questo solo per Mitchell» ridacchio, posando a terra gli scatoloni e aprendoli per poter sbirciare il loro contenuto. Ci sono delle scarpe con il tacco alto e le zeppe. Ne prendo una, blu con un enorme fiocco sulla punta, e inizio a girarmela tra le mani.

«È un tipo a posto.» Taylor si siede a terra, provandosi un paio di tacchi neri a spillo. Quando si rimette in piedi è più alta di undici centimetri. «Queste sono perfette.» Fa un giro su se stessa, come per dimostrare quanto sia a suo agio con le scarpe alte.

«Ti piacciono sul serio?» sollevo un sopracciglio, cercando qualcosa di più comodo.

Taylor si sposta la frangetta di lato, e mi guarda maliziosa. «Sì.»

Un'ora dopo

«Mi sento ridicola» dichiaro.

Sei perfetta, smettila di essere così insicura.» Taylor esce dal taxi subito dopo di me, con ancora in mano il lucidalabbra e lo specchietto tascabile. Lei è perfetta, io no.

Ha indossato una gonna nera stretta a vita alta, con un top che le copre a malapena il seno pieno di lustrini. È così magra che gli abiti la fasciano alla perfezione, e i tacchi neri a spillo la slanciano come non mai.

«Questo stile non fa per me, mi guarderanno tutti» mi lamento mentre seguo Taylor all'interno della scuola. Indosso un abito succinto, corto davanti e lungo fino a terra dietro. È di un fantastico verde acqua, con una scollatura rotonda e un cinturino d'argento sotto al seno.

L'insegnante di matematica, Mr. Navarra, ci saluta con un cenno, e scuote la testa nel notare l'abbigliamento esagerato di Taylor. «Signorina Jelson» mi guarda. «Non l'avevo riconosciuta.» Mi tiene aperta la porta della palestra, sorridendomi con i suoi baffi grigi.

«Grazie» rispondo perplessa, passando subito dopo Taylor. Non capisco se avrei dovuto prenderlo per un complimento o meno.

La musica è a palla, alcuni studenti ballano, altri vagano con i loro bicchieri pieni di punch.

«C'è Mitchell!» Taylor mi afferra per un braccio, indicandomi un ragazzo vicino ai tavoli. Mitchell indossa la solita camicia di jeans, ci dà le spalle ma i suoi capelli neri e pettinati all'indietro sono inconfondibili. «Vado a parlargli» mi liquida, camminando emozionata verso di lui.

«No, aspetta, mi lasci qui da sola?» Provo a richiamarla, ma vengo travolta dalla folla di ragazzi che si muovono a destra e a manca. «Fantastico» sbuffo. Resto ferma e mi obbligo a non passarmi le mani tra i capelli che Taylor ha insistito tanto per ordinarmi in uno chignon alto.

«Chee?» Una voce profonda, alle mie spalle, mi fa rimanere impietrita sul posto.

Appena mi volto, imbarazzata, mi perdo nella bellezza dei suoi occhi che lasciano trasparire lo stupore di vedermi.

Indossa una camicia blu arrotolata ai gomiti e dei pantaloni neri, con un paio di stivali lucidi. Ha un'aria incredibilmente matura.

«Hunter...» Inciampo drasticamente nel mio vestito, e finisco sdraiata sul pavimento verde della palestra ai suoi piedi. Chiudo gli occhi, imprecando tra me per il dolore alle ginocchia, imbarazzata come non sono mai stata nella vita.

«Accidenti, stai bene?» Hunter si accovaccia accanto a me, e mi mette una mano sulla spalla. «Sai proprio come attirare l'attenzione, tu» ridacchia mentre mi aiuta a rialzarmi. I suoi occhi non si spostano dalla mia scollatura nemmeno per un secondo, fissandomi come se ne valesse davvero la pena.

«Non era mia intenzione, ma io e il pavimento della palestra abbiamo un certo feeling.»

«Non pensavo saresti venuta a questa stronzata.» Si mette le mani in tasca, guardandosi intorno disorientato.

Alzo le spalle. «Potrei dire lo stesso di te.»

«Sono qui per vendere, Chee» ammicca con un sorrisetto furbo. «Non mi avrebbero fatto entrare in jeans e t-shirt.»

«Gli insegnanti non si sono accorti di nulla?» Lo guardo con rimprovero mentre lo seguo in un angolo più appartato.

«Facciamo in modo che non se ne accorgano» mi fa.

«Capisco.»

Hunter si avvicina al tavolo dove poco prima c'era Mitchell, che ora sembra essersi volatilizzato nel nulla. Prendo un bicchiere di plastica e lo riempio di punch con il mestolo d'acciaio.

«Cher... Mi dispiace per quello che è successo.» Gli occhi di Hunter sono realmente addolorati mentre mi guarda. «Non ne abbiamo più parlato, ma voglio che tu sappia che non permetterò che accada una seconda volta.»

«Non hai nulla di cui scusarti.» Se non fosse stato per te, non voglio nemmeno immaginare dove sarei adesso.» Rabbrividisco al solo pensiero.

Hunter se ne accorge e mi avvolge tra le sue grandi braccia che incutono terrore sul ring ma protezione quando sono intorno al mio corpo.

Chiudo gli occhi appoggiando la guancia al suo petto, e inspiro il suo profumo.

«Dov'è Mitch?» chiedo quando Hunter si stacca, anche se lascia le mani sui miei fianchi, e fa dei piccoli cerchi con i pollici. Sollevo il viso verso il suo, troppo vicino al mio, e incontro i suoi occhi. Non riesco a respirare regolarmente. Lui è ammaliante e io potrei restare in questa posizione per tutta la vita e trovarla comunque gratificante.

Lo vedo ridacchiare sotto i baffi. «Come te lo spiego senza essere volgare...» Fissa i bagni a pochi passi da noi.

«Senza essere volgare?» chiedo.

«Uh, hai presente nascondino?» Mi rivolge un sorriso affascinante, mostrando i suoi denti bianchi e regolari.

«Sta... giocando a nascondino?» ridacchio.

«Lui no» mormora, abbassandosi verso il mio orecchio. «Taylor sta giocando a nascondino col cazzo di Mitchell, e la sua bocca è la tana» mi sussurra, e mi sfiora il lobo con le labbra umide.

Sgrano gli occhi, allibita. «Hunter!» lo richiamo, cercando di non ridere mentre lo spingo per un braccio. «Sei un porco, ma dài!»

Lui scoppia in una risata contagiosa, e si mette una mano tra i ricci arruffati. «Non me li aspettavo così arrapati quei due» fa una smorfia.

Mi tappo le orecchie. «Ti prego, non voglio immaginarli in quel senso.»

Hunter mi guarda come se venissi da un altro pianeta. «Ti comporti come se non fosse una cosa normale.» Fa l'occhiolino, poi mi stringe i polsi in modo che non possa nascondermi dietro le mie mani.

«Suppongo lo sia.» Arrossisco stringendomi nelle spalle.

«Lo è, eccome.» Si avvicina furtivo, e risale con le mani sulle mie braccia, accarezzandomi con le dita. Il suo respiro si ferma sul mio viso, è abbastanza vicino, ma le sue labbra non sono lì per baciarmi. Mi sta semplicemente mettendo alle strette, e il motivo non lo so.

«Detto da te...» lo prendo in giro.

Lui sembra incredulo per il mio commento, scuote la testa, come per riprendersi dalla botta. «Mi stai accusando di non fare abbastanza sesso, per caso?»

Scoppio a ridere. «Detto così suona male.»

«Suonava male anche come lo hai detto tu» mi accusa, ancora stranito, guardandomi come se lo avessi offeso.

«Semplicemente mi sembri il tipo dal gioco facile, non so se mi capisci.» Provo a gesticolare, ma le sue mani mi tengono ancora le braccia. «Sai, citando Shakespeare, mi aspettavo di vederti fare la bestia a due schiene più spesso.»

«Ti aspettavi di vedermi andare a letto con più ragazze e più spesso?» Posa gli occhi sulla pelle del mio braccio che sta accarezzando.

L'immagine di lui a letto con una ragazza mi perfora lo stomaco creando in me un'insolita gelosia. «Sì» biascico senza incontrare i suoi occhi.

Hunter deglutisce, appoggiando la fronte alla mia: i miei occhi non possono più sfuggirgli. «Non mi vedrai a letto con una ragazza diversa ogni notte.»

«Perché?» sussurro.

«Il motivo è un mio segreto…» Mi passa una mano tra i capelli, e mi scioglie lo chignon. Se Taylor fosse qui in questo momento lo farebbe sicuramente a pezzettini.

Hunter fa cadere a terra l'elastico, e mi spettina; chiudo gli occhi e trattengo il respiro.

Gli porto una mano sul petto, poi sollevo il collo e gli sussurro: «Potresti mostrarmi una parte del tuo segreto».

Lo sento scaldarsi sotto il mio tocco. «Me lo stai chiedendo davvero?»

«Solo una piccola parte.» Gli mordo il labbro inferiore, drogata di lui.

Hunter ansima appena, staccandosi da me, come se fossi diventata fuoco. «Andiamo, allora.» Mi fa un sorriso che sa di proibito mentre mi stringe la mano e mi trascina verso l'uscita della palestra. All'improvviso si ferma e fissa una figura di fronte a sé. «Cazzo» mormora.

«Che c'è?» gli chiedo, stringendogli la mano mentre mi volto per seguire il suo sguardo. Mitchell è dall'altra parte del corridoio, insieme a una Taylor stranita che fissa Hunter come se volesse ucciderlo.

«Andiamocene.» Continua a stringermi la mano mentre mi guida fuori dalla scuola e giù per le scale dell'entrata.

Non riesco a voltarmi, non riesco a sostenere lo sguardo di Mitchell, non riesco a mentire a me stessa quando dico che voglio solo spiare una parte del suo segreto.

17

Hunter ferma l'auto di fronte al suo appartamento. Abbiamo trascorso tutto il tragitto in silenzio e quando tira il freno a mano ho la sensazione di stare per fare il passo più lungo della gamba.

E se lui vorrà andare oltre? Non sono pronta.

«Hunter...» Mi volto a guardarlo, ma lui alza una mano, come per fermarmi prima che possa parlare. Si sporge verso di me, mi slaccia la cintura, e mi prende il viso tra le mani. Mi bacia, e le sue labbra si fondono con le mie mentre la sua lingua si insinua in me. Le sue mani mi accarezzano con prepotenza e desiderio i fianchi e la schiena.

Quando si stacca sono già senza fiato, anche se è durato poco, e i suoi occhi verdi si fermano per un tempo indefinito nei miei. «Non sai da quanto volevo farlo.»

Le sue labbra sono leggermente sporche del mio rossetto, ma non credo se ne sia accorto. Sorrido, poi mi fa cenno di seguirlo fuori dall'auto.

Appena entriamo nel loro appartamento, Hunter si chiude la porta alle spalle e inizia a sbottonarsi la camicia. Non so esattamente fino a che punto si spingerà, e non so nemmeno quando dovrò fermarlo e se riuscirò a farlo.

«Non preoccuparti, non potrei mai farti del male...» sussurra levandosi gli stivali.

Arrossisco, imbarazzata. «Ok...» rido nervosa.

«Puoi andare nella mia stanza.» Il suo volto si fa serio, ma mi stuzzica con gli occhi.

Annuisco, mi tolgo le scarpe lasciandole nell'ingresso, e mi dirigo a piedi nudi in camera sua.

Non so come muovermi, quindi non accendo nemmeno la luce mentre mi siedo sul suo letto e cerco di orientarmi al buio.

Il tempo sembra fermarsi mentre lo aspetto. Cinque minuti dopo Hunter fa il suo ingresso, apre la porta ma lascia la luce spenta.

«Sono qui» gli dico, anche se non mi chiede niente.

«So dove sei.» Chiude la porta alle sue spalle.

Non vedo dove sta andando, ma dai suoi passi sento che si sta avvicinando a me, finché con un clic accende la lampada sul comodino.

Rimango ipnotizzata dal suo petto che si intravede dalla camicia aperta sul davanti. Fisso gli addominali, alla vista duri come pietra, e i suoi tatuaggi.

«Alzati» mi sussurra, fermo in piedi di fronte a me.

Faccio come mi dice. Hunter mi porta le mani sui fianchi e poi mi tira a sé: i nostri petti si sfiorano, le nostre lingue si intrecciano facendomi girare la testa. I suoi occhi sono chiari e velati da un'eccitazione evidente, non posso fare a meno di specchiarmi in quei diamanti.

Ci stacchiamo all'unisono con uno schiocco appena udibile, le labbra bagnate e la voglia di non lasciarci andare.

Gli accarezzo il torace muscoloso con le dita, passandole sotto la camicia e facendola scivolare verso il basso. Ora è a petto nudo di fronte a me. Tremo, impaziente di poterlo toccare ovunque. Gli sfioro un bicipite tatuato con le dita, accarezzo con i polpastrelli una cicatrice ben evidente.

«Me la sono fatta in prigione.»

Sollevo gli occhi verso di lui, sono incredula. «Sei stato in prigione?»

«Una sola notte.» Si siede sul letto. Con le mani mi fa cenno di avvicinarmi, e mi fa mettere a cavalcioni sulle sue gambe. «Non parliamone adesso, abbiamo di meglio da fare» sorride malizioso.

«Prima o poi dovrai parlarmene» sospiro.

«Sì, prima o poi...» Posa le labbra sul mio collo, lo succhia con forza e ci passa la lingua. Poi mi abbassa la scollatura, e tortura il mio seno con dei lievi morsi. Gli porto una mano tra i capelli e inclino la testa all'indietro, avvampando per il piacere.

Hunter inverte le posizioni, facendomi stendere sotto di lui sul letto con le gambe che penzolano al di fuori del materasso. Sento la sua erezione che preme sulla mia pancia e inarco la schiena. Intanto il suo sguardo infuocato mi procura dei brividi sulla pelle scoperta.

Non mi sono mai sentita tanto esposta a una persona. Non so cosa mi porti a fidarmi di lui fino a questo punto, ma qualcosa dietro quella corazza di rabbia repressa mi spinge a farlo.

Con un gesto lento mi fa scivolare il vestito verso il basso, stringendomi i seni e poi i fianchi. Un rossore familiare divampa sulle mie guance, segno che, ancora una volta, l'imbarazzo sta avendo la meglio su di me.

«Stai andando a fuoco.» Hunter solleva gli occhi verso di me.

Ricomincio a respirare, e non smetto di guardarlo un po' intimorita. Lui è così serio ora, come se volesse farmi capire quanto incredibile possa essere.

«Non hai nulla di cui vergognarti» mi dice.

Invece ho molto di cui vergognarmi, perché in diciotto anni non ho mai mostrato il mio corpo a un ragazzo. Ho sempre avuto la sensazione che, se qualcuno mi avesse vista in intimo, o in costume, sarei esplosa per la vergogna. Non sono sovrappeso o sottopeso, sono nella norma per la mia altezza, ma sono paranoica; e nessuno mi ha mai guardato come sta facendo lui in questo momento.

«Avrai visto di meglio…» Torturo i miei capelli con le dita mentre mi mordo il labbro.

Hunter fissa la mia pancia, e tira giù il vestito fino alle gambe, poi mi dà un bacio sopra l'ombelico. «Ho visto di meglio, ma non avevo ancora visto *il* meglio.»

Trattengo un sorriso, mentre lui sale con la bocca fino al mio petto coperto da uno dei migliori reggiseni che ho a disposizione. Sospiro quando sento le sue labbra calde sulla mia pelle. Porto la testa all'indietro, mi aggrappo alle sue spalle e sussurro appena il suo nome.

«Dillo più forte, voglio sentirti» mi dice lui, passando la lingua sul mio seno, per provocarmi.

I suoi ricci scuri mi sfiorano il mento e il suo profumo dolce mi stringe in una morsa resistente, che mi toglie il fiato. È una sicurezza, una paura infondata, che non ho mai provato prima d'ora.

«Hunter.» Il suo nome scivola dalle mie labbra come se fosse miele.

Sollevo il bacino contro il suo, sentendolo ansimare contro il mio corpo.

«È così bello quando esce dalle tua labbra, piccola.» Fa un sorriso beffardo staccandosi con un bacio dal mio petto. I suoi occhi si fermano nei miei per un attimo, prima di mordermi il labbro inferiore, e quello superiore.

Il mio cuore batte in una maniera esagerata mentre gli circondo le spalle con le braccia e, aggrappandomi forte a lui, assaporo ogni singolo angolo della sua bocca. Lui mi stringe per i fianchi e sotto la schiena, portando le mani in ogni singola parte raggiungibile del mio corpo.

«Sei incredibile» gli dico.

Lui mi solleva per le braccia, mi posiziona con la testa tra i cuscini, e mi sfiora una guancia con le dita. Inclina il capo di lato, scrutandomi con i suoi grandi occhi penetranti.

«Non so mai quando tirarmi indietro con te» mi confessa.

È una malattia, una droga, è un fumo tossico che voglio respirare fino a bruciarmi i polmoni e vederli sanguinare. È la peggior cosa che mi sia successa, e allo stesso tempo la migliore.

«Non smettere mai di guardarmi.» Gli accarezzo le labbra, sfiorandolo come se fosse fatto di illusioni e potesse scomparire da un secondo all'altro.

Hunter mi fissa ancora per un po' prima di prendermi per i fianchi e invertire di nuovo le nostre posizioni. Quasi subito mi ritrovo con la testa sul suo petto, a contatto con il battito freddo del suo cuore. Alzo lo sguardo verso di lui, mi sta sempre osservando, ma non dice nulla e si aspetta che io faccia lo stesso.

«Fermiamoci, Cher» mi sussurra poi, con un sorriso.

Non so quali saranno le conseguenze, cosa succederà domani con Mitchell e come spiegheremo il motivo per cui abbiamo abbandonato il ballo. Cerco di allontanare dalla mente la scena di Mitchell che prova a staccare le palle a Hunter e mi concentro sul respiro del ragazzo sotto di me che, lentamente, diventa più pesante. Seguo il suo esempio e, pian piano, mi lascio andare a un sonno profondo.

Hunter

Quando la mattina successiva apro gli occhi, non mi sento più un braccio. È percorso da un formicolio fastidioso, ma per mettere a fuoco il motivo per cui non riesco ad alzarlo ci metto qualche secondo. Una ragazza, una bella ragazza, sta dormendo appoggiata al mio braccio e i suoi capelli sono ovunque. Cher!

«Porca merda» impreco, girandomi su un fianco e facendola scivolare giù da me. La testa si sta vendicando per il brusco risveglio, sento le tempie pulsare. «Dio, andiamo alla grande...» Mi metto seduto con il capo tra le mani.

Non so cosa stia succedendo, ma ho la sensazione di poter saltare in aria da un secondo all'altro: sono una mina vagante. Sto ricordando cos'è successo ieri sera e mi sento un verme. Non l'abbiamo fatto, ma ho comunque oltrepassato tutti i limiti possibili con lei.

Controllo l'ora sul mio cellulare, staccandolo dalla presa. Sono le otto e trenta del mattino, il sole è già alto e qualcuno fuori da camera mia è pronto per spaccarmi la faccia. Sollevandomi dal letto mi faccio scivolare via i pantaloni eleganti e indosso un paio di pantaloncini da basket che erano posati sulla scrivania, approfittandone per prendere anche le sigarette.

Cher è ancora addormentata sul mio letto, con un lenzuolo che le copre appena le gambe e i capelli sciolti. È di una bellezza disarmante, ma non pare proprio rendersene conto. Incredibile.

«È solo una ragazzina, Hunter, una ragazzina» mi rimprovero a bassa voce. Mi porto una sigaretta tra le labbra ed esco da camera mia. Una volta chiusa la porta alle spalle, attraverso il corridoio con passo felpato e ascolto le voci in salotto.

«Dico solo che stai esagerando, non sono dei bambini, sanno quello che fanno.» La voce fastidiosa di Taylor mi arriva alle orecchie. Faccio una smorfia perché non riesco a sopportarla.

«Che buongiorno con i fiocchi» ribatto con voce profonda facendo il mio ingresso in sala.

Taylor sta sistemando delle borse termiche accanto al divano, ma quando mi sente i suoi occhi si posano prima sul mio addome nudo e poi sulla mia faccia. «Uh, ciao» mi sorride maliziosa, senza vergogna.

Mitchell è in piedi accanto a lei con dei bermuda rossi e una canotta bianca, ha le mani sui fianchi e mi fissa. Il suo viso è segnato da occhiaie profonde e sembra abbastanza arrabbiato e nervoso. «Già, ciao.»

«Cosa state organizzando?» chiedo, anche se non può fregarmene di meno, andandomi a sedere sul bracciolo della poltrona e giocherellando con la sigaretta tra le labbra. È ancora spenta e io sono troppo pigro per cercare un accendino.

«Una gita sul Tamigi!» esclama Taylor, eccitata.

«Fico» annuisco. Non c'è cosa più noiosa, in realtà.

«Verrete anche tu e Cherie, partiamo tra un'ora» aggiunge Mitchell senza guardarmi.

«No, io non vengo» mi tiro fuori.

«Tu ci verrai invece» mi dice Mitchell con tono minaccioso.

«Pensi di potermi dire cosa fare?» mi alzo, andandogli contro.

Lui non sposta gli occhi dai miei, cammina verso di me con i pugni stretti lungo i fianchi. «Penso di poterti dire cosa fare, sì.»

Lo spingo per le spalle, annoiato dal suo atteggiamento. Sta per venirmi addosso, arrabbiato, quando Cher fa il suo ingresso, sbadigliando. «Che succede qui?» si stropiccia gli occhi con le mani, poi si guarda intorno disorientata.

Taylor e Mitchell rimangono in silenzio, e mi scrutano come se fosse tutta colpa mia. Sono senza parole, per una volta che non ho fatto niente devo anche dare spiegazioni. Sbuffo, sedendomi sul bracciolo e staccandomi la sigaretta dalle labbra. «Andiamo tutti al fiume.»

18

Hunter

Quando arriviamo al fiume le ragazze si sfilano la maglia leggera e rimangono in pantaloncini e canotta, il sole è alto e l'aria è abbastanza calma.

Sono riuscito a evitare lo scontro diretto con Mitchell per un'ora d'auto, ma adesso che siamo uno di fronte all'altro, abbastanza lontani da Cher e Taylor, è impossibile tirarsi indietro.

«Dimmi che cosa avete fatto.» Mitch ha le mani sui fianchi e fissa le ragazze che sentono la temperatura dell'acqua ridendo tra loro.

Cher indossa una canottiera verde sportiva e dei pantaloncini da spiaggia neri, e ha legato i capelli in una coda bassa.

Cos'ho fatto con lei? Ormai non ne ho più la minima idea.

«Non abbiamo fatto niente di cui tu debba preoccuparti.»

«Non hai fatto niente...» inizia a urlare, poi cerca di calmarsi e fa un lungo respiro, parlando a voce più bassa. «Non hai fatto niente di cui *io* debba preoccuparmi?» Ha la mascella serrata e gli occhi spalancati. «Ti sei portato la mia migliore amica in camera per tutta la notte! Sappiamo entrambi che hai un problema, e questo problema non deve neanche lontanamente sfiorarla.»

«Non le farò del male, ti stai preoccupando inutilmente.»

«Io non mi sto preoccupando inutilmente, lo sai anche tu» si calma appena. «Devi tenerla lontano da tutto questo.»

«Perché? Pensi che lei non possa sopportare la realtà? Dovresti fidarti di lei, i suoi occhi vedono oltre questa merda.»

«I suoi occhi vedono così tanto oltre che tutta questa merda la sorpassa, non ci fa nemmeno caso perché dà un bel finale a ogni favola di cui è protagonista» digrigna i denti.

«Che cosa vuoi dire, Mitch?» allargo le braccia.

«È ingenua, non capisce» commenta in un mormorio.

«Non è una bambina» la difendo.

«Vede in te il classico stronzo che si trasforma in principe azzurro solo per lei. Non ha mai ricevuto attenzioni di questo genere da nessuno prima d'ora, ti sta solo usando come tu vuoi usare lei.»

«Sei una merda, come puoi pensare questo di Cher? Come puoi anche solo lontanamente pensare che lei sia così immatura?» gli urlo, facendo un passo verso di lui. «Dovresti conoscerla meglio di chiunque altro.»

«Io» si indica «la conosco meglio di te.»

«Tu conoscevi quella ragazzina di sedici anni meglio di me» lo correggo. «Ora nessuno conosce la donna che è diventata.»

«Sta' lontano da lei, non te lo dirò una seconda volta» mi avverte. «Il tuo mondo è pericoloso.»

«Perché, il tuo non lo è?» ridacchio nervosamente.

«Io non ho mai fatto del male a nessuno» mi provoca.

Il sangue mi si gela nelle vene al pensiero di ciò che ho sopportato negli ultimi anni. È un colpo basso e lui lo sa. «Quando glielo dirai?» Socchiudo gli occhi, scrutandolo.

«Cosa?»

«Che sei completamente cotto di lei. Ti stai comportando da bamboccio con queste minacce subdole. Sei solo geloso» scuoto la testa.

Mitchell sbianca. «Non sai quello che dici.»

«Ti sei innamorato di Cher» scandisco lentamente.

«Devi stare zitto» mi intima. Ma lui è l'ultima persona che può farmi paura.

«La ami, non è così?» sbuffo una risata. «L'amore» torno serio, guardandolo, «l'amore è una puttana che ti fotte sette volte, amico.»

«Perché sette?» mi chiede, grattandosi la nuca.

«Perché sette» prendo una sigaretta dal pacchetto e me la porto alla bocca «sono i peccati capitali. E l'amore li batte tutti, uno a uno, senza pietà.» Sollevo lo sguardo verso di lui, lanciandogli il pacchetto che prende al volo. «Ora capisci quanto fa schifo?»

Mitchell ride mentre prende una sigaretta, la accende e poi soffia il fumo dalle narici. «Ho fatto domanda anche per te alla University College London» sputa fuori all'improvviso.

«Dovrò fare anche il college?» faccio una smorfia.

«Lo ha chiesto tuo padre.»

«Molto interessante» lo liquido alzando una mano mentre mi allontano per sedermi sul telo steso a terra vicino alle borse termiche. Mi prendo i capelli tra le mani, allontanandoli dalla fronte, e fisso l'acqua del fiume che spazza via ogni preoccupazione.

Cherie

«Penso di avere il diritto di andare a vivere da sola. Quella psicopatica di mia madre si ostina a non capire» sbuffa. «Potrei andare a vivere con Mitchell e portare a un punto successivo la nostra relazione» inizia a ridacchiare. Lei stessa sa che è una cosa impossibile.

Mi metto le mani sui fianchi, muovendo i piedi nell'acqua fredda. «Mitchell che va a vivere con una ragazza, questa sì che mi è nuova» sorrido guardandomi le dita dei piedi.

«A proposito...» Taylor mi dà una gomitata scherzosa, attirando la mia attenzione.

«A proposito niente!» rispondo.

Lei sbuffa, fingendo di mettere il broncio. «Proprio non vuoi dirmi nulla di quello che avete fatto ieri sera tu e Davis?»

«Non abbiamo fatto niente» scrollo le spalle, «dunque non c'è niente da dire.»

«Quanto ce l'ha grande?» mi pizzica un braccio.

«Taylor» la riprendo, guardandomi intorno e sperando che nessuno l'abbia sentita. Non che ci sia molta gente, comunque.

«Ti ha fatto male quando lo ha messo dentro?» un altro pizzico e io scosto il braccio.

«Taylor.» Sussurro il suo nome tra i denti, spostando la sua mano.

«Cosa grida quando sta per venire?»

«Taylor!» le urlo, rossa in volto. «Smettila, non è divertente.»

«Quanto sei noiosa» alza gli occhi al cielo.

«Non ho nulla da dirti, abbiamo solo dormito insieme.»

«Non dormi con quel ragazzo di quasi un metro e novanta per ottanta chili senza farci niente, dolcezza» mi schiocca le dita davanti alla faccia. «Si vede che non ti ho insegnato nulla.»

«Per fortuna» mi acciglio.

Taylor scuote la testa e si porta i capelli su una sola spalla, mettendo in mostra uno degli orecchini a forma di cuore coperti di brillanti che gli ciondola dal lobo destro.

«Eccomi.» Mitchell si unisce a noi qualche secondo dopo, guardando prima me e poi la sua pseudoragazza.

«Ehi, piccolo!» Taylor ridacchia e gli cinge il collo con le braccia, premendo le labbra contro le sue. «Mi sei mancato» gli sussurra.

Devio lo sguardo cercando Hunter, e lo vedo seduto sul telo dietro di noi con in mano una sigaretta e una lattina di Monster. Gli faccio un leggero sorriso ma lui, invece di ricambiare, beve un sorso.

Quel suo gesto mi ferisce, e spero segretamente che non torni a essere indifferente nei miei confronti. Non voglio sentirmi usata da lui, non so come potrei superarlo. Continuo a muovere i piedi nell'acqua, e sento alcuni sassi graffiarmi la pianta.

«Piccola, puoi andare a comprarmi delle sigarette?» Mitchell dà a Taylor una banconota e le rivolge un sorriso abbastanza forzato.

«Certo, tesoro.» Taylor afferra i soldi e lo bacia sulla guancia, girandosi poi verso di me. «Cher...»

Mitchell la interrompe. «No, vorrei parlare da solo con Cher.»

Taylor annuisce, indifferente, e se ne va via camminando in modo un po' troppo sinuoso verso l'uscita della riserva. Sono quasi sicura che i pantaloncini che indossa siano di una taglia in meno apposta per strizzarle i glutei, e sono anche un po' troppo corti.

«Indossa sempre abiti di questo genere» commenta Mitchell quando nota che sto fissando il sedere della nostra amica. Non sembra minimamente turbato che lei vada in giro in quello stato. «E mi è indifferente.»

«Per quello che lei crede che ci sia tra voi, non dovrebbe esserti indifferente.»

«Non c'è nulla di serio tra noi.» Mitchell mi prende un polso, facendomi voltare verso di lui. I suoi occhi scuri mi guardano attenti, mentre si passa la lingua sulle labbra. «Non mi piace davvero Taylor, non provo nulla per lei se non una grande attrazione per il suo didietro.» Ride nervoso.

«Sei disgustoso» gli faccio notare lasciandomi andare a mia volta a un'aspra risata. C'è un po' di tensione tra noi due, spero che non sia qualcosa di cui doversi preoccupare. «Stai bene?» gli chiedo.

«C'è qualcosa che ho sempre voluto fare, per l'esattezza da quando sono tornato in città.» Mi guarda negli occhi e il mio stomaco si stringe in una morsa non molto piacevole.

Deglutisco. «Cosa?»

«Non muoverti» mi sussurra. Si avvicina al mio viso e preme le labbra contro le mie.

Sento qualcosa dentro di me spezzarsi con una violenza tale da farmi rabbrividire.

Le sue labbra si muovono, i suoi occhi sono chiusi: al contrario dei miei, che sono aperti e scettici. Non so cosa stia succedendo, sono confusa, lui mi sta baciando e io non riesco proprio a ricambiare. Gli porto le mani sul petto per spingerlo via, ma lui sembra non capire e mi mette le mani sui fianchi, cercando di infilarmi la lingua in bocca. Un attimo dopo alzo lo sguardo e vedo Hunter furibondo e Mitchell steso a terra.

«È una scena del cazzo anche per te, amico» ringhia Hunter allargando le braccia e allontanandosi verso il telo. Lo afferra bruscamente, spingendolo in una borsa, per poi voltarsi verso di noi. «Leviamo le tende, adesso, muovetevi» ci abbaia contro.

«Non ho idea di cosa...» farfuglio, scuotendo la testa e cercando gli occhi di Mitchell. Lui è steso a terra, sui gomiti, e guarda verso il basso. «Dio mio, che cosa ti prende? Che cosa significa?» gli chiedo.

«Cher...» Hunter si avvicina e mi spinge una delle borse tra le braccia. «Andiamocene» mi dice.

«Qualcuno mi spiega che sta succedendo?» Mi infilo i sandali, cercando lo sguardo di uno di loro due.

Restano in silenzio, alzando lo sguardo solo quando Taylor fa la sua apparizione.

«Andiamo già via?» si stupisce la mia amica.

Taylor, mi ero completamente dimenticata di lei in questo piccolo arco di tempo. Come le dirò del bacio? Da come ne parla, Mitchell sembra piacerle davvero. Per ora decido di mantenere il segreto. «È meglio così, fidati.» Le faccio cenno di prendere le borse per poi seguire i ragazzi lungo il sentiero che porta al parcheggio.

Hunter e Mitchell sono seduti nei posti anteriori dell'auto, io e Taylor in quelli posteriori. Taylor continua a parlare, raccontandoci di come il cassiere mentre le dava le sigarette le guardava la scollatura.

«Taci, cazzo. Queste stronzate non le vogliamo sapere» le grida Hunter.

È diventato ancora più irascibile dopo il bacio tra me e Mitchell. Non posso ancora credere che il mio migliore amico mi abbia baciata, non so nemmeno quali saranno le conseguenze. Voleva solo scatenare una reazione in Hunter, oppure prova qualcosa nei miei confronti di cui non mi sono mai accorta?

Sta diventando tutto troppo strano, mi stanno nascondendo qualcosa e ora ci sono dentro fino al collo senza averlo mai chiesto. Ho bisogno di saperne di più, ho bisogno di sapere perché Hunter si comporta in questo modo nei miei confronti.

Mi giro verso di lui e lo vedo fissare lo specchietto retrovisore. Seguo il suo sguardo e noto un'auto cui non avevo fatto caso prima.

Gli tocco una spalla, al che lui sospira e annuisce. «Te ne sei accorta anche tu?» mi fa.

«Ci stanno seguendo?» gli chiedo.

«Cazzo, quella è l'auto di Brandon» mormora Mitchell.

«Bellvieri?» Hunter fa una smorfia, accelerando di poco.

La macchina accelera assieme a noi, tenendosi a una distanza quasi inesistente dalla nostra vettura. «Ci stanno letteralmente dietro.»

«Hunter, devi accostare» gli dice Mitchell.

«Spero tu stia scherzando, amico.»

«No, non sto scherzando. Fallo.»

Hunter, di malavoglia, accosta non appena il guardrail lo permette e tira il freno a mano. Taylor, che per tutto il tempo è rimasta in silenzio, rimane in auto mentre noi tre scendiamo. La macchina dei Bellvieri si ferma poco dietro di noi: scendono Brandon e Bruno.

«Torna in macchina» mi suggerisce Hunter a voce bassa. Io faccio segno di no con la testa e gli cammino accanto, finché non si ferma e mi blocca un polso abbassandosi verso il mio orecchio. «Stammi a sentire per una volta: entra in auto. Non sono cose che ti riguardano» borbotta.

«Non sono cose che ti riguardano» lo scimmiotto, poi gli do uno strattone liberandomi dalla sua presa e affretto il passo fino a raggiungere Mitchell.

Bruno e Brandon mi fissano come se fossi fuori luogo, ma dopo poco si dimenticano di me e si concentrano sui miei accompagnatori. Mitchell ha le mani in tasca e gli occhi fissi su quelli di Brandon, mentre Bruno guarda Hunter.

Bruno è il maggiore dei tre fratelli Bellvieri. Manca solo Barney.

«Tu devi essere Davis» fa un ghigno.

«E tu il più grande dei B.» Hunter rimane fermo al suo posto.

«Non mi piace chi sabota il mio giro d'affari, Davis.»

«Non abbiamo nulla a che vedere col tuo giro, Bruno» si intromette Mitchell. «Che cosa vuoi?»

«Al mio fratellone non piacciono i novellini.» Brandon alza le spalle. «Portano sempre rogne.» Fa un sorrisetto cattivo.

«E che rogne avrei portato, io?» Hunter si fa avanti, alternando lo sguardo tra i fratelli Bellvieri.

«Conosci Shelman?» gli chiede Brandon. Hunter fa una smorfia confusa, al che Brandon ripete. «Shay.»

«Quello dai capelli rossi?» domanda Hunter.

«Sì.» Mitchell risponde per Brandon, guardando i due ragazzi in maniera torva. «Cosa c'entra Shay?»

Brandon ricambia l'occhiata. «È morto.»

19

Non può dire sul serio.

«Ci stai prendendo per il culo» sbraita Mitchell. Non l'ho mai visto così teso prima d'oggi. Stanno succedendo talmente tante cose e in così poco tempo da mandarci tutti in confusione. Shay non può essere morto.

«Overdose, fratello.» Brandon scoppia a ridere come se la cosa fosse divertente. «Tu pensi davvero che quando entri in questo tunnel ne esci illeso, come se nulla fosse?» Scuote la testa, portandosi le mani alle tasche dei pantaloncini. «Amico, siamo sulla stessa barca. Non fingere di non vedere quanto siano agitate le acque in cui stai navigando.»

«Fatto sta» Bruno caccia dalla tasca della camicia una scatolina d'argento e ne estrae dal suo interno una sigaretta straniera, portandosela alla bocca «che lo hanno trovato ieri notte, nel suo garage, fatto fino alla punta dei piedi. C'erano delle pasticche sotto al suo letto e nello zaino, delle cartine arrotolate tra i libri e un sacchetto pieno d'erba in uno dei cassettoni.»

Bruno ha un aspetto totalmente diverso dai suoi fratelli. I suoi occhi sono verdi, non come quelli di Hunter, i suoi sono verdi come il muschio, le iridi sono di una tonalità precisa e contornate da un inquietante rosso. I capelli di Brandon e Barney sono mossi, di un castano quasi biondo. Bruno invece ha i capelli corvini e corti.

«Cosa stava cercando di fare, suicidarsi?» digrigna Hunter.

Brandon scrolla le spalle. «Questo non lo possiamo sapere.»

«In ogni caso, la madre ha sporto denuncia.» Bruno ci fa un cenno col mento, allontanando dalle labbra storte la sigaretta. «Faranno delle indagini e interrogheranno tutti gli studenti, la vostra scuola è sotto osservazione e metteranno mano a tutti gli armadietti e ogni angolo buio dell'istituto.»

«Indagheranno su di me, perché sono nuovo e penseranno che c'entri qualcosa» constata Hunter, mordendosi il labbro così forte da farlo sbiancare.

«Sei perspicace, ragazzino» sogghigna Bruno.

«Ehi, non siamo gli unici a vendere roba alla London, lo sai benissimo.» Mitchell allarga le braccia. «Abbiamo la stessa probabilità di essere beccati che avete voi.»

«E per di più noi non spingiamo in giro pillole e cose del genere» aggiunse Hunter. «Procuriamo solo l'erba.»

«È per questo che siamo qui.» Bruno fa qualche passo verso Mitch, spingendo fuori il fumo dalle narici. «Da quando tu e il tuo amico siete entrati nel gioco sbagliato, le cose vanno male per i miei ragazzi.»

«Ci stai per caso dicendo di levarci dalle palle?» Mitchell alza le sopracciglia.

«Ve lo sto consigliando» lo corregge. «Ho così tanti amici che, se non seguirete il mio consiglio, sarò costretto a chiamarne qualcuno.»

«Fammi il favore» rispondo, arricciando il naso per il disgusto che mi ha procurato quella frase. Ho fatto una pessima scelta a parlare, visto che l'attenzione di tutti e quattro si posa su di me come se fossi un micio in mezzo a dei cani randagi.

«Cherie, stronzetta, ci sei anche tu.» Brandon si passa la lingua tra le labbra guardandomi le gambe nude. «Speravo di vederti a casa mia qualche volta.»

«Lasciala stare» mi difendono all'unisono Hunter e Mitch.

Bruno fa un sorriso beffardo. «Se non vi levate dai piedi, ci troveremo costretti a prendercela con lei» dice indicandomi.

Faccio un passo indietro, nascondendomi dietro il braccio di Hunter.

«Cher non c'entra niente con tutto questo» risponde Hunter guardando Brandon, nonostante l'avvertimento l'abbia fatto Bruno.

Brandon solleva le spalle, come a dire che non può farci nulla. «Ehi, lo hai sentito.»

«Sei un coglione, Brandon» sputa Hunter, fissando con odio il fratello di mezzo dei Bellvieri. Ho ancora in mente i suoi occhi quando gli ho confessato che Brandon aveva provato a mettermi le mani addosso durante la corsa. Nessuno, dopo Charles, si era mai preoccupato così tanto di prendere le mie difese, nemmeno Mitchell.

«Facciamo così» Brandon cerca di trattenere un sorriso mentre fissa gli occhi nei miei, «se riesci a battermi su una curva, Davis, lasciamo in pace Cherie.»

«Vuoi davvero metterla in mezzo a una scommessa?» Mitchell osserva Hunter con gli occhi spalancati.

Hunter resta serio, aspettando che Brandon continui. «E nel caso, improbabile, che dovessi vincere tu?»

«Mi prenderò la libertà di divertirmi con la piccola Jelson.» Brandon mi fa l'occhiolino e io abbasso lo sguardo, umiliata. Non posso credere di essere l'oggetto di una scommessa del cavolo.

«Col cazzo» ringhia Hunter, prendendomi per mano e trascinandomi, con poca gentilezza, verso l'auto. «Saresti dovuta restare chiusa dentro, te l'avevo detto.»

«Non puoi dirmi che cosa fare.» Lo guardo male.

«Grazie alla tua testa dura ci vado di mezzo io.»

Bruno e Brandon stanno andando via e Mitchell si avvicina a noi, ma rimane in silenzio mentre ci supera ed entra in macchina. Sta diventando un vigliacco: per quando odi ammetterlo, non mi sarei mai aspettata questo suo atteggiamento.

«Nessuno ti obbliga a gareggiare, Hunter.» Sospiro, poi salgo in auto senza aggiungere altro.

Hunter

Non credi quanto la morte possa essere reale finché non te la trovi di fronte, con un certificato di decesso e il sorriso scellerato sul volto pallido. Sta solo aspettando che tu metta una firma alla tua condanna, null'altro. La morte è reale, molto più di quanto lo sia la vita. Perché passi un'intera vita a desiderare che la morte sia più lontana possibile, dal giorno in cui nasci all'istante prima di chiudere gli occhi per sempre.

Le dita delle mie mani si muovono incontrollate nelle tasche dei jeans neri, sto sudando e i capelli mi si attaccano fastidiosamente sulla fronte. Il sole oggi ha un tempismo davvero di merda, fa un caldo africano e starsene qui, con l'afa, ad ascoltare la predica di un prete è davvero deprimente. Non che ci sia un altro aggettivo per definire un funerale, comunque.

Taylor tiene la mano alla sorella minore di Shay, che, a quanto pare, conosce già da un bel po'. È una ragazza di quindici anni con i capelli rossi e gli occhi verdi, molto simile al fratello. Ci sono tanti nostri compagni di scuola, e di alcuni non ricordo nemmeno il nome. Barney e Mitchell sono in un angolo ed evitano in tutti i modi di guardarsi negli occhi.

«È successo troppo in fretta» sussurra una voce. Abbasso lo sguardo verso Cher che, stringendomi il braccio con una mano, tiene lo sguardo fisso sulla bara nella fossa. «Lui se n'è andato. Tutti se ne vanno prima o poi, solo… dovrebbero avvisare.» Il suo discorso non ha senso, ma leggo nei suoi occhi il pensiero rivolto a Charles.

Vorrei tanto poterle dire qualcosa che la faccia sentire meglio, ma non sono un campione con le parole, soprattutto in queste occasioni. Riesce sempre a farmi sentire in colpa per essere così idiota.

Facendo la prima cosa che mi viene in mente stringo forte la sua mano contro la mia. Avvicino le labbra alla sua testa e le bacio una tempia; gli occhi le diventano subito lucidi.

Non ho mai visto tante emozioni in un momento solo: la rabbia della madre di Shay che ci guarda tutti come se fossimo i colpevoli della morte di suo figlio; la tristezza della sorella, e le lacrime che le rigano il volto in una smorfia di completa disperazione; l'incredulità dei miei coetanei che fingono – perché fingono – di essere stupiti.

Quando sono tutti concentrati a tenere gli occhi chiusi e a pregare sottovoce, io mi sciolgo dalla presa di Cher e mi allontano dal gruppo. Ho bisogno di tempo per pensare a ciò che è appena successo.

Mitchell ha baciato Cher. Come cazzo gli è venuto in mente? Probabilmente si aspettava una mia reazione, o forse voleva marcare il territorio come un bastardino. Fatto sta che mi sono sentito un vero stupido a immischiarmi, dimostrando apertamente tutta la gelosia che, in quel momento, stava affluendo al mio stomaco.

Non ho mai avuto una giornata peggiore di questa da quando sono in Inghilterra, sono successe così tante cose che in questo momento vorrei solo sprofondare in qualcuno e perdermi in un orgasmo.

«Sai, è maleducazione lasciare un funerale prima che si sia concluso» mi riprende una voce. Ray, il biondo che organizza risse illegali, è appoggiato con le braccia incrociate a un'auto fuori dal cimitero.

Mi guardo intorno, cercando conferma che stia parlando con me. «Ray, è ipocrita detto da te.»

«Ehi» alza le mani in segno di difesa. «Non ho partecipato al funerale, quindi non l'ho nemmeno abbandonato.»

«Sei sempre nell'ombra, te ne lavi le mani» sogghigno, affiancandolo vicino all'auto.

«Ho imparato col tempo qual è il mio posto in questo mondo, faccio semplicemente del mio meglio per non oltrepassare la linea.»

Guarda dritto di fronte a sé. I suoi occhi sono azzurri come il cielo e i capelli, dorati, sono lunghi e gli sfiorano appena le spalle, coprendogli le orecchie.

«Siamo sette miliardi di persone sulla faccia della terra» socchiudo gli occhi a causa del sole, «qualcuno deve avermi rubato il posto.»

Ray sghignazza, dandomi una gomitata leggera. «Cercalo meglio, qualcosa mi dice che hai trovato qualcuno che può darti una mano a trovare il posto giusto.»

«Chi?» Serro la mascella, guardandolo attentamente. Non può sapere di ciò che sta succedendo con Cher.

«Mitchell Learman, no?» corruga la fronte.

Tiro un sospiro di sollievo.

«Insomma, vieni dall'America, un sogno, e se per te gli Stati

Uniti non erano abbastanza, probabilmente qui troverai il tuo posto.»

«Ne dubito fortemente.»

«Sai da quanto tempo conosco questi ragazzi?»

«Questi ragazzi quali?»

«Tutti loro, tutti quelli che sono al funerale di Shay. Li conosco da quando sono nato. Londra è una grande città, ma le persone sono troppo piccole e hanno storie ancora più piccole. La gente parla, e quando parla esagera.»

«Arriva al punto» lo incito.

«Ho ventidue anni» mi dice. «Mi occupo di incontri da quando ne avevo diciassette, mi ha insegnato tutto mio fratello maggiore. Potevo fare il meccanico, in modo da stare vicino alla mia famiglia e non dovere nascondere nulla. Shay al terzo anno aveva fondato una band con Dimitri Gordeen e Ian Stilinski, erano bravi, avrebbero potuto avere successo. Fletcher Hemmings era il primo della classe di disegno, però tutti lo prendevano in giro e ora ha smesso, ma poteva vincere una borsa di studio alla Royal Academy.»

«Non ti sto seguendo» ammetto.

«Tutti abbiamo un posto nel mondo, Hunter, ma siamo masochisti e scegliamo quello più scomodo fingendo che ci vada bene.»

«Il tuo posto non ti sta bene?» faccio un mezzo sorriso.

Ray ridacchia. «Diciamo che mi va un po' stretto.»

Guardo il cielo limpido. «È morto» dico, continuando a guardare le nuvole bianche come neve. È un cielo bellissimo, ma non credo durerà molto. È Londra.

«Tutti se ne vanno prima o poi» aggiunge Ray.

«È diverso quando scegli tu di andartene» socchiudo gli occhi in due fessure. «Aveva un segreto» sussurro.

«Tutti hanno un segreto» bisbiglia lui. «Lo scopo è non lasciare che il segreto ti uccida.»

Cherie

Non ho idea di cosa sia l'amore.

Erich Fromm diceva che l'umanità senza amore non sopravvivrebbe un solo giorno, eppure, dopo diciotto anni, io sono ancora qui. O Fromm si sbagliava, o io non sono veramente viva.

Come faccio a distinguere l'amore da una forte amicizia? Forse non danno le stesse sensazioni e non si hanno le stesse reazioni, ma questo non tutti lo sanno.

Mitchell potrebbe non essere innamorato di me, e questo mi ferirebbe il doppio, perché significherebbe che mi ha baciata solo per scherzo. Ha agito in modo immaturo, prendendosi gioco dei miei sentimenti.

In questo periodo continua a comportarsi in modo strano, come se io fossi continuamente in pericolo e lui, eroe andato in pensione, si trovasse sempre troppo lontano da me. Sa che ho bisogno di lui, ma non c'è. E quando so di non aver bisogno di lui, me lo trovo sempre tra i piedi.

Voglio chiarimenti e una risposta alle voci che girano nella mia testa.

Prendo il cellulare da sotto il cuscino e gli mando un messaggio.

Puoi venire?
Subito.

Mitchell risponde dopo pochissimo.

Sarò lì tra due minuti.

Infilo velocemente una felpa leggera e vado sul divano del salotto ad aspettarlo. Non lo vedo da tre giorni, dal pomeriggio del funerale, e non abbiamo avuto altri contatti nel frattempo.

La prossima settimana entriamo in luglio, e iniziano anche gli esami finali per noi dell'ultimo anno. Sono stressata, non ho fatto altro che studiare e preoccuparmi per ciò che sta succedendo a me e ai miei amici. Ho bisogno di staccare la spina.

Poco dopo sento bussare alla porta, rispondo mentre raccolgo i capelli in una crocchia sciatta. «È aperto.»

Mitchell entra nel mio appartamento con un cappellino grigio e la visiera che gli copre una parte della fronte, ha l'aria di uno a cui è morto il gatto. Si chiude la porta alle spalle e mi raggiunge sul divano, senza incontrare i miei occhi, e si toglie il berretto.

«Cherie...» Pronuncia il mio nome con una voce profonda che pare non appartenergli. Sembra dispiaciuto.

«Voglio solo sapere che sta succedendo.» Gli metto una mano sulla spalla, avvicinando il viso al suo.

«Non lo so cosa sta succedendo» scuote la testa. «Sto solo cercando di proteggerti.»

«Non ho bisogno di protezione. Smettila di pensarlo!»

«Tu...» Si porta le mani tra i capelli, sprofondando nello schienale del divano. «Non capisci. Lui non fa per te, devi stargli lontano. Devi smetterla di vedere Hunter!» quasi mi urla.

Rimango allibita, non capisco il suo cambio d'umore improvviso. «Tu devi smetterla di dirmi cosa fare, non sono una bambina, Mitchell, non sei qui per insegnarmi come affrontare la vita! Se mi permetti, migliore amico» lo prendo in giro guardandolo dritto negli occhi, «penso di essere abbastanza forte da sbrigarmela da sola.»

«Tu non sai quello che ha fatto» ringhia. «Pensi che sia divertente?» Scoppia in una risata isterica, poi si alza in piedi. «Se solo sapessi ciò che Hunter era, non gli rivolgeresti la parola per il resto della tua vita!»

«Dimmelo!» urlo.

Mitchell spalanca gli occhi mentre mi risponde a tono: «Non posso!».

«E allora vaffanculo!» scatto in piedi a mia volta.

Restiamo entrambi in silenzio, fissandoci. I suoi occhi marroni mi bruciano dentro mentre i miei, azzurri, cercano di spegnere la fiamma che si sta appiccando tra noi.

Non ho mai urlato così tanto con Mitchell, e ho la sensazione che tutto questo non abbia davvero senso.

Litigare col proprio migliore amico, la persona più vicina che hai, è una cosa orribile. È come litigare con un fratello. Ho ogni volta un senso di nausea, come se volessi vomitare fuori tutto ciò che va male nella mia vita. Io non posso perderlo, è tutto ciò che mi rimane di buono, non posso più contare solo su me stessa. Non ne ho le forze.

«Cosa provi per lui?» mi chiede improvvisamente, rilassando i muscoli e abbassando lo sguardo.

Tiro su col naso, scuotendo la testa leggermente. «Non lo so, mi fa stare bene.»

«Come fa a farti stare bene?»

«Lui fa qualcosa che gli altri non fanno.»

«Cosa?»

«Mi capisce.»

Mitchell unisce le labbra in una linea sottilissima. Rimane così, zitto, per un paio di minuti, fissando il vuoto. «Hunter non si fida mai di nessuno, ma ha qualcosa che spinge gli altri a fidarsi di lui» dice poi, socchiudendo gli occhi in un'espressione che definirei d'invidia. «Passavamo le sere per locali, fino a notte tarda, Hunter litigava con tutti quelli che conosceva ed era pieno di frustrazione verso se stesso e verso chiunque gli rivolgesse la parola» sottolinea. «Però, insomma, lo hai visto, ha fascino anche da arrabbiato.»

Annuisco. È vero, Hunter ha un qualcosa che ammalia. «Ha sempre sfogato questa sua frustrazione prendendo a pugni la gente?» Mi tengo un braccio con una mano, e resto in piedi di fronte a lui.

«Non sa fare altro.» Mitchell torna a sedersi. Prende il cappello e se lo porta alla testa, piegando in avanti la visiera. «Si è fatto tante di quelle ragazze, in un certo periodo, che anche lui ha perso il conto» fa una smorfia inorridita. «Erano tutte consenzienti, puttane, tutte nel bagno del locale, una dopo l'altra. No stop. Hunter era un ragazzino, neppure diciottenne, gli bastava qualche stuzzichino e un drink per tornare in forze. Non sapeva controllarsi quando si trattava del sesso» dice, per poi aggiungere, guardandomi negli occhi: «Non è una persona cattiva, davvero, semplicemente usava il sesso come l'arma migliore per sfogarsi, come una seconda droga, non poteva farne a meno».

«Ho la sensazione che tu non mi stia dicendo tutto» constato.

«Ho appunto detto una seconda droga, perché, come hai potuto immaginare, non è un tipo esattamente tranquillo. Era un suonato pazzesco, quasi ai livelli di… Shay» sussurra, come se si vergognasse ad ammetterlo.

«Hunter si drogava?» mi acciglio. Improvvisamente mi appare davanti agli occhi un'immagine completamente diversa di lui: un ragazzo tormentato che trovava sollievo in roba che, a parer suo, lo faceva star meglio. Eppure, in queste settimane, non l'ho mai visto andare oltre qualche canna.

Si lecca il labbro inferiore, annuendo. «Il punto è che Hunter non è come te lo immagini, anzi. Ora sembra essersi calmato, ma ho paura che possa tornare a fare il coglione e spezzarti il cuore.»

«No... lui...» mi acciglio, provando a dire qualcosa, ma Mitch ricomincia a parlare.

«Non puoi stare con una persona così, è troppo pericoloso e potrebbe tornare a impazzire da un momento all'altro» ribadisce, fallendo miseramente.

Tornare a impazzire? Sono senza parole. Non so cosa dire, ho il cuore che batte forte e il respiro che mi manca ogni volta che cerco di aprire bocca. Mitchell mi sta spudoratamente parlando male di Hunter, eppure i miei pensieri riguardo a ciò che questo ragazzo è per me non variano di un millimetro. Non è paura quella che sto provando, ma non è nemmeno affetto. È un sentimento forte che non riesco a comprendere, non riesco proprio a capire perché, dopo questa folle confessione, io non veda comunque del marcio in lui. «Mi stai davvero dicendo che Hunter ha un passato burrascoso, che andava oltre a qualche canna e che dava spesso di matto?» chiedo con fatica, stringendomi in un abbraccio e appoggiandomi allo schienale.

«Sì» annuisce. «Gli voglio bene come se fosse un fratello, l'ho portato via di lì perché credo in lui e in quello che può fare. So che può cambiare, ma adesso stiamo litigando a causa di una ragazza e stiamo incasinando tutti i nostri piani» ammette deluso.

«Tu hai paura che lui possa prendersela con me? Che possa comportarsi male, e spaventarmi?» mi acciglio.

Mitchell mi guarda, non ha bisogno di parlare per confermare la mia ipotesi.

«Non lo farà» nego.

«Come fai a esserne così certa? Tu non lo conosci.»

«E tu non conosci me» aggiungo. «Anzi, tu non conosci noi» gli punto il dito contro. «È cambiato, me lo sento. C'è stato qualcosa tra noi, non siamo andati a letto insieme, ma c'è stato qualcosa… qualcosa di magico» inspiro l'aria dal naso. «Lui mi guarda in un modo in cui non mi guarda nessun altro, nemmeno tu. Io mi fido di lui, non posso farci niente.»

«Non ci posso credere» si limita a dire.

«Se ti fidi di me, fidati anche del fatto che sono sicura che lui non mi farà del male.»

«Io mi fido di entrambi, ma non dei suoi gesti. Quando è arrabbiato, quando ripensa a tutto quello che ha passato, perde il controllo delle sue azioni.»

«Non mi farà del male» mi impongo. «Non glielo permetterò.»

Mitchell scuote la testa, abbassando la visiera davanti agli occhi e sollevandosi dal divano, pronto ad andare verso l'uscita. «Buona fortuna, allora.» I suoi occhi incontrano i miei una sola volta prima che la sua figura sparisca dal mio appartamento, chiudendosi la porta alle spalle, e lasciandomi da sola con i miei pensieri confusi.

20

Il campanello di casa mia suona incessantemente. La persona alla porta non deve avere molta pazienza. Sono le sette di sera, Mitchell è andato via qualche ora fa, e io ho appena finito di farmi una seconda doccia e mi sto avvolgendo un asciugamano intorno al corpo.

«Un secondo!» grido, correndo a piedi nudi verso l'ingresso. Sollevandomi sulle punte guardo dallo spioncino, come da routine, e vedo una chioma riccia: Hunter.

Sta ancora suonando, ha il dito premuto sul campanello e una mano sul fianco.

«Insomma, Hunter!» Apro di scatto la porta, lui alza lo sguardo e lo blocca sul mio corpo poco coperto. I suoi occhi si chiudono in due fessure mentre li fa scivolare su di me, dandomi un senso di piacere indefinibile.

Si morde il labbro inferiore in modo allettante, alzando gli occhi verso i miei ed entrando in casa senza un invito preciso. «Non è buona educazione aprire la porta in asciugamano, sai?» mi sorpassa con un sorriso stampato sulle labbra rosee.

«Non è buona educazione nemmeno suonare ripetutamente il campanello, Davis.» Chiudo la porta non appena entra, voltandomi verso di lui. «Morivi dalla voglia di vedermi?»

«Letteralmente» dice sprofondando sul divano e tirando fuori dalla tasca dei jeans il pacchetto di sigarette, pronto a estrarne una.

Mi getto su di lui, sedendomi sulle sue gambe e strappandogli di mano la sigaretta. «In casa mia non si fuma!» Gliela piego a metà, rompendola.

«Stronza» ringhia, pizzicandomi una gamba. «Questo non dovevi farlo» mi prende per i fianchi, spingendomi sotto di lui sul divano. Mi mette un ginocchio tra le gambe, cercando di afferrarmi i polsi con le mani mentre mi dimeno.

«Stronzo sarai tu» imito il suo ringhio, sollevando un piede e colpendolo, non troppo forte, tra le parti basse.

Hunter finge una smorfia di dolore, rotolando su un fianco, accanto a me. «Anche questo non dovevi farlo» si finge offeso coprendosi gli occhi con un braccio. «Ne patirò le conseguenze fino alla morte.»

«Guarda che puoi ancora avere figli, bello mio» mi metto seduta e gli sorrido.

«Sono ferito nell'orgoglio.» Solleva di poco il braccio per lanciarmi un'occhiata.

Scoppio a ridere, pizzicandogli un fianco sotto la maglia bianca. «Fammi il piacere» ghigno. Poco dopo torno seria, alzandomi dal divano e dirigendomi in camera mia. Ho intenzione di parlargli, ma non posso farlo mezza nuda.

«Dove vai?»

«A mettermi qualcosa addosso» rispondo.

«Guarda che a me non dà fastidio...» Mi fa un sorriso furbo mentre si mette seduto composto.

«Fottiti» ridacchio, entrando in camera e chiudendomi la porta alle spalle. Faccio scivolare a terra l'asciugamano, avvicinandomi alla cassettiera e prendo dal suo interno degli slip e un reggipetto.

«E tu baci tua madre con quella bocca?» mi rimprovera, scherzosamente.

«E non solo!» ribatto, infilandomi una maglia nera e un paio di jeans. Annodandomi i capelli in una treccia, ritorno a piedi nudi in salotto e mi siedo sul divano accanto a lui.

Hunter mi guarda, confuso, non sapendo cosa fare o come muoversi. Ha un'aria disorientata, ma affascinante.

Gli prendo il viso tra le mani, avvicinando le labbra alle sue. Per un secondo penso che non ricambierà, ma lui mi sorprende, ancora una volta, schiudendo le labbra e permettendo il contatto alle nostre lingue.

Le sue mani si posano sui miei fianchi, mentre le mie gli scompigliano i capelli.

«Dobbiamo parlare» gli sussurro sulle labbra umide.

Il suo respiro mi sfiora la bocca mentre annuisce, pronto ad ascoltarmi.

Ritorno composta e comincio a giocare con una delle sue grandi mani.

«Cosa devi dirmi?» solleva un sopracciglio.

«Ho parlato con Mitchell...» Gli stringo il pollice tra due dita quando lo sento sussultare appena. «Non ti devi preoccupare di lui.»

«Se gli hai parlato, ne dubito.» Blocca gli occhi nei miei. «Cosa vi siete detti?»

«Abbiamo urlato un po' di cose» gesticolo. «Poi mi ha detto qualcosa su di te.»

Il respiro di Hunter diventa più veloce mentre il suo petto fa su e giù. «Qualcosa, cosa? Cosa ti ha detto?» Toglie la mano dalla mia.

Non riesco più a reggere il suo sguardo e abbasso gli occhi.

«Cristo» mi riprende. «Parla.»

«Calmati» lo richiamo.
«Posso sapere che cosa vi siete detti?»
«Mi ha raccontato del tuo problema col sesso e nel gestire la rabbia» deglutisco.
Hunter sgrana gli occhi come se lo avessi appena pugnalato. «Gestire la rabbia?»
«Mi ha detto che quando ti facevi troppo andavi fuori di testa, sai, cose così. Poi mi ha accennato del problema che avevi col sesso, che non riuscivi a farne a meno, in un certo senso» confesso. «Però non devi preoccuparti, non è un problema, o, se lo è per te, possiamo affrontarlo.»
Hunter scatta in piedi come se il divano si fosse infuocato. «Non aveva nessun diritto di dirtelo!» Cammina avanti e indietro. «Cazzo» impreca. «Quel coglione vuole farmi apparire come un mostro ai tuoi occhi.»
«So che non sei più quella persona, forse non lo sei mai stato, non lo so» scrollo le spalle. «Sono pronta a…»
Mi interrompe. «A farti i cazzi tuoi?» sorride in modo arrogante. «Questa storia non doveva venir fuori, non qui.»
Mi alzo in piedi, restando di fronte a lui. «Ora però lo so. Non puoi più scappare da me.»
«E tu quando scapperai da me?» Fa un passo in avanti, i suoi occhi sono pieni di rabbia e frustrazione. È così vicino che sento il suo respiro caldo sulla pelle. «Quando mi vedrai come mi vedono tutti gli altri, Chee?»
«Io non so come ti vedono gli altri» ammetto, restando ferma dinanzi a lui, con gli occhi nei suoi.
«Lo scoprirai molto presto» ghigna. «Questa storia non doveva venire fuori.» Si allontana di scatto, alzando le mani in aria. «Dovevi farti i cazzi tuoi!»
«Volevo solo provare a capirti!» replico.

«Nessuno può capirmi!» mi grida contro. «Perché dovresti riuscirci proprio tu? Sei solo una mocciosa, sei proprio come ti ha descritta lui, vuoi soltanto una storia d'amore e che io sia il tuo principino del cazzo!»

Scuoto la testa, incredula per le sue parole. «Cosa… stai dicendo… no, Hunter!» Provo ad andargli vicino ma lui mi ferma alzando una mano.

«Io non sono ciò che credi, non posso ricambiare i tuoi sentimenti, non illuderti.» Si avvicina alla porta, spalancandola. «Io non mi innamoro.» Si gira un secondo verso di me, la mascella serrata. «Noi non saremo mai niente, perché io non ho bisogno di nessuno, figuriamoci di te.» Sbatte la porta alle sue spalle e se ne va.

Lui non ha bisogno di me, ma io ho bisogno che lui stia bene. Ed è qualcosa di così grande che non ne capisco le motivazioni. Per stare bene con me stessa ho bisogno che lui stia bene. Tutto ciò che ha appena detto mi ha ferito come un colpo di pistola dritto al petto, eppure non sono pronta ad arrendermi.

Cerco di regolare il respiro e di non cedere sulle gambe. È stato un colpo duro, lo ammetto, ma non posso credere alle sue parole. Sono state troppo dure, anche per uno come lui.

Cammino sola per l'ennesima volta in cerca dell'ennesima persona.

Sono di nuovo in questa casa. Nella casa in cui poco meno di due mesi fa ho incontrato per la prima volta Hunter, e per la prima dopo due lunghi anni Mitchell.

Taylor ha detto di aver visto Hunter alla festa cinque minuti prima, ma lei era con Mitchell e quindi non lo ha fermato per chiedergli se andasse tutto bene. Sono felice che non l'abbia fatto. Hunter non deve trovare Mitchell.

Questa casa è affollata e piena di gente proprio come l'ultima volta. Tutti ballano allegri e si muovono senza controllo, sbattendo uno contro l'altro e urlando elettrizzati. Sulle scale però non c'è tanta gente ed è facile distinguere qualche volto. Non passano nemmeno due secondi lo vedo salire in maniera convinta, senza voltarsi.

«Hunter!» gli urlo, ma lui non si gira, probabilmente a causa della musica alta non mi ha nemmeno sentita. Cerco di farmi spazio, ma la folla è tanta e non riesco ad avanzare. «Hunter, sono qui!»

La scena davanti a me è confusa, e ora le sue parole mi suonano più chiare: perché mai avrebbe bisogno di me? Le mie gambe si fanno molli e la testa diventa sempre più leggera: non è Hunter a scappare dal suo passato, è il suo passato a scappare da me.

Due forti braccia mi afferrano prima di cadere a terra. Inconsciamente spero che ad avermi preso sia stato Mitch, l'unico migliore amico che io abbia mai avuto. Ho solo bisogno di qualcuno che mi rialzi dal casino in cui sono caduta, qualcuno che mi rimetta in piedi.

«Cherie?» Barney Bellvieri mi sorregge, e mi scruta con i suoi occhi turchesi. «Tutto bene?»

«Non lo so… credo di sì…» Torno dritta, portandomi una mano sulla fronte.

«Io…» Alzo lo sguardo verso le scale, rendendomi conto che non c'è più nessuna traccia di Hunter. «Ho bisogno di prendere una boccata d'aria» gli dico, lasciando che mi accompagni alla veranda che affaccia sul lago.

«Non ti ho mai vista così.» Io e Barney eravamo molto amici da bambini, prima che lui iniziasse a immischiarsi negli affari sporchi dei fratelli maggiori. Ha diciotto anni, come me, ed è un bravo ragazzo nonostante tutto.

«E non avrei mai dovuto permetterlo» gli faccio un sorriso triste. «Sono patetica» mi nascondo il viso tra le mani.

Sembriamo chiusi in una sfera di metallo con i nostri problemi, ma la verità è che siamo su un palcoscenico e tutti possono vedere ciò che siamo diventati.

«Mi dispiace» abbassa lo sguardo. «Brandon è uno stronzo» precisa. «La scommessa non era prevista, volevano solo spaventare Hunter.»

«Non ci sono riusciti. Nessuno lo spaventa davvero» sollevo le spalle.

«Quando Bruno vuole qualcosa se la prende quasi sempre» mormora come se la cosa non lo riguardasse.

«Sono i tuoi fratelli, tu giochi al loro stesso gioco.»

«È una specie di codice tra Bellvieri» precisa. «Se loro si sporcano le mani di terra, me le devo sporcare anch'io, perché siamo fratelli.»

«E se invece se le sporcano di sangue?» lo incalzo.

Barney guarda per terra. «Me le sporco anch'io.»

Gli prendo una mano. «Lo sai che non funziona così. Sei meglio di loro.»

«Fossi in te non ne sarei così tanto sicura» accenna un sorriso dispiaciuto.

«Che cosa ci fai qui?» ringhia una voce, facendoci voltare entrambi. Hunter è appoggiato alla porta scorrevole di vetro e tiene in mano una bottiglia mezza vuota.

«Ti stavo cercando» ammetto in un sussurro, guardando i suoi occhi lucidi. È visibilmente brillo. «Ti prego, torniamo a casa, dobbiamo parlare.» Provo ad andargli incontro, ma Barney afferra un polso.

«Ha una bottiglia in mano» mi avverte.

«Vaffanculo» lo insulta Hunter. «Pensi che possa farle del

male?» urla avvicinandosi a noi e strappandomi alla stretta di Barney. «Io non le faccio del male.»

«Cher!» grida Barney, spaventato dalla reazione eccessiva di Hunter.

Porto la mano alla bottiglia di Hunter, lui me la consegna senza esitare, ma non mi guarda negli occhi mentre la poso a terra. «Hunter, guardami!» Gli porto una mano sul petto: è sudato e sento il suo cuore battere forte. «Sono qui per te, permettimi di esserci» lo supplico, girandogli il viso con una mano.

Hunter mi prende il polso e lo sposta con cattiveria, squadrandomi come se fossi l'incarnazione di una brutta malattia. «Devi levarti dalle palle e basta, Cher.»

«Non ci credo che non ti importa niente di me» stringo i pugni lungo i fianchi, indietreggiando verso Barney.

«Credici, dolcezza.» Ride, guardandomi di sfuggita.

«Il terzo principio della dinamica dice che a ogni azione corrisponde una reazione uguale e contraria.» Socchiudo gli occhi, indietreggiando fino a sfiorare il petto di Barney. «Vediamo quanto non ti importa» sfido Hunter. Poi prendo Barney per le spalle e lo bacio sulla bocca.

In meno di due secondi vengo spinta via, e mi ritrovo un Hunter furibondo a due millimetri dalla faccia.

«Non puoi averlo fatto davvero» mormora, con la vena che gli pulsa sul collo e gli occhi iniettati di sangue. È una scena spaventosa, ma non riesco a tirarmi indietro, c'è qualcosa in lui che devo ancora capire.

«Hai detto che non ti importa niente di me, ma se bacio un altro ragazzo ti dà fastidio. Qual è il tuo problema?»

«Sei tu il mio problema» mi urla in faccia. «Andava tutto bene prima che arrivassi tu.»

«Cosa andava bene, per l'esattezza?» Sollevo le sopracciglia.

«Andava bene farsi tutte quelle ragazze, usarle come se fossero un passatempo, e poi sbarazzarsene la sera stessa?» gli domandoo. «Smettila di prendertela con te stesso! Cacciati in testa che non sei e non sarai mai l'unica persona triste sulla faccia della terra» gli dico alzando la voce.

«Stammi lontano.» Hunter indietreggia, senza rispondere, avvicinandosi alla porta di vetro.

«La tua vita non varrà mai niente senza amore!» gli urlo.

«La tua non vale già un cazzo» mi beffeggia, per poi sparire, confondendosi tra la gente.

Quello che porta il vento non è altro che l'illusione di un corpo che una volta era qui. Quando sentiamo l'aria dolce sfiorarci il viso in realtà è solo un'anima che è tornata a farci risentire la sua mancanza, tornata come un libro che hai cercato di custodire e che, da solo, ha iniziato ad allontanarsi dai tuoi occhi pagina dopo pagina.

Non può comportarsi così, non posso lasciarglielo fare. Lui comanda su tutto il mio mondo e la colpa non è altro che mia. Gli ho permesso di prendere il controllo su una parte della mia vita.

«Bevi.» Il bicchiere di tè freddo nelle mani di Barney sembra invitante, ma io non ho la forza di avvicinarlo alla bocca. Sono passati quindici minuti da quando Hunter mi ha detto quella frase, quindici minuti da quando mi ha sputato in faccia la realtà.

«Mi arrendo» sbuffa Barney sul pavimento accanto a me.

Siamo chiusi in una camera a caso, gente che ci ha visti passare in cerca di una stanza libera ha pensato al peggio dopo aver visto la mia espressione terrorizzata. Non è Barney a spaventarmi, lui è un ragazzo gentile, anche se a volte lo nasconde, ciò che fa veramente paura è il cognome che lo lega ai suoi fratelli.

«È così arrabbiato che non ho idea di cosa farà con la scommessa» sospiro. Barney rimane in silenzio per troppo tempo, con il tè tra le mani e lo sguardo fisso. «Brandon ti ha detto qualcosa?» lo guardo, deglutendo.

«Ha deciso di anticipare» confessa. «Ero qui per cercarvi, Mitchell lo sa già.»

«Per quando era prevista?» scatto.

«Per dopodomani, in serata, alla fine degli esami. Ma Bruno si è spazientito, non gliene frega un cazzo di queste cose e dice che vi ha già dato abbastanza tempo.»

«Quindi...» non riesco a completare la frase che il respiro mi si gela in gola.

«Quindi è questa sera, precisamente tra un'ora.»

Hunter

La rabbia che provo nel petto mi ferisce come un pugnale che lentamente penetra in cerca del mio cuore.

Ha davvero baciato quello sconosciuto? Oppure si conoscevano? Merda, e io lo conosco quello? Non ricordo un cazzo di quello che è appena successo. Quelle parole sono uscite dalla mia bocca con una rabbia disumana, non avrei mai voluto prendermela con lei, ma sono furibondo.

Io non ho bisogno di lei, non ho bisogno del suo continuo desiderio di sapere di me e di ciò che ero. Eppure, quando lo ha scoperto, non è scappata come mi sarei aspettato. Era preoccupata, ma non aveva paura, almeno non prima che dessi in escandescenza.

Non ho idea di cosa provi, e sono ancora più confuso su quello che io potrei provare per lei.

Ma l'amore non fa per me, l'amore non fa per gli squilibrati.

Entro in una stanza a caso, trovandola vuota. È una camera da letto, ben arredata, e c'è una fotografia sul comodino di due giovani sposi che si tengono per mano. Dev'essere la camera dei genitori del tizio che ha organizzato la festa.

Mi sento stanco di trattenere tutto questo: casino, nostalgia, timore. Chi cazzo voglio prendere in giro? È la mia vita a non valere nulla, non la sua. Lei può sposare chiunque e avere il suo lieto fine. Chi passerebbe il resto della sua vita con un disastro come me? Lei probabilmente troverà in qualcun altro quello che cercava in me. Si capiranno, si ameranno, s'incastreranno alla perfezione e io resterò un insensato spettatore della loro vita.

Qualche istante dopo il trillo del cellulare nella mia tasca interrompe i pensieri. Appena leggo il nome di Mitchell rifiuto la chiamata.

Ha tradito la mia fiducia, lui che era una delle poche persone ad aver avuto il permesso di scavalcare i miei muri. E adesso?

Adesso sto ricostruendo una muraglia usando il mio stesso sangue come cemento.

La verità? Io non sono triste, la tristezza non esiste. La mia è mancanza di felicità.

Ho capito fin da subito che Mitch aveva una cotta per Cher, ma non mi sarei mai aspettato che questo l'avrebbe portato a farmi apparire come un mostro ai suoi occhi. Ha davvero sparlato di me? Cristo, nemmeno avessimo quattordici anni, è il gesto più infantile e stronzo che lui abbia mai fatto nei miei riguardi.

La cosa peggiore è che non capisco perché mi importa, non dovrebbe fregarmi un cazzo che Cher sappia o meno quanto malato ero in quel periodo. Eppure ho dato di matto a quella rivelazione, mi sono sentito nudo davanti ai suoi occhi azzurri, privo di difese e scoperto di ogni scudo. Non mi era mai successo con nessuno prima di lei, prima di questa sera non mi sono mai vergognato di quello che ero.

«Mitch, sei qui?» La porta si apre e Taylor fa capolino, guardandosi intorno. Quando mi vede fa un'espressione stupita, come se non si aspettasse di trovarmi qui, da solo. «No, non è qui» ride nervosamente, passandosi una mano tra i capelli. I suoi occhi sono lucidi e ha chiazze di trucco nero sugli zigomi e sulle guance.

«Stai bene?» Corrugo la fronte. Non sono nella posizione giusta per chiederlo, comunque.

«Stavo solo cercando Mitchell...» Si arrotola una ciocca di capelli tra le dita. «Sembra che mi stia evitando, ma io so che non è così» ride in modo isterico, di nuovo.

«Siediti» le ordino.

Taylor si chiude la porta alle spalle e si avvicina col suo vestito nero e corto al letto. Si siede lentamente mentre curva in un piccolo sorrisetto le labbra colorate.

Quello che sto per dirle la ferirà, probabilmente. «Cher e Mitchell si sono baciati» sputo fuori come se tenerlo in bocca mi ustionasse.

I suoi occhi si inumidiscono ancora di più. Sono a mandorla e scurissimi, la pelle è limpida e ha qualche segno sulle braccia che credo siano voglie. Non è una brutta ragazza, ma non è comunque il mio tipo.

«Credevo che Cher stesse con te» abbassa lo sguardo.

«Già» faccio una smorfia contrariata. «Ma non è così, ci stavamo solo divertendo.»

«Credo che tu piaccia a Cher.» Di sfuggita noto la sua espressione di rabbia. «E Cher piace a Mitch» picchietta le unghie sul ginocchio scoperto. «E forse anche a Barney, ma non lo ammetterebbe mai.» Ora il tono più duro. «E piace anche a te» mi accusa.

Io arretro col capo, guardandola come se fosse impazzita.

«Ma non lo ammetteresti mai.» Fa una risatina. «Sai qual è il suo problema? Cher accanto a me sembra una santa, ma non lo è. Continua a dire di sentirsi sola, ma la verità è che è una grandissima troia» sbraita, arrabbiata.

«Ma non ha nessuno, allo stesso tempo. Sta perdendo tutti e in questo momento sta perdendo anche te, e fa abbastanza schifo» mormoro, cercando di mantenere una certa calma.

«Potremmo fargliela pagare.» Taylor si alza improvvisamente dal letto e va alla porta, chiudendola a chiave.

«Io non ho nulla di cui vendicarmi.»

«Lo sappiamo tutti che lei ti piace, Hunter» mi sfotte. «E Mitchell ti ha ferito, di conseguenza tu ferisci entrambi venendo a letto con me. Non ti costa niente, anzi, ti farà bene smaltire un po' di rabbia.» Si avvicina e si siede sulle mie gambe.

«E io cosa ci guadagno?» Faccio una smorfia, posando le mani sui suoi fianchi.

«Me» mi sussurra all'orecchio, tirandomi il lobo tra i denti.

Preso da un bisogno incombente, inverto le posizioni e mi spingo su di lei, premendo con violenza la bocca sulla sua mentre le alzo il vestito fino ai fianchi.

«Niente preliminari?» ridacchia lei, mordendomi le labbra e passandomi le mani sulla schiena.

«Non hai un preservativo?» le chiedo.

«Sei tu l'uomo» scrolla le spalle.

«Perfetto» faccio una smorfia, continuando a lavorarmela con le labbra, e cercando di ignorare il senso di nausea che mi attraversa lo stomaco.

Taylor mi circonda il collo con le mani, graffiandomi con le sue unghie affilate, e spingendomi verso di lei per baciarla. Ha la bocca piccola, e muove la lingua velocemente, procurandomi un fastidio indescrivibile. L'unica cosa che mi permette di continuare ad alzarle il vestito è la rabbia che sto provando nei riguardi di Mitchell. Non doveva farlo, non doveva rivelare a Cher chi sono.

«Forse dovremmo andare da qualche altra parte» mugola lei, sollevandosi di poco per permettermi di levarle il vestito. Non indossa un reggiseno, i suoi seni sono grandi e tondi. Non provo nessun desiderio di toccarli o di farle provare piacere.

«Non importa» sospiro, sollevandomi sulle ginocchia per levarmi la maglietta e lanciarla a terra. Le abbasso gli slip, sfilandoglieli dalle gambe, e li getto su un punto indefinito del pavimento. La prendo per i fianchi, portandola sotto di me, nello stesso momento in cui lei appoggia la mano sul mio membro e inizia a stuzzicarmi.

Nascondo il viso nell'incavo del suo collo, che odora di uno di quei profumi francesi troppo forti che non sopporto. Chiudo gli occhi, gemendo e spingendomi contro la sua mano, cercando di tenere lontano ogni pensiero negativo. Sono mezzo nudo sopra di lei, che è completamente svestita, ed è l'amica di Cher. Mi sto dimostrando il solito stronzo per l'ennesima volta, ma non riesco a fare altro. L'unico modo per cambiare è morire e rinascere.

«Spogliati, avanti» mi ordina, togliendo la mano da lì e strattonandomi i pantaloni. Abbasso gli occhi, mi sollevo dal materasso e li sfilo, restando nudo di fronte a lei.

«Adoro i tuoi tatuaggi» si morde il labbro con fare seducente. «Vieni qui.»

Torno verso di lei, impassibile, e le porto una mano tra le

cosce, penetrandola con tre dita. È una sensazione di merda toccarla, ma in questo momento sono abbastanza brillo da non accorgermene.

«Apri le gambe» le dico, aiutandola a divaricarle. Pronto ormai per penetrarla, mi porto nuovamente su di lei e la bacio. Non riesco a chiudere gli occhi, altrimenti diventerei del tutto consapevole di ciò che sto facendo. I suoi occhi scuri sono a pochi millimetri dai miei, sono pieni di un'eccitazione che mai mi sarei aspettato di vedere. Si lascia andare in un urlo straziante quando entro in lei, nascondendo il viso nel suo collo, serrando la mascella e spingendomi in avanti col bacino.

«Oddio, non fermarti» ansima, portandomi le mani tra i capelli. Mi dimeno, obbligandola a lasciare la presa. Lei ridacchia e sposta le mani sulle mie natiche mentre segue i movimenti del mio bacino.

Sono completamente assente, non ho la minima idea di cosa stia succedendo. Un senso di rabbia ha la meglio su di me. Cher che mi provoca, baciando Barney. Mitchell che fa lo stesso, baciando Cher. Tutti cercano una mia reazione, tutti cercano di mettermi i piedi in testa e avere la meglio su di me. Questo, però, non succederà.

Stringo le lenzuola in un pugno accanto alla testa di Taylor, sollevandole una gamba e portandola intorno al mio fianco. Chiudo gli occhi, penetrandola violentemente, e lei emette un urlo stridulo che mi graffia le orecchie. La stringo per un gluteo, strizzando la sua carne con le dita, fino a farle involontariamente male. Le lascerò un livido, ne sono sicuro.

«Cristo» abbasso lo sguardo verso di lei. I suoi capelli sono scompigliati, il trucco le si è sciolto sotto gli occhi e ha un'espressione di totale godimento. Non riesco a provare niente. Sono spaventato da me stesso. Il mio corpo è in preda all'eccitazione, sono sempre più vicino all'orgasmo, ma non sembra sesso, ho la sensazione di toccarmi da solo. Non sento il suo corpo contro il mio, non sento nulla.

«Sì, Hunter» grida, stringendo la gamba intorno al mio bacino, mentre porta la testa all'indietro lasciandosi andare in continui urli.

Mi mordo il labbro inferiore, chiudendo gli occhi, e, spingendomi ancora una volta dentro la sua intimità, riesco finalmente a venire. Esco troppo tardi da lei, riversando ciò che rimane del mio orgasmo sulle lenzuola.

Taylor non è ancora venuta e continua ad aiutarsi con le dita, in preda agli spasmi, mentre io rotolo al suo fianco, indifferente, prendendo fiato. Abbiamo concluso una cosa che mi ha dato la sensazione di non essere mai iniziata.

21

Cherie

Due occhi celesti mi esaminano con frustrazione. Nonostante io abbia fatto del mio meglio sono troppo tesa per dare il massimo. Ho ceduto proprio alla fine, nonostante tutti gli sforzi e la decisione che ci ho messo per farlo nel migliore dei modi e diventare quello che tutti desideravano.

Le mani della donna sfogliano il registro, segna una piccola crocetta sul mio nome e mi liquida con un sorriso. «Sei andata bene, Jelson. Solo, non vorrei mortificarti, ma mi aspettavo molto di più da te.»

Anche io mi aspettavo molto di più da me. «Ho passato una brutta settimana.» O un brutto mese, o una brutta vita.

«Tranquilla, può bastare.» Il professore di fisica mi guarda con fare paterno e mi dà il permesso di alzarmi.

I corridoi scolastici sono praticamente vuoti, non vedo volti familiari se non quello di qualche inserviente capitato lì per caso. Saluto la signora delle pulizie e mi avvio all'uscita della scuola.

Non so come io abbia fatto ad arrivare fino a qui dopo ieri sera, ma non posso permettere a un ragazzo di rovinare tutti i miei piani in una sola notte.

Devo farmi forza, incollare quello che è rimasto della mia dignità. È così umiliante pensare che una come me abbia provato tali sentimenti per uno come lui: mi ha giocata a una scommessa e poi non si è degnato nemmeno di presentarsi.

È stata una serata mortificante, mi sono trovata di fronte a Mitchell, Brandon e Bruno che si aspettavano di veder comparire Hunter da un momento all'altro, ma lui non è mai arrivato. Brandon continuava a sorridermi in modo malizioso e mimarmi con le labbra cosa avrebbe voluto farmi, tutti gesti che mi facevano rivoltare lo stomaco.

Stringo i pugni lungo i fianchi, camminando dritta verso la fermata degli autobus.

Spesso mi aspetto troppo da persone che non darebbero niente a nessuno. Ho sorvolato su quello che era Hunter un tempo, sperando che avrebbe capito che io sono disposta ad accettarlo per quello che è ora.

Mi mordo un labbro camminando lentamente, con le mani nelle tasche della felpa. Il vento è caldo e leggero e mi rilassa il volto, il sole di qualche giorno fa ha lasciato il posto a un clima strano.

Fino a che punto bisogna sbagliarsi, perdere, morire e riallacciare rapporti prima di imparare che l'umanità è fatta così? Camminare a testa alta non ci fa diventare più forti, solo più pronti ad accettare la realtà.

E io non sono pronta ad accettare tutto questo, ho bisogno di distaccarmi e dimenticare quello che ho provato, archiviare un pezzo della mia vita un'altra volta.

Ho già preparato le valigie, ho bisogno di sparire un po' da questa zona e andare dai miei genitori prima che mio padre arrivi qui a farmi domande sull'appartamento per settembre. Devo prendere delle decisioni, cambiare aria e rilassarmi. È stata una doccia fredda, e non so per quanto dovrò subire le cinque fasi di accettazione della realtà: Hunter non può aggiustare me e io non posso aggiustare lui.

Non so neppure come abbia superato l'esame, non so nemmeno come dire ai miei genitori che non avrò ottenuto il massimo dei voti come speravano. Loro si aspettano così tanto da me: sono due adulti umili che si occupano a distanza di una figlia segretamente tormentata; e dopo la perdita del maggiore ogni loro preoccupazione si è riversata su di me.

«Dolcezza, dove stai andando?» Una pressione sul mio polso mi fa sussultare. Quando mi volto, di scatto, incontro gli occhi turchesi di Brandon.

Devo mantenere la calma. Sento una fitta allo stomaco, le gambe tremano ma cerco di non distogliere lo sguardo. «Ti sei messo a pedinarmi, adesso?»

«Io voglio solo ciò che mi spetta.» Scrolla le spalle accarezzandosi i denti con la lingua.

«Tu non hai vinto un bel niente.» Provo a liberarmi dalla sua presa, ma lui stringe più forte.

I suoi occhi si chiudono in due fessure mentre aumenta la stretta, fino a farmi male. «Tu sei mia, adesso.»

Gli pesto un piede e riesco a svincolarmi. «Fottiti» gli dico iniziando a correre, in cerca di qualcuno, chiunque.

Quel ragazzo ride come se fosse padrone del mondo, come se noi fossimo tutti delle marionette tra le sue mani. Brandon è quella parte del mio passato che mi fa sentire ogni volta più indifesa, più sola, più patetica. Brandon è qualcosa che io non posso combattere, non è solo una persona, è una sofferenza.

«Va tutto bene, ragazzina?» Sento il grugnito di un petto contro cui non mi ero resa conto di essere andata a sbattere. È un uomo sulla trentina con gli occhi scuri.

«C'è un ragazzo che mi sta seguendo e io...» Non ho il tempo di completare la frase che un'auto familiare frena davanti a noi, il finestrino scende lentamente e la barba scura di Bruno anticipa il suo ghigno soddisfatto.

«In giro dicono che ho tanti amici» si pettina la barba con una mano. «Robert, tu che ne dici?» Sento la risata dell'uomo di fronte a me, ora le sue mani stringono i miei polsi.

«Hai tanti amici, Bellvieri.»

Riesco a urlare nell'esatto momento in cui l'uomo mi carica su una spalla e si avvia verso la macchina. Scalcio e do pugni alla sua schiena, ma inutilmente, lui è troppo robusto e nel giro di pochi secondi mi ritrovo sul sedile dell'auto.

«Si può sapere che cos'hai in mente?» gli domando a voce alta, cercando di sfuggire alla presa di Robert che mi sta legando i polsi con una corda. Tutto questo non sta succedendo davvero, non ci credo. Ho il cuore che mi batte come un tamburo.

«Mi piace la tua compagnia.» Bruno si porta una sigaretta alle labbra. «Finché Davis non si consegnerà alla polizia, io e te staremo un po' insieme.»

Solo ora noto che, nel trambusto, si è spostato sul sedile del passeggero lasciando libero quello alla guida.

«Non è tutta colpa di Hunter, tu spacci roba in quella scuola da molto prima di lui. Ed è roba sicuramente più letale della sua» ringhio.

«È questo il punto, ragazzina» digrigna i denti, voltandosi verso di me. «Se interrogano qualcuno di troppo, le colpe finiscono su di me. Se invece andrà alla polizia, dichiarandosi colpevole di aver fornito della droga a Shelman, allora le indagini si fermeranno.»

«Tu vuoi soltanto salvarti il culo. Non ti importa niente di chi è stato a vendere la droga che lo ha ucciso.»

Brandon sale in auto, accomodandosi al posto del guidatore. «Non c'è una droga che non ti ammazza, Cher» commenta. «Qualunque tipo di droga sia, sarà sempre letale.»

«Mitchell e Hunter vi verranno a cercare» sbotto quando la macchina inizia a muoversi.

«No che non lo faranno.» Bruno sbuffa fuori dalle narici il fumo.

«Mitchell sa che sei andata dai tuoi genitori per qualche giorno, mentre ad avvisare Hunter ci penseremo noi.» Brandon fa un sorriso soddisfatto mentre inserisce la marcia successiva e aumenta la velocità.

«Ora falla tacere, ho bisogno di parlare con mio fratello.» La mano di Bruno si posa sulla spalla di Brandon.

Farmi tacere? Non ho il tempo di capire cosa significhi che la mano di Robert mi tappa il naso e le labbra con un panno umido, contenente non so quale sostanza che mi fa sprofondare in un sonno tormentato.

22

Hunter

Il ridacchiare continuo della donna bionda mi sta irritando, potrei afferrare i suoi capelli e tirarli finché non chiederà pietà. Strizzo gli occhi cercando di prendere fiato e allontanare da me questi pensieri satanici, per poi riaprirli e fissare la sua mano che segna una crocetta accanto al mio nome. Sarei dovuto restarmene a casa, e invece ho dato l'esame.

«È stato un po' robotico nel dare le risposte, ma erano tutte giuste e dettagliate.» La voce bassa di un uomo riecheggia nel vuoto della mia testa. Sono distratto, sono altrove.

«Questa mi è nuova» aggiunge la bionda spostandosi i capelli dietro l'orecchio. «La Jelson che ieri non riusciva a dire una parola e Davis oggi che non riesce a fermarsi» ridacchia.

«Te la sei cavata bene, Davis.» La donna annuisce, guardandomi con sufficienza. «Ti faccio i miei complimenti.» Si alza dalla sedia, porgendomi la mano, seguita dall'altro insegnante.

«Quando esporrete i quadri?» chiedo, fingendo un sorriso cordiale mentre stringo le mani a entrambi.

«Probabilmente tra meno di una settimana, tutto dipende da quanto tempo occuperanno le indagini della polizia.»

«Hanno già interrogato qualcuno?» Cerco di non dare nell'occhio ma la bionda è troppo impegnata a rovistare tra dei foglietti per far caso alla mia preoccupazione.

«Inizieranno tra non molto.»

Abbandono l'aula il più in fretta possibile e mi avvio verso casa.

Appena apro la porta dell'appartamento mi guardo intorno e mi accorgo di essere rimasto solo. Ho trasformato il mio mondo in un mondo in cui ci sono solo io. Ed è quello che volevo, non mi pento di un cazzo. Ora posso preoccuparmi di lui, solo ed esclusivamente di lui. Compongo il numero e inizio a sentire lo stomaco chiudersi dopo ogni squillo senza risposta.

«Hunter!» La voce femminile esprime un pizzico di stupore.

«Ciao Kelsey, come stai?»

Kelsey Johansson ha trentanove anni ed è l'infermiera personale di mio padre, si occupa di lui e della sua grave malattia. Ha continuamente bisogno di soldi e, ora che è in bancarotta da anni, sono io a occuparmi delle sue spese. Quando mi avanzano delle sterline, sono costretto a tramutarle in dollari da mandare a Boston per pagare le cure ospedaliere.

«Io sto bene, lui no» mormora con dispiacere.

«Passamelo» le ordino.

«Sta dormendo» risponde.

«Non mi interessa, sveglialo» ringhio, stringendo forte il cellulare.

Kelsey è abituata ai miei sbalzi d'umore, quindi mantiene la calma. «I medici hanno detto che deve riposare.»

Mi passo una mano tra i capelli, sospirando, per poi crollare sul letto di camera mia. «Hai ragione» mi passo la lingua tra le labbra.

«Quando verrai a trovarlo?» mi chiede.

«Non lo so, ho bisogno di soldi» faccio una smorfia.

Kelsey tira su col naso, come se stesse per scoppiare in un pianto. «Tu gli manchi così tanto» bisbiglia.

Non posso più restare qui. Ho incasinato tutto e ben presto verranno a sapere di ciò che ho fatto con Taylor, e quando lo sapranno né Mitch né Cher vorranno più sentire parlare di me. Non posso credere di essere andato a letto con lei. Il solo pensiero mi disgusta, ma per mia fortuna è durato tutto molto poco e me la sono tolta di dosso l'istante successivo.

«Fammi chiamare quando si sveglia.» Non avendo intenzione di aggiungere altro chiudo la chiamata.

Non so dove andare, vorrei solo scappare e trovare qualcuno pronto a uccidermi. La testa mi fa maledettamente male e pensare che sono passati solo due giorni mi fa venire voglia di vomitare, sputare via tutta la merda che sto digerendo e che mi sta assalendo.

Sto provando così tante emozioni contrastanti: l'ho allontanata da me, ma quando stava per andarsene per sempre l'ho riportata tra le mie braccia con una velocità e un egoismo unico. Le ho fatto del male.

Nel momento in cui sento la porta di casa aprirsi, mi alzo dal letto ed esco da camera mia.

Non appena Mitchell mi vede, mi si precipita contro, posando a terra il borsone nero. Stringe forte il pugno e, quando capisco la sua intenzione, lascio che mi colpisca dritto in faccia.

«Sei un pezzo di merda!» mi grida.

Oscillo all'indietro, ridacchiando istericamente. «Colpiscimi ancora.»

«Come?»

«Dammi un altro pugno, uno schiaffo o un calcio. Distruggimi!» grido, esasperato. «Fa' di quello che resta di me un rottame!»

Non passa un attimo che ricevo un pugno nello stomaco, barcollo ma non cedo. «È tutto quello che sai fare?» lo provoco.

«L'hai ferita.» Mitchell smette di colpirmi e mi guarda con disprezzo.

«Io non sapevo cosa fare.» Stringendo la maglia all'altezza dello stomaco mi siedo sul divano. «Stavo solo cercando di tenerla lontano da me.»

«Lo stavi facendo nel modo sbagliato.»

«Lo so.» Chiudo lentamente gli occhi.

«Cosa ti costava presentarti?» mi sbraita in faccia, e inizia a camminare in circolo.

«Presentarmi dove?» ringhio. Ora non ho bisogno che mi dica stronzate. Lui mi guarda e non risponde, irritandomi ancora di più.

«Posso capire tutti i problemi e le motivazioni che hai. Non mi interessa se non hai voglia di affezionarti a una ragazza, ma non hai nessun diritto di illuderla» mi dice seriamente.

«Chi avrei illuso, di cosa stai parlando?» Corrugo la fronte, totalmente spaesato.

«Non ti sei presentato alla corsa con Brandon, Hunter» mi accusa.

«Non dire stronzate, era prevista per dopo gli esami» ribatto.

«Bruno ha cambiato le carte in tavola, era stata anticipata.»

«Come potevo saperlo?» mi mordo il labbro inferiore, guardandolo con odio. Non me lo ha detto nessuno, non ne ero al corrente.

«Ti sei infilato il telefono nel buco del culo o cosa?» torna a guardarmi con disgusto, sbuffando una risata. «Ti avrò chiamato venti volte e lasciato un milione di messaggi, eravamo tutti alla festa a cercarti ma ti eri volatilizzato nel nulla.»

Non mi ero volatilizzato nel nulla, ero a letto con Taylor. Che situazione del cazzo, questa proprio non ci voleva. «Cher e Brandon…» guardo Mitchell, sperando che lui colga i miei pensieri.

Fa una faccia perplessa. «Credi che lo avrei permesso? Certo che no!» stringe i pugni sulle ginocchia, scrutandomi attentamente. «Prima la giochi a una scommessa e poi non ti degni nemmeno di presentarti» mi critica.

«Non l'ho giocata io a una scommessa, non l'avrei mai messa in mezzo a tutto questo» allargo le braccia. «Brandon non me l'ha proposta, non era una sfida, era un ordine. Non potevo tirarmi indietro» sospiro.

«Cosa sta succedendo tra voi due? Hai fatto ciò che credo, non è così?»

«Mi stai chiedendo se sono andato a letto con lei?» Rido nervoso, scuotendo la testa, incredulo. «Non sono cose che ti riguardano, Mitch, non è la tua ragazza.»

«È la mia migliore amica» si impone. «Ho il diritto di sapere cosa sta succedendo tra voi due.»

«Dopo che sei andato a dirle che ero un tossico di merda, credo che tu non abbia più nessun tipo di diritto su niente» ringhio. «Sono così incazzato che non ho nemmeno voglia di romperti il culo.»

Mitchell si irrigidisce sul posto, deglutendo. «Lei doveva sapere chi eri prima di innamorarsi di te.»

«Ora hai bruciato tutte le possibilità che questo avvenga, non sei contento? Cosa ti aspetti che succeda adesso? Che lei corra tra le tue braccia?»

«Finiscila.»

«Tu non sei meglio di me» scuoto la testa, mi alzo in piedi e infilo una mano nella tasca dei jeans, in cerca dell'accendino.

«E sai cos'è che non puoi proprio sopportare?» sorrido in modo schietto, avvicinando una sigaretta alle labbra e accendendola. «Che lei ha comunque preferito me a te.»

Mitchell scatta in piedi e mi strappa la sigaretta dalle labbra, buttandola a terra e spegnendola con la suola delle scarpe da ginnastica. Lo fisso per un arco di tempo indefinito, leggendo una rabbia sconosciuta nel suo sguardo. Non l'ho mai visto così prima d'ora, o almeno non avevo mai visto quel suo sguardo rivolto a me.

«Non ci provare nemmeno» lo sfido.

«Devi rimangiarti tutta la merda che hai detto» gesticola. Non posso credere di stare per avere uno scontro diretto, faccia a faccia, con quello che credevo essere il mio migliore amico.

«Io non chiedo scusa nemmeno a mio padre.» Alzo il pugno, e poi gli assesto un destro sulla faccia.

Mitchell barcolla appena, per poi voltarsi verso di me e spingermi per le spalle, facendomi fare giusto un passo indietro. Prova a darmi un pugno allo stomaco, ma fermo il suo cazzotto con una mano, continuando a guardarlo con odio. «Pensi davvero di potermi sfidare?» allargo le braccia.

«Sei tu che stai perdendo la tua ultima chance di non essere una merda.» Si morde il labbro, respirando faticosamente dal naso. «Se non fosse per me, tu non saresti nemmeno vivo.»

«Oh, grazie mille, Mitchell Learman, per avermi portato via da tutta quella merda.» Mi metto una mano sul cuore, fingendomi grato. «Non sarei proprio niente senza di te.» Mi stringo forte il pacco. «Ora succhiami il cazzo.»

«Succhiatelo da solo» abbaia. Mi spinge più forte, all'improvviso, e mi fa cadere sul tavolino e poi a terra. Non me lo aspettavo. Scatto in piedi e mi sposto su di lui, buttandolo sul divano e rotolandogli addosso. Sollevo un pugno e lo colpisco sulla faccia, ma lui alza il ginocchio e mi spinge a terra; riesco ad afferrarlo per la maglietta e lo rovescio su di me.

«Fottiti, Hunter!» Mitchell mi stringe le mani al collo, per tenermi fermo a terra, ma io riesco a fargli mollare la presa con una ginocchiata. Lo allontano con un calcio dall'altra parte, mettendomi seduto sul pavimento con le mani tra i capelli e i gomiti sulle ginocchia.

«Sei un coglione.» Mitchell si siede di fronte a me, portandosi una mano all'altezza del petto.

«Anche tu» rispondo, regolarizzando il respiro. Lo fisso in cagnesco, provando a capire cosa si nasconde dietro quel velo di rabbia. Poi mi rialzo e vado in camera mia, senza aggiungere una sola parola; mi chiudo la porta alle spalle e mi stendo sul letto a pancia in su.

Ho preso a pugni Mitchell per una ragazza. Non mi riconosco più, sto di nuovo perdendo il controllo, tutto quello per cui ho lottato in questi mesi. Sono venuto a Londra per ricominciare, ma ovunque io passi mi lascio alle spalle una scia inverosimile di malinconia e rabbia.

Ho bisogno di Cher.

Solo in questo momento me ne rendo conto, perché mi manca e mi manca tutto di lei. L'ho ferita troppe volte, usando parole che pugnalano più di qualsiasi altra arma, non merito il suo perdono o che lei mi stia vicino.

Cher avrebbe potuto aiutarmi, farmi uscire da tutto questo con la sua presenza, avrei fatto a meno di qualsiasi droga pur di averla accanto a me. I suoi occhi, i suoi sorrisi, le sue parole. Lei mi capiva. È per questo che non riesco a fare a meno di lei, perché lei mi capisce semplicemente guardandomi.

Io però non vado bene per Cher, questo lo so: per quanto lei possa capirmi, io non capisco me stesso. Non capisco cosa c'è da capire. Sono un tossico di merda, mia madre è morta e mio padre, malato, pensa che io sia un buono a nulla. Non lo ammette, non lo ammetterebbe mai, ma lo pensa.

Ero riuscito a sostituire tutto ciò che mi ammazzava con lei, lei che era la mia dose giornaliera di disintossicazione, lei che era meglio di tutto questo. E io non me ne sono accorto, sono stato troppo concentrato a scavarmi la fossa con le mie mani per rendermi conto che la stavo seppellendo. Credevo di uccidere me, ma mai avrei creduto che qualcuno mi avrebbe seguito nella mia autodistruzione, non di nuovo.

Il cellulare suona e io apro gli occhi di scatto, balzando in piedi. Controllo l'ora, sono le sei di sera, devo aver dormito per un bel po'. Controllo la chiamata persa: strano, è un numero nascosto.

Sto per lasciar perdere quando il telefonino suona di nuovo, così rispondo, con voce annoiata.

«Chi sei?»

«Hunter?»

La voce mi è familiare. Io però sono una schiappa quando si tratta di ricordare la gente. È un ragazzo. «Non hai risposto alla mia domanda» dico.

«Mi rincuora sapere che non ti ricordi di me, Davis.»

«E a me non frega un cazzo, invece.»

«Dimmi che cosa vuoi e come fai ad avere il mio numero.»

«Dov'è Cher?» chiede lui.

Il sangue mi si gela in ogni singola parte del corpo quando pronuncia quel nome. «Non lo so» cerco di mantenere la calma, ma è abbastanza complicato.

«Io invece sì.» Lo sussurra come se fosse un segreto, per poi ridacchiare in modo fastidioso. Immediatamente lo riconosco, e la rabbia aumenta in maniera drastica.

«Brandon. Cosa diavolo stai facendo?»

«Sto semplicemente rispettando i patti, Davis.»

«Non avevamo nessun patto!» alzo il volume della voce. «Non fare il cazzone, non darle fastidio» digrigno i denti.

«I Bellvieri mantengono sempre la parola data.»

Ma cos'è, *Il padrino*? Questa telefonata non ha davvero senso. Perché mi ha chiamato? Cosa sta cercando di dirmi?

«Tu non ti sei presentato alla scommessa, di conseguenza l'ho vinta io, e ora Cher ne sta pagando le conseguenze.»

«Passamela.» Respiro lentamente. «Voglio sentire la sua voce, passamela» mi impongo.

Dopo una manciata di secondi di silenzio, percepisco il suo respiro vicino alla cornetta. «Chee?» parlo con voce roca, cercando una sua risposta.

«Hunter.» Sussurra il mio nome con voce nasale, ma so che è lei.

Scatto in piedi. «Cosa ti hanno fatto? Dove sei?»

«Non lo so» tira su col naso. «Non lo so» ripete con voce tremante.

«Ehi, piccola, ascoltami» inizio a camminare nervoso. «Verrò a prenderti, mi dispiace tantissimo per quello che ho fatto, ma verrò a prenderti e sistemerò le cose.»

«Hunter, qualsiasi cosa loro vogliano da te... non...» La sua voce viene interrotta da quella di Brandon, ma Cher alza il tono in modo che io possa ancora udirla. «Non farlo! Starò bene!»

«Portala via, Barney» sento mormorare da Brandon. «Ora ti sei convinto?»

«L'hai veramente rapita?» gli urlo contro, come se lui fosse un bambino e io l'adulto. «Ti rendi conto di quanto sia malato tutto questo?»

«Proprio tu vieni a parlarmi di cosa sia malato e di cosa non lo sia?» ride sotto i baffi. «Oh, Davis, Davis» ripete. «Andrò direttamente al punto con te, non mi piace parlarti, sei poco socievole.»

«Va' a farti fottere» ringhio.

«Ho bisogno che sia tu a farti fottere, per adesso» spiega. «Devi consegnarti alla polizia e dire d'aver venduto le pasticche a Shelman.»

«Ti sei bevuto il cervello?» sbotto. «Non puoi chiedermi una cosa del genere, non è colpa mia, voi...»

«Lo sappiamo, c'entriamo tanto quanto te, o forse di più» mi interrompe. «Sai cosa fanno i coyote quando uno di loro è ferito? Lo lasciano lì, in modo che non rallenti il gruppo. Sii solidale, Davis, consegnati, e noi lasceremo libera la tua ragazza.»

Non ho tempo per pensare. «La lascerete andare?» chiedo.

«Il giorno stesso.»

«Va bene» torno a sedermi sul letto, abbassando lo sguardo. «Mi consegno alla polizia.»

23

Cherie

È incredibile come io non riesca più a piangere. Sono prigioniera in questa casa e mi sento talmente distrutta e tradita da non riuscire nemmeno più a disperarmi, a urlare.

«Ti ho portato qualcosa da mangiare.» Barney si avvicina al letto su cui sono seduta e mi porge un piatto di riso bianco e carne. Raccolgo un chicco con le dita e inizio a fissarlo, prima di distruggerlo tra i polpastrelli.

«Ti prego, parlami» mi esorta tristemente.

Senza guardarlo, prendo il bicchiere d'acqua dal vassoio e me lo porto alla bocca. L'acqua mi brucia la gola e vorrei risputarla ma mi costringo a non farlo, devo almeno idratare il mio corpo.

«Io non volevo succedesse...» sussurra.

Lo interrompo. «Charles aveva ragione quando diceva che saresti diventato come loro.»

«Io non volevo farti del male, lo giuro. Sono veramente stanco di tutto questo, vorrei che finisse in questo preciso momento» abbassa sempre di più la voce.

«Ho sempre creduto che se avessi dato qualcosa al mondo il mondo sarebbe stato più gentile con me. E invece non ha fatto altro che prendersi tutto: mio fratello, i miei amici e forse anche l'unico ragazzo per cui ho mai provato qualcosa.» Stringo le labbra in una linea sottile. «Sto perdendo la speranza.»

«Non è colpa tua, è mia» ammette, sedendosi accanto a me e posando a terra il piatto con il mio pranzo.

Scrollo le spalle, raggomitolandomi sul letto con le ginocchia al petto. Sono segregata nella camera di Barney, e sto vivendo con l'ansia che Hunter possa davvero andare a consegnarsi alla polizia. Non può farlo, non può mettere in gioco la sua libertà per me.

«È colpa mia se sei qui.» Barney stringe i pugni. «Bruno e Brandon mi avevano dato l'ordine di seguire Hunter, settimane fa, di tenerlo d'occhio e di scovare i suoi punti deboli» confessa, come se stesse per ammettere il peggiore dei peccati. «Io l'ho fatto. Vi ho seguiti, sono stato alle vostre stesse feste, al ballo di fine anno anche se non andiamo allo stesso liceo, io c'ero, sempre.» Alza gli occhi verso di me, bloccandoli nei miei. «Ho detto a Bruno e Brandon che l'unico punto debole di Hunter eri tu.»

«Io» boccheggio, non sapendo cosa dire. «Io non sono il suo punto debole.»

«L'unica persona per cui lui avrebbe rischiato tutto, saresti stata tu. Anzi, sei tu» risponde con decisione. «Penso che lui sia innamorato di te.»

«Non dirlo» alzo la voce. «Non lo dire, non illudermi.»

«Non so spiegartelo, ma non avevo mai visto qualcuno guardarti come ti guarda lui. Nessuno ti ha mai dato questo tipo di attenzioni, non che tu non le meritassi, ma lui riusciva a farti splendere» commenta. «Lui è...» Non riesce a trovare le parole giuste.

«Come me» continuo, abbassando lo sguardo. «Lui è tutto

incasinato, come me» sussurro, fissando le mie mani che si torturano tra di loro.

«E tu lo ami, perché lui ti capisce.» Barney inclina la testa di lato in cerca dei miei occhi. «E non c'è cosa più bella di questa.»

«Io sono qui» alzo lo sguardo di scatto. «E lui sta per consegnarsi alla polizia a causa mia. Non posso crederci, lo sta facendo davvero.» Respiro a fatica.

Barney si sposta vicino a me e mi mette le mani sulle spalle, obbligandomi – indirettamente – ad alzare lo sguardo su di lui. I capelli gli ricadono sulla fronte abbronzata, i suoi occhi mostrano tutta la sua frustrazione.

Ricordo quando avevamo tredici anni: mi abbracciava, mi stringeva a sé e mi rassicurava mostrandomi tutto ciò che aveva imparato e che voleva insegnarmi. Eppure ricordo anche il buio. Quando lui si è allontanato da me con delle scuse patetiche, proprio nel periodo in cui anche Charles sarebbe scomparso, svanendo dopo l'incidente in un sonno senza ritorno.

Perdere mio fratello e uno dei miei più intimi amici nello stesso momento mi ha distrutta, ma non era finita: dopo un anno anche Mitchell è sparito. Non potrò mai dimenticare quel buio, quel cielo senza stelle che era la mia vita, la mia vita prima di Hunter.

«So a cosa stai pensando» irrompe Barney nei miei pensieri.

«Ah sì?» faccio un sorriso, per la prima volta da quando sono qui.

«Dopo tutto questo, non vuoi perdere anche lui. Forse sto facendo una cazzata ma...» Ridacchia e infila le mani nelle tasche dei jeans, fino a cacciarne fuori un mazzo di chiavi. «Ti aiuterò a scappare.» Poi continua: «È un modo per sdebitarmi, io voglio uscire da questo casino, non voglio più restare con i miei fratelli. Sapevo fin dall'inizio che era sbagliato, voglio darci un taglio. Dopo le corse clandestine, lo spaccio e i problemi con la legge» scuote la testa «non posso credere di averli aiutati in un rapimento.»

«Ti metterai nei guai con loro.» Mi sollevo dal materasso e lo seguo verso il corridoio.

«Scapperò anch'io, non so dove andrò, ma scapperò da questo posto» sorride e mi fa cenno di seguirlo.

Ho il cuore che batte forte; vado verso di lui, gli butto le braccia al collo e lo stringo. «Ti vorrò sempre bene, Barney.»

L'uscita è proprio dopo la cucina, che sfortunatamente ha la porta aperta. Non possiamo passare di lì senza farci beccare.

«E adesso?» Continuo a stringere la mano di Barney. «Cosa facciamo?»

«Non muoverti da qui» mi ordina, facendomi un gesto impersonale con la mano prima di entrare con disinvoltura nella cucina. Appoggio le spalle al muro cercando di trattenere il respiro, di restare immobile. Riesco a sentire le loro voci.

«Bruno...» inizia Barney. «Ha chiamato Brandon qualche minuto fa, mi ha detto che hanno informato Davis che Cher è qui» dissimula.

«Cazzo!» impreca Bruno.

Rimango ancora ferma, chiudendo gli occhi. Spero che Barney se la cavi.

«Non è più sicuro questo posto.» Il tono di Barney è davvero convincente.

«Chi ha parlato?»

«Brandon crede che sia stato Nev» risponde.

Ora mi dispiace molto per questo presunto Nev.

«Darò una lezione a quel cinese del cazzo» ringhia Bruno. «Tu porta la ragazza da Brandon, ci penseremo più tardi» gli ordina.

«Va bene.»

Un attimo dopo Barney esce dalla cucina e ricomincia a respirare normalmente. «Non ho mai mentito a mio fratello così bene» sussurra, con un pizzico di divertimento.

Accenno un sorriso, avvicinandomi a lui per dargli un bacio sulla guancia. «Grazie.»

«Andiamo.» Barney mi sorride dolcemente e mi stringe la mano, facendomi uscire.

Quando Barney spegne l'auto, ci troviamo di fronte all'appartamento dei ragazzi.

«Entri con me?» gli chiedo, torturandomi le mani. Ho una voglia matta di vedere Hunter, Mitchell, tutti quanti. È stato orribile essere segregata in quella stanza, senza via d'uscita, con quella puzza di fumo e alcol.

«Hunter potrebbe uccidermi» ridacchia fissandosi i jeans logori. «Ma effettivamente dovrei dargli delle spiegazioni» dice sollevando gli occhi turchesi verso di me.

«Mi mancherai» sussurro all'improvviso. «Devi andare via, non so dove, ma devi scappare dai tuoi fratelli.» Gli metto una mano sulla gamba.

«È quello che farò» annuisce. «Ora però saliamo, sei tu a dover scappare adesso» mi sorride, aprendo la portiera.

Prima di uscire dall'auto, mi sistemo i capelli su una sola spalla, dietro l'orecchio, cercando di rendermi il più presentabile possibile. Indosso una felpa di Barney di due taglie più grandi e gli stessi jeans con cui ho sostenuto gli esami.

«Cher?» Quando Mitchell apre la porta dell'appartamento, sembra sorpreso nel vedermi lì. «Tu dovresti essere a Liverpool.»

I Bellvieri hanno detto a Mitchell che ero dai miei genitori, ovviamente. Scuoto la testa, fingendo un sorriso. «Problemi tecnici, come vedi sono tornata prima.»

«Va bene...» risponde, spostandosi di lato per farci passare. «Barney?» Mitchell è ancora più confuso. «Cosa...»

«Ciao, Learman.» Barney lo saluta con un sorrisetto timido.

«Amore, chi...» Taylor compare dalla camera di Mitchell con una maglietta da uomo e le gambe nude. Non voglio nemmeno pensare a cosa abbiano appena fatto. «Cher!»

«Ehi» le sorrido cordialmente. Taylor è strana, resta al suo posto e non mi dice niente, come se non mi conoscesse neppure. Sarà per il mio abbigliamento, non ne ho idea. «Stai bene?»

«Sì» mi risponde, tornando in camera, e sbattendosi la porta alle spalle.

Questa davvero non me l'aspettavo.

«Suppongo che Hunter non sia con voi» dico, stringendomi nella felpa.

«No.» Mitchell scuote la testa. «È andato a scuola per chiedere delle indagini, non so cos'abbia in mente.»

«Cosa?!» esclamiamo io e Barney. «Quando è andato?»

«Circa cinque minuti fa, sarà appena arrivato, credo.» Scrolla le spalle. «Qual è il problema?»

«Dobbiamo muoverci!» Sorpasso Barney e lo tiro per un braccio fuori dall'appartamento.

Mitchell ci chiede cosa sta succedendo, ma non abbiamo tempo e cominciamo a correre giù per le scale.

«Ce la faremo» mi rassicura Barney mettendo in moto l'auto.

Cerco di mantenere il respiro costante mentre mi allaccio la cintura. «Andiamo» lo prego. «Fai in fretta.»

Per tutto il viaggio non faccio altro che pensare che, se arriveremo troppo tardi, inizieranno a fare ricerche su Hunter e, alla fine, lo porteranno via da me. Probabilmente se la prenderanno anche con Mitchell, e io dovrò vedermela con Brandon. E non voglio. Non potrei sopportarlo.

«Siamo arrivati.» Barney esce dall'auto subito dopo di me.

Corro verso l'entrata della scuola, salgo velocemente le scale, e ignoro un gruppo di professori che provano a richiamare la mia attenzione. L'auto di Hunter era nel parcheggio.

Barney si ferma, dietro di me, quando in cima alle scale vedo la figura di Hunter che mi dà le spalle.

Urlo il suo nome.

24

Hunter

«Cazzo, fa' piano» impreco quando il cotone umido tocca il mio labbro inferiore con il mercurocromo. Ho gli occhi chiusi ma riesco a percepire il sospiro frustrato di Kelsey che mi sta medicando la ferita. Lei fa un passo indietro e quando non sento più l'odore del disinfettante apro gli occhi e le mie iridi verdi si specchiano subito nelle sue nere.

«Come ti sei procurato questo taglio sul labbro?» Bagna la stoffa umida ancora una volta.

«Ne ho uno anche sul braccio.» Le mostro la ferita procurata da un coltello. «È vero quello che dicono nei film, gli sbirri in prigione sono proprio degli stronzi.»

«Sei stato lì soltanto una notte.» Kelsey mi fissa con rimprovero, pulendomi il labbro con il pollice, ma io mi giro dall'altra parte.

«Ci avevo già fatto l'abitudine.» Dondolo sulla sedia, portandomi le mani nelle tasche.

«Devi smetterla di metterti nei guai o tuo padre ti manderà a Portland dai nonni» mi avverte.

Alzo gli occhi al cielo. «Non lo farà, non manderebbe mai un drogato a vivere con i suoi genitori.»

«Smettila di comportarti in questo modo, tu non hai idea di quanto si sia preoccupato.» Kelsey sembra addirittura nervosa mentre raccoglie tutti i suoi oggetti e li ripone nella borsa. «Devi smetterla di frequentare quel ragazzo.»

«Non sei mia madre, non puoi dirmi cosa fare.»

«Non sono tua madre e non lo sarò mai» mi punta contro un dito. «Ma ti voglio bene come se fossi mio figlio, Hunter, non voglio vederti nei guai.»

Scrollo le spalle, indifferente. «Mi hanno rilasciato. È finita.»

«Ti hanno rilasciato perché tuo padre ha pagato la cauzione con i soldi che gli servivano per i medicinali.» Kelsey fa un sorriso triste. «Non posso immaginarti lì dentro.»

«Io non posso immaginarmi da nessun'altra parte.»

«Stavi davvero consegnando dell'erba per un ragazzo?» mi chiede Kelsey.

Annuisco. «Mi avrebbe dato dei soldi.»

«Quanto?»

«Trenta dollari.»

«Ti sei fatto una notte in prigione per trenta dollari. Avresti potuto chiederli a me.»

Alzandomi dalla sedia, mi porto le mani in tasca e resto fermo di fronte a lei. «Non chiederò mai niente a nessuno, soprattutto a te o a mio padre.»

«E preferisci prenderli in strada?» È allibita.

«Preferisco procurarmeli da solo» la correggo, sorpassandola per andare al piano di sopra.

«Tuo padre vuole vederti» mi risponde.

«Non ho vogl...»

«Hunter» mi interrompe lei. «Va' subito da tuo padre.»

Stringo i pugni lungo i fianchi e mostro tutto il fastidio che provo quando mi danno degli ordini.

Entro in camera di mio padre e lo trovo seduto sul letto con addosso un pigiama di lana; all'esterno ci saranno trentadue gradi all'ombra. Resto fermo sulla soglia, guardandolo.

Lui alza gli occhi verdi verso di me, sospirando. «Quando la smetterai?»

«Ho fatto qualcosa di male?» accenno un sorriso ironico.

«Che cosa sei diventato?» Il suo sguardo impassibile è peggio di una lama nel petto. È come se tutto d'un tratto si fosse ricordato d'avere un figlio.

L'ultima volta che ho parlato con lui è stato più di due settimane fa, ero ubriaco e ho rischiato di mettergli le mani addosso… Per sua fortuna, Kelsey mi ha fermato prima che fosse troppo tardi.

Non ho idea di cosa sono diventato, e non so cosa diventerò prima di morire. È tutto così confuso, ma Heath sostiene che è la miglior medicina per dimenticare tutto l'odio che porto sulle spalle, il menefreghismo di mio padre e la mancanza di una donna nella mia vita. Dice che va bene così, che devo sbattermene di tutto e fare quello che vuole lui. Io non prendo ordini da nessuno, ma Heath dice che non mi sta ordinando nulla, che i suoi sono solo consigli, le nostre vite sono così simili. Aveva un gemello, ma è morto quando avevano dieci anni: dice che io sono il suo nuovo fratello, che siamo la stessa cosa e solo lui può aiutarmi a evadere dal mio mondo vuoto. Perché lui è certo di capirmi, e io ho bisogno di essere compreso.

«Da quando ti importa di cosa sono diventato?»

«Sei mio figlio. Mettiti in testa che mi è sempre importato di te.»

«E da quando sarei tuo figlio?»

«Ingrato» mormora a voce bassa. «Sei vivo grazie a me.»

«Sono morto grazie a te» lo correggo. «Sono morto da quando hai smesso di occuparti di me» mi indico con una mano. «Credi che mi piacesse sentirti trombare ogni notte con quella stronza do-

po due mesi che la mamma non c'era più? Dopo tutto quello che stavo passando? Quando da quel giorno hai smesso di parlarmi per settimane?» Poi ho iniziato ad alzare la voce. «Non sei mai esistito fino a due mesi fa, quando ti hanno detto che la tua vita non è infinita, che i tuoi giorni con quello che tu chiami figlio sono limitati. Che la tua vita non gira intorno alle puttane che ti trombi, ai milioni che hai perso e che cerchi di riottenere.» Prima di rendermene conto sto dando dei calci ai mobili, mi fermo solo per prendere fiato e guardare i suoi occhi inumidirsi come quelli di un bambino.

«Tu sei e resterai sempre più importante di tutto questo, Hunter.»

«Cos'è, mi prendi in giro adesso? Non so nemmeno perché sto cercando ancora di aiutarti, di racimolare soldi per permetterti le cure in quello stupido ospedale. Non mi spiego perché io continui a vivere nella stessa casa dell'uomo che fino a due mesi fa non faceva altro che chiamarmi drogato e sputarmi merda addosso!» Le mie urla saranno arrivate fino alla fine del viale. «Non so perché sto ancora cercando di tenerti in vita quando dovrei lasciarti morire come hai fatto tu con me in tutti questi anni!»

La sua voce è strozzata ma cerca ancora di parlarmi. «Quando Kelsey mi ha riferito che la polizia ti aveva preso sono stato malissimo, ho pensato che mi stavo perdendo tutta la vita di mio figlio.»

«Quella cazzo di gattabuia, vuota e umida, è un milione di volte meglio che stare nella stessa stanza con te» confesso, per poi chiudermi la porta alle spalle e ignorare i suoi singhiozzi.

Quella voce mi fa tornare alla realtà. Quando mi giro potrei giurare di essere diventato seriamente matto: non può trovarsi qui. Come ha fatto a scappare? Sto sognando? Me lo sto immaginando?

«Non è possibile.» Mi stringo i ricci tra le dita e li sistemo.

Faccio un passo in avanti, i miei occhi la fissano come se fosse una delle più belle illusioni.

Nessuna droga potrebbe rendere una mia fantasia così reale e meravigliosa.

Le sue gambe si muovono e mi rendo conto di fare lo stesso solo quando siamo ancora più vicini. Ha una felpa troppo grande per essere sua. I capelli arruffati intorno a quel viso angelico e le iridi che, a una certa distanza, brillano ancora di quel fantastico azzurro cielo.

Quando è di fronte a me non posso non stringerle il volto tra le mani, e sento il viso privo di trucco, le labbra dolci e così invitanti. Mi è mancata, mi è mancata tanto. Avvicino le nostre fronti e inspiro il suo profumo.

«Sei proprio qui» sussurro a un centimetro dalle sue labbra. Al momento non mi interessa un cazzo di chi è intorno a noi o di che cosa ero venuto a fare qui. Lei è con me, e sta bene.

«Sono qui» risponde, accennando quel sorriso che mi è mancato così tanto. Non mi rendo conto di quello che faccio quando la mia bocca tocca la sua, dandole il bacio più innocente che io abbia mai dato in vita mia. Il suo profumo di fiori è mischiato a quello di un'estate perfetta, perché so che sarà così a partire da oggi.

«Che cosa sta succedendo?» Ignoro la voce di Mitchell e il sospiro di Taylor, continuando a muovere lentamente le mie labbra sulle sue finché ci interrompe con un finto colpo di tosse l'inserviente dietro di me.

Quando mi stacco mi sento rinato, come se il desiderio di averla per un tempo infinito fosse realizzabile. Ho così tanto bisogno di lei che non mi accorgo che sto avvicinando di nuovo le labbra alle sue finché la donna, dietro di me, mi richiama una seconda volta.

«Ragazzo» mormora. Quando mi volto noto di essere arrossito, come un deficiente tra l'altro, dato che quell'inserviente mi fa un sorrisetto da nonna impicciona. «Puoi andare, ti chiameremo quando tutto sarà pronto, non preoccuparti.»

«Che cosa...?» mi acciglio, toccandomi una guancia accaldata. Mi sento uno stupido.

Si avvicina facendo in modo che solo io possa sentirla. «Per questa volta chiudo un occhio, è stata una bella scena» ammicca. «Uscite da qui e nessuno ne saprà niente.» Prende la sua scopa appoggiata al muro del corridoio e inizia a lavorare, non prima di avermi rivolto un ultimo sorriso.

Cher si tocca le labbra umide, guardandomi con i suoi grandi occhi limpidi.

Io sento il cuore sprofondarmi nello stomaco man mano che la seguo al portone principale, scendendo le scale a qualche metro di distanza dagli altri tre. Mitchell, Taylor, Barney. Da chi posso iniziare? Lo stronzo, la puttana, e l'altro stronzo. Ho voglia di farli a pezzi. Tutti.

Inizio dal primo stronzo, sporgendomi verso di lui e assestandogli un pugno dritto nello stomaco. Mitchell barcolla, con un sorrisetto masochista, piegandosi in avanti. Taylor lo affianca immediatamente, prendendolo tra le braccia.

«Hunter, smettila!» mi richiama Cher, fermandomi. Non avevo comunque intenzione di andare avanti.

Scrollo le spalle. «Lo sapeva.»

Mitchell solleva lo sguardo verso di me, rimettendosi in piedi e toccandosi lo stomaco. «Lo stavo aspettando, ma ci sei andato giù pesante» mugola, dolorante.

«Vorrei dirti che mi dispiace, ma non mi sembra il caso di mentire.»

Mitchell si rimette dritto, prendendo per mano Taylor e guidandola verso la propria auto.

Voltandomi, faccio schioccare le nocche e affondo gli occhi in quelli di Barney.

«Hunter, non osargli fargli del male!» Cher si piazza di fronte a me. Distendo le dita che erano chiuse a pugno. «Spero tu stia scherzando.» La guardo, allibito. «Quello stronzo...»

«No. Ti spiegherò come sono andate le cose ma ora devi lasciarlo andare, non può restare qui.»

«Non me lo stai chiedendo davvero.»

«Te lo sto chiedendo per favore.» Mi prende entrambe le mani, stringendole nelle sue. «Lascialo andare» mi sussurra.

«Hunter, c'è anche la polizia qui, non vorrai iniziare una rissa proprio adesso?» Barney si sposta accanto a noi portandosi le mani in tasca.

Non hanno idea dell'odio che provo in questo momento nel vederlo così vicino. «Le hai fatto del male?»

Barney scuote la testa. «No.»

«L'hai toccata?»

Continua a scuotere la testa. «È stata solo in camera mia, nessuno le ha fatto niente. Non avevamo intenzione di farle qualcosa, volevamo solo che ti stesse lontano per provocare una tua reazione.»

Allargo le braccia. «L'avete avuta.»

«Mi dispiace, ma ora devo proprio andare» abbassa lo sguardo, indietreggiando fino alla sua auto.

«Ti troverò, Barney» ringhio, stringendo i pugni lungo i fianchi.

«Non è da te che sto scappando» mi risponde, girandosi un'ultima volta prima di salire in macchina.

25

Cherie

Non credevo fosse un tipo che si lasciasse travolgere dai sentimenti, eppure quando siamo stati uno di fronte all'altro le nostre labbra si sono cercate e unite con una forza unica.

La sua bocca era calda e fredda, amara e dolce allo stesso momento.

Sono felice di averlo fermato prima che si consegnasse alla polizia, sono anche felice che avesse preso in considerazione l'idea di sacrificarsi per me. Non perché volevo vederlo in prigione, ma perché è stata una prova inconfutabile che lui, Hunter Davis, può provare davvero qualcosa che non sia odio per una persona.

Siamo nel mio appartamento, seduti entrambi sul divano. Non abbiamo parlato per tutto il tragitto, in modo da potere sfogare tutto quello che abbiamo dentro in una volta sola.

Hunter è in maglia bianca e jeans, il suo solito abbigliamento, ha i gomiti sulle ginocchia e il viso rivolto verso di me. «Mi dispiace» si scusa.

Resto allibita, incredula a quelle parole e alla sincerità con la quale sono uscite. «Ti... dispiace?» chiedo conferma.

«Scusami» si porta una mano ai capelli. «Se io non fossi stato così incasinato tutto questo non sarebbe mai successo» sospira. «Ho iniziato a dare di matto e a pensare a noi, ancora prima che mi chiamassero.» Sembra che stia facendo uno sforzo disumano per parlare.

Gli porto una mano su una spalla, incontrando i suoi occhi. «Voglio sentirti dire solo ciò che senti, non spaventarti di te stesso.»

«È stato immaturo da parte mia trattarti così quella sera, ma ti giuro che non sapevo che la scommessa si sarebbe svolta quella stessa notte» mi confessa. «Avevo spento il cellulare perché non avevo voglia di sentire la voce di Mitchell o di chiunque altro. Ero arrabbiato con me stesso, con te, con Mitchell, con ciò che ero e con ciò che avevo fatto.»

Resto in silenzio, portandomi le mani in grembo e aspettando, paziente, che finisca il suo monologo.

«Quando poi mi hanno chiamato per dirti che ti avevano presa, non mi sono mai sentito così male per qualcuno che non fossi io.» Si morde forte il labbro inferiore. «Non riuscivo più a controllarmi.» Abbassa gli occhi, mostrando un velo sottile di tristezza. «Ti ho cercata ovunque, senza trovarti. Il tuo cellulare non prendeva, Mitchell pensava che tu fossi a Liverpool dai tuoi genitori e io non sapevo se avvertirlo o no.» Sbatte più volte la palpebre, come a cancellare un brutto ricordo. «Ero solo contro tutti, ma avrei fatto qualsiasi cosa pur di salvarti.»

«Hunter, eri pronto a consegnarti per me, come fai a dire che è impossibile amarti?» Accenno un sorriso, prendendogli la mano e stringendola nella mia.

«Non posso prometterti che ti salverò, ma voglio combattere per te finché ne varrà la pena.» Accosta la fronte alla mia, sfiorandomi le labbra con le sue.

«Sei il mio arcobaleno.» Gli prendo il viso tra le mani e gli sfioro il naso con il mio.

Hunter scoppia a ridere, chiudendo gli occhi. La sua risata è qualcosa di bellissimo, rauca e profonda. «Arcobaleno?» Fa una smorfia.

«Sei l'arcobaleno dopo la pioggia» spiego, mordendogli il labbro inferiore. «Sei catartico a modo tuo, mi piaci.»

Hunter solleva un sopracciglio, baciandomi a stampo. «Mi piaci anche tu.»

Un amore sproporzionato, magari non corrisposto, un amore malato e drogato, un amore senza senso, un amore che, pur essendo tanto catastrofico, è riuscito a sopravvivere a tutto questo. È il tipo d'amore che provo per lui, ma non riesco a dirglielo, è quasi impossibile per me.

È solo la quiete prima della tempesta, presto tutti i problemi e le domande risorgeranno, ma, ora, voglio essere egoista e godermi il momento di pace.

Restiamo insieme ancora per qualche minuto, poi gli chiedo di lasciarmi fare una doccia veloce e mettere dei vestiti puliti. Quando esco dal bagno mi sento rinata, come se avessi lavato via tutta la malinconia accumulata.

Entro in camera e indosso velocemente l'intimo e una maglia nera con dei pantaloncini da casa dello stesso colore. Ho anche fatto lo shampoo, ho asciugato i capelli e li ho sistemati in una coda bassa.

Quando torno in salotto sono felice di vedere Hunter nella stessa posizione in cui lo avevo lasciato, steso sul divano a guardare la televisione. Stanno trasmettendo una replica di *Scrubs* e, a quanto ho capito, Hunter lo adora.

Alza gli occhi verso di me, come se un pensiero proibito gli stesse vagando per la mente. Resto a guardarlo, sedendomi accanto a lui, e sento le guance scaldarsi appena. Lui mi fa sentire il suo respiro sul collo. Sobbalzo quando mi mette le sue mani sui fianchi, mi accarezza lentamente, e le sue labbra si posano sul mio collo liberando una scia infinita di brividi.

«Che cosa stai facendo?» chiedo in un sussurro.

«Se vuoi che smetta...» Stacca di poco le labbra, continuando a respirare sulla mia pelle.

«No, non voglio» scuoto la testa.

«Perfetto» mormora, passandomi una mano tra i capelli e tirandomi via l'elastico che li teneva legati.

Non so cosa fare, e lui, dopo un sorriso rassicurante, spinge la sua bocca contro il mio collo facendomi ansimare dal piacere. La sua lingua corre avida sulla mia pelle umida, così calda e tentatrice. Stringo le dita intorno ai suoi ricci, beandomi dei suoi gemiti.

Hunter si stacca, si alza dal divano e si mette in piedi di fronte a me. Mi prende la mano e mi aiuta ad alzarmi, guardandomi negli occhi come se fosse sotto il potere di un incantesimo tossico. Quel verde che ho imparato ad amare segretamente ora è così vicino che potrei rapirlo e tenerlo tutto per me.

Mi bacia con dolcezza sulle labbra. «Dimenticati di tutti quelli che si sono dimenticati di te, lascia che io sia l'unico» mi sussurra.

«Lo farò.» Socchiudo gli occhi, accarezzandogli la testa. Gli mordo il labbro inferiore con forza, succhiandolo lentamente prima di lasciarlo andare.

Hunter mi prende in braccio e mi porta in camera mia, chiudendo la porta alle nostre spalle. Vado a sedermi sul mio letto, e respiro lentamente, assaporando ogni attimo che ci divide. Incasinati, siamo dei disastri incasinati. Eppure ci andiamo bene così. Solo un mostro può capire un altro mostro.

«Per tutti questi giorni in cui ti ho fatto stare male, concedimi un'ora in cui potrò farti toccare il paradiso.» Mi fa un sorriso furbo mentre si avvicina al letto, sfilandosi la maglietta e gettandola a terra.

Non appena è vicino a me lo tiro per le spalle, stendendomi sul letto col viso di fronte al suo. Gli sfioro il contorno delle labbra con la lingua, sorridendogli. «Non mi importa del paradiso, Hunter» gli confido. «Se è una droga quella che vuoi, lascia che io sia quella più letale.»

La sua bocca si muove sulla mia, sento il suo sapore di fumo mischiato al dolceamaro sapore delle labbra. Respiro il suo profumo, i suoi capelli mi sfiorano la fronte e io adoro come il suo petto spinge contro il mio. Non so come sono arrivata ad amarlo così follemente, la prima cosa che ricordo di lui è il ragazzo sfacciato che si è presentato a quella festa con un sorriso strafottente.

Hunter prende i lembi della mia maglietta e mi fa cenno di alzare le braccia: mentre obbedisco lui la fa scivolare verso l'alto per poi lanciarla in un punto a caso della stanza.

Mi dà avidi baci sul petto mentre mi slaccia il reggiseno, poi le sue dita mi sfiorano i capezzoli. Poco dopo comincia a leccarli, mandandomi su di giri.

La sua lingua calda mi fa provare sensazioni nuove ogni volta. Porto le mani ai suoi capelli tirandoli delicatamente, lui mi morde la pelle e adoro come si riscalda a contatto con il mio corpo.

«Sei bellissima» mi sussurra risalendo sul mio collo; le sue mani continuano a stuzzicarmi entrambi i seni e io gemo a quel tocco seducente.

Sento il suo corpo spingersi contro il mio, la sua erezione preme sulle mie gambe coperte dai pantaloncini sottili.

Non ho mai desiderato una cosa così tanto, non ho mai desiderato di dimenticarmi di tutti così tanto. E mai avrei pensato che la mia prima volta sarebbe stata con lui, che ha distrutto ogni mia parete di difesa con i suoi stessi muri.

Il suono della sua cintura mi spinge a chiedermi se sono veramente pronta. Sono impaziente di provare qualcosa di nuovo, non riesco più a trattenere questo istinto che ho dentro di me, ma il terrore di quanto possa farmi male mi fa quasi cambiare idea.

Mi aggrappo alle sue spalle, nonostante sia lui quello sopra ho la perenne paura che potrei cadere e sprofondare ancora di più nel letto. Farà male, lo so, è normale, ma mi chiedo fino a che punto.

Hunter mi prende i pantaloncini e li fa scivolare verso il basso, sfilandoli insieme agli slip, e gettando tutto a terra.

Ora sono completamente nuda di fronte a lui. Chiudo gli occhi, deglutendo l'ansia che cerca di risalire fino alla gola.

«Hunter...» Ansimo involontariamente il suo nome quando sento il suo membro sfiorarmi. È una sensazione strana, non me la sarei mai immaginata così. Lui si volta verso di me, baciandomi sulle labbra. «Farà male?» sussurro a voce bassa.

«Non ti preoccupare, non ti farò del male...» Accenna un sorriso, e mi bacia con ancora più passione. Mi divarica le gambe con le mani, e percepisco un leggero calore tra le cosce.

«È così...» chiudo gli occhi, posando la nuca sul cuscino.

«... Nuovo.» Mi bacia la fronte, spostandosi di fianco. «Fidati di me, se vuoi che smetta dimmelo e smetterò» mi rasserena. Annuisco, aspettando un suo movimento.

Mi accarezza la pancia nuda, prima di scivolare sempre più in basso, lentamente, e arrivare alla mia intimità sfiorandola con le dita. Mi tocca il clitoride gonfio con l'indice; inizio a trattenere il respiro mordendomi forte il labbro. Fa piccoli cerchi con il dito, mentre mi morde il collo. Provo un estremo piacere, così intenso da farmi venire voglia di urlare.

Mi giro di lato per abbracciarlo, e lascio la sua mano tra le mie gambe. Le sue dita scivolano in basso sulla mia pelle umida, scende con il medio e fa entrare appena la punta del dito. Ansimo, con gli occhi chiusi.

«Te lo giuro» mi sussurra. «Sei la cosa più bella che io abbia mai visto.»

Rabbrividisco a quelle parole e allargo le gambe per permettergli maggior accesso. Hunter, con due dita, mi accarezza la pelle intorno alle grandi labbra, muovendosi in basso e poi in alto, facendomi provare un piacere che prima ero in grado di darmi soltanto da sola.

«Hunter...» Mi sposto di fronte alla sua bocca, lo bacio. «Ho bisogno di te, adesso» gli sussurro fissandolo negli occhi verdi come smeraldi.

Lui mi lascia scivolare di lato e si mette seduto. Lo vedo prendere da terra i suoi pantaloni ed estrarre dal portafoglio due profilattici. Ne posa uno sul comodino mentre, con l'aiuto dei denti, strappa l'altro. Se lo srotola lungo il membro, poi si posiziona tra le mie gambe, divaricandole. I gesti e le parole che seguono sono quasi impercettibili, le sue mani si muovono in modo lento, i suoi baci sono ovunque e le sue parole mi fanno dimenticare tutto il resto.

Lo voglio, non mi interessa altro, voglio questo ragazzo in un modo quasi malato. Per tutto quello che mi ha fatto passare ho davvero bisogno, anche solo per un'ora, di toccare il paradiso insieme a lui. Ho bisogno di sentirmi una sola cosa con le sue braccia, di confondermi con il calore della sua pelle.

E, in questo momento, mi rendo conto di cosa sto per perdere e di cosa sto per guadagnare.

Non ho mai fatto sesso, non è mai stato un aspetto fondamentale della mia esistenza. Ho dato il mio primo bacio, ho avuto cotte o relazioni, anche se instabili, ma non sono mai arrivata fino a questo punto.

«Promettimi che non scapperai, promettimelo» sussurro.

Con una mano si aiuta a trovare la mia entrata, potrei anche piangere in questo momento ma mi obbligo a non farlo. Quando è in posizione le sue mani tornano sui miei fianchi, e le sento tremare. «Fidati di me, ho bisogno solo di questo.»

«Mi fido di te» gli assicuro, stringendogli la schiena muscolosa.

«Non andrò via» mi promette, prima di insinuarsi dentro di me e rompere qualcosa che, in quell'istante, mi fa provare un dolore fisico indescrivibile. Lo sento entrare, lento come un pugnale e dolce come una carezza. È piacevole e allo stesso tempo doloroso, due opposti che si attraggono come me e lui. Siamo così incasinati, ma quando siamo insieme è come se tutto si sistemasse.

Continua la sua spinta, entrando completamente in me. L'unico suono che si sente nel silenzio sono i suoi gemiti e i miei mugolii. Faccio lunghi sospiri cercando di attenuare il dolore e la fitta allo stomaco, non ho nemmeno il coraggio di vedere se il sangue è realmente uscito. Ho perso la mia verginità, e l'ho persa con Hunter.

Non riesco a vederci nulla di sbagliato, sono estremamente felice che sia avvenuto con lui, perché è l'unica persona di cui io mi fidi ciecamente.

Le sue labbra sfiorano le mie, le nostre lingue si incontrano e non credo che al mondo ci sia qualcosa di più bello. I suoi denti mordono il mio labbro inferiore, mentre spinge ancora più lentamente, entrando del tutto per poi uscire pian piano. Sento una sua mano stuzzicarmi i seni, mentre le mie sono perse tra i suoi ricci sudati. Siamo diventati un corpo solo, instancabili.

«Sei la prima persona che mi manda totalmente fuori di testa e sei la prima che riesce a farmi calmare un secondo dopo» mi confessa, ondeggiando il bacino in avanti. Il piacere che provo in questo momento è indescrivibile, non riesco a smettere di ansimare il suo nome. «Sei fantastica, piccola» geme.

Porto la testa all'indietro, graffiandogli la schiena con le unghie mentre mi lascio andare contro di lui. «Hunter» mi mordo il labbro inferiore, arricciando le dita dei piedi. «Ti prego.»

Hunter reprime un verso, sprofondando nuovamente dentro di me, poi ondeggia il bacino e mi spinge in avanti con più forza. Porta un braccio intorno al mio fianco, e mi stringe a sé, facendo toccare i nostri petti sudati mentre i nostri bacini si uniscono avidi.

Le sue spinte continuano, pesanti, profonde, e sento un formicolio caldo partire dal basso ventre. Socchiudo le labbra, in cerca delle sue che non tardano a trovarmi, e lo bacio con prepotenza, mordendolo.

Il calore si fa sempre più intenso, ondate di piacere mi attraversano il corpo dalla testa ai piedi. Sono sempre più vicina, a ogni spinta il formicolio mi invade il basso ventre. «Non ti fermare, Hunter» lo supplico ad alta voce.

Sento l'orgasmo travolgermi e butto la testa all'indietro. Hunter accoglie quel gesto come un invito e porta immediatamente la sua bocca sul mio collo.

«Non trattenerti, Chee, va tutto bene» geme, stringendomi le natiche. Sento il corpo preso da spasmi mentre un piacere indescrivibile mi blocca il respiro. Mi lascio andare in un grido quasi disperato, mentre Hunter aumenta le spinte, baciandomi il collo e seguendomi in quell'angolo sperduto del nostro paradiso.

Crolla su di me un secondo dopo, la sua testa di nuovo nell'incavo del mio collo e il suo respiro accelerato come il battito del suo cuore vicino al mio.

Gli accarezzo la schiena, per calmarlo. È agitato, riesco a percepirlo. Non ero spaventata da quello che avremmo fatto, sapevo a cosa sarei andata incontro, sapevo che avrebbe potuto perdere la ragione da un secondo all'altro e non controllare le sue azioni. Ma quando gli ho detto che mi fidavo di lui, non stavo mentendo.

«Va tutto bene» gli sussurro non appena riprendo fiato. «Sei stato bravo.» Accenno un sorriso, passandogli una mano tra i capelli. Hunter mugola, restando fermo in quella posizione, chiude gli occhi e si accoccola a me.

26

Cherie

Sono sveglia già da qualche minuto, Hunter non è qui ma io non faccio altro che pensare a quello che è successo qualche ora fa. Di come d'un tratto i miei sentimenti siano riaffiorati ancora più forti di prima e di come i nostri corpi, uniti, si amavano tra di loro.

È stata una cosa straordinaria, spaventosa, inaspettata, desiderata. Arrossisco e il pensiero delle sue mani su di me mi fa involontariamente mordere il labbro.

Mi copro il viso col cuscino e penso a quanto, nonostante sia stato irresponsabile, mi sia piaciuto. Sono riuscita a fidarmi di lui. Ripenso ai suoi occhi verdi, così impressi nei miei e ai suoi sospiri sulle mie labbra.

A interrompere il mio viaggio lontana dalla realtà è il suono del telefonino. Faccio un lungo sospiro e lo prendo dal comodino. Rimango sorpresa nel leggere il nome di mio padre.

«Ehi, papà» lo saluto, rimettendomi seduta sul mio grande e disordinato letto.

«Ciao tesoro, come stai?»

Sorrido al pensiero di come potrei rispondere. Sto benissimo, papà, ho appena fatto l'amore col ragazzo che amo. «Bene» mi schiarisco la voce, coprendomi il corpo col lenzuolo. «Papà, ho un problema, non so quando riuscirò a venire da voi. Ho ricevuto una lettera dal proprietario di casa, vuole sapere cosa ho intenzione di fare con l'appartamento. Ho bisogno di un posto dove stare prima del college, sul serio.»

«Non hai nessuna amica che può ospitarti quest'estate?» mi domanda.

Oltre a Mitchell e Taylor, non conosco qualcuno disposto a ospitarmi. In questo periodo, però, non mi conviene presentarmi alla porta di nessuno dei due.

È cambiato tutto troppo presto tra di noi, e ora che Barney è partito io ho davvero bisogno di una spalla. Potrei parlarne a Taylor, ma non so se mi capirebbe sul serio.

«No» rispondo.

«C'è un appartamento molto carino a qualche miglio dal campus, me ne ha parlato un mio amico che lavora nei paraggi. Non costa molto, potremmo darci un'occhiata insieme. Oppure potresti accettare l'idea di tua madre di andare in un dormitorio all'università.» Improvvisamente l'idea di andare a vivere dal francese e dall'americano mi sembra più allettante.

«Ci penserò. Dov'è la mamma?» gli chiedo.

«È andata dal fioraio, sai quanto le piacciono quelle piante dagli strani colori gialli.» Immagino mio padre fare una smorfia a quel pensiero e scoppio a ridere scuotendo la testa. Il campanello inizia a suonare incessantemente, senza mai fermarsi, e sono costretta a salutare mio padre.

«Papà, io vado, ci sentiamo presto.»

«Ti cerco qualche appartamento per settembre, tesoro, buona serata» mi saluta. «Ti voglio bene.»

Socchiudo gli occhi, sorridendo. «Te ne voglio anche io.»

Lascio il cellulare sul letto e infilo una maglia e dei pantaloni della tuta larghi, raccogliendomi i capelli in un codino. Domando chi c'è alla porta prima di aprire.

«Apri, Chee» mi risponde Hunter.

Mi sollevo sulle punte e guardo attraverso lo spioncino. «Hai portato del cibo?» sorrido, eccitata, fissando le buste nelle sue mani.

«Se non ti muovi ad aprire la porta mangerò tutto da solo» mi minaccia.

Gli apro di scatto la porta, strappandogli la busta dalle mani e dirigendomi in cucina senza nemmeno guardarlo. Poso la borsa sul tavolo e comincio a rovistare, annusando il profumo messicano. «Tacos!»

«Ho bisogno di farmi una doccia, non finirli tutti» mi avverte, avvicinandosi a me, lentamente, e prendendomi per un polso per farmi voltare verso di lui.

Gli tocco il petto con le mani mentre lui fa scendere la sua bocca sulla mia. Inspiro il suo profumo d'autunno, sentendo un familiare formicolio su tutto il corpo e le sue mani che stringono i miei fianchi portandomi sempre più vicino a lui. Quando mi ritraggo i suoi occhi cercano i miei: sbattendo le palpebre più volte cerco inutilmente di riprendermi.

«Che c'è?» chiede con un sorrisetto.

«Non sono sicura se devo farci l'abitudine» confesso in un sussurro.

Lui mi risponde specchiandosi nei miei occhi, lasciandomi interdetta con un sorriso prima di sfilarsi la maglia e gettarmela in faccia. «Tu pensaci, io vado a farmi una doccia.»

Quando Hunter ha finito, io ho già apparecchiato la tavola per due e diviso i tacos. Mentre ceniamo, chiariamo ancora un paio di cose, principalmente tutto ciò che riguarda la decisione di Hunter di consegnarsi alla polizia. Non smetto di urlargli contro un solo secondo, e lui accoglie i colpi alzando più volte gli occhi al cielo: la cosa che mi dà più fastidio è che non accetta che il suo è stato un gesto comunque romantico.

«Non sarebbe stata la prima volta...» Hunter sfiora con il dito la salsa barbecue, arricciando il naso. Un attimo dopo inizia a parlare e mi racconta di come, qualche anno fa, ha trascorso la sua prima notte in prigione perché era stato beccato con della roba addosso. Il ragazzo che gli aveva chiesto di smazzare erba per conto suo si chiama Heath. Hunter non si è dilungato nei dettagli, non mi ha detto nulla su di lui, crede sia meglio che io non sappia.

«Siete ancora in contatto?» domando mentre lascio che mi aiuti a sparecchiare, gettando nel cestino tutti gli avanzi.

«No, non ho sue notizie da qualche mese prima che arrivassi qui» scrolla le spalle, posando i piatti nella lavastoviglie e premendo dei tasti a caso. Ovviamente li sbaglia tutti. Ridacchio e lo aiuto ad azionarla.

«Posso farti una domanda?» gli chiedo, pulendomi le mani con lo strofinaccio.

«Non ti assicuro una risposta.» Hunter si sposta dietro di me cingendomi i fianchi con le braccia e posa le labbra sul mio collo.

«Hai mai fatto uso di qualche pasticca? Come quelle che prendeva Shay» sussurro, passandomi la lingua tra le labbra.

Hunter si irrigidisce. «Qualche volta» mi confessa.

Trasalisco, chiudendo gli occhi e annuendo. «Capisco.»

«Non preoccuparti, non morirò» ridacchia.

«Non è divertente.» Mi stringo nelle sue braccia posandogli la testa sulla spalla.

«Tranquilla, è tutto a posto» fa un sorriso forzato drizzando la schiena. «Che ne dici se andiamo a letto? Domani chiariamo un paio di cose, va bene?»

Annuisco e lo seguo in camera mia tenendogli la mano.

Hunter

I suoi occhi celesti sono arrabbiati e, mentre io cerco di afferrarle la mano, lei si ritrae, allontanandosi da me.

«Ti giuro, non volevo farlo» mi lamento, stringendo i pugni sul petto. «Non te ne andare» la prego. Ma i suoi occhi sembrano non potermi perdonare.

«Non capisco perché lo fai» mi urla cercando di uscire dalla casa di mio padre. Cerco di raggiungerla ma lei sembra non volersi voltare.

«Ero arrabbiato, sai che cosa succede quando...» Mi dà uno schiaffo in quell'esatto momento. Gli occhi mi bruciano dalla rabbia.

«Non posso vivere con qualcuno che continua ogni giorno a mettere la propria vita in pericolo, non posso vivere con qualcuno che prende pillole come se fossero caramelle, non posso stare con qualcuno come te!» Piange spingendomi per le spalle, e io accolgo ogni colpo senza replicare. «Sei un disastro, lo capisci? Ti rendi conto di quello che hai fatto?!» urla più forte, e la sua voce rimbomba nelle quattro mura di quella piccola casa. «Distruggi la gente, Hunter, è così che fai.» Il suo tono si abbassa e trovo il coraggio di guardarla negli occhi. «Mi hai tradito, di nuovo.» Si pulisce il labbro tremolante con la manica della camicia, il mascara le è colato dagli occhi e i capelli scuri sono attaccati disordinatamente alla fronte.

Non è più quella bellezza che credevo di aver visto mesi fa, non è più la ragazza che desideravo. Lei, come tutti gli altri, si è lasciata sconfiggere dal disastro che sono e che continuo a essere. Non è pronta ad aiutarmi, non è pronta a essere la mia ancora di salvezza, e io non sono pronto a essere lasciato di nuovo da solo.

«Io non volevo farlo» è l'unica cosa che riesco a dire. Provo a fare un passo avanti ma lei mi spinge con violenza contro il muro.

«Io non voglio mai più vederti, sei solo un malato del cazzo. Come hai potuto farmi questo? Dopo tutto quello che abbiamo passato, tu hai preferito un'altra donna a me, hai preferito fare lo stronzo! Sappi che devi sparire dalla mia vita oggi e per sempre. Non voglio più vedere la tua faccia da stronzo, non voglio più sentire il tuo squallido odore di alcol ed erba, mi fai schifo.»

Rimango in silenzio, accogliendo ogni sua parola che, anche se non lo ammetterei mai, mi sta soffocando l'anima.

«Sai una cosa? Questo mio amore per un essere ripugnante come te prima o poi passerà, ma quello che sei te lo porterai dietro per tutta la vita. Ti spegnerai da solo, Hunter, mai nessuno vorrà stare con te.»

Si allontana da me camminando verso la porta d'uscita, ammiro i suoi capelli che le arrivano fino a quel fondoschiena che più volte ho avuto l'occasione di scoparmi. In quel momento sento un tuono venirmi da dentro, dei vetri distruggersi intorno a me e le vene pulsarmi in tutto il corpo.

Sento ancora quel tuono nello stomaco, le vene dei polsi palpitano e l'aria entra lentamente nei miei polmoni lasciandomi senza fiato. È tutto questo casino nel mio corpo a farmi svegliare di soprassalto eliminando le immagini di quell'incubo, ancora più reale di quelli delle ultime settimane. Ero riuscito a sopportarli, ma il dolore che mi lacera lo stomaco in questo momento mi sta facendo quasi impazzire.

Guardandomi intorno, vedo la splendida ragazza addormentata che stringe il cuscino tra le braccia. Mi sporgo per accarezzarle la fronte ma mi fermo quando noto la mia mano tremare incontrollatamente. Sta succedendo di nuovo.

Scatto in piedi dal letto e corro verso il bagno, mi accorgo troppo tardi di avere le vertigini. Riesco a malapena a restare in piedi, la testa mi gira in modo assurdo, cerco di non vomitare finché non sarò arrivato al cesso.

Distinguo con difficoltà le cose, una volta in ginocchio di fronte alla tazza tutto quello che credevo avrei rimesso non si decide a uscire. Ci provo per circa cinque minuti, prima di alzarmi e prendermi i capelli con le mani, in preda a un attacco di panico.

Dopo essermi bagnato il volto con l'acqua fredda, mi guardo allo specchio per un secondo e poi filo di nuovo in camera. L'ombra della ragazza che si muove sul letto è confusa mentre cerco qualche pillola nei miei jeans sul pavimento.

«Cosa stai facendo?» domanda la sua voce assonnata.

Le cerco, le cerco disperatamente: ho bisogno di qualche stupida pillola per calmarmi. Sono arrabbiato con me stesso, non dovrei aver bisogno di questa merda quando i fottuti incubi tornano a tormentarmi. Eppure ho bisogno di tranquillizzarmi, perché l'ansia mi sta divorando e solo questo può davvero abbattermi e fermare gli incubi.

«Hunter, mi stai facendo preoccupare» geme Cher, accendendo una lampada e fissandomi.

Continuo a ignorarla cacciando fuori dal portafoglio un paio di pillole colorate che erano nascoste in un fazzolettino piegato su se stesso. Le ho prese da Shelman qualche giorno prima della sua morte. Prendo dal suo interno una delle pasticche rosse, non ricordo nemmeno cosa siano, ma il rosso mi fa capire che c'è qualcosa di molto simile a un narcotico al loro interno.

Sto per portarla alla bocca quando sento la sua voce pregarmi di non farlo. «Ti scongiuro.» Una mano calda mi sfiora la spalla, tremo ancora e cerco di metterla lentamente a fuoco. «Non farlo, Hunter, ascoltami.» Le sue mani si posano sulle mie guance: pian piano, cerca di farmi riprendere i sensi.

«Tu non ne hai bisogno, io sono qui» mi rassicura, accarezzandomi il viso. «Guardami, amore, sono qui» mi sussurra, togliendomi le pasticche e avvicinando le labbra alla mia fronte.

Lascio che il mio respiro ritorni regolare mentre le sue braccia mi stringono contro di lei. Siamo seduti entrambi su uno stupido pavimento al freddo. Non riesco a chiudere gli occhi, non riesco a prendere sonno, so solo che ho ancora quella pillola in testa mentre la mia vera droga mi sta abbracciando. Sapevo che sarei morto per colpa di uno stupefacente, ma non credevo che sarebbe stato così bello.

Il suo profumo pian piano mi risveglia dal mio stato di trance, durato quasi quindici minuti del cazzo. Le suggerisco di rimettersi a letto, lei non si fa pregare nemmeno una volta e sorridendomi lascia che la porti di nuovo tra le coperte.

Poi mi accovaccio per poterle sfiorare le labbra con le mie, esito un secondo per poter sentire il suo respiro piacevole sulla bocca. Chiudo gli occhi e quello che doveva essere un semplice *grazie* si trasforma ben presto in qualcosa di più ardente.

Socchiude le labbra dandomi il permesso di fare incontrare le nostre lingue, ne sento il calore e non voglio altro che poterlo sentire di nuovo. Salgo lentamente su di lei, posizionandomi tre le sue gambe. Lei mi porta le braccia intorno al collo, inebriandomi la mente di quelle familiari vertigini, e io mi sento di nuovo sotto l'effetto di qualche allucinogeno.

Le mie mani cercano la sua pelle sotto la maglia, poso le labbra sul suo collo cercando di farla star bene tanto quanto lei riesce a far star bene me. La sua pelle è la più calda che io abbia mai sentito, il suo respiro è il più piacevole e il suo profumo è il nuovo protagonista di tutti i miei pensieri.

Non so come spiegarle cosa significa per me. È uno di quei momenti in cui non riesco a dire una sola parola, in cui mi basta la sintonia dei nostri corpi per star bene. È un momento di confusione, di estasi, di piacere e di schiocchi di labbra che si incontrano e si lasciano. Le succhio il labbro prima di ricominciare a baciarla senza sosta e mi perdo nei suoi gemiti.

Fa passare le sue mani tra i miei capelli, tirandoli disperatamente. Amo il modo in cui non riesce a trattenersi quando è con me. So di essere stato il primo, ed è una cosa che mi darà pace in eterno. Nessuno può sapere quanto sia bello starle così vicino, e nessuno dovrà mai saperlo.

Il nostro incessante andirivieni non finirà mai, io continuerò a essere incasinato e lei continuerà a essere l'unica persona a farmi uscire da questo bordello che è la mia vita. Ho desiderato così tanto che lei fosse di nuovo qui con me, e ora che è successo mi sembra quasi impossibile.

Cerco con la mano che non si sta occupando di lei il profilattico che avevo lasciato sul comodino, e quando lo trovo lo strappo con i denti impaziente di possederla.

«Posso provare?» sussurra, come se qualcuno potesse sentirci.

Le faccio un sorriso vedendola arrossire, mi sfilo i boxer e mi metto di schiena in modo che sia lei a prendere i comandi.

«Srotolalo lentamente, cercando di non farci entrare l'aria.» Con la voce roca ed eccitata è ancora più difficile dare ordini, ma lei si mette all'opera.

Trattengo un gemito ogni volta che le sue mani sfiorano il mio membro in erezione, eccitato in una maniera assurda all'idea di possederla ancora una volta. Osservo i suoi occhi sorpresi e il suo petto che fa su e giù, le sue mani salgono lungo il mio addome dopo che hanno finito il lavoro in basso, sento le sue dita calcarmi come inchiostro indelebile.

La prendo per i gomiti riportandola sotto di me, decido che voglio di nuovo avere io il controllo. Le metto due dita all'interno della bocca, ma non so per quanto tempo riuscirò a continuare con i preliminari.

Quando Cher inizia a leccarmi il collo le divarico le gambe posizionandomi su di lei, e sostituisco le dita con qualcosa di più piacevole per entrambi. Accolgo con un bacio ogni suo respiro, sentendomi finalmente libero da ogni pensiero.

Sento lo stomaco rilassarsi e i tuoni sparire dalla mia testa, i suoi occhi sono l'unica cosa che riesco a vedere nel buio della mia mente. Le mie mani sono intrecciate nelle sue, quasi non mi riconosco. Ho i formicolii lungo tutta la schiena, uno strano peso nel petto e le parole che rotolano fuori dalla mie labbra dopo ogni spinta.

«Non mi sono mai sentito così» ammetto cercando di nascondere il viso nell'incavo del suo collo, ma lei non me lo permette rapendomi il labbro con i denti per lasciarlo un secondo dopo. Sento di nuovo il cuore farmi male, ma in senso positivo per una volta. «Ho paura di svegliarmi e di scoprire che tutto questo è soltanto un sogno.» Ho paura di amare il sorriso che sta nascendo sulle sue labbra, il gemito che ne segue mi colpisce allo stomaco in un modo quasi doloroso.

«Tra tutte le droghe che ho provato tu sei quella più letale e, allo stesso modo, quella di cui non mi stancherei mai.» Le bacio le labbra, sfiorandole appena. «Non sai quanto cazzo mi piaci.»

Sussulta per il modo rude in cui l'ho detto, sento le sue pareti vaginali stringersi intorno al mio membro e capisco che anche se lo nasconde sotto un velo di imbarazzo le piace da morire.

«Hunter» prega la sua voce respirando sulle mie labbra.

«Sto impazzendo.» Respiro affannosamente alzando appena lo sguardo per vederla meglio, ora so cosa sto provando. «Perché credo di essere innamorato di te, Cher.»

27

Cherie

Non so se dovrei parlargliene, il più delle volte che cerco di spiare all'interno della sua corazza rimango ferita. Sapere cosa ha reso Hunter quello che è, non posso negarlo, è diventato il mio chiodo fisso. Lo amo, e ho bisogno di sapere cosa posso fare per lui.

E se mi dimostrassi ancora una volta troppo impicciona? Non potrei accettare un altro rifiuto da parte sua, ma dovrà pur capire che in una coppia – o qualsiasi cosa noi siamo adesso – la fiducia è alla base di tutto.

Non sono sicura che lui si fidi di me tanto quanto io mi fido di lui.

«Cher.» Ecco, è la sua voce.

Hunter, in piedi sull'uscio, mi guarda con un sorrisetto insicuro. Abbiamo passato tutta la mattina e buona parte del pomeriggio a letto prima di trovare la voglia di alzarci. Lui si è fatto una doccia veloce perché fra non molto, mi ha detto, dovrà uscire.

«Ehi» corrugo la fronte. «È successo qualcosa?»

«Ti volevo solo dire una cosa.» Si siede sul mio letto, distogliendo lo sguardo. Ho paura che possa rimangiarsi le parole di stanotte, ma cerco di non darlo a vedere.

«Dimmi.» Chiudo l'armadio prestando attenzione a lui.

«Ho bisogno di soldi.»

Sollevo le sopracciglia. «Oh, ok, ma io non so quanto...»

Hunter ride, agitando una mano davanti a sé. «Non da te» precisa. «Ho bisogno di farne da solo.»

«Ah» mi acciglio. «Sei rimasto al verde?»

«Ho mandato tutto ciò che avevo a mio padre, convinto che ormai per me non ci fosse più speranza» scrolla le spalle.

«Tuo padre ha bisogno di soldi?» Vado a sedermi accanto a lui.

«Sì, è malato. Ha un cancro al cervello» si fissa le mani, scrollando una spalla. «Già da un po'. Mi sono abituato all'idea di vederlo morire, ma non voglio esserne la causa e quindi continuo a spedirgli soldi per le cure mediche» mi confessa.

Lo ha detto come se fosse la cosa più naturale del mondo. «È tuo padre» corrugo la fronte, guardandolo con rimprovero. «Ne parli come se non ti importasse.»

Hunter scrolla le spalle. «Probabilmente è così.»

«Cos'è successo ai tuoi genitori?» gli chiedo, mettendogli una mano sulla gamba.

Hunter fa un lungo respiro per poi stendersi sul letto con le mani dietro la nuca. «Non è una bella storia.»

«Non mi piacciono le belle storie» lo rassicuro.

Lui fa una risata, e poi inizia a parlare. «Mia madre era un'infermiera, un'estate prima del mio sesto compleanno è andata in Africa per delle ricerche con uno dei migliori medici di New York. Quando è tornata, un mese e mezzo dopo, abbiamo scoperto che aveva contratto una grave malattia che le aveva infettato il sangue.» Hunter sembra rabbrividire al solo pensiero, infatti chiude gli occhi. «L'unica cosa che ricordo di mia madre è il suo corpo in quei giorni, quando io e papà andavamo a trovarla in ospedale. Era pallida come un foglio di carta, non riusciva ad aprire gli occhi e aveva le labbra blu come se fosse sott'acqua» mormora. «È morta nel giro di due settimane.»

Cerco di trattenere le emozioni che si stanno scatenando nel mio stomaco. Odio il modo in cui cerca di mascherare la sua sofferenza, ancora di più ora che so che si ritrova senza madre e con il padre malato. Non è facile vivere la sua vita, come non è facile capirla.

«Quando mia madre è morta lui ha iniziato a bere, non sempre, solo la notte, e non ha voluto più sentire la mia voce. Ogni volta che parlavo si arrabbiava, qualsiasi cosa volessi dirgli, per settimane non sono andato a scuola perché a mio padre non importava. Poi, due mesi dopo, ha iniziato a portare donne a casa e a scoparle ovunque, indifferente se io stessi dormendo oppure no. Ricordo che mi chiudevo in camera mia e mi tappavo le orecchie per non sentirle urlare, a quell'età non sai cos'è il sesso, e io pensavo che mio padre le stesse uccidendo.» Lo vedo mordersi il labbro inferiore. «Ho iniziato poi a fare incubi ricorrenti su mio padre che uccideva tante donne diverse, e su mio padre che uccideva mia madre» quasi lo sussurra. «Il peggio è arrivato quando ha sposato una ragazza che parlava a stento la nostra lingua, portandosela in casa e dandole tutto ciò che voleva e tutte le attenzioni del mondo» ringhia. Ora sembra arrabbiato.

«Non ne hai mai parlato con nessuno?» Mi avvicino lentamente a lui, posando la testa sul suo petto e una mano sull'addome.

«Ho passato molto tempo da solo, molti anni da solo» sospira. «Poi ho conosciuto Heath, intorno ai quattordici anni, lui sapeva che avevo qualcosa di strano, che non ero totalmente normale» ride nervoso. «Gli ho detto tutto, e lui mi ha detto tutto di sé, per poi spingermi a seguirlo in un mondo nuovo per me. È riuscito a farmi sfogare, a liberarmi dalle catene che mi tenevano fermo a terra, mi sono sentito rinato.» Apre improvvisamente gli occhi, fissando il soffitto. «Quando ho iniziato a farmi passavo intere giornate fuori casa e, al ritorno, avevo addosso la puzza d'erba o gli occhi a palla. Mio padre ha capito subito che cosa mi stava succedendo, ma non gli importava e faceva finta di nulla, chiamandomi "drogato" o "figlio di puttana che gli rubava i soldi dal portafoglio". Si preoccupava solo dei suoi soldi, soldi che non ho mai toccato» digrigna i denti. «Qualche anno dopo gli hanno diagnosticato il cancro al cervello, era a uno stadio iniziale, ma man mano sarebbe peggiorato. Ha lasciato il lavoro e la sua sgualdrina gli ha chiesto quasi subito il divorzio, portando via con sé tre quarti di tutti i suoi soldi.» Hunter mi mette una mano sulla schiena, accarezzandomi dolcemente. «E da lì ha iniziato a comportarsi da padre modello, esistevo solo io, perché ero l'unica cosa che gli rimaneva.» Mi bacia una tempia. «Ma era troppo tardi, perché lui non era più l'unica cosa che volevo» mi sussurra.

«È pur sempre tuo padre, anche dopo tutto ciò che ha fatto» gli rispondo. «È la persona più vicina che hai, fai bene a prenderti cura di lui, anche a distanza.»

«Puoi essere tu la persona più vicina a me.» Prova a baciarmi sulle labbra ma mi sposto.

Lo guardo con rimprovero. «Io non sono un tuo genitore. Hunter, tuo padre ti ha visto crescere. E anche se non sembra lui tiene a te più della sua stessa vita. E tu, che ti occupi di lui nonostante tutto, sei una persona fantastica» commento.

«Se ne andrà, prima o poi, se ne vanno tutti» scrolla le spalle. «È da tempo che mi sono abituato a una vita senza di lui.»

«Quando lo farà io sarò qui accanto a te, non sarai di nuovo solo» gli sorrido, accarezzandogli una guancia. Poi, sospirando, lo guardo negli occhi. «In ogni caso, se hai bisogno di soldi per una buona causa, non posso dirti di non presentarti questa sera.»

«Sul serio?» Hunter accenna un sorriso, guardandomi come se fossi impazzita.

«Non posso dirti di no, però promettimi che quando incominceremo il college cambierai le tue abitudini. Non farlo per me, fallo per te stesso, non sai quanto tutto questo continuerà a metterti nei guai, Hunter.»

«Sostituirò ogni mio sfogo con te, promesso.» Mi bacia su una guancia, facendomi sorridere immediatamente. Sento il mio desiderio di stargli vicino crescere ogni volta che dalla sua bocca escono parole simili.

Lo abbraccio. «Vengo con te.»

Hunter

Non c'è più nulla da fare, ho abbattuto ogni difesa lasciando che lei entrasse finalmente nella mia vita. Sono quasi certo di amarla, amarla come non ho amato nessun'altra prima.

Devo ammettere che è un amore strano, un senso di bisogno, di mancanza, di profondità, come se mi sentissi bene con me stesso, sazio di vita. Sentire per lei quel desiderio sconosciuto di andare avanti, di non fermarmi davanti alla prima porta. Come se avessi l'occasione di fare un passo in più.

Sospirando sfilo la maglia bianca che indosso, lasciandola penzolare lungo il lavandino. Rimuovo la striscia di sudore lungo la fronte sbuffando. Fisso le nocche delle mie mani, le cicatrici passate si stavano chiudendo, ma ormai è arrivato il momento di riaprirle. Chissà, potrebbe essere anche l'ultima volta.

«Sei pronto?» Mitch entra nel bagno dello spogliatoio e io poso lo sguardo su di lui. Sta da schifo, sembra un barbone. Non ricordo l'ultima volta che l'ho visto così giù di morale, con quel velo di finzione che gli copre la faccia.

«Ti vedo messo male» gli dico, e lui distoglie lo sguardo corrugando la fronte.

La prima cosa che noto osservandolo bene è la felpa grigia che indossa. Non ha mai usato vestiti così larghi. Gli vado incontro e lui indietreggia, sgranando gli occhi.

«Non avvicinarti» digrigna i denti. I suoi occhi sono rossi, li ho notati solo adesso, e supplicano il mio silenzio. «Sto bene, non preoccuparti.»

«Mitchell, sei completamente fatto» sbotto, innervosito. È dai tempi dell'America che non lo vedo in questo stato. Credevo avesse superato tutto, come credevo di averlo superato anche io. È andato oltre una canna, è chiaro. Non ci stavamo andando giù così pesante, ci eravamo calmati ormai, ci facevamo al massimo una canna in due.

«Ho solo provato qualcosa di nuovo, questo pomeriggio, quando ero assieme a degli amici» distoglie lo sguardo. Mi sorprende che lo stia ammettendo con tanta semplicità. Forse vuole essere aiutato, ma non posso aiutarlo se non so qual è il problema.

«Quali amici?» ringhio.

«Degli amici.»

«Si può sapere che ti prende? Sei tornato un ragazzino, eh, Mitch?» Lo spingo per le spalle, facendolo sbattere al muro. «Ci siamo promessi di non toccare di nuovo il fondo.»

Mitchell gira il volto dall'altra parte, deglutendo. «Non so più a che pensare, voglio solo starmene in pace.»

«Non stai...» provo a parlare ma la porta del lurido bagno si apre, attirando l'attenzione di entrambi.

Cher ci fissa, confusa, alternando lo sguardo da me a lui.

Mitchell mi prega con gli occhi di non dirle niente. Rimaniamo così per qualche secondo, imbarazzati.

«Ti stanno aspettando.» Cher lascia andare la porta e si mette di fronte a Mitchell. Non è stupida, ha capito che c'è qualcosa che non va.

«Dovresti uscire» mi consiglia Mitchell, facendo un cenno alla porta. Lì fuori mi stanno aspettando per combattere, anche se non ho idea di chi sia il mio sfidante. L'organizzatrice è una ragazza, Sun Smith, che ho avuto l'occasione di scoparmi qualche mese fa.

«E tu cosa farai?» lo guardo.

«Un giro» scrolla le spalle, poi esce dal bagno e dagli spogliatoi.

Sospiro, prendendo per mano Cher e guidandola fuori da quel buco maleodorante. Saliamo una manciata di scalini cigolanti prima di ritrovarci a un passo dall'enorme spazio in cui si svolgerà l'incontro. È un magazzino abbastanza grosso, al suo interno è posizionata una specie di gabbia, un nuovo tipo di combattimento che non finisce finché qualcuno non inizia a sanguinare pesantemente.

Sun deve essere davvero sadica per avere organizzato una cosa del genere.

«Dove starai?» Corrugo la fronte, guardandomi intorno. Non ci sono volti familiari. Taylor non ama questi tipi di incontri e Mitchell è scomparso nel nulla. Che cosa ha di sbagliato quel coglione? Ha intenzione di lasciarla da sola in mezzo a questo gruppo d'idioti? Non ho mai visto tutta questa gente durante gli incontri di Ray, la ragazza ci sa fare.

«Non ne ho idea» risponde, e mi stringe la mano.

Continuo a camminare, facendomi spazio tra la gente, fino ad arrivare di fronte a un tavolo dal lungo tessuto verde – parecchio alto per essere un semplice tavolo da biliardo. Sopra, in piedi, c'è la ragazza bassa dai lunghi capelli neri. «Davis, dovresti essere lì dentro» indica la gabbia.

Io annuisco. «Tienila con te, fa' in modo che nessuno la tocchi. Torno appena è finito l'incontro» le dico. Porto Cher di fronte a me, la bacio sul collo e le sorrido per rassicurarla. «Non muoverti da qui, Chee.»

«Cos'è, la tua ragazza?» ghigna la tipa, senza nemmeno darle una mano a salire. In effetti sono costretto a prenderla per i fianchi e aiutarla. Non le rispondo, ma le lancio un'ultima occhiata d'avvertimento prima di farmi di nuovo spazio tra la folla e arrivare fino alla gabbia. Non ho ancora visto Mitch, scommetto che starà facendo di nuovo il coglione nei paraggi con i suoi nuovi amici.

Cherie

Rimango in piedi, con le spalle contro il muro e i piedi sul tavolo da biliardo. Ho un'ottima visuale sul combattimento, ma non smetto di ricevere orribili occhiatacce dalla ragazza di fianco a me. Continuo a deviare lo sguardo, ma lei mi fissa come se fosse pronta a uccidermi. È inquietante.

«Come ti chiami?» Stringendomi un gomito mi avvicina a lei.

Digrigno i denti scollandomela di dosso, per poi portare gli occhi nei suoi. «Cherie.»

«Piacere, Sun.» Mi stringe la mano, senza che gliel'abbia concessa.

Le sorrido, giusto per mostrarmi un pizzico più gentile. Lei, invece, continua a ghignare e a lanciare occhiate alla folla.

«Ti va di bere qualcosa? Whisky magari» mi propone, sfiorandosi i piercing sul labbro con la punta della lingua. Ne ha uno anche sul naso, un anellino. Ridacchia, scuote la testa e fa un cenno a un ragazzo con in mano una cassa piena di alcolici. «Jim! Porta due Jack per la mia amica.»

«In realtà non bevo» la fermo per un braccio.

«Hai paura di non reggere un po' d'alcol, tesoro?» Solleva un sopracciglio, sfidandomi.

«Certo che no.» Devio lo sguardo verso l'incontro, non mi ero nemmeno accorta che avessero iniziato. Hunter sembra così sicuro di sé, riesce senza alcun problema a schivare la maggior parte dei colpi, rispedendoli sul volto dell'avversario. Sembra più sereno e concentrato rispetto alle scorse volte.

«Prendi.» Sun mi spinge contro lo stomaco una bottiglia aperta di Jack Daniel's, macchiandomi un po' la camicia di jeans. Poi ridacchia, dandomi una leggera spallata. «Tanto faceva schifo, ti ho fatto un piacere.» Si volta e inizia a scolare la sua bottiglia.

Faccio una smorfia quando sento quell'odore aspro. Ne prendo un sorso leggero, deglutendolo velocemente, in modo da sentire l'ansia accumulata all'altezza dello stomaco sciogliersi. Non sono abituata a bere, quindi so di non dover andare oltre i due o tre assaggi.

«Hunter è davvero un bel tipo» ammicca, portandosi nuovamente la bottiglia alla bocca, bevendo come se fosse acqua. «Da quando state insieme?» chiede mentre si pulisce le labbra con la manica della felpa.

«Non stiamo ufficialmente insieme.» Stacco l'adesivo della bottiglia con le dita.

La vedo guardare attentamente nella sua direzione. Le grida si fanno più alte quando Hunter colpisce in pieno la faccia dell'avversario, buttandolo a terra, poi gli si mette a cavalcioni tempestandogli il volto di pugni. La sua solita mossa, che gli dà potere e soddisfazione. Sono abituata a vederlo così.

«Dev'essere uno spettacolo...» Dice qualcosa che io non riesco a sentire.

Scuoto la testa, cercando di restare lucida. Ho bevuto a stento due sorsi. «Come?» le chiedo.

«Ho detto che dev'essere uno spettacolo a letto.» Mi fa l'occhiolino. «In effetti lo è» commenta poi.

«Cosa vuoi dire?» mi acciglio, voltandomi verso di lei.

Sun scoppia a ridere, mentre mi spinge la bottiglia verso le labbra.

La allontano prima che mi si rovesci tutto addosso. Un conato di vomito mi fa sussultare, lo stomaco brucia e la lingua pizzica. «È disgustoso» mugolo.

Sun mi passa un bicchiere con del liquido trasparente. «Acqua.»

Lo prendo e lo porto alla bocca, ma sputo prima di averlo ingerito completamente. «Che schifo!»

Sun ride ancora, strappandomi il bicchiere di mano e gettandolo a terra. «Forse ti ho dato il bicchiere sbagliato...» Scoppia a ridere come se la cosa fosse davvero buffa.

«Non è divertente» sussurro mentre cerco di tenere gli occhi aperti. Inizia a girare tutto intorno a me, e devo battere più volte le palpebre per ristabilirmi, cercando di distinguere i ragazzi all'interno della gabbia. C'è qualcosa di rosso a terra, ma non riesco a capire cosa sia. Hunter sta bene, vero?

«Che ne dici di prendere una boccata d'aria?» Sun prova ad afferrarmi una mano.

«Devo aspettarlo qui» piagnucolo appoggiando la testa al muro, mentre socchiudo lentamente gli occhi.

«C'è ancora tempo, ti porto solo a prendere un po' d'aria

fresca. Cos'è, non ti fidi di me?» sghignazza.

Le sorrido, guardandola mentre scende dal tavolo con molta abilità. Lei non è per niente ubriaca, non riesco a capire se è perché regge l'alcol oppure perché non ne ha bevuto poi così tanto. Tento di scendere anch'io, ma finisco addosso a un uomo che arrabbiato impreca.

Provo a scusarmi, ma vengo trascinata violentemente fuori. Ma "fuori" non significa fuori dal magazzino, dato che entriamo in un altro interno, poco popolato. Stiamo attraversando un corridoio, credo, qui è tutto buio e non ci capisco più nulla. Non mi sta portando a prendere dell'aria fresca, questo è sicuro.

«Sun, torniamo indietro» biascico, inciampando più volte nei miei stessi passi. «Sun» la richiamo, sentendo qualcosa risalire lungo lo stomaco. Non riesco a trattenerlo e, non appena lei si volta, rigetto tutto sulle sue scarpe.

«Che schifo!» s'imbroncia saltellando sulle sue Converse rosse. «Figlia di puttana» sussurra tirandomi ancora con più veemenza, non ho idea di dove mi stia trascinando, so solo che non mi piace il suo modo di fare.

Eppure non riesco a ribellarmi, tutto quell'alcol, oltre ai giramenti di testa, mi procura anche una forte sonnolenza.

«Joe!» grida. «Ti ho portato un'amica.»

Le vorrei dire di non urlare, ma non appena mi libera il braccio uso entrambe le mani per tapparmi le orecchie. Una forte luce mi acceca, è rossa, o forse più chiara, ma non riesco a metterla a fuoco. Non ho idea di dove ci troviamo.

«È uno schianto» commenta una voce roca, ma non è quella di Hunter.

Provo a indietreggiare, ma sbatto contro un petto duro e maleodorante. «Dove stai andando, bambolina?» Le sue mani mi accarezzano le spalle, un secondo dopo la testa ricomincia a girare e inizio a chiamare il nome di Hunter. Con quel poco di lucidità che mi rimane, capisco che un semplice drink non può causarmi tutte queste allucinazioni.

«Sun... Sun... cosa... ci hai messo?» Sento la testa dondolare da una parte all'altra. «Cosa... nella bottiglia?»

«Diciamo che era una polverina magica» ride Sun. Non so dove si trova, non riesco a distinguere i corpi.

«Stai esagerando, non l'avrai mica drogata?» Penso sia stato il ragazzo a parlare.

«Guarda che mi stavo solo divertendo» sbuffa. «Ho scopato una volta, qualche mese fa, con il bastardo del suo ragazzo. Come si può preferire questa sfigata a una come me?»

Chiudo lentamente gli occhi, provando a ignorare le sue parole.

«Sei da curare, Sun» le dice.

«Ehi!» Sento una mano schiaffeggiarmi lievemente il viso, ecco di nuovo quegli occhi neri e intensi fissi nei miei. «Hai sentito? Ho detto che ho scopato il tuo ragazzo, ci sa fare, anche se è un tipo leggermente violento.» Nonostante lo sussurri mi entra in testa come il suono delle unghie su una lavagna, così fastidioso e agghiacciante.

«Hunter.» Chiudo nuovamente gli occhi, appisolandomi sul petto dell'uomo dietro di me.

«Sun, io non posso farlo» si tira indietro il ragazzo, senza però mollare la presa. «Ti avevo solo chiesto una ragazza da scopare, ma che fosse consenziente.»

«Non ti sta mai bene niente» ribatte lei.

«Tu hai dei seri problemi» conclude lui. Sento le sue braccia stringermi più forte, ormai ho gli occhi chiusi ma sono quasi certa che quando li riaprirò non ricorderò più nulla. Oltre al fatto inevitabile che Sun è una vera bastarda.

28

Hunter

Dopo aver sferrato l'ultimo calcio nello stomaco del biondino, lo vedo indietreggiare con le lacrime agli occhi e le labbra piene di sangue. La folla è in delirio, lui cade a terra e io mi pulisco la bocca con il polso. Lascio che la marea continui a festeggiare la propria puntata, chi ha scommesso su di me non può che bearsi dei soldi vinti.

«Aspetta, non puoi uscire!» prova a fermarmi un tipo fuori dalla porta della gabbia, piazzandosi di fronte mentre cerca di tenere calma la folla.

Ringhio, mostrando i denti. «Prova a dirlo ai miei pugni» lo sorpasso con una spallata, aprendomi la strada fino al punto in cui avevo lasciato le ragazze.

«Si può sapere dov'è Cher?» sbotto dando un pugno contro il tavolo, giusto per non darne uno a Sun. I suoi occhi si accendono, eccitati mentre fissano il mio petto sudato. «Dài, rispondimi.»

«Complimenti per la vittoria, questa è la tua vincita.» Mi passa un rotolo di banconote, senza contarle le infilo nei calzoni.

«Ora dimmi dov'è» insisto.

«L'ho vista uscire fuori con un ragazzo, ha detto che tornava subito ma non so» scrolla le spalle distribuendo soldi a un gruppo di uomini, i suoi occhi passano spesso su di me e la cosa mi irrita. «Io mi chiamo Sun, forse dovresti saperlo, dato che abbiamo scopato una volta.»

«Non gliel'avrai mica detto?» Prendendola per una gamba, la faccio sedere di fronte a me.

Ridacchia, divertita dalla situazione, e, passandomi la piccola mano sul petto, scuote il capo. «Come potrei, tesoro.»

Sta per caso flirtando con me? La guardo con sufficienza. «Dove sono andati?»

«Sono passati per il parcheggio... ma non credo li troverai... Hunter, aspetta!» urla dietro di me, mentre io cammino verso l'uscita. Qualcuno si complimenta, altri sussurrano che sono un ragazzino fortunato, mentre il resto dei presenti è così impaurito dalla mia presenza che evita di incontrare il mio sguardo.

L'unica cosa che spero è che Cher sia con Mitchell, ma non ne sono sicuro, questo posto è pieno zeppo di gente. Una volta fuori quasi non riconosco il profumo di aria pulita che mi arriva fin dentro i polmoni, mi guardo in giro mentre tutti si avviano verso le proprie auto.

Provo a chiamarla ma il suo cellulare suona a vuoto. Inizio a urlare il suo nome, girando intorno allo stesso parcheggio per almeno cinque volte. Non riesco a non imprecare contro chiunque mi risponda di non averla vista dopo che gliel'ho descritta.

«Scusami...» Mi giro e trovo due ragazzini, impauriti, che si guardano a vicenda chiedendosi chi dovrebbe parlare per primo.

«Non ho tutta la sera» li avverto.

«Stai cercando una ragazza?» chiede il più alto. Avrà poco più di quindici anni, lo stesso vale per il suo amico brufoloso.

«L'hai vista?» Faccio un passo avanti, loro due indietro. Merda, non sono mica un mostro.

«Non sappiamo se è quella che descrivi» informa il più basso e in carne.

«Indossa una camicia di jeans e dei pantaloni neri, ha i capelli castani» ripeto il copione di qualche minuto fa, e loro si guardano stupiti. Questi ragazzini comunicano con il pensiero.

«Credo sia lei, è svenuta nel retro del magazzino.»

«Svenuta?» urlo, e vedo uno dei due trattenere il respiro.

«Uhm… non volevo spaventarti…» Mi gratto la nuca.

«È nel retro, puoi andarci anche da solo» e insieme corrono verso le loro biciclette parcheggiate non molto lontano da dove mi trovo. Io alla loro età avevo già iniziato a guidare, ma ammetto che erano tempi diversi, i miei. Dio, parlo come un nonno del cazzo.

Ci metto meno di un minuto a raggiungere il retro. Non c'è praticamente nessuno e quando inizio a guardarmi intorno rimango agghiacciato di fronte alla vista di Cher distesa accanto a una porta secondaria. Le corro incontro, inginocchiandomi di fronte a lei.

«Cher, svegliati!» Inizio a scuoterla, ma non c'è nulla da fare. Sento il cuore che mi esplode, la prendo tra le braccia alzandola dalla terra umida come se fosse una bambina. Stringendola mi dirigo all'auto, ricordandomi poi di non avere neppure le chiavi, che ho lasciato a Mitchell. Non può andare davvero così male.

La faccio sedere sul cofano della macchina, reggendola per le spalle. Puzza incredibilmente di alcol. Le accarezzo una guancia, pregandola di svegliarsi. Provo a non preoccuparmi, in fondo respira ancora, ma allora perché non si sveglia?

«Merda» impreco, lasciando che posi la testa sulla mia spalla. Non posso portarla dentro e prendere la mia roba, ma non posso nemmeno lasciarla qui.

«Che succede?» Mitchell si avvicina a noi. Sono stupito di vederlo qui, ero convinto fosse andato a farsi fottere da qualche parte.

«Dammi le chiavi della macchina.»

«Eccole» me le mostra, per poi aprire l'auto. Poggio delicatamente Cher sui sedili posteriori. Sedendomi accanto a lei, lascio che la sua testa cada sulle mie gambe. Mitch mi lancia la maglietta e io la uso per coprirla.

«Cos'ha bevuto?» mi chiede Mitchell mettendosi alla guida.

«Credo whisky, ma sicuramente c'era qualcosa dentro. Se scopro che quella puttana di Sun...» Faccio una smorfia stringendo i pugni.

«Ora calmati, Hunter, la riportiamo a casa, andrà tutto bene» mi rassicura. Inizia a guidare in silenzio mentre io mi dispero per averla portata qui. So che andrà tutto bene, ma mi sento in colpa per averla lasciata sola.

Tornerò e strapperò una a una ogni treccia dalla testa di quella ragazzina, giuro che lo farò.

«Hunter» mormora la voce di Chee.

«Sono qui, Chee» le sussurro, baciandole la fronte. «Sempre qui.»

Cherie

La suoneria fastidiosa del mio cellulare mi obbliga a socchiudere gli occhi, un forte sole mi batte sul viso mentre mugolo qualcosa e poi rimetto la faccia sul cuscino. Caspita, mi gira la testa in un modo orribile. Sento lo stomaco in subbuglio, e non credo di avere mai sudato così tanto in vita mia.

«Che diavolo vuoi?» Una voce roca alle mie spalle mi fa riaprire immediatamente gli occhi, non mi volto e continuo ad ascoltare la conversazione. È sicuramente Hunter e, dato che il mio cellulare non suona più, credo abbia risposto lui al posto mio.

«Sta dormendo. E no, non richiamare.» Sempre gentile. Sollevo gli occhi al cielo, per poi richiudere le palpebre. «Fa' come ti pare» conclude. Non sentendolo più parlare credo abbia interrotto la telefonata, dopo due secondi percepisco le sue calde mani intorno alla mia vita. Strizzo gli occhi, beandomi del suo respiro sul collo.

«Chi era?» sussurro girandomi nelle sue braccia.

I suoi occhi si aprono velocemente mostrandomi due profondi smeraldi chiari. «Buon pomeriggio» sorride.

«Pomeriggio?» corrugo la fronte. «Che ore sono?»

«Sono le tre, ti sei addormentata soltanto questa mattina intorno alle cinque.»

«Non è possibile» borbotto.

«Hai vomitato tutta la notte, ero sul punto di chiamare l'ambulanza. Ho cercato di farti una doccia, ma hai finito per farla tu a me dato che ti comportavi come una bambina. Poi, con i vestiti umidi, sei svenuta sul divano. Hai parlato nel sonno, tre volte, e poi sei tornata a dormire sul letto.» Lo dice con un ghigno divertito, mentre io cerco in ogni modo di non credergli.

Imbarazzata nascondo il viso nell'incavo del suo collo. «Ti sei preso cura di me?»

Ridacchia. «Ora stai meglio?»

«Sono un po' stordita» piagnucolo.

«Non succederà più, quando avrò quella stronza tra le mani io...»

Lo interrompo. «Come hai potuto lasciarmi nelle mani di quella psicopatica? Cioè, al massimo ricordo una parola di quello che mi ha detto.»

Hunter si mette seduto, guardandomi attentamente. «Cosa ricordi con esattezza?»

«Ricordo che mi ha portato da qualcuno, voleva farmi qualcosa ma poi non è successo nulla. E credo di averle vomitato sulle scarpe» faccio una smorfia e lui sorride.

«Be', almeno non è successo nulla di grave. Però stai certa che me la pagherà.» Le sue labbra sfiorano dolcemente la mia guancia. Poi, come il flash di una macchina fotografica, ricordo qualcosa.

«Mi ha detto anche un'altra cosa.» Mi metto seduta di fronte a lui.

«Cosa?» si acciglia.

«Ha detto che siete andati a letto insieme.» Porto il mio labbro inferiore tra i denti, arrotolandomi una ciocca di capelli tra le dita.

I suoi occhi ardenti mi fissano in modo ansioso. «È successo molto tempo fa» si difende.

«Perché non me lo hai detto?»

«Non aveva importanza, l'ho completamente cancellato dalla mente» scrolla le spalle.

«Non so come dovrei sentirmi» respiro profondamente. «Credo che la cosa mi abbia dato fastidio, ma poi... cioè... io e te non siamo nulla di definito» gesticolo.

«Sei l'unica ragazza che ha paura di essere gelosa e che ha bisogno di definire il proprio amore. Siamo io e te, vuoi che te lo metta per iscritto?»

Sorrido, scuotendo la testa. «Chi era al telefono?»

«Taylor.»

«Cosa voleva?»

È da un po' che non ci sentiamo io e Taylor, ci siamo distaccate poco prima che succedesse il casino con i Bellvieri. Le cose stanno diventando complicate e io non riesco più a trovare un equilibrio nella mia vita.

«Non lo so.» Si stende di nuovo lungo il letto, scacciando via le coperte.

Sollevandomi dal materasso, prendo il mio cellulare e digito il suo numero. «Sta squillando.»

Hunter sporge una mano verso la mia gamba e mi punzecchia con un dito.

Taylor risponde quasi subito. «Cherie?»

«Ehi, ciao» sorrido. Sentire la sua voce mi fa comunque piacere.

«Ciao, come stai?»

Devo per forza mentirle. «Sto bene.» Mi mordo il labbro, allontanando la gamba da Hunter. «Tu, invece?»

«Ho bisogno di parlarti.» È seria.

«Hai bisogno di parlarmi?» Corrugo la fronte. Hunter mi pizzica una gamba, facendomi sussultare. Lo guardo con rimprovero mentre ridacchia.

«Puoi venire a casa mia?» mi domanda.

«Sarò lì tra poco.»

«Perfetto.» Taylor sospira, sembra preoccupata. «Ci vediamo tra poco.»

«Ciao» riattacco, fissando lo schermo del mio cellulare.

«È successo qualcosa?» Hunter mi scruta con un'espressione interrogativa.

«Ha detto che vuole parlarmi, sembra una cosa seria.»

Lui si irrigidisce sul posto. «Quanto seria?»

Mi stringo nelle spalle. «Non lo so, cose da ragazze probabilmente» dico, andandomi a sedere accanto a lui.

Mi avvicino alle sue labbra per baciarlo, ma lui continua a parlare. «Ti ha accennato qualcosa?» mi chiede.

Corrugo la fronte, tornando alle sue labbra. «No» sussurro, baciandolo delicatamente.

Hunter si lascia andare, portandomi una mano dietro la nuca e baciandomi con trasporto. È teso, ma non ne capisco il motivo.

Sto cercando di mantenere la calma, ma il fatto che lei continui a rimandare ciò che deve confidarmi mi manda in ebollizione il cervello. Cavolo, ha detto che era qualcosa di importante, allora perché ci gira intorno? Lei, l'unica ragazza di mia conoscenza che non riesce a chiudere la bocca per un solo minuto, ora sembra essersela cucita per sempre.

Sono seduta sul suo letto, con le braccia incrociate, mentre Taylor è terribilmente agitata. Continua ad arrotolarsi i capelli tra le dita, camminando in circolo sul tappeto.

«Sputa il rospo, Taylor» sospiro, cercando di incontrare il suo sguardo.

Lei lo devia ancora, arrossendo di colpo. «Ho fatto un casino.»

«Puoi fidarti di me, lo sai.»

Lo sa, anche se ultimamente è stata fredda nei miei confronti. Io però non sono stata da meno, da quando Hunter è apparso nella mia vita ha scombussolato tutto, non so più come muovermi; sono in bilico tra due lame, il mio passato e il mio futuro. E poi ci sono le storie di Adam e del rapimento, che ancora mi scottano un casino. È qualcosa che durerà per il resto della mia vita, questa sensazione di paura che ora mi porto dietro come un cadavere. Non posso raccontarlo a nessuno, farebbero troppe domande e la colpa ricadrebbe tutta su di lui. Non capirebbero.

Lo amo così tanto che non posso permettere agli altri di detestarlo. Soprattutto con il continuo odio che lui sputa su di sé.

Ha mostrato di tenerci a me, questo non lo darò mai per scontato, ma voglio che gli importi anche di se stesso.

«In un certo senso riguarda anche te, qualcuno che ti è accanto» inizia a mangiucchiarsi le unghie, guardando ovunque tranne nella mia direzione.

Inizio seriamente ad avere timore di ciò che potrebbe rivelarmi. Perché continuo a ripetermi che, dopo ciò che mi dirà, andrà tutto bene, quando quasi sicuramente non sarà così? «Dimmelo.»

«Lo vuoi proprio sapere?» Ora mi guarda negli occhi.

Stringo il labbro tra i denti. «Perché credi che sia qui, allora? Taylor, sto perdendo la pazienza. Di qualsiasi cosa si tratti, voglio saperlo.»

«È qualcosa di veramente duro, non l'ho detto a nessuno, ho paura di ciò che penseranno di me.»

«C'entra il sesso?»

«Sì» dice in un singhiozzo.

La guardo meglio, ha le lacrime agli occhi. Scuoto il capo andando verso di lei per abbracciarla, e inizia a piangermi su una spalla. È già tutto abbastanza complicato per me, non so se riesco veramente a sorbirmi anche i suoi, di problemi.

«Cosa hai paura che pensino di te, Taylor?»

«Che io sia una puttana.» Si pulisce il mascara colato con le dita, facendo un lungo respiro. Non è difficile pensarlo, dato l'alto numero di ragazzi con cui è stata, ma ora come ora è orribile anche la sola idea.

Semplicemente annuisco, provando a entrare nella sua testa. «Hai tradito Mitch?»

«Sì» borbotta.

Provo dispiacere, ma in un certo senso lui l'ha tradita baciando me qualche settimana fa, quindi non è tanto meglio di lei. So che Taylor è andata a letto con qualcuno, l'ha fatto sicuramente, ma un tradimento sentimentale è peggio di quello fisico.

«E perché questo c'entra con me?» Non riesco a legare i fatti. Un buio pesto mi si presenta davanti, ma cerco in ogni modo di trovare una luce che mi aiuti a credere che non stia per dirmi ciò che immagino.

«Ho solo bisogno del tuo aiuto» confessa, tirando su col naso. «Sono incinta, Cher, sono stupidamente incinta. Ingravidata, aspetto uno stupido bambino e ho solo diciotto anni» singhiozza inginocchiandosi di fronte a me.

Sto cercando di riflettere su ciò che ha appena detto, ma mi è impossibile. Taylor è incinta. Ci mancava solo un bambino, ottimo.

«Lo hai detto a Mitchell?» le chiedo, seria.

Lei mi guarda confusa.

«Cazzo, non dirmi che non sai nemmeno chi è il padre!» sgrano gli occhi. «Perché tu sai chi è il padre, vero?» Perfetto, ora giocheremo al detective con il bambino.

«Sì, credo sia suo il figlio, anche se ultimamente è un po' distante. Ha iniziato a bere ed è diventato violento» sussurra, come se qualcuno potesse sentirla.

«Mitchell ha iniziato a bere?» boccheggio. «Ne sei sicura?»

«Sì, si comporta in modo strano.»

«Che intendi dire?»

«È sempre fuori casa, esce con gente strana e non mi parla quasi mai. In un momento d'esasperazione mi ha detto che è stanco di questa vita.»

«Dov'è adesso?» chiedo debolmente.

«È in giro, non so dove» scrolla le spalle. «Ritorniamo alla faccenda del bambino?»

«Oh, sì» scuoto la testa. «Lo dirai ai tuoi genitori?» Indico la porta dietro di me con il pollice, i suoi familiari sono pochi metri più in là a guardare la televisione.

«Non ne sono sicura.»

«Come fai a dire che sei incinta? Insomma, credo che qualcuno non possa dirlo da un giorno all'altro, no?» faccio una smorfia disorientata.

«Oltre ai tre test di gravidanza che ho fatto, lo sento.» I suoi occhi lacrimano di nuovo. «Sento che qualcosa dentro me sta cambiando.»

«Quando hai intenzione di farlo sapere a Mitchell?» le domando.

Lei mi guarda come un cucciolo in gabbia. «Puoi dirglielo tu?»

«Io?» La guardo confusa. Sono l'ultima persona che vorrebbe vedere in questo momento. «Credi sia il caso?»

«Ti prego, io non so come dirglielo.» Corre verso il bagno prendendo uno scatolino rosso e bianco. «Tieni, qui dentro ci sono i tre test, tutti positivi. Se glieli mostri, magari capirà.»

«Non pensi che potrebbe essere del ragazzo con cui l'hai tradito?» Lei sbianca improvvisamente, e il mio cuore accelera i battiti. «Taylor?»

«Sono quasi certa che sia di Mitchell.» Fa un lieve sorriso, del tutto finto.

«D'accordo» annuisco, portandomi una ciocca di capelli dietro l'orecchio, prima di alzarmi e andare verso di lei. Prendo il cartoncino dalle sue mani e lo metto in borsa, stringendola sotto un braccio.

«Come va con Hunter?» mi chiede, accompagnandomi alla porta. «State ufficialmente insieme?»

«Ci stiamo lavorando» stringo le labbra in una linea sottile. È una cosa imbarazzante, non ho mai avuto qualcuno con cui parlare dei miei sentimenti, di ciò che provo. «Credo che lui mi piaccia, sul serio.»

«È un bene.» Fa un sorriso forzato. «Sono proprio felice per te. Ora puoi anche andare, ho delle faccende da sbrigare.»

«Oh... Sì, certo.» Scuoto la testa, meravigliata di questo suo cambio d'umore. Un secondo prima sembrava dipendere da me, adesso è tornata distaccata e infastidita. Non capirò mai cosa stia realmente succedendo.

29

Hunter

«Tuo padre sta peggiorando ogni secondo che passa, non chiede altro che vederti, sei pur sempre suo figlio» piange Kelsey al telefono.

Sono sempre stato un tipo fortemente insensibile. Ho imparato a esserlo quando ho capito che a nessuno sarebbe mai importato seriamente di me, quindi perché dovrei interessarmi agli altri? E ora che mio padre è in bilico tra la vita e la morte, capisco che il mio essere indifferente non mi porterà da nessuna parte.

«Sarò lì non appena potrò» sospiro, sprofondando sul divano.

Chiudo leggermente gli occhi sentendo i singhiozzi di Kelsey, come se lui fosse già morto. «È orribile vederlo in queste condizioni.»

«Posso immaginarlo, se non avesse speso il resto della sua vita in puttane ora avrebbe un po' più di dignità da portarsi nella tomba.»

«Sei sempre così scortese» si lamenta.

E pensare che sto migliorando. «Ora devo andare, fammi avere sue notizie» sospiro.

«Io non ti capirò mai, Hunter.»

«Nessuno ti ha chiesto di capirmi» le rispondo, interrompendo la chiamata. Che cazzo di situazione. Cerco di sbloccarmi, di fare uscire qualcosa di buono da me, ma è impossibile. È impossibile trovare qualcosa di buono in un disastro come me.

Faccio un lungo sospiro, fissando il cellulare tra le mani. Dovrei chiamare Sun e riempirle la testa di insulti, finché non scoppierà. Oppure chiamare Mitchell, e fare lo stesso. Cazzo, in un modo o nell'altro devo sfogarmi con qualcuno.

«Stavi parlando al telefono?» Cher viene a sedersi accanto a me, posando le sue gambe sulle mie ginocchia.

La guardo di sottecchi, con la sua maglia enorme e gli occhi che brillano. È così bella, non posso ancora credere che lei, che splende di tanta perfezione, possa provare qualcosa di così forte per me.

«Kelsey, l'infermiera personale di mio padre. Ha semplicemente detto che mio padre sta peggiorando e che vuole vedermi» le spiego.

«Quindi tornerai nel Massachusetts?» La fisso come a dire che non lo farei per nulla al mondo, anche se potessi, non lo farei. Non voglio assistere alla morte di mio padre.

«Hunter!» mi colpisce la spalla con un ceffone, se così si può chiamare. Alzo gli occhi al cielo. «Non guardarmi in quel modo, non ti permetterò di restartene qui ad aspettare la morte di tuo padre.»

«Ouch» mi lamento. «Proprio no?»

«No!» esclama. «Il prima possibile tu tornerai in America, anche solo per capire come sta. L'hai detto tu che desidera vederti. E la cosa mi sembra giusta, sei suo figlio.»

«Cher...» provo a dire, ma subito mi interrompe. Non la ricordavo così audace.

«Hunter, tuo padre sta morendo! Questa cosa non può esserti indifferente.»

«Ah, no?» sollevo le sopracciglia.

«Cosa penseresti se tuo figlio non venisse a trovarti? Dopo tutte le stronzate che hai fatto, se domani tu morissi, vorresti almeno che la persona a cui hai dato tutto ci fosse?»

Sprofondo con la schiena nel divano, sbuffando e fissandomi le mani. «Io non sarei mai un padre come lui, darei una ragione valida a mio figlio per presentarsi al mio funerale. Non gli riempirei la vita di cazzate e false speranze, lo amerei molto più di quanto lui ha fatto con me» la guardo, e ha il viso leggermente arrossato. Che le prende? Nemmeno stessimo aspettando un bambino.

«Non è di tuo figlio che stiamo parlando!» si riprende, scuotendo la testa.

Sgrano gli occhi. «Tu hai detto...»

«Smettila di distrarmi» sbuffa. «In ogni caso io non ti lascerò stare qui ad aspettare, te ne pentiresti per tutta la vita.»

«Non so come reagirei a vederlo adesso, dopo mesi» mi gratto la nuca, imbarazzato. «È passato molto più tempo di quanto immagini.»

«Però hai continuato a mandargli soldi, giusto?»

«Sì» annuisco. «Kelsey mi ha sempre assicurato che i soldi arrivavano, gli ho anche pagato un buon medico, e fidati, costa parecchio.»

«Torna al presente e dimmi che andrai a trovarlo. Se non lo farai te lo rinfaccerò per tutta la vita. Sarò così insistente che...»

La blocco. «Solo se verrai con me.»

«Cosa?» Impallidisce.

«Se verrai con me io andrò a trovare mio padre, se non verrai resterò con il culo in Inghilterra fino al prossimo millennio» sorrido ironico e lei sbuffa.

«Hunter!» si lamenta. «Stai parlando dell'altra parte del globo, avrei bisogno di un passaporto, e non riuscirei ad averlo in un giorno, ne servono almeno trenta. E poi... Boston! Insomma, stiamo parlando di tutto un altro mondo!»

«Cher, non sarai da sola in questo viaggio. Ci sarò io con te, non devi temere nulla.» Le stringo una mano, cercando di calmarla.

«Ci penserò» sospira.

«Per che ora hai intenzione di uscire?» Ci eravamo messi d'accordo che saremmo andati da qualche parte insieme. Non sono mai uscito con una ragazza, ho avuto delle fidanzate, ma non duravano nemmeno il tempo di portarle a mangiare qualcosa. L'ho sempre trovato inutile, a loro bastava dire che uscivamo insieme e a me bastava dire che le portavo a letto. Questo era il massimo di una relazione.

«Prima devo passare da Mitchell, ho delle cose da dirgli» mi avverte.

«Cosa?» provo a farla parlare.

«Nulla di particolare» si acciglia. «Ho solo delle cose da dirgli.»

Si trova a disagio a mentirmi. So che è una ragazza sincera, prima o poi mi spiegherà. Sono di buonumore, quindi riesco ad avere pazienza.

Si alza. «Ora vado a farmi una doccia, ci metto un secondo.»

Annuisco, lasciando che si rinchiuda in bagno.

Il mio cellulare è a terra e io ho bisogno di chiamare Sun. Cristo, quante gliene devo dire. Frugo nella borsa di Cher, in cerca del suo. Di solito non usa borse, ma questa è piena zeppa. Involontariamente la faccio cadere sul pavimento, impreco qualcosa di assurdo e mi abbasso a raccoglierla. Che cos'è questa scatolina?

«Chee, cosa...» Non ho il tempo di parlare che leggo la scritta. È un test di gravidanza. Cazzo, magari è uno scherzo. Lo apro, e dentro ci sono ben tre test già fatti. Seduto sul pavimento della cucina come un imbecille, inizio a leggere le istruzioni. L'unica cosa che ho compreso è che ho il cuore che mi sta scoppiando nel petto.

Due strisce significa positivo, e una negativo. Controllo il primo test. È positivo. Magari è un errore. Il secondo lo stesso, e anche il terzo.

Lancio l'ultimo contro il muro. «Merda» impreco, respirando affannosamente. Cher non può essere incinta, me lo avrebbe detto. Perché lei me lo avrebbe detto, giusto? Cazzo.

Cherie

Mi avvolgo in un asciugamano bianco e mi chiedo come mai Hunter è immerso in un'onda di silenzio. È da un po' che non lo sento, e non è entrato nemmeno in bagno a sbirciare come fa di solito. Sono di fronte allo specchio, ammiro i miei occhi lucenti e stranamente felici. Non sono abituata a vedermi così: con un sorriso incontrollabile sul volto. È come se una polvere magica mi sia caduta sulle spalle, rendendomi una persona felice.

Percorro la curva delle mie labbra con le dita, meravigliandomi del fatto che io non riesca a rimuovere questo ghigno. Ho fatto l'amore con Hunter, due volte. Riesco a sentirmi più donna, più viva, riesco a sentire i miei diciotto anni scorrermi nel sangue. Riesco a provare quell'amore per un ragazzo che va oltre l'affetto, l'amicizia, riesco a sentire quel dolore piacevole nello stomaco e il cuore sempre più leggero.

Per farla breve, se mi chiedessero come ci si sente a essere innamorati risponderei che è esattamente lo stesso effetto di sentirsi drogati. Non assimili più nulla, sai solo che faresti di tutto per averne di più, sempre di più. Finché non ne avrai una dose eccessiva, ed è lì che si impazzisce d'amore.

Dopo aver indossato l'intimo, mi metto dei semplici jeans stracciati sulle ginocchia e una maglia corta che lascia vedere l'ombelico. Infine, con ai piedi i miei stivali preferiti, mi dirigo in salotto.

«Hunter?» corrugo la fronte. È di spalle, con le mani chiuse a pugno sul tavolo.

«Qualcosa?» sospira.

«Come?» aggrotto le sopracciglia.

«C'è qualcosa che devi dirmi?» Si volta verso di me, inchiodando gli occhi nei miei.

«Cosa vuoi sentire?»

Lui guarda i miei movimenti, per poi bloccarmi un polso e tirarmi verso di lui. I suoi occhi sono socchiusi ed emanano negatività. Odio quando succede.

«La verità, Cher.» Mi stringe il polso, fino a farmi male. Voglio che si fermi da solo, non gli dirò che mi sta praticamente staccando il braccio.

«Non c'è nulla, sul serio, va tutto bene. Cosa ti preoccupa?» Gli accarezzo il viso con la mano libera, mordendomi la lingua per il dolore.

«Se c'è un problema possiamo affrontarlo insieme. Non c'è bisogno di nascondermi un cazzo.»

«Smettila, ti stai rendendo ridicolo.» Mi dimeno, guardando il leggero livido sul polso. Poi mi dirigo verso l'ingresso. Una volta arrivata, apro la porta di casa senza nemmeno voltarmi.

«Dove stai andando adesso? Puoi non scappare, per favore?»

«Io non sto scappando!» ribatto, alzando gli occhi al cielo. «Sto semplicemente andando da Mitchell, ho delle cose da dirgli.»

«Hai delle cose da dire a lui ma non a me. Ottimo» continua a lamentarsi, ma non so perché. Si nasconde in camera mia, sbattendo la porta.

Sbuffo, portandomi le mani nei capelli per scostarli dal viso. Stava andando tutto troppo bene, e invece Hunter sta avendo un'altra ricaduta nel mondo dei ragazzi mestruati. Fantastico.

Schiudo la porta d'ingresso, stringendomi la borsa sotto l'ascella. Non passa un secondo che Hunter si avvicina.

«Mi accompagni?» Lo seguo giù dalle scale, accigliandomi.

«Torno a casa mia, ho bisogno di pensare» dice, superandomi di due gradini.

«Credevo avessi deciso di stare un po' da me» sussurro timidamente. «Sai, per il fatto dei Bellvieri e tutto.»

«Cazzo» impreca, fermandosi di scatto, e io sbatto contro la sua schiena. Irritante o no, rimane il solito armadio. «Vorrà dire che ne approfitterò per prendere qualche cambio, ci fermeremo a dormire lì.»

Lo sta proponendo sul serio? Cammino e mi metto di fronte a lui. «Dovrei dormire da Mitch?»

«Dormirai nel mio letto.» Questo mi sembrava ovvio.

«Non è questo il punto, noi dobbiamo parlare! Hunter… no!» Prima che me ne accorga mi prende come un sacco di patate, posandomi sulla sua spalla. Inizio a urlare e a dargli dell'idiota, odio il fatto che lui resti serio e non dica una parola mentre scende le scale.

«Che cosa fai?» La signora Claudette, che abita al secondo piano, sta entrando nel condominio e per lo spavento fa cadere le buste della spesa.

Le faccio un sorriso di scuse. «Va tutto bene, questo ragazzo ha solo qualche problemino nel gestire la rabbia!»

«Potrei fare un commento simile anch'io, ma lo evito» sospira, posandomi a terra.

Lo fulmino con lo sguardo, ignorando il suo sorrisetto stronzo. «Cher, dovremmo chiarire delle cose. Io ho bisogno della tua fiducia. Ho bisogno che tu mi dica che problemi ci sono, se ci sono.»

Sono ancora più confusa di prima. Lo prendo per mano guidandolo verso la sua auto. «Possiamo andare da Mitchell?»

«E va bene» sbuffa, sorpassandomi e infilandosi nell'abitacolo.

Arriviamo all'appartamento dei ragazzi nel giro di qualche minuto. È da un po' che non ci metto piede.

Quando Hunter apre la porta, Mitchell balza in piedi e i suoi occhi rossi attirano subito la mia attenzione. «Ragazzi» tira su col naso.

Hunter lo sorpassa con una spallata scortese, chiudendosi in camera sua senza nemmeno salutarlo. C'è una puzza di fumo, cibo bruciato ed erba insopportabile. Corro verso la finestra in salotto, le tende sono rosse e sporche, le strappo praticamente via. Spalanco il vetro, respirando aria pulita.

Sgrano gli occhi, tossendo. «Puoi spiegarmi cosa significa tutto questo?» Indico il posto intorno a noi: vestiti sparsi ovunque e cartoni della pizza alti quanto il Big Ben ci circondano. Lui guarda il tutto come se fosse normale. È un disastro, ci sono piatti rotti e cuscini sparsi lungo il pavimento.

«Che cosa sta succedendo? Tu non sei così» gli dico. Una volta vicino a lui, noto i suoi occhi inumidirsi.

«Io non ho più nulla, Cherie» singhiozza, venendomi incontro ad abbracciarmi. Barcollo un po', stupita, ma ricambio la stretta. Ha un'orribile puzza di fumo e alcol che non gli appartiene.

«Ehi, va tutto bene.» Gli accarezzo i capelli annodati. «Perché non ti fai un bagno? Devo parlarti. Io intanto cerco di sistemare questo macello» gli sorrido teneramente, lui tossisce coprendosi la bocca con una mano.

«Non andartene» mi prega.

Pensa sul serio che lo farei? So che è confuso, ma dovrebbe conoscermi.

«Non lo farò, tu però vai a farti un bagno rilassante. Per quello che devo dirti ho bisogno che tu stia bene» lo avverto. Lui fa un lungo sospiro e, scostandosi i capelli dalla fronte, si dirige verso camera sua.

«Hunter!» lo chiamo. Due secondi dopo la sua faccia innervosita sbuca dalla porta di camera sua. «Ti va di aiutarmi a pulire un po'?» Gli indico con un dito tutto il disastro intorno a noi.

Lui mi guarda per un lungo tempo, indeciso se mantenere il suo ruolo di ragazzo cattivo e distaccato oppure sottomettersi al mio sguardo dolce. Poi decide di lasciarsi la sua parte rude e menefreghista alle spalle.

Ci mettiamo circa un'ora a completare il tutto, in silenzio. I nostri sguardi si sono incontrati qualche volta, ma lui era ancora parecchio nervoso.

Dopo aver consumato due interi spray profumati, possiamo ritenerci soddisfatti del nostro lavoro. Insomma, sempre meglio di prima.

«Sai dirmi che ore sono?» chiedo a Hunter, sciogliendo la crocchia disordinata che mi ero fatta.

«Credo siano passate le sette. Senti, ho bisogno di andare a comprare un pacchetto di sigarette, posso lasciarti un minuto da sola?»

Lo guardo insicura, ma alla fine non posso fare altro che annuire debolmente. «Grazie per avermi aiutato» gli dico sorridendo, e lui sospira.

«Non dovresti affaticarti troppo.» Prende il mazzo di chiavi di Mitchell dal tavolino dell'entrata e, prima che apra la porta, si ferma un secondo a guardarsi intorno. «Se succede qualcosa» fa un passo verso di me eliminando ogni distanza, «qualsiasi cosa» ripete ad alta voce e con le sopracciglia inarcate, «tu devi assolutamente chiamarmi. Ho ricaricato il cellulare. Se Mitchell fa il cazzone, chiamami.»

È arrabbiato, per un motivo che mi è sconosciuto, eppure si preoccupa ancora per me.

Gli sorrido, alzandomi sulle punte per baciargli le labbra. È quasi tentato di non ricambiare, ma, pian piano, la sua lingua accarezza la mia. Quando ci stacchiamo, ha gli occhi che brillano, ma rimane in silenzio mentre scuote la testa e si dirige all'uscita.

Che cosa intendeva dire? Vado verso la cucina, prendo dal ripiano in alto un bicchiere e lo riempio con l'acqua del rubinetto. Quella in frigo è di uno strano giallo, credo sia stata mischiata con qualche alcolico. Metto nel bicchiere due cucchiai di zucchero, girandolo senza sosta mentre aspetto il ritorno del mio migliore amico.

30

«Non posso credere all'aspetto orribile che avevo» si acciglia Mitchell, entrando in cucina e rivolgendomi un sorriso insicuro.

Gli porgo il bicchiere, appoggiandomi contro il bancone e guardandolo meglio. Ora ha un aspetto decente: indossa una t-shirt verde e un paio di jeans, ha ai piedi delle Converse nere ma i capelli, umidi, gli sfiorano ancora la fronte.

«Ho bisogno di parlarti di una cosa davvero importante. Prima di tutto, smettila con tutto questo. Ti stai rovinando e, qualsiasi cosa tu stia facendo, devi finirla qui.»

«Tu non capisci. La mia vita sta andando a rotoli, Cherie!» Posa il bicchiere nel lavandino. «Non ho più nulla, niente di niente. Ho perso la mia famiglia, troppo egoista per occuparsi di me e dei miei problemi. Sono su una brutta strada, lo so, ma non posso tornare indietro. E ho anche perso l'unica ragazza che abbia mai veramente amato» mi guarda negli occhi facendomi saltare un battito del cuore «... e l'unico vero amico che io abbia mai avuto dopo tuo fratello.»

Gli vado incontro, prendendo il suo viso tra le mani e portandolo all'altezza del mio. «Io sono sempre qui. Perdonami per quello che è successo con Hunter, ma anche tu ci hai messo del tuo per confondermi. Non potrei mai lasciarti andare, sei la mia ancora, Mitch. Ti prometto che tutto si risolverà, però adesso smettila, mi manca così tanto il vecchio te.» Cerco di sorridere ma mi tremano le labbra.

«Mi dispiace» abbassa lo sguardo.

«Dopo che ti avrò detto quello che devo, dovrai mettere la testa a posto.» Lo guardo, dispiaciuta, e lo trascino per un braccio in salotto, facendolo sedere sul divano insieme a me.

«È successo qualcosa?» Fissa la stanza intorno a sé, come se fossimo precipitati in un altro mondo. Credo che tutti noi avremmo bisogno di un nuovo posto dove vivere, qui ci sono troppi ricordi.

«Sì, non è grave, ma è importante» dico torturandomi una ciocca di capelli tra le dita.

«Dimmi di che cosa si tratta» sospira.

«Taylor sta passando un periodo rosa» gesticolo.

Lui inclina la testa di lato. «Rosa? Come quello di Picasso?»

Scuoto la testa. «Un periodo rosa in senso femminile, sta passando un periodo molto donna» chiarisco.

«Ha le sue cose?» solleva un sopracciglio.

È proprio questo il problema. Gli sorrido teneramente. «No, appunto, non le ha.»

«Sono un po' suonato, ti prego aiutami.» Si aggrappa alla mia spalla, cercando di incurvare le labbra verso l'alto. Sospiro, staccando il suo braccio da me e cercando di farlo riflettere. Posso capire che è difficile nelle sue condizioni, ma deve almeno metterci un po' d'impegno.

«Taylor, la tua Taylor, sta molto male.»

«È colpa mia, vero?» Cerca di nuovo di abbracciarmi, ma lo fermo guardandolo con rimprovero. Sembra non ragionare. Gli offro di nuovo il bicchiere che aveva posato nel lavandino e che io avevo recuperato. Lui lo butta a terra. Tremo per il suo sguardo, si sta comportando in modo strano.

«Io non la amo» ringhia.

«Non è questo il punto, lei ora ha qualcosa di tuo, Mitch. Ehi» gli passo una mano davanti al volto, «mi stai ascoltando? Guardami, Mitch.» Ho un masso nello stomaco, sembra così distratto e assente.

«Sputa il rospo. Ha rubato qualcosa?» borbotta, oscillando di qua e di là.

«No, lei... lei vuole che io ti mostri qualcosa» deglutisco. Prendo la mia borsa dai piedi del divano, faccio un po' di fatica a trovare i test ma è solo agitazione. Respiro lentamente fino a quando non trovo la scatolina. Gliela porgo e lui la prende dalle mie mani con veemenza.

«Un test di gravidanza?» ridacchia. «Hunter lo sa che sei incinta?»

Arrossisco. Non ha ancora capito. Mi sistemo i capelli dietro le orecchie, sedendomi compostamente di fronte a lui. «Hunter non c'entra nulla» gli porto le mani sulle spalle.

«Quindi il bambino è mio? Stiamo per diventare genitori, è fan...» mi si precipita addosso, abbracciandomi goffamente.

«Ora mi stai prendendo in giro!» Me lo scrollo di dosso e lui ridacchia. Si sarà anche calmato, ma adesso è totalmente brillo di acqua e zucchero.

«Taylor è incinta, dunque» mugola, dondolando la testa. «Bella merda, ma cosa mi dice che il padre sia io? Potrebbe essere chiunque» sogghigna.

«Taylor dice che è tuo.» In realtà lo dico io. «Lo riconoscerai?»

«Lei abortirà, e io non posso permetterti un bambino, non adesso.»

«L'aborto è una cosa crudele, Mitchell, non puoi parlare sul serio» lo rimprovero con una smorfia disgustata. Lui, o almeno il vecchio lui, non avrebbe preso nemmeno per sbaglio in considerazione quest'idea.

«Taylor è il mio ultimo problema!» alza la voce.

Le tempie minacciano di esplodermi. «Lo è Taylor, ma non tuo figlio! Stiamo parlando di un bambino, ti rendi conto che diventerai padre? Non può esserti così indifferente!» gli urlo contro. «Mitchell, smettila, ho detto che ci sarò, che ti aiuterò, ma tu non puoi fare finta di niente di fronte all'evidenza.»

I suoi occhi scuri cadono su di me, si gelano sul mio volto cercando di assimilare per bene le mie parole. Passiamo qualche minuto in silenzio.

«Che cosa dovrei fare? Sposare Taylor e fingere di amarla, così, per farla contenta, quando quel bambino potrebbe anche non essere mio?» sussurra, affondando le spalle nel divano.

«Parlale, chiarite la situazione. Sappi solo che restartene in questo buco sperduto a fumarti canne e a riempirti di alcol e cibo da asporto non servirà a un cazzo.»

«Dimmi che cosa fare.»

Pare essersi calmato, e io anche.

«Chiama Taylor e chiedile di venire qui. Perché mandare te da lei è una pessima idea. Quindi falla venire questa sera, ma ora dormici su qualche oretta, sei ancora un po' frastornato e potresti spaventarla.»

«E va bene» annuisce, alzandosi dal divano e portandosi le mani ai capelli. «Tu resti qui?»

In realtà no, sarei dovuta uscire con Hunter ma lui ancora non torna. Sorrido debolmente. «Sì, mi sa che ordino una pizza.»

«Perdonami, Cherie.»

Faccio un mezzo sorriso. «Tranquillo.»

Sono così abituata a perdonare tutti che ormai non ci faccio nemmeno più caso. Lui sparisce in camera sua, e io inizio a essere preoccupata. Hunter è uscito più di un'ora fa, ha detto che doveva comprare delle sigarette, ma ci sta mettendo troppo. Sembra il classico film in cui il marito, con la scusa delle sigarette, lascia la moglie a marcire in casa e torna dopo anni. Provo a chiamarlo ma non risponde.

«E meno male che mi avevi detto di chiamarti se ci fossero stati dei problemi» mugolo. So di parlare da sola, ma al momento è l'unica cosa che mi distrae dal pensare che a Hunter sia successo qualcosa di grave.

Il suono di un mazzo di chiavi che tocca il pavimento e le imprecazioni di Hunter mi svegliano di soprassalto. Stropicciandomi gli occhi con i pugni chiusi cerco di eliminare i segni del sonno dal mio volto. Ho la vista offuscata, e un mal di testa atroce.

«Hunter?» Lo vedo fare grandi passi all'ingresso mentre si guarda intorno. Posa il mazzo di chiavi sul tavolino, e io riesco a distinguere i suoi gesti solo grazie alla luce della televisione. «Ti rendi conto di che ore sono?» In realtà non so nemmeno io che ore siano.

«Non lo so, dimmelo tu» sghignazza, camminando in avanti.

Mi avvicino a lui e non mi cade addosso per un pelo. Sento uno strano odore, e arricciando il naso faccio caso alla puzza di liquore che emana.

«Sul serio, sei ubriaco? Ti prego, dimmi che è uno scherzo.» Lo tengo per le spalle mentre cerca di farmi un sorriso, ma poco convincente. «Perché hai bevuto?»

«Perché avevo sete.» Le sue mani si bloccano contro i miei fianchi, e mi stringono in un piccolo abbraccio. Dondola e non riesce a stare fermo. «Tu non devi bere. Non voglio che tu gli faccia del male» sussurra baciandomi i capelli.

Gemo mordendomi un labbro, approfittando della sua dolcezza.

«Perché ti comporti in questo modo?» Gli accarezzo una guancia, prima di baciargliela.

«Non possiamo nemmeno più andare a letto insieme? Quanto dobbiamo aspettare?» piagnucola, chiudendo gli occhi. Porto l'indice sul suo naso, e lui annoiato solleva le palpebre inclinando la testa di lato. «Dobbiamo aspettare tanto?»

«Sei ubriaco e stai delirando» scuoto la testa.

«Forse un po'» dice lui.

«Forse un po' troppo, vieni a sederti» lo guido sul divano, dove si stende occupando tutto lo spazio e oltre. Lo guardo con le sopracciglia aggrottate, e non sapendo dove mettermi mi inginocchio di fronte a lui. Mentre gli sposto i ricci dalla fronte con una mano gli chiedo: «Come ti senti?».

«Deluso» brontola.

«Perché?» corrugo la fronte. «C'entra tuo padre, o forse c'entra Mitchell?»

«O forse c'entri tu.» Hunter allunga una mano spostandomi i capelli dietro l'orecchio. «Quando me lo dirai?»

«Cosa devo dirti? Non ti sto nascondendo niente, te lo giuro.» Che cosa dovrei nascondergli e per quale motivo? E poi non è lui quello pieno di segreti e problemi?

«Cher...» mi richiama.

Sospiro. «Dimmi.»

«Ho fame.»

Contraggo le labbra, cercando di non sorridere. È sbronzo, mezzo addormentato e quasi sicuramente del tutto impazzito e il massimo che sa dirmi è che è affamato.

«Cosa vuoi mangiare?» gli chiedo, alzandomi in piedi.

«Non lo so...» Si gira sul divano dandomi le spalle. «Non lo so.»

Questi due ragazzi mi manderanno al manicomio. Perché sono così volubili? Non capirò mai cosa si nasconde dentro le loro teste.

«Cerco qualcosa in cucina, tu non muoverti da qui, anche perché non riusciresti ad andare da nessuna parte in queste condizioni.» Lo lascio da solo in salotto e spero non combini nulla in mia assenza. Sinceramente non so perché sto provando ad aprire tutti i mobili, quando avrei dovuto capire dal frigo vuoto che in questa casa non c'è un bel niente.

Per mia fortuna, e per quella di Hunter, trovo una pizza surgelata. La metto in un piatto e poi direttamente nel microonde, puntando il timer sui dieci minuti. Poi recupero dell'acqua e mi dirigo in salotto.

«Dovevo aspettarmelo» sorrido: di Hunter nella stanza ci sono solo le scarpe e un accenno del suo profumo. Guardandomi intorno noto la porta della sua camera socchiusa, e quando mi avvicino lo vedo sul suo letto con la faccia tra le coperte.

Torno in cucina, stacco il microonde per poi infilarmi a letto con lui. Rimango accoccolata alla sua schiena, chiudo gli occhi e decido che domani gli chiederò spiegazioni. Ora preferisco godermi questo piccolo momento di pace.

Hunter

«Cosa?!» sbraito, rischiando quasi di strozzarmi con il caffellatte. Mitchell mi guarda, meravigliato della mia reazione eccessiva. Per tutto questo tempo io ho creduto che il bambino fosse di Cher, e invece quella incinta è Taylor? «Taylor è incinta?»

«Tranquillo, il bambino è mio, non tuo» scherza lui. Svegliarsi alle undici del mattino con una ragazza stesa accanto, per poi andare in cucina e trovarsi questo coglione che mi dà una notizia del genere è davvero il colmo.

«Hunter, riprenditi.» Mitch mi lancia un'occhiata mentre si accende una sigaretta. Gliela strappo di mano, portandomela in bocca e ignorando le sue imprecazioni mentre mi dirigo in camera mia.

Taylor è incinta, e quando pensava di dirmelo? Quei test di gravidanza nella borsa di Cher erano suoi? E quella deficiente lo ha detto prima a lei che a me? Cos'altro le avrà detto? Ignoro le domande nella mia testa indossando velocemente un paio di jeans puliti, e sposto la sigaretta dalle labbra solo per il tempo di indossare una maglia bianca a maniche corte.

«Ti sei già svegliato» sbadiglia Cher, avvolta nelle coperte nere del mio letto. La guardo, e qualcosa mi dice che sarà l'ultima volta che la vedrò così serena. Quest'idea mi fa sentire dannatamente male.

«Stai uscendo?» chiede, gattonando ai piedi del letto.

«Sì» le rispondo, camminando velocemente verso l'uscita.

La sua voce mi raggiunge di nuovo, e non riesco a far finta di niente. «Sei sicuro di non voler mangiare nulla? Ieri non stavi troppo bene, se non metti qualcosa nello stomaco ti sentirai male.» Non riesco a guardarla negli occhi, mi sento uno schifo totale. Tutta la faccenda della gravidanza non mi sembra altro che uno scherzo di pessimo gusto. Insomma, Taylor incinta? Non sa che esistono dei metodi per evitarlo?

Ora non riesco a smettere di chiedermi di chi possa essere quel bambino, di come spiegare il mio disagio a Cher e tutto il resto. E se glielo dico quando arriviamo in America? Così sarebbe obbligata a starmi vicino. Lo farei, ma sarebbe troppo meschino anche per me.

«Torno presto, magari mangio dopo... ma tu non sei incinta,

vero?» cerco conferma, e lei arrossendo scuote la testa freneticamente. La cosa non mi dà sollievo, solo più panico.

«Ecco perché eri così paranoico!» Scoppia a ridere, e quella sua momentanea dolcezza mi ammorbidisce l'anima. «Hai davvero creduto che io fossi incinta?» mi guarda, incredula.

«Già, sono stato un po' ridicolo.» Sbuffo via una nuvola di fumo, concentrandomi sulle chiavi dell'auto.

Arriccia il naso. «Un po'? Hunter, pensavi di non poter più fare l'amore con me.»

«Già, che coglione.» Faccio una smorfia. «Ora devo andare.»

«È Taylor quella incinta. Pensavo che meritassi di saperlo» confessa, tornando seria.

«Perché merito di saperlo? Cosa ti ha detto?» Sgrano gli occhi, stringendo un pugno intorno alla maniglia della porta.

«Niente. Ma, dato che eri preoccupato per questa assurda faccenda del bambino, è meglio che tu sappia chi è veramente incinta» risponde, mordendosi l'indice per il nervosismo, come se mi avesse confidato il più grande dei segreti.

Le vado incontro, fermandomi esattamente di fronte a lei. «Sei importante per me» le dico, sfiorando le sue labbra con le mie per un secondo. Ho la sensazione di non meritare di baciarla, anche se i suoi occhi mi dicono il contrario. Corro fuori, mentre lei mi chiede urlando dove sto andando. Non riesco a risponderle. Continuo a camminare sulla stessa strada sbagliata, continuo a fare cazzate sperando che si risolvano da sole. Ditemi qual è la strada per la felicità, perché mi sono perso troppe volte.

Busso alla porta della casa di Taylor, aspettando impaziente che lei venga ad aprirmi. Non ho valutato l'idea che possano esserci i suoi genitori, ma se sulla soglia incontrassi sua madre non mi tirerei indietro e le direi quanto sua figlia è...

«Hunter.» Taylor apre la porta, interrompendo i miei pensieri. Indossa un'enorme maglia, che la copre così tanto da renderla irriconoscibile. Ha il viso arrossato, con i capelli castani legati in un codino disordinato. Ha un aspetto peggiore del solito.

«Tu sei incinta» la accuso entrando in casa senza bisogno del suo permesso.

«Sì, ma non devi preoccuparti, perché...» Chiude la porta e mi viene incontro.

Ho voglia di spaccare qualcosa, ma provo a trattenermi, anche se credo che non ci riuscirò ancora per molto. «Non devo preoccuparmi? Cazzo, dimmi solo che il bambino è di Mitchell» le punto un dito contro.

Taylor va in camera sua e io la seguo, chiudendomi la porta alle spalle. «Io non ne sono tanto sicura» ammette mordendosi il labbro.

«Cazzo!» Do un calcio a uno dei comodini, portandomi le mani nei capelli e inspirando a fatica dal naso. «Non è possibile, cazzo» ringhio. «Io non posso credere di essere venuto a letto con te. Lo ammetto, ne ho fatte di stronzate, ma questa è troppo anche per me.»

«Smettila!» mi urla, voltandosi verso di me con il viso in fiamme.

«Spiegami. Spiegami come cazzo è possibile, Taylor!» sbraito contro di lei. «Quel bambino potrebbe rovinare tutto ciò che ho costruito in questi ultimi giorni. Se fosse mio dovrei dire addio a Cher per sempre, porca puttana» impreco portandomi le mani nei capelli. «Io non posso riconoscerlo» scuoto la testa, deglutendo la bile.

«Se il bambino fosse tuo, tu mi abbandoneresti così?»

Le lancio un'occhiata. «Rovineresti la mia vita, non te lo potrei mai permettere» mi mordo forte il labbro inferiore.

«Non puoi essere così bastardo!» stride, trattenendo un singhiozzo.

Provo a replicare, ma mi perdo nei miei stessi pensieri. So che non sarei così bastardo, e so che non lascerei che mio figlio conducesse la sua vita con un solo genitore, come è successo a me.

Improvvisamente sentiamo un rumore dietro la porta della camera di Taylor. La guardo negli occhi cercando una spiegazione.

«Credevo che i tuoi non fossero in casa.» Tuttavia non sono i suoi genitori a preoccuparmi, bensì chiunque possa aver origliato il nostro segreto.

«Infatti non ci sono, tornano domani sera.» Si alza in piedi, dirigendosi verso la porta.

Pochi secondi e l'immagine paralizzata di Cher con gli occhi lucidi mi si para di fronte. Taylor spalanca la porta, ma io oltrepasso la soglia e me la chiudo alle spalle prima che lei esca.

«Cos'hai sentito?» le chiedo con la voce roca mentre lei continua a stringere il pomello dorato della porta. Ha il respiro affannato, riesco perfettamente a percepirlo.

«Niente» sussurra, cercando ancora di aprire. So che ha sentito qualcosa. Immediatamente un crampo mi prende lo stomaco, come se i miei occhi stessero assistendo alla caduta del cielo sulla mia testa.

«Non dovevi scoprirlo così» le dico, accarezzandole la schiena tesa.

Lei abbassa lo sguardo, lasciando ricadere i capelli sul volto. Continuo, ininterrottamente, a trascinarla nello schifo in cui mi ritrovo. Sono stanco, stanco di sporcarla con i miei peccati. Spezzarle le ali, impedendole di volare via da me. Tenerla stretta in un abbraccio soffocante. È orribile sapere che la sto uccidendo con un amore così tossico.

«Non sai quanto...» inizio, ma lei mi blocca.

«Tu lo hai fatto veramente?» Si gira, permettendomi di scorgere il suo sguardo deluso e confuso.

Le accarezzo il viso. Io non so cosa ci sia di tanto sbagliato in me. «Ero arrabbiato» provo a difendermi, ma so che non servirà a molto.

«Quando è successo?» chiede lei.

«La sera della scommessa, dopo che tu...» dico, e lei mi interrompe nuovamente.

«Quindi mi stai dicendo che è questa la causa?» Prova a darmi uno spintone, e io indietreggio. Non riesco più a guardarla in volto, i miei occhi sono incollati al pavimento. «Questa è la bastardata peggiore che io abbia mai sentito in vita mia!»

«Posso capire che tu sia arrabbiata, Cher...» Taylor compare dalla sua stanza, avvicinandosi a noi lentamente.

«Tu devi chiudere immediatamente quella bocca!» La indica, con il petto che fa su e giù velocemente. «Credevo fossimo amiche... tu... mi hai detto che hai tradito Mitchell, però ti costava tanto dirmi con chi, giusto?» chiede, respirando a fatica. «E... il bambino...» Si porta le mani nei capelli, decidendo di guardarmi di nuovo negli occhi. Provo a dirle qualcosa, ma non riesco a farmi uscire niente di convincente.

Dopo poco sento la guancia bruciarmi, senza capirne il motivo. Fisso la sua mano a mezz'aria, rendendomi conto di quello che ha appena fatto. Sono rimasto a bocca aperta, non so esattamente cosa dire. So di essermelo meritato, e vorrei, veramente, che questo aggiustasse ogni cosa.

«Perché con te è sempre tutto così difficile?» inveisce, cercando di trattenere un singhiozzo. Leggo nei suoi occhi la delusione, e fa più male di qualsiasi schiaffo possa aver ricevuto in vita mia. È qualcosa di più forte, che mi disarma completamente.

«Ti prego, perdonami.» Cerco di prenderle una mano, ma lei indietreggia sbattendo contro il muro. No, non può allontanarsi così da me. Il desiderio di correrle incontro e abbracciarla è forte, ma viene sovrastato dal mio senso di colpa che mi tiene bloccato sul posto.

«Io non posso crederci.» Si sposta i capelli dalla fronte sudata, e i suoi occhi non riescono a trattenere a lungo le lacrime. «Tu lo fai apposta, giusto?» fa un sorriso triste. «Ci tieni così tanto a distruggermi? Cosa ti spinge a farmi del male continuamente? Io ti ho dato tutto quello che avevo, Hunter. Ora non ho più niente da darti.» Prova ad andarsene, ma le blocco immediatamente il polso.

«Chee, tu non puoi lasciarmi.» Ho la voce strozzata, mentre la prego di non andarsene.

Lei mi guarda, le lacrime sfiorano le sue labbra tremanti e i suoi occhi vuoti. «Scommettiamo?» Tira un sospiro, dimenandosi per sfilare il suo polso dalla mia mano.

E restare qui a vederla uscire da quella porta è una punizione abbastanza grande per quello che ho fatto. Cado a terra, in ginocchio. La mia vita non potrebbe fare più schifo al momento, e io non potrei essere più stupido di quello che sono.

31

Sprechiamo i giorni migliori della nostra vita a renderla perfetta, ad amare le persone di cui siamo innamorati e a combattere per loro. E poi, come se non ce l'aspettassimo, tutto finisce. Il cielo cambia, la pioggia scende su di noi – distruggendo tutto.

Ho pensato che sono stanca di sentirmi in questo modo, come se qualcosa mi legasse a tutti i costi a questo costante dolore e a questa costante delusione. So che non posso cambiare vita, ma posso cambiarne lo svolgimento. Ed è così che ho fatto, è per questo che mi trovo qui.

«Ehi papà» sbadiglio, scendendo le scale lentamente fino a trovarmi in cucina. Mio padre abbassa il giornale bevendo un sorso di caffè dalla sua tazza fumante.

«Cherie, buongiorno, hai dormito bene?» sorride dolcemente, e delle piccole rughe si formano intorno alle sue labbra sottili.

«Sì, dopo la prima settimana il letto inizia ad ammorbidirsi» sorrido, sedendomi a tavola e rubando un biscotto dal vassoio. È una settimana che sono scappata, lasciando null'altro che una lettera sulla porta di casa mia. Il tutto fa molto vecchia maniera, chiunque altro al mio posto avrebbe scritto un post su Facebook o inviato un messaggio al diretto interessato.

«Sei pronta per partire, oggi?» chiede lui, guardandomi attentamente con i suoi occhi castani. Sospiro, giocherellando con il biscotto ai cereali che ho tra le dita.

Immagino di non avere altra scelta, devo per forza andare a visitare la UCL.

«Certo, a che ora partiamo?»

«Stavo pensando alle tredici, appena dopo pranzo, così arriveremo lì per le sedici e trenta» propone, e io annuisco distrattamente. Sto davvero prendendo in considerazione l'idea di restare qui fino al prossimo autunno, poi papà mi aiuterà a scegliere un appartamento.

«Non dobbiamo per forza andarci oggi se non te la senti» mi rassicura, posando il suo giornale sul tavolo. «Sei stata strana questa settimana, Cherie, non credere che non me ne sia accorto. C'è qualcosa che ti disturba, tesoro?»

Scuoto la testa, tornando al presente. «Starò bene» rispondo. Sono davvero sicura che sarà così?

«È successo qualcosa?» insiste.

«Papà, va tutto bene, fidati di me. Ho bisogno di farmi una doccia adesso.» Mi alzo da tavola, senza nemmeno aver iniziato la mia colazione. Risalendo le scale incontro mamma che si sta preparando per andare al lavoro, e si mette un orecchino di perla.

«Cara, buongiorno» mi sorride con affetto. «Hai voglia di qualcosa di particolare per colazione?»

«Io... no, non ho fame. Credo che andrò a fare un giro, per te va bene?»

«Certo, come vuoi» corruga la fronte, prima che io la lasci da sola per raggiungere camera mia. Sbuffando mi sfilo la canottiera poi faccio lo stesso con i pantaloni. Sento il cellulare vibrare sul letto. Lo ignoro, prendendo tutto il necessario per un lungo bagno.

Quando esco dalla doccia non riesco a sentirmi pulita, non come una volta. Percepisco i residui del vapore sulla mia cute, tuttavia mi sento anche fredda, incapace di riscaldarmi come faceva lui.

Sedendomi sul letto, mi metto a pensare.

Ma è inutile che io continui a rimuginare. Hunter lo ha fatto, è stato con Taylor e il bambino potrebbe essere suo. Pensavo sul serio che sarebbe potuto andare tutto nel migliore dei modi? Che lui avrebbe smesso di essere quello che è, solo per me?

Faccio una risata amara, stendendomi sul letto.

Giro la testa fissando il cellulare accanto a me, non ho mai risposto a una chiamata o a un loro messaggio. Forse pensano che io sia qui, oppure che io sia sparita da un momento all'altro in un buco nero. Afferrando lo stretto necessario, riempiendo a malapena una valigia e trascinandomi alla stazione dei treni.

"L'ho fatto sul serio?" mi chiedo, mentre prendo il cellulare tra le mani e lo fisso. Cosa starà facendo? Sarà preoccupato? Non penso più che a lui importi qualcosa di me, di noi. Ma poi... c'è mai stato questo "noi"? Oltre quei momenti unici, quando eravamo soli, oltre questo, non c'è mai stata una conferma.

Ho lasciato che prendesse il mio corpo, e ora ne pago le conseguenze. Lo so, sono sempre stata una di quelle ragazze con l'idea che il sesso necessita dell'amore per funzionare.

E io l'ho amato, come si ama solo l'ossigeno che ti dà la vita. Riuscivo a vedere nei suoi occhi quella parte del paradiso infestata da demoni. Riuscivo a vedere nei suoi occhi la mia anima imprigionata, ed ero quasi convinta che potesse custodire al meglio il mio cuore. Come ho fatto a credere che potesse essere possibile? Le persone come noi non sono fatte per stare insieme.

Sento il cellulare suonare di nuovo, per la decima volta questa mattina. Sbuffando, lo prendo per rifiutare la sua chiamata. È la prima volta che lo faccio. Ho sempre lasciato che squillasse e che pensassero al peggio. Fisso lo schermo, con lo stomaco in subbuglio. Mi siedo sul letto con le gambe incrociate, indossando solo una t-shirt e l'intimo. Lui continua a telefonarmi, e io continuo a non rispondere.

Poi mi arriva un messaggio.

Dimmi solo che stai bene.

Deglutisco rumorosamente, insicura se rispondere o meno. Inizio a rigirarmi il cellulare tra le mani, per quelli che sono cinque minuti buoni. Perché quest'attrazione è così forte? Io non posso, non sono pronta a lasciarlo andare, ma non sono pronta nemmeno ad averlo nella mia vita.

Sopravvivo.

Mi rendo conto di aspettare con ansia una sua risposta, più di quanto mi sarei immaginata. E ovviamente non tarda ad arrivare.

Io senza di te non riesco più a farlo.

Spengo il telefonino, non sopportando oltre. Sa di avermi fatto del male, e allora perché insiste? Io non ho nessuna voglia di vederli. Di vedere lui, Taylor, Mitchell. Io non ho bisogno di loro. L'unica cosa che mi brucia il fegato è di non poterli aiutare, sapere che se cercherò di salvare loro sarò costretta a uccidere me stessa. Loro sono i miei demoni, la mia grande paura, quella parte del destino che non puoi evitare. Loro non diventeranno mai angeli, mi strapperanno solo le ali, atrocemente. Posando la testa sul cuscino chiudo gli occhi, sperando che questo dolore passi e lasci il posto alla serenità.

«Come ti è sembrata la città? È da un po' che non la visiti, i vicini chiedevano costantemente di te» sorride sornione mio padre, mettendo in moto l'auto.

Dopo essermi fatta una lunga passeggiata, sono tornata a casa e lui era già pronto per partire. Non ho pranzato, non avevo per niente fame. Ho la sensazione di dimagrire a vista d'occhio, non va bene.

«La solita» scrollo le spalle, guardando fuori dal finestrino.

«Ci sei mancata molto questo mese. E ci mancherai molto di più quando inizierai ad andare al college.»

«Solo per precisare, io non ho intenzione di finire in un dormitorio» sottolineo, lanciandogli un'occhiata. «Io condividerò un appartamento con qualcuno, o vivrò da sola. Non ho nessuna intenzione di entrare in una camera e trovarmi una tizia mezza ubriaca che mi vomita sul cuscino.»

«Cosa ti dice che non troverai una buona compagna di stanza?»

«Papà, so come funzionano le cose» alzo gli occhi al cielo. «È risaputo che le compagne di stanza non vanno mai d'accordo, o sono troppo punk o troppo solitarie. Ho bisogno di conoscere me stessa al college, non qualcun altro.»

«Ai miei tempi il college era fatto per divertirsi» borbotta. Fa davvero piacere sapere che mio padre mi qualifichi come una persona noiosa.

«Oh, be', e con questo che vorresti dire?» ghigno, incrociando le braccia. «Sto cercando di essere filosofica, papà. In realtà mi aspettavo qualcosa del tipo "sono fiera di te, non andrai alle feste e non fumerai erba"» dico imitando la sua voce con tono autoritario.

«Quindi mi stai dicendo che non hai mai fumato in vita tua?» spalanca la bocca. «Sei sicura di essere mia figlia?»

Gli do uno scapaccione sulla spalla. «Papà!» Ridiamo insieme mentre lui guida verso il college. E io, che sto ancora cercando di convincermi a tenere il cellulare spento, ho gli occhi fissi sullo schermo nero che mi rimprovera in silenzio.

Hunter

Non posso credere che abbia il cellulare spento. Ora almeno so che sta bene, ma sta bene dove? Ho cercato ovunque, e voglio riflettere prima di presentarmi alla porta dei suoi genitori. Se non si trovasse nemmeno lì mi farebbero domande a cui non saprei rispondere. E con quale diritto potrei andare da lei? Con quali parole? Con quali scuse che io non abbia già espresso?

«Sei sicuro di non volerti fermare? Ci stai andando giù pesante...» La voce di Ray mi arriva ovattata, mentre continuo a dare pugni violenti al saccone da boxe. Siamo in quella palestra all'aperto in cui un tempo andavo con Mitch, ma adesso è l'ultima persona che voglio vedere.

«Sono sicuro» sbotto, sferrando l'ennesimo pugno violento. Ho indossato dei guanti neri, che lasciano fuoriuscire le dita. Ma ho dimenticato di portare una fascia e questi ricci maledetti a ogni colpo mi ricadono davanti agli occhi attaccandosi alla fronte sudata.

«Sei nervoso o sbaglio?» si acciglia, indietreggiando di qualche passo quando dalla mia bocca esce un verso grottesco.

Sono madido di sudore e sento le goccioline sfiorarmi le tempie, per non parlare di quelle che scorrono indisturbate sulla pelle graffiata del mio petto.

«Da cosa lo hai capito?» ghigno alzando una gamba e colpendo il bersaglio con un calcio impetuoso. Sono preso dall'adrenalina, gli sferro così tanti colpi finché il sostegno non molla la presa e il sacco cade pesantemente a terra.

«Da questo.» Ray si acciglia, dando un calcetto al sacco. «Ti farei combattere, ma poi dovrei dare delle spiegazioni alla polizia nel caso dovessi uccidere qualcuno» sorride, spostandosi il ciuffo biondo dagli occhi azzurri. Prendo la bottiglietta d'acqua dalle sue mani, deglutendola tutta in una sola volta.

«Ho bisogno di fare qualcos'altro» sospiro affannato, passando in rassegna gli attrezzi da palestra. Sono quasi tutti occupati, e non mi va di chiederne in prestito. Ci sono i pesi, ma ho bisogno di qualcosa di più.

«Rilassarti per esempio?» propone lui.

Gli lancio un'occhiataccia. Spostandomi i ricci bagnati dalla fronte avvisto una coppia appoggiata alla ringhiera, si stanno baciando e sono visibilmente presi l'uno dall'altra. Lui la tiene in alto, lasciando che lei stringa le gambe intorno alla sua vita. Quest'immagine mi dà il voltastomaco.

«Ora ho capito!» sghignazza Ray, affiancandomi e seguendo il mio sguardo imbambolato. «Hai dei problemi di cuore, Davis.»

«Lasciami in pace» borbotto, poi mi siedo su una panchina di cemento e mi sfilo lentamente i guanti. Caccio dalla tasca dei calzoncini il mio cellulare, sperando in un suo messaggio oltre a quelli infiniti e lamentosi di Taylor.

«Sapevo che un tipo duro come te aveva un punto debole. Lei chi è?»

«Non insistere, cazzo» ringhio, mentre provo a chiamarla.

Parte la segreteria: anche se siamo nel tardo pomeriggio, lei non ha ancora accesso il cellulare. Sto combattendo con me stesso per non spaccare il telefono, altrimenti dopo non avrei modo di rintracciarla.

«Forse è Sun? Sun Smith, giusto? Lei va in giro a dire che hai una cotta per lei.»

Ignoro il suo commento mugolando con disapprovazione. Non mi interessa quello che dice quella stronza, in realtà non mi interessa di nessuno oltre che di Cher in questo momento. È scappata da me. Qualcuno è scappato da me, di nuovo. Cos'ho che non va? Sono tanto sbagliato?

«... Trisha? Oppure conosci Hayley? Elena? Hanna, la barista?» continua. «Cher? No, è troppo innocua per uno come te.»

«È troppo innocua per uno come me?» ribatto, e lui spalanca gli occhi quando nota che gli sto dando corda.

«Sì, ma non nel senso che pensi tu. Quindi è lei, giusto? Lo sapevo!» mi incalza, e io sospiro fissando il cellulare. «Sai che non ti conosco bene, ma non conosco benissimo nemmeno lei. Suo fratello però era famoso nel quartiere, era molto atletico e quando aveva sedici anni ci allenavamo insieme.» Lo ascolto senza guardarlo. «La difendeva in ogni occasione, era la sua piccola donna. Era pazzo di sua sorella, sai? Nessuno poteva farle del male. E nessuno, oltre lui, ci provava.»

«Lui chi? Charles?»

Ray si stupisce del fatto che stia prestando ancora attenzione. «No, non Charles. Sto parlando di Brandon Bellvieri.»

Stringo i pugni sulle gambe al suono di quel nome. «Che merda le faceva?»

«Era uno stronzo, un vero e proprio stronzo nei suoi confronti. Charles ne parlava con tutti i suoi amici, in modo che potessimo aiutarlo. Brandon è sempre stato un idiota, ma uno di quelli pesanti. Sarà anche uno stupido, e quando lo vedi pensi che sia uno che prende le cose alla leggera, ma è il più malato dei Bellvieri.»

«Perché è ancora in circolazione? Nessuno ha mai pensato di farlo fuori?»

«Sai dirmi dov'è adesso?» mi chiede, e io nego scuotendo la testa. «Ecco, nessuno lo sa. Riesce sempre a nascondersi, a sparire. Distrugge tutto e poi scompare, fa sempre così» scrolla le spalle.

«Cosa ha fatto a Cher?» borbotto, cercando il suo sguardo pensieroso.

«Se te lo dico mi prometti di non dare di matto?»

«No.»

«Lo sapevo» sghignazza, per poi tornare serio. «Qualche settimana prima della notte dell'incidente di Charles, Brandon ha ordinato a qualcuno di farla sbronzare. Io ero lì, e so come sono andate più o meno le cose. Eravamo a una festa, una di quelle tranquille. Le hanno dato qualcosa, fingendo che fosse analcolica. E lei, visto che era minuta e aveva poco meno di quindici anni, si è sentita subito male. Era quasi incosciente quando…» si ferma, insicuro se continuare oppure no.

«Quando? Quando che cosa?» Serro la mascella, incapace di aspettare.

«Quando Brandon l'ha portata in camera. Poi non so cosa sia successo, in giro si dice che qualcuno lo abbia fermato prima che la spogliasse del tutto. Sono voci che girano, sono passati degli anni, ma siamo tutti sicuri di averlo fermato in tempo.» Percepisco un sapore metallico sulla lingua, mi sono morso il labbro troppo forte. «Lei non si ricorda nulla, e nessuno glielo ha mai detto.»

«Lei non sa quello che lui ha provato a farle?» mi acciglio.

«No. Charles però lo ha saputo, e ha riempito di botte Barney per aver preso le difese del fratello, non dicendogli dove si trovasse. Non ho mai capito quel ragazzino, è sempre stato un tipo chiuso, non saprei spiegarti di preciso come sono continuate le cose.»

Le mie narici sono dilatate e la voglia di spaccare il culo a Brandon è così forte da farmi pulsare le vene dei polsi. Sollevandomi dalla panchina, attiro l'attenzione di tutti per il grido di rabbia che lancio. Un secondo dopo colpisco con un potente pugno il centro della panca, poi fisso le mie nocche che iniziano a sanguinare. Sono pronto a tutto.

32

Hunter

«Ok, quindi, ricapitolando...» Ray lancia la giacca sulla poltrona al centro del suo salotto, prima di chiudersi alle spalle la porta scura. «Sei andato a letto con Taylor, pur sapendo che questo avrebbe allontanato Cher da te. Ed è il motivo per cui lo hai fatto, giusto?»

Mi limito ad annuire, lui fa lo stesso sedendosi sulla poltrona. «E ora vuoi che Cher ti perdoni per questa cazzata – perché sì, hai fatto una cazzata – nonostante ci sia l'eventualità che il bambino di Taylor sia tuo, ho ragione?» Sollevo gli occhi al cielo, annuendo per l'ennesima volta.

«Sai di essere una testa di cazzo, vero?» mi rimprovera lui.

«Fottiti» sbuffo, sedendomi sul suo divano con le gambe divaricate. «Se avessi avuto bisogno di sentirmi dire che sono una testa di cazzo sarei andato in bagno a guardarmi allo specchio, non trovi?»

«Sarebbe stato più facile, e forse anche più doloroso. Tuttavia dovresti prenderlo in considerazione, sai?»

«Sai a cosa sto pensando?» faccio un sorriso sbilenco.

«Di andare in bagno a darti della testa di cazzo?»

«In realtà infilarci la tua nel cesso, ma c'eri quasi.» Lo guardo con una punta di divertimento.

Lui scuote la testa, alzando gli occhi al cielo. «Io ancora non posso credere che ti sia confidato con me. Ti fidi sul serio?»

«Nemmeno un po'» rispondo, impassibile. Ed è vero, non mi fido per niente, ma ho bisogno di uno sfogo che non sia un pugno sulla faccia di qualcuno.

«È bello sapere che sei una persona sincera, d'altronde.»

Inarco un sopracciglio, e lui si lascia andare in una leggera risata mostrando i suoi denti incredibilmente dritti. Sembra un modello, con i capelli biondi come il sole e gli occhi di un blu profondissimo. Ricordo perfettamente come durante i miei combattimenti Cherie lo fissava, ammaliata, e la cosa mi infastidiva.

«Uh, già» sospiro, spostando lo sguardo sulla sua casa ordinata. Non ricordo se sono già stato qui, anche se un posto tanto perfetto mi sarebbe rimasto in mente. «Ray, io non so perché...»

«Perché sei qui. Sì, a dire il vero me lo stavo chiedendo anch'io.» Ci guardiamo in silenzio per più di un minuto. «Hai bisogno di una mano con Cher, va bene. Solo per questo e per quello che mi hai raccontato non è il massimo parlarne con Learman. E so come ci si sente a sbagliare con la propria ragazza, spesso anche la mia è intrattabile.»

Il problema è che io ci stavo provando, stavo sul serio provando a fare funzionare la cosa ma poi mi è cascato tutto il mondo addosso e non so se posso o voglio davvero risalire. «Ho bisogno di controllare il tornado che ho dentro.»

«Tornado?»

«Il bisogno ossessivo di distruggere tutto è dentro di me, e io devo liberarmene.» Lo guardo negli occhi, che invece di essere impauriti come al solito sono concentrati. «Tu non puoi capire.» Mi alzo in piedi. Ora che ci penso non c'è nessun motivo valido per trovarmi qui.

«Posso capire. Ho visto ragazzi combattere e altri morire. So perché lo fanno, so bene perché hanno bisogno di scontrarsi: non con gli altri, ma con se stessi.» Si alza anche lui, facendo un passo verso di me. «Li ho osservati, e ho provato a capirli. So che non è una questione di chi è il più forte, ma si tratta di quanto avanti riesci ad andare e per quanto tempo riesci a stare col culo a terra prima di rialzarti.»

«Non è la stessa cosa» borbotto, incapace di ribattere sul serio. «Insomma, non puoi capire e basta.» O forse sono io che non voglio che lui capisca.

«Non posso capire? Quindi quel mostro che ho visto meno di un'ora fa prendere a pugni una panchina di cemento non è mai esistito?» replica, fissandomi intensamente. Questo biondo sta diventando davvero fastidioso.

«Era questione di adrenalina» dico, al che mi guardo le nocche leggermente sanguinanti che ho coperto col tessuto stracciato della maglia che indossavo.

«O rabbia nascosta, che genera adrenalina, in un certo senso. Ma sai cos'altro genera adrenalina? La paura.»

«Che cosa vorresti dire, Ray?» sbotto nervoso. Io non ho paura.

«Ci stavo arrivando.» Pronuncia le parole con una tranquillità unica. «Puoi trattenerti fino a un certo punto, poi esplodi. Questa rabbia eccessiva, il dovere di vincere su tutto, di prendertela con gli altri è solo un modo violento per prendertela con te stesso. Sai di sbagliare, e vuoi punirti per questo, ma sai che non puoi distruggerti da solo, quindi cerchi di distruggere gli altri.»

Incrocio il suo sguardo, e sono leggermente allarmato. Sta provando a capirmi, e io non so se posso veramente permettergli di farlo.

«Questo non c'entra nulla con lei» mormoro, fissando il pavimento di legno scuro.

«Sì, invece. Forse quella sera, quando sei stato con Taylor, c'era un motivo per cui volevi distruggerti ma intanto hai distrutto lei. Cazzo, come te lo spiego» scuote la testa per la sua stessa confusione.

«Stai dicendo che ce l'avevo con me e quindi ho fatto del male a lei.» Sta dicendo che io avrei voluto distruggermi, ma avendolo praticamente già fatto, ho trovato più appropriato scoparmi Taylor. «Ho fatto una stronzata epica.»

«Eureka!» alza gli occhi al cielo. «Ora la soluzione sta nel legare il filo che si è spezzato e rimettervi insieme.»

Ray si volta andando verso il suo enorme plasma, e in ginocchio fruga tra i DVD. Non so come possa aiutarmi, vedere un film è praticamente l'ultima cosa che vorrei fare.

«Posso sapere che intenzioni hai?» Batto più volte le palpebre quando lo vedo venirmi incontro con almeno dieci film tra le mani. Me li spinge contro il petto, facendomi sedere sul divano. Sospirando inizio a leggere i titoli, e più vado avanti più i miei occhi si spalancano. «Oh, te lo scordi. Io sono nato per *non* guardare i film d'amore, chiaro?» Sottolineo il "non".

«Hunter, vuoi riavere Cher? Lì ci sono almeno un centinaio di modi per conquistare una ragazza.» Si posiziona di fronte a me con le braccia incrociate. «Passeremo tutto il fine settimana a guardarli.»

«Ray, cazzo, te lo ripeto per l'ultima volta...»

«Fallo per lei. Nemmeno a me piacciono queste cose, ma mi hanno aiutato quando avevo dei problemi con Missi.» Il suo sguardo mi rimprovera più delle sue parole. «Se davvero ci tieni anche tu alla tua ragazza guarderai tutti questi film per tutto il fine settimana. Se invece non vuoi farlo, la porta è lì.» La indica, e io sono tentato. Sollevandomi dal divano poso i DVD, fissando l'uscita e poi Ray.

«Non c'è altro che posso fare?» lo prego. «Odio questi film.»

«No, o lo fai o niente» si impone.

Fisso quegli stupidi DVD a pochi centimetri da me. Poi mi siedo sul divano e inizio a passarmeli tra le mani, come un rimbambito. È la cosa più assurda che io abbia mai fatto in vita mia, e di cose assurde ne ho fatte tantissime.

«Non mi vuoi seriamente far guardare *Twilight*» brontolo. Un weekend intero di gente innamorata non posso proprio sopportarlo.

Ray ridacchia, e stappa una bottiglia di birra. «E invece sì. Devi capire il motivo per cui Edward è legato a Bella.» Ne beve un sorso, sistemandosi bene sulla poltrona.

«Forse perché è altamente scopabile?» Sento qualcosa colpirmi la testa, e noto il tappo della birra sul mio petto.

«Va' oltre al sesso, cazzo! C'è la passione, l'amore e stronzate del genere, non è difficile.»

«È difficile se hai vissuto diciannove anni della tua vita a evitare tutto ciò che riguarda l'amore.»

«Sarà un weekend mooolto lungo» scuote la testa continuando a bere.

Sollevo gli occhi al cielo, prima di fargli il dito medio. E passano così ore su ore, e io mi sento come un capo di pelle lavato con l'ammorbidente.

Sono quasi le tre del mattino, e sono seduto sul tappeto dell'appartamento di Ray a guardare *Le pagine della nostra vita* con una lattina di birra tra le mani. Ho gli occhi fissi, anche se stanchi da morire. Eppure non riesco a pensare a come quel deficiente di Noah non torni da lei, invece di fottersi Martha come se fosse un coniglio in calore. Sa che la perderà, che se non ritornerà da lei, lei sposerà un altro e non avranno più futuro. È una storia demenziale, insensata. Sai di amarla, va' da lei. Perché combattiamo contro i nostri sentimenti? Siamo così masochisti, facciamo di tutto per farci del male quando la felicità ci è praticamente seduta accanto.

«Accidenti» scuoto la testa, con gli occhi pesanti e le tempie che mi scoppiano. Spengo la televisione, Ray si è addormentato all'inizio del film e io non ho nessuna voglia di vedere il finale.

Sollevandomi da terra vado verso il bagno, e quando torno la prima cosa che mi salta agli occhi è il mio cellulare in carica. Lo prendo e rileggo le centinaia di messaggi che le ho mandato nel corso della settimana. Alcuni sono anche da stronzo, altri da disperato, ma nessuno di questi è il messaggio di un ragazzo che prova qualcosa di positivo: l'amore.

Forse è un sentimento troppo forte per me. Dovrei passare per gradi, e magari provare prima l'affetto. Sono mai stato affezionato a qualcuno così tanto da interessarmi della sua vita? Forse non lo ricordo, o forse non è mai successo prima.

Sedendomi fuori sul balcone, fisso la città spenta di fronte a me. Sento che lei è sveglia, come lo sono io. Sento che questo filo non è ancora del tutto tagliato, che forse c'è ancora un pizzico di speranza. E se io sono qui alle tre del mattino seduto a fissare le stelle dopo aver guardato un'infinità di film romantici, allora sono sicuro che tutto può accadere. Lei mi ha insegnato cose che non mi sarei mai aspettato, mi ha insegnato che prima del paradiso c'è una lunga strada da percorrere, e lo stesso vale per l'inferno.

Ho bisogno di rimettere insieme i pezzi, di fare cose che non mi sarei mai aspettato di fare.

Cherie

Il tè al limone in pieno pomeriggio è davvero deprimente. Forse andrebbe meglio una bevanda energetica, o qualcosa del genere.

Poso la tazza fumante sulla scrivania di camera mia e riprendo il cellulare. Sto impazzendo e non mi riconosco più. Ho risposto al suo ultimo messaggio tre giorni fa, e da lì lui non ha più provato a chiamarmi. E se ha perso le speranze? Cosa credevo, che avrebbe continuato a telefonarmi all'infinito? Certo che no, ma non mi aspettavo che smettesse di farlo così presto.

Ho nostalgia della sua voce, delle sue labbra sulle mie e della sua risata roca. Fisso di nuovo lo schermo nero, che non lampeggia da troppo tempo.

«Ok, calma, devo focalizzarmi su altro» mi dico, alzandomi dalla sedia girevole. «Sono passati solo dieci giorni» sospiro.

In altri casi mi sarei sentita pronta, sicura di me. In altri casi avrei affrontato la solita giornata al liceo, sotto gli sguardi pietosi dei compagni e i mormorii delle ragazze per i miei modi di vestire. Sarei stata pronta a qualsiasi cosa, come al solito. Sotto l'ombretto avrei nascosto gli occhi di una ragazza che ha perso tutto, e che non può più piangere per nulla. Ora però il mio ombretto è finito, e voglio smettere di nascondere il dolore con il trucco.

«Vaffanculo» ringhio, passandomi i pugni sugli occhi ed eliminando i residui inutili di ombretto.

Sto per sedermi sul mio letto quando sento il cellulare squillare con una suoneria oscena che, ormai abituata alla vibrazione, mi ero scordata di avere scelto. Sgrano gli occhi e fisso lo schermo che lampeggia, con sopra il suo nome. Ho il battito accelerato e il collo che brucia, vorrei rifiutare la chiamata ma le mie mani sono paralizzate.

Comportandomi come un'idiota lo lascio squillare finché non smette. Dandomi della stupida affondo con la faccia tra i cuscini, lasciando piccoli urli di frustrazione. Con il cellulare in una mano e il cuscino nell'altra, sento una voce ovattata farsi sempre più chiara. Quando sollevo lo sguardo fisso il mio cellulare, devo aver fatto partire involontariamente una chiamata.

«Oh, cazzo» impreco, con gli occhi fuori dalle orbite.

«Chee, ci sei?» sussurra la sua voce roca, che suscita in me diverse emozioni. Non ho tempo di pensarci, magari lo farò dopo, ma adesso ho la necessità di sentirlo parlare.

«Uh, sì, devo aver fatto partire la chiamata per sbaglio» deglutisco, stendendomi sulla schiena e chiudendo gli occhi per immaginare i suoi, verdi e intensi. Le sue labbra sul mio collo sono il pensiero successivo, e il senso di colpa mi avvolge come se fossero un paio di braccia muscolose.

«Vuoi riattaccare?» chiede, inspiegabilmente calmo.

Mi aspettavo una scenata o qualcosa del genere. E se voglio riattaccare o no, non lo so. «Non ancora.»

«Come stai?» chiede.

Faccio passare qualche secondo di silenzio, che uso per rendermi conto di quello che sta succedendo. «Sto bene» dico. «E tu?»

«Sono un po' stanco, sono giorni che guardo film. E sono film che non mi sarei mai aspettato di guardare.»

«E perché li guardi?» chiedo.

«Non ha importanza.» Ridacchia, riuscendo a far vibrare qualcosa dentro di me. «Posso chiederti dove sei?»

«Sono dai miei genitori» rispondo, passandomi la lingua tra le labbra umide.

«Uh, capisco.»

Non so cosa dire, e a quanto pare nemmeno lui. Poi, prima che possa riattaccare, aggiunge in un leggero sussurro: «Mi manchi tantissimo».

E il mio cuore aumenta i battiti, fino al punto che ho bisogno di respirare anche dalla bocca.

«So di avere sbagliato, e so che hai bisogno di tempo, ma l'estate non passa se tu non sei qui. E io sono pazzo, lo sai, non amo il sole, vivo nell'ombra, amo la pioggia e l'autunno, e tu sei il mio autunno; e se non tornerai, quest'estate non passerà mai.»

Prima che possa rispondere, sento una piccola vibrazione. Combatto con le lacrime per non farle uscire, tenendo gli occhi fissi sullo schermo color pece. Clicco i pulsanti, ma è spento… il cellulare è scarico.

33

Infilo la chiave nella serratura, e apro la porta di casa. Sfilo la coda che mi stringe i capelli, lasciandoli ricadere sulle spalle mentre attraverso il corridoio. Ho avuto un crollo emotivo questa mattina, e da qualche parte ho letto che il miglior modo per riprendersi è quello di andare a fare una corsa per sfuggire dai problemi.

Ed è quello che ho fatto, ho affrontato le lacrime e i pensieri che mi riportavano a Hunter correndo per due chilometri interi, e poi sono tornata a casa sudata e con l'affanno. Ho pensato a lui, e al fatto che abbia smesso di chiamarmi dopo quella strana confessione sui film. Non so per quanto tempo riuscirò ancora a resistere, sono passati già tredici giorni.

E sono tre giorni che lui non mi cerca. Vorrei che mi chiamasse, solo per avere la certezza che almeno un po' mi stia pensando. E invece sono qui a deprimermi, a immaginare la sua vita se il bambino fosse suo.

Sorpasso la cucina, dirigendomi verso le scale, quando sento una voce provenire dal salotto.

«È un'idea ridicola e tu lo sai.» Mia madre ridacchia, mentre indietreggio per affacciarmi in sala. È seduta sul divano bianco, con le gambe accavallate.

«Mamma, stai bene?» le chiedo, avvicinandomi.

Lei alza lo sguardo, con gli occhi stupiti per la mia presenza. Lei non si aspettava me, come io non mi aspettavo lei. Queste prime due settimane dai miei genitori ci hanno lasciati tutti un po' confusi. Ho preferito non dare spiegazioni, e lei, al contrario di mio padre, non me le ha mai chieste.

«Sì, Cher, è tutto a posto.» I suoi occhi sono fissi sul pavimento, mentre squadro il suo viso. «Caro, ne parliamo tra un'ora, adesso ho da fare.»

Caro? Sbatto le palpebre più volte, cercando di capire. Un secondo dopo mamma chiude la telefonata, e posa il cordless.

«Chi era?» le domando una volta che si è alzata dal divano.

«Un collega.» Parla come se leggesse un copione. La guardo con aria interrogativa, aspettandomi una risposta sincera.

«Sono sorpresa» sorride. «Era da un po' che non chiamava» mi risponde, sorpassandomi con un sorriso sbilenco sul volto.

«Tutto qui?» mi acciglio.

Lei si gira di scatto, continuando a guardarmi in modo strano, per poi sospirare. «Va tutto bene, Cher.»

«Ok» mi convinco.

Mia madre si avvicina a me, mi passa una mano sulla guancia e mi bacia la fronte. «Ti va di aiutarmi a preparare il tuo piatto preferito?»

Sorrido intenerita, annuendo. «Lasagne ai pistacchi?»

«Esatto!» si esalta la mamma, prendendomi per mano come se avessi cinque anni.

«Aspetta, ho bisogno di farmi una doccia prima» la avverto.

«Ti aspetto in cucina, datti una mossa» mi fa l'occhiolino. Ha ancora un sorriso distratto sulle labbra. Da quando sono tornata a casa dei miei mia mamma è sempre stata distante, papà dice che è solo un periodo, fa cose strane per smettere di pensare. Forse in questo siamo simili.

Salgo le scale a due a due fino a camera mia, mi svesto e mi infilo nella doccia.

Lascio scorrere l'acqua calda e mi massaggio la testa con lo shampoo, non ricordavo i miei capelli così soffici.

Soffio l'aria calda sul vetro, sospirando con la bocca. Il vetro si annebbia, e io passo lentamente un dito sulla condensa formando un piccolo cuoricino intorno al vapore. L'amore fa male solo quando ne diamo troppo, se ne avessi tenuto per me anche solo un po' lui non mi avrebbe fatto tanto male. È colpa mia, lo so. Ho perso la testa per un ragazzo che ha perso se stesso. Cancello il cuoricino con la mano ed esco dalla doccia.

Le lacrime mi scorrono a fiumi lungo le guance, ma sto obbligando me stessa ad andare avanti senza singhiozzi e altri crolli. *Sono così innamorato di te*, diceva la sua voce. Un secondo dopo sono sul pavimento, con le ginocchia al petto. Le mani sul viso e i singhiozzi si fanno sempre più chiari; mostrano una parte di me che non sono pronta ad accettare. *Non sai quanto cazzo mi piaci*, ripeteva sulle mie labbra.

Piango ancora più forte, imbarazzata da me stessa. «Smettila» singhiozzo al mio cuore, che mi fa sempre più male. Lo urlo più forte, graffiandomi il viso con le mani da quanto le stringo contro la faccia.

«Cher, che succede?» Sento la voce di mia madre oltre la porta, non riesco più a controllarmi e piango sempre più impetuosamente. «Oddio Cher, stai piangendo?» La porta si apre, ma io sento solo il rumore dei suoi tacchi avvicinarsi. Il resto è tutto buio, un universo senza stelle.

Le sue braccia mi stringono, deve essersi seduta accanto a me. Le piango contro il petto, mentre lei mi accarezza la schiena dolcemente. «Va tutto bene, sfogati quanto vuoi, tesoro.» Incoraggia le mie lacrime, che non hanno nessuna intenzione di fermarsi. Penso che potrei piangere per sempre, finché le mie urla non arriveranno al cuore di Hunter, facendogli capire come mi ha ridotta in poco tempo.

Mentre riempio la pirofila d'olio, sul bancone della cucina, sento la voce di mio padre che si avvicina alle nostre spalle. Io e mamma siamo concentrate a preparare le lasagne al pistacchio, uno dei miei piatti preferiti, e per ora lei ha evitato di chiedermi perché stessi piangendo in bagno.

«Accidenti, che profumino» sorride papà, appoggiando una mano sulla schiena di mia madre. «Lasagne al pistacchio?»

«Clark, lasciaci cucinare» lo riprende lei, infornando la prima teglia.

«Posso rendermi utile in qualche modo?» Papà si solleva le maniche della camicia, guardando entrambe le sue donne con un sorriso gentile. Ricambio, poi apro la bocca per chiedergli qualcosa, ma vengo interrotta da mamma che chiude con forza lo sportello del forno, quasi con rabbia.

La guardiamo allibiti, stupendoci del suo comportamento.

«Caro» mamma chiude gli occhi e prende un lungo respiro, «puoi andare ad apparecchiare in sala da pranzo.» Finge un sorriso, pulendosi le mani sul grembiule.

«Certo» risponde lui, titubante, afferrando delle posate e qualche bicchiere per poi dirigersi in sala, ancora confuso. Sono confusa tanto quanto lui, l'atteggiamento di mia mamma non è mai stato così strano.

«Dobbiamo parlare» mi rivolge un'occhiata preoccupata. «Se c'è qualcosa che ti turba, ho il diritto di sapere di cosa si tratta.»

«Non devi preoccuparti, mamma» sospiro, iniziando il primo strato di lasagna.

«Non ti ho mai vista piangere così, con i singhiozzi, da quando...» non riesce a completare la frase e, tirando su col naso, si volta dall'altra parte per non incontrare i miei occhi tanto simili a quelli di Charles.

Non posso tenerle nascosto nulla, si preoccuperebbe così tanto da dare di matto. È giusto che sappia che sono in una situazione critica, ma ciò non significa che abbia bisogno del suo aiuto per uscirne.

«Ho conosciuto un ragazzo...» Stringo le labbra in una linea sottile, giocando con un po' di pastella. «Stava andando tutto bene, poi ha fatto qualcosa che mi ha ferito molto e mi sono allontanata da lui» sintetizzo.

Mia mamma mi osserva come se le fosse impossibile immaginarmi insieme a qualsiasi ragazzo. «Oh...» si acciglia. «Come si chiama?»

«Hunter» mormoro, alzando lo sguardo verso di lei.

«Ti ha trattata male?» Il suo sguardo è di nuovo preoccupato.

«No» scuoto la testa. «Non mi ha trattata male. Ha solo fatto qualcosa di imperdonabile.»

«Perché non ci hai mai parlato di lui? Da quando vi conoscete?»

«Non mi sembrava una cosa ancora abbastanza seria da parlarvene» scrollo le spalle.

Sto mentendo, la verità è che spiegarle chi è Hunter è un passo troppo lungo.

Loro non accettano la mia amicizia con Mitchell: a causa della morte di Charles sono a conoscenza dei suoi brutti giri, dunque prenderebbero molto male una relazione con Hunter, suo amico. Un giorno capiranno, se tutto andrà secondo i piani, ma per adesso è meglio non rischiare.

«So che sei abbastanza grande da non aver bisogno di sentirti dire cosa fare, ma voglio che ragioni molto su questa vostra relazione. Se vale la pena perdonarlo, non esitare a farlo.» Mamma mi guarda con comprensione. «Non ti ho mai vista così. È un ragazzo che ti sta facendo pensare molto, e se ti ha fatto tanto male significa che ti ha fatto anche tanto bene, piccola mia.»

Annuisco, riflettendo sulle sue parole. Ha ragione. Hunter è davvero importante per me, se adesso sto male è perché mi ha fatto stare troppo bene per metterlo da parte tutto d'un tratto. E poi mi manca terribilmente. Non mi sentivo a mio agio in questo mondo finché non è arrivato lui.

«Hai ragione mamma, saprò che fare» annuisco, sollevando lo sguardo verso di lei e sorridendole dolcemente. Lei mi guarda, risollevata, e mi stringe forte in un abbraccio cercando di non toccarmi con le mani unte.

Dopo avermi stampato un bacio sulla testa, si stacca e mi guarda con dolcezza. «Forse è meglio continuare a cucinare, tuo padre vuole parlarti.»

Annuisco, completando la mia teglia di lasagne con l'ultimo strato. «E di cosa?»

Mamma apre la porta del forno, dà una veloce occhiata e poi gira la manopola della temperatura. «Lo saprai una volta che le lasagne saranno pronte.»

Quaranta minuti dopo il profumo di lasagne al pistacchio e insalata di fagioli riempie l'aria nella sala da pranzo. Ci siamo appena seduti, papà ha un'aria assente e dispiaciuta allo stesso tempo, se ne è accorta anche la mamma, ma sta facendo finta di nulla.

«Papà» lo chiamo, mentre accosto il mio bicchiere alle labbra. «Mamma ha detto che volevi parlarmi di qualcosa.» Prendo un sorso d'acqua.

Mio padre pare confuso e guarda sua moglie con leggero cipiglio, come a chiedere aiuto. La mamma alza lo sguardo al cielo, per poi lanciargli un'occhiata che gli fa ricordare il discorso che deve farmi.

«Giusto» annuisce, tornando il papà sereno e col sorriso che amo ricordare. «Stavamo pensando di fare un viaggio la prima settimana di settembre, per festeggiare il tuo ingresso al college.»

«Un viaggio?» Guardo entrambi come se fossero impazziti.

La mamma ha iniziato a mangiare i fagioli, ma continua a stare attenta alla conversazione, altalenando lo sguardo tra me e papà. È un'idea pazzesca, non sono mai uscita dall'Inghilterra e fino a poco fa ero sicura che la mia prima volta sarebbe stata con Hunter, in America.

«Così almeno potrai prepararti psicologicamente alla UCL.»

«E qual è la meta?» domando, fissando il mio piatto ancora intatto.

«Ci piacerebbe fare qualche tappa in Italia, visitare l'isola di Capri e Ischia» aggiunge mia madre, subito dopo avere ingoiato il boccone. Papà annuisce, posando una mano su quella della mamma.

«E poi potremmo andare a Roma, è sempre stato il tuo sogno» continua papà.

L'Italia? Ho sempre desiderato visitare l'Italia, e poi Roma! Ha qualcosa che mi mette serenità… Un viaggio, in effetti, potrebbe schiarirmi le idee…

«Penso sia…» Sto per parlare quando il campanello suona un paio di volte, lasciando tutti di sasso.

«Aspettavi qualcuno?» Mamma si alza, posando il tovagliolo che aveva sulle gambe accanto al piatto.

Papà scuote la testa. «No, è strano.»

Mi alzo poco dopo la mamma, facendole cenno di tornare al suo posto. «Ci penso io, voi continuate a cenare.»

Sistemandomi la maglietta lungo i fianchi fasciati dai leggings, cerco di immaginare chi possa essere alla porta. Papà e mamma non aspettavano nessuno, e qui non c'è nessuno a cui importi della mia presenza a Liverpool.

Apro lentamente la porta. Non c'è uno spioncino, quindi non ho altra scelta che tentare la sorte. Quando guardo fuori, mi ritrovo di fronte a un cespuglio di ricci castani; appena sotto il colletto di una camicia nera e setosa, stirata alla perfezione, che stringe le spalle di un ragazzo. Un fisico così statuario, quell'altezza perfetta: non può che essere lui.

«Tu?» domando confusa, socchiudendo gli occhi di fronte all'ultima persona che mi sarei aspettata di vedere. Non ho il coraggio di parlare, e lascio che sia il mio viso arrossato a farlo per me.

Hunter si volta, con una mano in tasca e un mazzo di rose nere nell'altra. Socchiudo gli occhi di fronte alla bellezza assurda di questa scena. Ha uno sguardo sicuro di sé, la mascella serrata e gli occhi magnetici concentrati nei miei. È l'uomo più bello che io abbia mai visto in vita mia. Non mi sembra lui, non mi sembra lo stesso ragazzo rude di sempre.

Indietreggio e, quando faccio cadere lo sguardo tra di noi, noto un mazzo di rose bianche ai nostri piedi.

Mi accovaccio e le prendo, fissando attentamente quei fiori che rappresentano il colore pallido, freddo, solitario che corrisponde al mio stato d'animo attuale. Con le dita tremanti accarezzo i petali delicati, evitando di alzare gli occhi, e aspettando che sia lui il primo a parlare.

34

La situazione è davvero imbarazzante. Dopo due settimane di buio, lui non può essere la mia luce. È da lui che sto scappando, giusto? E allora perché adesso sto lasciando che mi raggiunga, restando ferma ad ammirarlo? Se ho sofferto per lui, è perché lo amo. E amo il fatto, incredibile, che lui sia di fronte a me con un mazzo di rose nere come la sua anima in pena.

«Sei davvero bella, Cher» si complimenta, facendo passare i suoi occhi su ogni centimetro del mio corpo. Non so come faccia a pensarlo. Indosso dei leggings blu e una maglietta semplicissima, ho i capelli puliti ma non sono un granché al momento.

«Cherie, chi è?» urla mio padre dalla sala da pranzo. Sono rimasta tutto il tempo con la porta aperta, fissando Hunter in silenzio. Sta succedendo tutto troppo velocemente. Non riesco a respirare, sono travolta dalle emozioni.

«Non andartene, aspetta!» Si sporge verso di me quando sto per chiudere la porta, presa da un nervosismo improvviso.

Respiro il suo profumo penetrante. «Come facevi a sapere...» provo a parlare, schiarendomi la voce.

«Mitchell mi ha dato l'indirizzo dei tuoi genitori, ma lo avevi scritto anche sul retro dell'agenda che tieni sul tavolino...»

Lo interrompo, alzando lo sguardo verso di lui. «Sei entrato nel mio appartamento?» sgrano gli occhi.

«Sì» annuisce, colpevole. «Dovevo avere la certezza che tu fossi davvero dai tuoi genitori, così ho controllato di persona.»

Sospiro, portandomi una mano sulla fronte, allibita. «Io...»

«Cher, va tutto bene?» sento la voce di mio padre.

Hunter si acciglia, guardando all'interno della casa, alle mie spalle. Ora sembra nervoso e sta dondolando sui talloni, stringendo il mazzo che ha in mano. Odio vederlo così a disagio, nonostante tutto. Girandomi, incontro lo sguardo confuso di mio padre che mi fissa in cerca di spiegazioni.

«Uhm, papà...» provo a iniziare, ma vengo interrotta.

«Che succede qui?» Compare anche la mamma, sorpassando papà e altalenando lo sguardo tra me e Hunter. Poco dopo un sorriso le compare sul volto e mi guarda con comprensione. «E questo giovanotto?» domanda, porgendo la mano al mio... ragazzo.

Hunter gliela stringe, nervoso. «Ehm... Sono Hunter.»

«Hunter?» Papà, posizionato tra lui e la mamma, corruga la fronte mentre si sfiora i baffi con le dita. «Sei qui per mia figlia?» Posa lo sguardo sulle rose tra le sue mani, corrucciandosi. Starà pensando che il colore è abbastanza insolito.

«Io sono Rosalie e lui è Clark.» Mamma affianca papà stringendolo per un braccio, mentre continua a sorridere a Hunter.

«È un piacere fare la vostra conoscenza.» Ha le guance arrossate, ed è la scena più graziosa che io abbia mai visto. Riporta quasi immediatamente gli occhi nei miei, fissando i fiori che ho tra le mani.

Devo fare qualcosa, prendere in mano la situazione, anche se è tutto molto imbarazzante. Non mi aspettavo di trovarlo alla porta, dunque non so come reagire. Dovrei essere arrabbiata? No, mentirei a me stessa. Il cuore rischia di uscirmi dalla gabbia toracica per l'emozione assurda che provo nel vederlo qui, di fronte a me. Non riuscirei mai ad arrabbiarmi in questo momento, non riuscirei a cacciarlo via e mostrarmi ancora ferita e delusa. Mi è mancato, e sono felice che sia qui per farsi perdonare.

«Tesoro, non mi avevi detto di avere un ragazzo» osserva papà.

«Non lo aveva detto nemmeno a me» mente la mamma, coprendomi. «Cher ci spiegherà tutto con calma, noi entriamo.» Mamma prende papà per mano e lo trascina verso la sala da pranzo, facendomi l'occhiolino.

Annuisco, riportando lo sguardo verso Hunter, che è ancora imbarazzato e a disagio. Qualcosa mi dice che si aspettava di incontrare i miei genitori, ma non credeva di trovarsi tanto in difficoltà.

«Vuoi entrare?» domando.

«In realtà vorrei portarti fuori» specifica. «Ho guidato fin qui con la speranza di sentirti accettare il mio invito a cena, sai, un vero appuntamento.»

«Vuoi davvero portarmi a cena?» socchiudo le labbra, incredula. Non l'ha mai fatto prima, non con me, almeno. Io e Hunter non abbiamo mai avuto un vero appuntamento.

«Se tu lo vuoi» solleva una spalla, mordendosi il labbro.

«Non lo so, sono molto confusa» faccio un passo in avanti, chiudendomi la porta alle spalle. «Sono successe molte cose in questi giorni, ma ho avuto anche tanto tempo per pensare.»

«Hai conosciuto un altro ragazzo?» serra la mascella, con un pizzico di rabbia.

Corrugo la fronte, avvicinando le rose al volto per osservarle meglio. Espiro, facendo vibrare i petali. «No, non ho conosciuto nessun ragazzo. Non riuscivo a dimenticarti, perché sei stata l'unica persona capace di capirmi. E il fatto che tu sia qui, adesso, è incredibile.»

«Credici» sospira, «perché sono veramente qui.»

«Ho paura che tu possa allontanarti di nuovo» ammetto in un sussurro.

«Cher, guarda.» Hunter mi porge la mano con il mazzo di rose nere. Di riflesso, avvicino la mia con le rose bianche, unendole.

«Penso che stiano bene insieme» commenta in un sussurro roco. «Sono opposti, bianco e nero, bene e male. Non esisterebbe l'uno senza l'altro, si sorreggono a vicenda.» Si avvicina di più a me, tanto che riesco a sentire il suo respiro sul mio collo mentre ho gli occhi inchiodati sulle rose. «Nonostante il nero sia così solo e diverso dagli altri colori, può sempre contare sul bianco, perché sa che c'è qualcuno pronto a capirlo.» Le sue mani sfiorano le mie sotto il mazzo, accarezzandole lentamente. Il suo tocco è qualcosa di inspiegabile, e mi rende nostalgica. «C'è bisogno di questo contrasto, c'è bisogno del bianco e del nero. C'è bisogno della purezza e del peccato, di odiarsi e di amarsi, c'è bisogno di stare insieme. Noi non possiamo essere grigi, Cher, noi abbiamo bisogno l'uno dell'altra.»

Sollevo lo sguardo verso i suoi occhi lucidi e il suo sorriso forzato. Stringo le labbra, cercando di non parlare. Se parlassi piangerei, e non voglio farlo di fronte a lui.

«Non spezzare questo legame, perché io senza di te non potrei più vivere» mi prega, strappandomi le rose dalle mani e gettandole a terra. I fiori si intrecciano tra di loro, eliminando qualsiasi differenza. Le sue braccia mi stringono l'attimo successivo, e io sono certa di aver smesso di respirare per troppo tempo. Rimango lì ferma, e ricambiando la stretta per la prima volta mi sento davvero a casa.

«Non farlo, cazzo» prega con il volto immerso nei miei capelli. Giurerei di aver sentito un singhiozzo, ma lui non mi lascia andare e io non riesco a esaminargli il volto. «Non farlo...»

«Hunter?» Dimenandomi, cerco di guardarlo in faccia. Ha gli occhi pieni di lacrime, e questo mi toglie il fiato. Che cosa hai passato in queste due settimane? Ti prego, dimmelo. Lo guardo attentamente, pregandogli di leggere nella mia mente e rispondere alle mie domande. Poso le mani sul suo viso, i suoi occhi si chiudono alla mia carezza e le lacrime gli scivolano sulle guance.

«Ti amo tantissimo» promette sulla mia bocca.

Sorrido, certa che piangerò, ma per la prima volta non a causa della tristezza. «Ti amo così tanto» gli rispondo, lasciando che mi stringa i fianchi mentre mi abbraccia e mi bacia con passione. Credo che questo non sia un semplice bacio, l'intensità con cui le nostre bocche si cercano mi ricorda più un sigillo. Ci stiamo promettendo di impazzire l'uno per l'altra per sempre, di restare dipendenti da questa droga per il resto delle nostre vite e, a differenza degli altri, nemmeno la morte ci separerà.

Con le labbra, la lingua, le mani e i respiri lui unisce il suo corpo al mio. Lo stringo, sentendo il suo cuore battere contro il mio petto.

Hunter mi accarezza le spalle, allontanandosi dopo interminabili minuti. I suoi occhi brillano, come se fossero dei piccoli diamanti di fronte alla Luna. Uno spettacolo unico, e io sono in prima fila. Gli sorrido, ma lui rimane serio fissandomi intensamente.

«Quello che provo per te, non l'ho mai provato per nessun'altra, Cher. Sei la prima persona che non voglio lasciare andare.»

Sentendo quelle sue parole capisco che non cerca di essere

dolce, ma sincero. Ho bisogno di sincerità per tornare a fidarmi di lui, ne ho davvero bisogno.

Sono in camera mia, dopo aver indossato un abito che Hunter ha scelto per me. Non so dove lo abbia preso, ma è sicuramente tra i vestiti più belli che io abbia mai avuto. E la cosa incredibile è che mi calza alla perfezione, in ogni punto, come se fosse stato disegnato apposta per me.

È davvero elegante: ha una scollatura profonda ma stretta che fa risaltare il mio seno quel tanto che basta. Lascia una parte di schiena nuda ed è lungo fino ai piedi, con uno spacco sulla gamba sinistra. Riesco a scendere le scale di casa senza troppa fatica, anche perché la lezione di mia madre su come camminare con un paio di tacchi si è rivelata veramente utile.

«Sei bellissima» esordisce mio padre, prendendomi per mano quando arrivo all'ultimo gradino.

Sorrido, spostandomi il ciuffo castano dalla fronte con una mano. Hunter ha preferito aspettarmi fuori, accanto alla sua auto, ma penso l'abbia fatto per non fumare davanti ai miei genitori.

«Non muovere quei capelli, dopo sarai un disastro» commenta mia madre, per poi girarsi e infilare della roba a caso nella mia borsetta nera.

Sollevo gli occhi al cielo all'unisono con mio padre ed esclamo: «Mamma!».

«Cher...» Papà mi affianca, continuando ad accarezzarsi i baffi con fare pensieroso. «Non abbiamo mai affrontato questo argomento prima» lancia un'occhiata verso la porta d'ingresso, «ma voglio che tu faccia attenzione. So che sei abbastanza intelligente per non finire nei guai, nemmeno con un ragazzo come lui.»

Mi acciglio, confusa. Lui non può sapere quanto Hunter sia complicato, o almeno non può averlo già capito. «No, papà…»

«Cher…» Mi posa una mano sulla spalla. «Non è a suo agio in casa con noi, si capisce che sta cercando di nascondere qualcosa. E tu lo stai coprendo, perché forse ne sei così innamorata che non vuoi che gli altri vedano qualcosa di male in lui» spiega. «Noi però ci fidiamo di te. Se tu pensi che per lui ne valga la pena, faremo del nostro meglio per appoggiarti in questa relazione.»

Mi allontano, sorridendo a entrambi. «Hunter mi starà aspettando.» Con un cenno del capo indico la porta. «Grazie.»

Papà apre la porta d'ingresso, accompagnandomi all'auto. «Spero per te che non torniate troppo tardi, Hunter.»

Hunter si stacca dallo sportello cui era poggiato e si avvicina a noi, sgranando gli occhi non appena nota come sono vestita. Rimane per un bel po' a fissarmi, nonostante ci sia mio padre a pochi passi da noi. Solo lui è capace di guardarmi in questo modo senza dare l'idea sbagliata. Riesce a farmi sentire unica.

«Sei bella in una maniera assurda.» Si posiziona di fronte a me, regalandomi un sorriso stralunato.

Ridacchio, abbassando lo sguardo, per poi fargli cenno di rispondere a mio padre. Hunter scuote la testa, schiarendosi la voce e voltandosi verso di lui. «Non faremo tardi, giusto il tempo di una cena.»

Papà corruga la fronte, guardandomi come se volesse trasmettermi sicurezza, per poi sorridere e tornare in casa dalla mamma.

Ricomincio a respirare poco dopo, seguita da Hunter che riporta nuovamente gli occhi su di me. Lo spingo per una spalla, facendogli capire che deve smetterla. «Non guardarmi così.»

«Sei bellissima, Cher. È uno spreco portarti a una semplice cena.»

«Perché, cos'avevi organizzato, Pret o McDonald's?» lo provoco, aprendo lo sportello della sua auto.

«In realtà pensavo a una di quelle cene di classe in cui la portata occupa un quarto del piatto e non sai mai se è carne o pesce.» Fa una smorfia, chiudendo la portiera. «Un ristorante italiano, l'ho prenotato ieri sera.»

«Hai imparato a prenotare i ristoranti? Ammirevole» lo prendo in giro, spostandomi una ciocca di capelli dietro l'orecchio. Non riesco a tenere le mani lontane dai capelli, è diventato un brutto vizio.

Lui mi fa l'occhiolino mentre parte. «Ho avuto un aiuto.»

Osservo il suo profilo perfetto, seguendo ogni linea immaginaria del viso. È troppo bello per essere vero. Noi siamo troppo belli per essere veri. Lui è di nuovo qui, ha di nuovo abbattuto quel muro che si è costruito per raggiungermi. Non potrei mai stancarmi di lui, di stare assieme a lui e di sentirmi così piena d'amore. Hunter riesce a farmi sentire bene, riesce a farmi sentire viva.

«A cosa stai pensando?» mi riprende.

Arrossisco, negando col capo. «Oh, a niente.»

«Chee, ti conosco, quando hai quello sguardo, stai pensando a qualcosa.»

Scrollo le spalle. «No, davvero...»

«Parla, avanti» mi scruta.

Faccio un lungo respiro, evitando di guardarlo negli occhi per l'imbarazzo. «Stavo pensando a noi.»

«Con precisione?»

«Al fatto che tu sia qui, con me. È una cosa che mi rende incredibilmente felice.» Mi mordo il labbro per nascondere un sorriso.

Hunter sorride, stringendo il volante in una mano, lasciandomi in un silenzio curioso e straziante. Mi costringe a pizzicargli una gamba, guardandolo con rimprovero. «Di' qualcosa.»

«Non ho nulla da dire» schiocca la lingua contro il palato, concentrandosi sulla strada.

«Stronzo» sbuffo, arrossendo di colpo e incrociando le braccia al petto.

Hunter scoppia a ridere, avvicinando una mano al mio ginocchio e stringendolo delicatamente. «Tutto quello che dico di provare per te è l'assoluta verità. Ti terrò al riparo da tutti i mali del mondo, Chee» mi confessa.

Sorrido, intenerita. «Lo prometti?»

Lui ricambia il sorriso, annuendo. «Lo giuro.»

35

Hunter

È bellissima. È l'unica cosa a cui riesco a pensare. L'ho rivista, dopo tanti di quei giorni, tante di quelle notti insonni e di stupidi film. Non ne avrò mai abbastanza, la vorrò per sempre, per tutta la vita. La amerò per sempre, perché è l'unica persona al mondo ad aver fatto l'amore con le mie paure. Guardo i suoi occhi di un bellissimo azzurro, concentrati sulle mani che si torturano tra di loro. È nervosa, lo vedo, ma è anche felice. Ed è bello sapere che sta bene, che tutto questo non l'ha distrutta completamente. Che, nonostante tutto, sia rimasta la ragazza forte e coraggiosa che è sempre stata. La amo per la sua forza, per la sua resistenza e per il fatto che con lei mi sento meno pazzo.

Dopo aver cenato insieme, l'ho convinta a fare una veloce passeggiata per la città, senza allontanarci troppo dall'auto parcheggiata. Cher indossava la mia giacca nera, e le stava così grande da farla sembrare ancora più piccola. Non indifesa, solo più piccola.

«Hunter.» Arriccia le labbra, fissandosi la punta dei piedi mentre continua a camminare al mio fianco. Le sto circondando le spalle con un braccio, un gesto che non ho mai fatto con nessuna ragazza prima di lei.

«Dimmi.»

«Puoi spiegarmi quella cosa dei film?» mi domanda.

Sapevo che prima o poi questa storia sarebbe venuta fuori, ma non mi aspettavo così presto. È la cosa più assurda che io abbia mai fatto. Eppure mi ha portato da lei, qui, stasera. Non sempre il romanticismo, anche per uno come me, si rivela un completo fallimento.

«Io e Ray siamo diventati amici, più o meno» corrugo la fronte. È quasi strano sentirmelo dire, non ho molti rapporti d'amicizia, e ammetterlo è abbastanza difficile anche per me. «Insomma, gli ho raccontato un paio di cose e siamo entrati in confidenza.»

«Compresa quest'assurda situazione?»

«Soprattutto quest'assurda situazione» confesso, grattandomi la nuca con le dita. «Mi ha detto che per conquistarti di nuovo dovevo allenarmi guardando un paio di film d'amore. E non avevo nulla da perdere, non più, ormai.»

«Credevo odiassi i film d'amore» si acciglia.

«Ed è così» ribatto con decisione. «Quindi dovresti prenderlo come un gesto estremamente romantico.» Le punzecchio un braccio e lei alza gli occhi al cielo.

«Potevi rifiutarti e mantenere la tua facciata da ragazzo cattivo.» Le sue parole quasi mi feriscono, si comporta come se non avesse ancora capito che io per lei farei di tutto. Corrugo la fronte, stranito.

«Preferisco la parte del ragazzo buono, ultimamente» le sorrido, tentando di prenderle la mano. Lei non si ritira, e stringe le mie dita tra le sue. È un gesto parecchio intimo, forse il più intimo dopo il nostro lungo bacio.

«Non ti si addice molto, sai?» Arriccia il naso, voltandosi verso di me e guardandomi con un sorrisetto furbo.

«Ah, no?» Mi fermo nel bel mezzo del marciapiede, sfiorandole la guancia col naso. «Se vuoi torno a fare lo psicopatico, a drogarmi e a picchiare la gente.»

Lei ridacchia, stringendo la mia mano più forte. «Già, sarebbe più divertente. Potresti anche finire in prigione, e io verrei a trovarti ogni giorno.»

«Non smetteresti di amarmi se mi arrestassero, vero?» mormoro, portando le labbra al suo collo. Lei ridacchia per il solletico e si allontana.

«No, affatto» scuote la testa, lasciando che i ciuffi le finiscano davanti alle orecchie.

«È una promessa?» le sussurro.

«Sì» sorride timidamente. Ricambio il sorriso, accarezzando la sua mano. È un momento così calmo, così *nostro*: mi piace tantissimo.

Poco dopo ricominciamo a camminare, e lei torna all'attacco. «Hai più parlato con Mitchell?»

«Sì, gli ho spiegato quello che dovrò spiegare a te» rispondo, aprendo i primi bottoni della mia fastidiosa camicia nera. «Me ne sono andato da casa sua.»

«Hai lasciato l'appartamento?» È incredula.

«Sto da Ray» specifico.

«Quindi siete diventati veramente molto amici tu e… Ray? Cioè, Ray? È praticamente l'ultima persona su cui avrei fatto affidamento, non perché è un cattivo ragazzo ma…»

«Lo so, ma intanto lui in poco tempo ha capito tantissimo di me. Un po' come ha fatto Mitchell quando eravamo in America, non c'è un modo preciso per spiegarlo. È un tipo in gamba, e lui e la sua ragazza, anche se è un po' fastidiosa, mi hanno aiutato parecchio.»

«È fantastico» sorride, guardandomi di sfuggita.

«Cher, possiamo parlare di un paio di cose?» le domando e lei torna a guardarmi.

«Sì?» risponde, confusa.

«Ti ricordi quella mattina, dopo l'assurdo scherzo di Sun, quando ti ho detto che sei l'unica ragazza che vuole definire il proprio amore?»

Lei annuisce.

«Ho pensato che forse sarebbe meglio farlo per davvero.» La vedo accigliarsi mentre tiro fuori una scatolina rettangolare di velluto.

«Hunter?» stride lei spaventata.

Sgrano gli occhi, forse ho capito cosa pensa... «No, non è una proposta di matrimonio» ridacchio, passando la scatolina nelle sue mani. «Non ancora, almeno» sussurro mentre lei la apre, sicuro che non abbia sentito le mie ultime parole. Una volta aperto il suo regalo, mi guarda con gli occhi che le brillano.

«È meravigliosa!» esclama abbracciandomi. Il tempo di aver respirato a fondo il suo profumo di fiori che è già a provarsi la collana argentata.

«Faccio io?» Prendo la collana dalle sue mani, lei si volta in modo da darmi le spalle mentre si solleva i capelli in una coda. Il gioiello è leggero e semplice, ha il simbolo yin e yang, con dietro una piccola frase. Probabilmente, un giorno, capirà da sola cosa significa quella scritta che ho fatto fare apposta per noi.

Cherie

La cena è stata qualcosa di magico, letteralmente. Non credo di essermi mai sentita così felice prima d'ora, così realizzata e così diversa. Ho ancora paura che sia solo uno dei miei soliti sogni dove tutto va bene, ma sto cercando comunque di non svegliarmi.

Siamo davanti a casa mia, ancora nell'auto di Hunter. Continuo a girarmi la collana tra le dita, guardandola con gli occhi socchiusi, cercando di capire il significato di quella frase. Inclino la testa di lato, passando il pollice sulla parte bianca.

«Ho voglia di fare l'amore con te» sento dire da Hunter, improvvisamente.

Il cuore mi balza in gola, poi mi volto verso di lui con gli occhi sgranati, incredula. Quelle parole, che sarebbero potute suonare volgari, mi hanno tolto il fiato. Ha detto che vuole fare l'amore con me, non una scopata o del semplice sesso.

«Come?» sussurro.

Hunter rilassa le spalle, gettando lo sguardo oltre il parabrezza. «Hai sentito.»

«Ripetilo» gli chiedo. «Per piacere.»

«Ho detto che voglio fare l'amore con te, Cher» si mordicchia il labbro, girandosi verso di me. «Lo voglio.»

Lo vuole, davvero? Non che sia la nostra prima volta, ma non me lo ha mai chiesto così. «Non lo so, per quanto riguarda tutta questa storia di Taylor e Mitchell...» inizio a parlare, non totalmente convinta delle mie parole. «Insomma...»

«Cher» sospira. «Ti dirò tutto ciò che c'è da sapere, su di me, su Taylor, su tutto quello che vuoi. Te lo giuro, non ci saranno più segreti tra di noi, ma, ti prego, fa' l'amore con me stasera.»

Lo guardo negli occhi, concentrandomi sulle diverse sfumature delle sue bellissime iridi. Sospiro, rabbrividendo al solo pensiero delle sensazioni che il suo corpo mi ha procurato l'ultima volta che siamo stati insieme.

In preda alla foga, lo prendo per il colletto della camicia e lo avvicino alle mie labbra, premendole contro le sue. Hunter sembra sorpreso, ma non si tira indietro e mi bacia con un'avidità e una passione indescrivibili.

Sento una scossa sulla schiena mentre mi spingo in avanti e faccio incontrare le nostre lingue, come se volessi la sua solo per me.

«Ho bisogno di te» mi sfiora il collo con le dita.

Questo vestito è troppo scomodo. Lo voglio togliere, adesso. Inclino la testa di lato quando lo vedo avvicinarsi al mio orecchio, chiudendo gli occhi quando sento le sue labbra concentrarsi sulla mia pelle sensibile.

«Hunter, ascolta...» lo richiamo, portandogli una mano nei ricci.

Lui mugola, facendomi cenno di continuare, mentre mi accarezza la gamba scoperta con le dita. «Devo entrare, si sta facendo tardi e... Hunter!» lo richiamo.

«Chee, io...» mi sfiora la mandibola con la punta del naso, mentre sento il suo respiro sul mio collo. «Ti voglio, adesso.»

«Ti voglio anch'io» ammetto in un sussurro, deglutendo quando riesco a incontrare i suoi occhi. Nel suo sorriso c'è qualcosa di insano, qualcosa di assurdo che mi crea dipendenza. «Entro in casa per farmi vedere dai miei genitori, poi ti mando un messaggio e ti faccio entrare dalla porta sul retro.»

Hunter ridacchia, appoggiando la fronte alla mia. «Da quando sei così amante dal rischio?»

Gli sfioro le labbra con la lingua, sorridendogli. «Da quando ho imparato a conoscerti.» Mi stacco, aprendo la portiera dell'auto. «Non lasciare la macchina qui, ci vediamo tra poco» gli lancio un'ultima occhiata.

Hunter annuisce. «Ti aspetterò.»

«Devi farlo.» Chiudo la portiera e mi avvio verso casa.

I tacchi mi stanno uccidendo, li ho indossati per troppo tempo e non vedo l'ora di levarli. Mentre apro mi accorgo di avere ancora addosso la giacca di Hunter. «Cazzo» mi volto di scatto, ma la sua auto ha già lasciato il vialetto. «Impaziente come sempre» faccio una smorfia, e un secondo dopo la porta d'ingresso si spalanca.

«Cher, sei tornata.» Quando mi giro vedo mia madre in vestaglia. Accidenti, è sveglia. Solitamente a quest'ora è già a letto.

«Mi hai aspettata in piedi?» mi acciglio, stringendomi nella giacca, imbarazzata. Sento ancora il profumo di Hunter, e i pensieri che mi vagano per la testa sono tutt'altro che tranquilli.

«No, mi sono solo alzata per una tazza di tè» sbadiglia, stringendo la cintura della vestaglia intorno alla vita. «Com'è andata?»

Le rispondo mentre salgo le scale. «Ti racconto tutto domani, sono esausta.» Levo quasi subito le scarpe, nascondendole sotto il letto, poi lascio la pochette sulle coperte e digito sul telefono:

Mia madre è ancora sveglia. Puoi aspettare qualche minuto?

Mi siedo sul letto e mi tolgo la sua giacca. Inizio a sciogliermi i capelli, spazzolandoli per renderli più piacevoli al tatto. Poco dopo mi arriva la sua risposta e sussulto, sentendo dei brividi lungo le braccia.

Voglio averti subito. Mi stai torturando.

Con un mezzo sorriso, mi mordo il labbro e digito la risposta.

Non hai bisogno di avermi, sono già tua.

Per sempre.

36

Dalla cucina e dal salotto non arriva nessun suono, posso supporre che mia madre sia andata a dormire, ma è meglio se vado ad accertarmene.

Entra in giardino, ti apro la porta del retro, sta' attento a Rose e Jack.

Un attimo dopo ricevo il suo messaggio.

Rose e Jack?

Rido, entrando in cucina e fermandomi di fronte alla porta.

Sono le Cycas di mia madre, quelle piante che sembrano delle piccole palme. Ce ne sono alcune lungo il perimetro della casa.

Hunter non risponde, ma dopo poco vedo un'ombra passare oltre la porta di vetro. Mi guardo intorno ancora una volta per assicurarmi che non ci sia nessuno, poi giro la chiave. È ancora in camicia e pantaloni, ma ha i capelli tutti arruffati e l'aria divertita.

«Tua mamma ha chiamato delle palme Jack e Rose?» solleva un sopracciglio, abbassando la testa per poter entrare in casa. La porta del retro è bassa, solitamente la usa solo mia madre.

«Non sono palme» alzo gli occhi al cielo, chiudendo lentamente la porta e girando la chiave. «Sono Cycas.»

«Non mi importa cosa sono, hanno un nome strano» fa una smorfia, guardandosi intorno.

«Quando le ha comprate aveva visto *Titanic* per la quarta volta» sussurro, prendendolo per mano e guidandolo verso le scale. «Fa' silenzio» aggiungo, facendomi seguire in camera. Una volta arrivati, chiudo la porta a chiave e lascio uscire un sospiro di sollievo. Hunter è il primo ragazzo a essere entrato qui.

«Questa camera mi ricorda quella che ho a casa di Mitchell» commenta.

«Perché?» mi volto verso di lui.

«Sembra non viverci nessuno» confessa, accovacciandosi per sfilarsi le scarpe.

«Vengo solo qualche volta al mese, non ci ho mai abitato davvero. Quando i miei si sono trasferiti qui, io avevo già il mio appartamento.»

«L'ho immaginato» annuisce. Un attimo dopo trovo il coraggio di sbottonarmi la giacca e di far scivolare il vestito ai miei piedi, mostrando il mio corpo quasi totalmente nudo.

Hunter fissa i suoi occhi magnetici su di me.

«Vorrei farti una foto e immortalare questo momento» fa un mezzo sorriso, girandomi intorno e fermandosi alle mie spalle. Indosso della semplice biancheria intima, rosso mogano, che risplende contro la mia pelle chiara, sensibile, avida del tocco delle sue mani, che un secondo dopo percorrono le mie braccia scoperte.

«Ho intenzione di farti mia per tutta la notte» mi sussurra

all'orecchio approfittando della sua posizione. Mugolo, sentendo le sue mani lungo i miei fianchi, mentre salgono verso i miei seni. Poco dopo lo sento infilare le dita sotto il reggiseno di pizzo.

«Non farmi aspettare» lo prego, chiudendo gli occhi e sganciandomi il reggiseno, per poi sfilarlo dalle braccia.

Percepisco nuovamente il suo respiro sotto l'orecchio, poi contro il collo, e mi godo quella sensazione. Hunter mi scosta i capelli dalla spalla, iniziando a baciarmi la pelle nuda, picchiettando con la punta della lingua. Un attimo dopo la sua mano mi accarezza la pancia, facendo dei piccoli disegni con le dita, scivolando verso gli slip.

«Quanto mi è mancata la tua innocenza» sussurra mentre mi sfiora l'inguine con il mignolo.

Stringo le gambe, e appoggio la nuca sul suo petto. «Dio...» mormoro, portando una mano sulla sua. Hunter mi morde quasi immediatamente il collo.

«Leva subito la mano» mi dice, e io obbedisco, lasciandolo fare. Riesco a percepire la sua erezione contro le mie natiche. Il suo corpo ha bisogno di me tanto quanto il mio ha bisogno del suo.

Non riesco a staccare i denti dal mio labbro, continuo a torturarlo, mentre sento i movimenti della sua mano aumentare di intensità, procurandomi un innato senso di piacere. Vorrei poter gemere, ansimare il suo nome, ma sono costretta a trattenermi.

Hunter allontana poi la sua mano dai miei slip, guardandomi con un sorriso bastardo mentre indietreggia. Mi volto verso di lui, satura di desiderio, imbronciandomi un po'.

Lui mi prende i polsi, portandoseli contro il petto. «Spogliami» mi ordina.

Mi avvicino a lui, sentendo il suo respiro tormentato contro il viso mentre gli sbottono la camicia. Mi sarei aspettata di sentire le dita tremare, l'ansia prevalere, come sempre, e invece sono la persona più sicura del mondo. Hunter inclina la testa di lato e spinge la sua bocca sulla mia, baciandomi appassionatamente mentre gli sfilo la camicia dalle braccia.

Scendo verso i pantaloni, lavorando con la cerniera, senza interrompere il contatto con le sue labbra. Lo sento spingersi in avanti, diventa improvvisamente impaziente, e mi dà una mano a togliergli i pantaloni. Li lascia a terra, insieme alla camicia e alle scarpe, poi mi prende per i fianchi e mi solleva, obbligandomi a stringere le gambe intorno al suo bacino.

Inizia a gemere nel nostro bacio, senza mai staccarsi, mentre si avvicina al letto e mi tira con sé sul materasso. Le molle cigolano, creando quel fastidioso suono. Ci blocchiamo, guardandoci come se avessimo appena commesso un omicidio, per poi voltarci entrambi verso la porta.

«Non ci hanno sentiti» lo rassicuro.

Hunter annuisce mentre porta le labbra tra i miei seni, e mi fa scivolare giù gli slip. Dimeno le gambe, aiutandolo a sfilarli, poi inclino la testa all'indietro e ansimo.

«Adoro quando mi chiami per nome.» Mi dà un bacio sotto l'ombelico, divaricandomi le gambe. «Quindi dillo, anche a voce bassa, ma dillo.»

Annuisco, passandomi la lingua tra le labbra. Un attimo dopo il respiro mi si ferma in gola, la sua bocca è tra le mie gambe, provocandomi un piacere che mi leva il fiato. L'intensità che c'è tra di noi è indescrivibile, ed è fantastico il modo in cui l'imbarazzo con lui si dissolva nel nulla. Non ho mai avuto un legame del genere con nessuno, non mi sono mai sentita me stessa con nessuno. Lui è il primo in un mondo in cui tutti sono gli ultimi.

«Oh, Hunter» gemo, stringendomi i capelli. «Dio mio» sussurro, cercando di trattenermi mentre spingo il bacino verso di lui. La sua lingua umida mi percorre, mi fa totalmente impazzire. Le pelle trema, e sento il corpo andare a fuoco, come se mi stessi avvicinando lentamente al sole.

«Voglio prenderti» dice la sua voce roca mentre si rialza, sfilandosi i boxer e lasciandoli cadere nel mucchio a terra con gli altri vestiti. «E voglio sentire il mio cazzo di nome uscire dalle tue labbra bagnate.» La sua figura è enorme, soprattutto mentre si accovaccia su di me, ricominciando a baciarmi con desiderio. Porto una mano sul suo torace, e lo percorro con le unghie, graffiandolo mentre scendo fino alla striscia di peli sotto l'ombelico, fermandomi solo quando ho la sua erezione in una mano.

«Cher, merda...» ansima quando inizio a lavorare su di lui, procurandogli piacere. I suoi occhi si chiudono, mentre le luci della notte, provenienti dalla finestra, risplendono sul suo bellissimo corpo nudo. Lo spingo per le spalle, facendolo stendere sul materasso, poi salgo a cavalcioni sul suo bacino, continuando a tenere gli occhi nei suoi mentre lascio che mi penetri, senza precauzioni, fino in fondo.

«Sì.» Mi prende per i fianchi e ondeggia il bacino insieme al mio, entrando in me completamente. Inizio a muovermi su di lui, sentendo la sua presa salda sulla pelle, che mi fa sentire ancora più voluta e amata. Spingo la testa all'indietro, socchiudendo le labbra, obbligandomi a non gemere troppo forte. Il fatto che i miei siano nell'altra camera rende il tutto ancora più eccitante, ancora più perverso e vero.

Mi abbasso verso di lui, premendo le labbra contro le sue, facendo mischiare i nostri sapori, le nostre sensazioni. La sua lingua incontra la mia, mentre le sue mani mi accarezzano la schiena tenendomi stretta. È qualcosa di magico, non mi sono mai sentita così, vorrei che questo momento non finisse mai. È come se fossi libera, libera davvero.

«Ho troppo bisogno di te» sussurro, ansimando. «Gesù, quanto ti amo» piagnucolo, continuando a muovere il bacino contro il suo.

Hunter mi passa una mano tra i capelli, stringendomi in una presa salda mentre mi fissa negli occhi. «Finirai per essere la mia salvezza e la mia stessa rovina.» Torna a baciarmi.

Non voglio che finisca, ma il mio corpo non può resistere ulteriormente. Siamo entrambi grondanti, esausti, quasi al limite. Continuo a muovermi su di lui, seduta, portando le mani sul suo torace e lasciando che i miei capelli lunghi gli solletichino il petto mentre mi dimeno. Hunter sta combattendo contro se stesso per non lasciarsi andare in un gemito roco, con la mascella serrata e la fronte imperlata di sudore.

Un secondo dopo afferro la fodera del cuscino sotto la sua testa e, stringendo le gambe, mi lascio andare, ormai al culmine, crollando su di lui. Respiro affannosamente, continuando a gemere.

Hunter esce da me raggiungendomi nell'orgasmo poco dopo, scandendo il mio nome come se fosse una preghiera. «Cher» sussurra, chiudendo gli occhi e socchiudendo le labbra già secche.

«È stato bellissimo» gli confido, baciandogli il collo mentre sento la stanchezza che mi invade. Domani mattina ne pagherò le conseguenze, ma adesso voglio godermi il momento.

«Di più» aggiunge, accarezzandomi la schiena con le dita.

All'improvviso il mio corpo diventa freddo, l'ansia prevale e mi rendo conto di cosa ho appena fatto. Mi irrigidisco e Hunter se ne accorge.

«Che hai?» domanda.

«Non lo so» scuoto la testa. «Non posso credere che...»

«Non è la prima volta che lo facciamo» mi ricorda.

«Lo so, ma...»

«Te ne stai pentendo?» mi interrompe lui, sembra quasi ferito.

«No...» Mi stendo accanto a lui, a pancia in su. «Sono venuta a letto con te, mentre Taylor potrebbe essere incinta di tuo figlio.»

Hunter sospira, si mette seduto, e io vedo le sue spalle larghe.

«Non dobbiamo pensarci adesso, Chee. Possiamo avere un momento anche per noi, sai? Ho fatto una cazzata, va bene. Non sappiamo di chi è quel cazzo di bambino, ma sono sicuro che non può essere mio e, anche se lo fosse, lei farebbe parte del mio passato. Il mio presente sei tu, il mio presente è questo» indica lo spazio intorno a noi, alludendo a ciò che è appena successo. «Ero arrabbiato, ubriaco, e volevo farti del male.»

Annuisco, facendogli cenno di stendersi, lui non se lo fa ripetere due volte e, voltandosi, mi stringe i fianchi in un abbraccio. Avvicino la fronte al suo petto, chiudendo gli occhi. «Pensi davvero che sarò la tua rovina?»

«In compenso, sei anche la mia salvezza» sussurra. «Ti amo, Cher» mi ricorda, mentre continua a stringermi. Poco dopo cadiamo in un sonno silenzioso e tranquillo.

Sobbalzo sul letto, di scatto, spalancando gli occhi infastidita da una strana suoneria. Guardandomi intorno, cerco di mettere a fuoco gli oggetti, ma mi è quasi impossibile. Corrugo la fronte, e vedo una luce in lontananza, sul pavimento. Mi muovo, ma qualcosa mi tiene bloccata tra le coperte. «Aspetta...» sbadiglio, scalciando.

«Cher, che cazzo...» impreca Hunter, immerso nelle coperte insieme a me, allontanando la sua gamba dalle mie.

Riesco a mettermi seduta sul letto, coprendomi il corpo nudo con il lenzuolo. Ecco che ritorna l'imbarazzo.

«Il tuo cellulare sta suonando.» Glielo indico, stropicciandomi poi gli occhi con il pugno chiuso.

Scende dal letto e va verso il mucchio di vestiti. Prende il telefonino e resta a guardare lo schermo per qualche secondo, con una smorfia sul viso e l'aria stanca.

«Sono le quattro e trentadue.» La sua smorfia si intensifica mentre torna a sedersi sul letto. Scorre il registro delle chiamate, trovandone parecchie da parte di Ray e da una certa Missi, che credo sia la sua ragazza.

«Perché ti chiamano a quest'ora?»

Hunter avvia la telefonata. «Vorrei tanto sapere cosa cazzo vuole.»

Scuoto la testa, sollevandomi dal materasso per andare a indossare dell'intimo pulito, sotto lo sguardo attento del mio ragazzo. Quando mi volto nuovamente verso di lui, lo vedo corrugare la fronte con lo sguardo fisso nel vuoto. «Non sento una merda... Ray? Dove sei?»

Mi avvicino e mi siedo accanto a lui.

«Che cazzo stai dicendo?» i suoi occhi si spalancano. «Merda, merda» si alza in piedi. «Arriviamo, restate lì.»

«Hunter?» deglutisco, guardandolo infilarsi i boxer e i pantaloni frettolosamente. «Che cosa sta succedendo?»

Lui mi fissa, preoccupato di una mia qualsiasi reazione, sospirando. «Mitchell.»

«Che ha? Non sta bene?»

«Ha avuto un incidente, è in ospedale e sembra non volersi svegliare» mi confessa.

Sento il cuore salirmi in gola, mentre entro in uno stato di panico e le mani iniziano a sudare. No, non a Mitchell. Non a noi.

37

Il dispiacere che provo nel dover lasciare i miei genitori è decisamente il problema minore. Qui, di fronte a loro con lo sguardo basso, mi sento in colpa per quello che sta succedendo a Mitchell in questo momento. Sono stata una perfetta egoista, e la nuvola d'angoscia che mi sta divorando lo stomaco e il fegato non la augurerei nemmeno al mio peggior nemico. A meno che il mio peggior nemico non sia io stessa.

«Cosa significa che devi andartene? Sono le cinque del mattino, Cher.» Mio padre corruga la fronte, appoggiandosi al bancone della cucina con in mano una tazza di caffè fumante. La mamma è seduta su una sedia, a pochi passi da lui, e mi guarda in maniera preoccupata.

«Papà, ti ho detto che Hunter ha un problema, e deve tornare a casa» ripeto.

«Puoi prendere il treno tra qualche ora, è troppo pericoloso guidare di notte fino a Londra.»

«Non abbiamo altra scelta, è davvero una cosa importante» li prego, cercando sostegno in mia madre.

«È un'idea davvero folle» scuote la testa papà. «Non voglio sapere mia figlia in pericolo.»

«Fidati di lei» dice mamma. «Lasciala andare, sono sicura che andrà tutto bene. Se avete problemi, chiamateci» aggiunge.

Io annuisco, guardandola con gli occhi velati di lacrime.

Quando raggiungo Hunter è già nella sua auto, e il portabagagli è pieno delle mie cose, messe alla rinfusa. Sono riuscita a farlo uscire di casa poco prima di svegliare i miei e avvertirli che sarei dovuta tornare a Londra, subito. Provo un panico e un'ansia indescrivibili, chiudo con fatica la portiera e fisso il vuoto.

«Calmati, non viaggiare troppo con la fantasia, non deve andare tutto per forza male» mi riprende, poggiandomi una mano sul ginocchio, per poi portarla sul cambio e uscire dal vialetto.

«Cos'ha detto Ray?» gli chiedo.

«Ha detto che Mitch ha bevuto più del dovuto e non c'era nessuno con lui a tenerlo d'occhio.» Lo vedo stringere i pugni sul volante, mentre imbocca la via più veloce per l'autostrada. «Poi si è messo in auto, ma suppongono che lo abbia fatto di proposito, pare non si reggesse in piedi.»

«Lo ha fatto volontariamente, lui sapeva a cosa stava andando incontro.» Perché continua a essere tutto così complicato? Non c'è mai nulla di facile quando si tratta di me.

«È un periodo duro per lui, fuma erba di continuo, non riesco a capirlo» ammette Hunter, abbassando di poco lo sguardo.

«Sarei dovuta restare lì, accanto a lui» singhiozzo.

«No, Chee, no.» Hunter porta ancora una volta la sua mano sulla mia gamba. «Non è colpa tua, smettila. Tu non c'entri nulla con questo, non puoi salvarli tutti.»

«Non ci ho nemmeno provato... Sono scappata, sapevo che stava male... Lui, Taylor, e...» continuo a singhiozzare, nascondendo il viso tra le mani. Sono una persona orribile. Lui stava affrontando tutta quella merda da solo, mentre io ero a rotolarmi nelle coperte con Hunter. Mi sento in colpa. Una persona di merda che non merita il perdono di nessuno.

«Cazzo, no» ringhia, alternando lo sguardo da me alla strada. «Piccola, non piangere, ascoltami.» Mi prende una mano. «Andrà tutto bene, te lo prometto. Non importa cosa cazzo dovrò fare, ma farò in modo che le cose vadano a posto, come devono. Ti prometto che starai bene, ti do la mia parola, ma tu smetti di piangere e guardami.»

Tiro su col naso, posando gli occhi su di lui, che è concentrato sulla strada. «Ti do la mia parola, Chee, che andrà tutto bene. Fidati di me, Mitchell starà bene, e starai bene anche tu.» Provo a fidarmi di lui, annuendo, e mi appoggio al sedile con le ginocchia al petto, mentre chiudo gli occhi e combatto contro l'ansia.

Passano quattro inutili ore di discussione, che risvegliano in noi solo altri rimpianti. Mitchell non ha intenzione di svegliarsi, e ha riportato gravi ferite su tutto il corpo: nessuno sa dirci se sopravvivrà o no. I medici stanno facendo di tutto, e sua madre partirà tra qualche ora dalla Francia. Ci fermiamo direttamente nel parcheggio dell'ospedale, all'entrata c'è Ray ad attenderci.

«Ehi, ragazzi» ci viene incontro con un sorriso appena pronunciato.

Gli faccio un cenno di saluto col mento, vizio che ho preso da Hunter. Rifiuto il caffè che mi viene offerto da una ragazza poco dietro Ray, Hunter invece lo accetta e dopo essersi lamentato di quanto faccia schifo lo getta in un cassonetto. Non cambia nemmeno in queste situazioni.

«Io sono Missi.» La ragazza del caffè mi porge la mano, gliela stringo, assente, cercando di sorriderle mentre entriamo in ospedale. Lì dentro si respira angoscia, e alcune infermiere fissano Hunter e i suoi tatuaggi con interesse.

«Cherie» rispondo. Hunter è qualche passo avanti con Ray, stanno chiedendo a un dottore il permesso di aspettare in corridoio. Parlano per alcuni minuti, mentre io mi torturo la maglietta con le dita. Ho dormito poco e sono troppo agitata.

«Andrà tutto bene» mi rassicura Missi.

«Possiamo aspettare in corridoio. Mitch è in terapia intensiva, non si sveglia ancora e c'è la possibilità che possa entrare in coma prima della fine della giornata» ci informa Ray.

Chiudo gli occhi crollando su una sedia in mezzo al corridoio, con la luce della finestra dietro di me che mi colpisce appena la nuca. Saranno circa le nove e mezza del mattino, sono stanchissima ma non voglio dormire finché qualcuno non mi dirà che non è colpa mia e che presto Mitch starà bene.

«Che situazione del cazzo» mugola Hunter sedendosi accanto a me, con i gomiti sulle ginocchia.

I suoi occhi verdi incontrano i miei, e io sento il terremoto nello stomaco aumentare e distruggere ogni pavimento che mi ero creata pur di non affondare negli abissi. Stringo la maglia di Hunter in un pugno quando mi fa sedere sulle sue ginocchia, avvolgendomi tra le sue braccia e sussurrandomi frasi rassicuranti.

Non mi illude che si salverà, mi promette che staremo bene. Staremo tutti quanti bene. Staremo bene come dopo una tempesta, saremo l'arcobaleno che sorride ai raggi del sole. Le sue labbra si posano sulle mie, come a sigillare la nostra promessa.

Quando riapro gli occhi ho la fronte sudata e sono rilassata sul petto di Hunter con le sue braccia ancora intorno a me. «Oh no, mi sono addormentata» mi raddrizzo passandomi le mani sul viso. Sento la sua mano accarezzarmi la schiena. Girandomi noto di non essere l'unica: Missi è stesa su due sedie con la testa sulle ginocchia di Ray, che si è appisolato a sua volta.

«Eri stanca, Chee. E comunque stanno solo andando avanti e indietro come boomerang, sembrano saperne meno di noi.»

«Che ore sono?»

«Sono quasi le dieci e mezza» risponde, dando un'occhiata al cellulare.

«Ho dormito per tutto questo tempo?» gemo frustrata, rimettendomi in piedi.

«Dove vai?»

«In bagno.»

«Ti accompagno.» La sua non è una domanda, ovviamente.

Sollevo gli occhi al cielo lasciandomi seguire, sarebbe inutile discutere. Una volta in bagno, Hunter mi tiene su i capelli mentre mi lavo il viso con il sapone, asciugandolo poi con un pezzo di carta. Passandomi le dita tra i capelli noto quanto sia disastrato il mio aspetto.

«Sarei dovuta restare qui, non dovevo lasciarlo» tiro su col naso.

«Non è un peccato pensare a se stessi, ogni tanto.»

«Detto da te suona un po' male» borbotto, facendolo ridacchiare.

«Qualsiasi cosa io faccia è un peccato, ma non vale per te. Supereremo tutto questo e avremo una vita normale.»

«Una vita normale?» faccio una smorfia, non credendo alle sue parole. «Una vita dove voi due non vi occupate di spaccio, dove tu non corri su piste clandestine e non hai un oscuro passato alle spalle?»

«Ho detto una vita normale, non una vita noiosa, Chee» sorride.

«Un po' come quelle che si leggono nei libri, insomma. Dove dopo le catastrofi si salvano tutti e vivono per sempre felici e contenti?»

«Ora hai bisogno di fare colazione, stai delirando» fa una smorfia.

«Non ho bisogno di fare colazione» brontolo.

«Ne hai bisogno, quindi chiudi il becco e seguimi» dice trascinandomi fuori dal bagno verso il piccolo bar dell'ospedale. Era da tempo che non facevo colazione assieme a Hunter, e posso ammettere che mi è mancato, tanto.

Dio, so che non siamo mai andati d'accordo io e te. Hai preso mio fratello, e da lì ho smesso di parlarti. Ho smesso di pregare, di chiederti come andasse lassù dalle tue parti.

Non chiamarmi egoista, perché questa volta non è per me che chiedo venia. Sto pregando per Mitchell, Signore. Ho bisogno che tu dia il tuo appoggio a lui, che dopo le stronzate commesse da entrambi tu possa porgere l'altra guancia e perdonarci. Perdonarlo. Perdonarmi. Ho bisogno solo di essere perdonata, che le mie preghiere vengano accolte e che lui possa continuare a vivere.

«Cher?» Una voce strozzata richiama la mia attenzione, socchiudo gli occhi e li punto contro il corpo magrolino di Taylor che corre nella mia direzione. Mi muovo nervosa sulla sedia di plastica del corridoio dell'ospedale in cui è ricoverato Mitchell, guardandomi intorno in cerca di aiuto, e restando delusa dell'assenza di Hunter.

«Ehi» corrugo la fronte fingendo un sorriso.

«Ciao, come stai?» chiede, sedendosi accanto a me con una busta tra le mani.

Le lancio un'occhiata, sentendomi in colpa nel vederla così messa male. Ha i capelli sporchi legati in una coda bassa, gli occhi stanchi e i vestiti larghi.

«Meglio di quanto meriti» sospiro. «E tu? Ti vedo un po' giù.»

«Non ho dormito molto.»

«Nemmeno io, ed è solo il terzo giorno. Per quanto tempo ancora resterà in coma?» Lancio un'occhiata al corridoio, in cui i medici non fanno altro che comparire e scomparire. Sono tre giorni che Mitchell è in coma, terapia intensiva.

«Non ne ho la più pallida idea» sussurra abbassando lo sguardo. «Sua madre è nel corridoio più avanti, vuoi andare a salutarla?»

«No» scuoto la testa.

«Io non so cosa sia successo a Mitch, non me lo ha mai detto.»

«Suo padre lo picchiava e la madre non interveniva mai, fingendo che le sue azioni fossero giustificate» spiego in sintesi. «Ma non lo erano, ovviamente.»

«Oddio, non me lo ha mai detto!» Si copre la bocca con entrambe le mani, sbattendo forte le palpebre per ricacciare indietro le lacrime.

Scrollo le spalle, indifferente, non mi importa delle sue emozioni. Lei ha pensato a me mentre il mio ragazzo era tra le sue cosce? Chiudo gli occhi inspirando l'aria dal naso. «Ha avuto le sue ragioni, fidarsi di te è impossibile, Taylor.»

«Sei ancora arrabbiata per quella storia? Possiamo dimenticarlo?»

«Come cazzo puoi dimenticare una cosa del genere, eh?» sbotto, trucidandola con lo sguardo. «Scusami, non sono abbastanza immatura come te per non pensarci!»

«È stata una scopata e ha fatto pure schifo, se può farti sentire meglio.»

«Non mi fa sentire meglio, cazzo» alzo la voce.

«E allora? Qui, adesso, a nessuno frega un cazzo di come stai tu, Cher!» Indica la porta dell'altro corridoio. «A pochi metri da noi c'è il mio ragazzo e il tuo migliore amico che sta lottando contro la morte, e tu pensi a un avvenimento passato che importa poco se non niente?»

«Certo, fammi sentire ancora più uno schifo, come se non bastasse...» Coprendomi il volto con le mani, trattengo ancora una volta le lacrime alzando gli occhi al cielo e mordendomi il labbro inferiore.

«Smettila di fare la vittima, non sei tu che stai morendo!»

«E questo chi te lo dice? È il mio migliore amico a essere su quel letto, con una flebo sul braccio e la pelle pallida! È in me che credeva, che ha riposto tutta la sua fiducia!» mi alzo in piedi, senza smettere di guardare nei suoi occhi lucidi e scuri. «E io l'ho tradito, ho finto che non esistesse pensando che così sarebbe stato meglio per tutti. E tu mi dici che non posso permettermi di stare male? Che, dentro di me, non posso morire?»

«Sei soltanto una puttana» scuote la testa.

«Come?» sussurro, calmandomi e guardandola attentamente.

«Sei stata tu a baciarlo per prima, se tu non lo avessi baciato io non sarei andata a letto con Hunter per vendicarmi.»

Sgrano gli occhi per la sua immaturità. «Tu... sei pazza.»

«Io?» prova a ribattere. «Tu hai...»

«Tu. Sei. Pazza» sbraito. «Chiudi quella bocca, stai rovinando tutto, Taylor, tutto!» Mi volto e mi avvio a lunghi passi verso il bagno.

38

Hunter

L'estate fa schifo. Odio l'estate, odio il sole e il caldo che si appiccicano sulla pelle. Preferisco il freddo dell'inverno e una delle cose che mi danno più fastidio sono le giornate con troppo sole quando ho l'umore di merda.

«Te ne stai fumando un'altra?» commenta Ray, accendendomela.

Scrollo le spalle. «Fumo solo per alleggerire i pensieri, tutto qui.»

«I tuoi pensieri devono pesare parecchio.»

«Diciamo che non vanno spesso in palestra.» Cammino in avanti con la sigaretta tra le labbra; con le mani mi sistemo la bandana nera che mi tiene su i capelli, in modo che non mi finiscano sulla faccia creandomi ancora più fastidio.

«Hai già detto del viaggio a Cher? Pensi che vorrà ancora venire con te dopo l'incidente?» Lo dice come se fosse stata colpa sua. Cher non ha nulla a che vedere con questo.

«Perché non dovrebbe? Non ho nessuna intenzione che lei si lasci buttare ancora merda addosso; nel caso improbabile che dovesse svegliarsi, che succederà? Cher uccisa dai sensi di colpa gli resterà accanto per il resto della vita?»

«Hai ragione» annuisce. «Però sai com'è fatta: è una tipa tosta, ma a volte si lascia sopraffare dalle emozioni.»

«Questo lo so bene.»

«E nel caso lei volesse restare qui, tu andrai comunque a trovare tuo padre?»

«Probabilmente, non lo so» abbasso lo sguardo inspirando il fumo.

«Vi lascerete?»

«Cosa?» sbotto. «Cazzo, no, perché? Non ho intenzione di tornare a vivere in quella merda, voglio solo vedere come sta il mio vecchio» mi acciglio.

«Scusa, era solo una domanda!» Alza le mani in segno di difesa, nascondendo un leggero sorriso.

«Che cazzo ridi?» Faccio una smorfia.

«Rido per la faccia che hai fatto mentre pensavi a quell'ipotesi.» Mi dà una pacca sulla spalla. «Stai imparando!»

«Fottiti.» In lontananza vedo un ragazzo che discute animatamente con una tipa bassina dalle trecce lunghe e nere. Mi fermo, prima che lei mi noti. «Quella è Sun?» chiedo a Ray.

Lui socchiude gli occhi in due fessure per metterla a fuoco. «Sì, penso sia proprio lei. Solita aria da stronzetta.»

«Cazzo, ci sta guardando» sbuffo quando la vedo camminare verso di me.

«Perché?» sbraita lei, rossa in viso, una volta arrivata.

«Perché mi stai sul cazzo?» replico.

«No!» urla, pestando un piede a terra. «Perché non rispondi alle mie chiamate!»

«Perché ti trovo abbastanza rivoltante, piccola.» Le faccio un mezzo sorriso, sorpassandola con una spallata.

Sento un colpetto sul polpaccio, mi giro constatando che il suo piede è a mezz'aria. Quel colpo di vento era un calcio? «Che cazzo?» sbuffo, abbassandomi a pulire la macchia grigia sul retro dei jeans. «Così me li sporchi.»

«Sei veramente fissato con quella sciacquetta? Puoi avere me, e scegli lei? Hai dei seri problemi!» Mi spinge per le spalle.

Barcollo leggermente, ma solo perché non mi aspettavo quella mossa.

«Penso sia fatta di qualcosa» commenta Ray allontanandola da me.

«Questa stronza è sempre fatta di qualcosa» ringhio. Guardandomi intorno capisco che il tipo con cui discuteva è scappato a gambe levate, magari anche lui scocciato delle situazioni di merda che questa tipa crea ogni volta che apre bocca.

«Che cosa ce ne facciamo?» chiede Ray, nello stesso momento in cui lei esclama: «Ti spacco il culo, coglione!» indicandomi con un dito.

«Si può sapere che vuoi da me?» sbotto.

«Mi hai spezzato il cuo...»

La interrompo. «Ma chi cazzo ti conosce. Abbiamo scopato una volta, ed è stato anche immorale da parte mia, dato che non vado con le stronze tentatrici.»

«Ti è piaciuto.»

«Nemmeno un po'.»

«Vaffanculo!» Si avvicina per colpirmi con il palmo aperto, ma le blocco entrambi i polsi.

«Sta delirando, è solo fatta» scuote la testa Ray.

«Le ficco qualcosa di poco piacevole nell'apparato digestivo se non la smette con le cazzate, chiaro?» ribatto, spingendola via.

«I miei fratelli ti faranno il culo. Brandon ti farà il culo!»

«Tutti in fissa con il mio culo?» faccio una smorfia, portandomi alla bocca la sigaretta per l'ultimo tiro.

«Brandon Bellvieri è tuo fratello?» domando, confuso.

«No, ma lui insieme ai miei due fratelli ti stanno cercando.» La vedo stringere i pugni e cercare di incenerirmi con lo sguardo.

«E perché mai Brandon mi sta cercando?»

«Proprio alla fine delle indagini qualcuno ha fatto il nome di Bruno, e Brandon è convinto che sia stato tu.»

«Ma che merda!»

«Ti sta cercando anche perché a causa tua Barney è scappato.»

«Non è colpa mia se suo fratello non ha le palle di affrontarli da uomo» dico con nonchalance.

«Hunter non c'entra nulla in tutto questo, la loro non è altro che invidia per quello che hai portato qui» risponde Ray. «Ossia roba buona, non scadente come quella che aveva iniziato a buttare in giro Bruno.»

«È da un po' che me ne sto buono, che cosa c'entro? Dopo Shay i clienti sono calati anche per me, sono diventato una prostituta in pensione, cazzo.»

«Già, peccato che ora tu abbia diviso i Bellvieri e quindi sei diventato il loro nuovo passatempo.» Prende il cellulare che gli squilla in tasca e dà un'occhiata al numero. «Cazzo, devo andare, problemi con Missi. Ci vediamo dopo all'ospedale.» Mi fa un cenno di saluto, per poi lanciare un'occhiata alla pazza di fronte a noi.

«Okay» annuisco. Quando Ray si allontana do le spalle a Sun, riprendendo a camminare.

«Sei nella merda» commenta lei, restando al suo posto.

Le faccio il dito medio infastidito. «Siete dei malati di mente, fatevi curare!»

39

Cherie

Vulnerabile. Stranamente vulnerabile. Così posso definire il mio ragazzo, in questo momento. Si accascia sul divano, gli prendo una mano calda e la stringo tra le mie. Inizialmente credevo fossero le mie mani a tremare, poi mi sono accorta che tutto il suo corpo è preso da piccoli spasmi. Cosa gli è successo?

«Non preoccuparti, davvero» mi risponde con una voce tanto calma da farmi irrigidire.

Siamo tornati ora dall'ospedale: Missi e Ray sono a parcheggiare l'auto e io e Hunter siamo appena saliti in casa. Già durante la strada di ritorno l'ho visto piuttosto pallido e in ascensore si è accasciato a terra. Deve avere avuto un crollo nervoso, in questo ultimo periodo ha dedicato tutte le sue energie a sostenere me, trascurando se stesso. Ma gli ultimi mesi non sono stati facili neanche per lui e mi rendo conto che ora è Hunter ad aver bisogno del mio aiuto e delle mie attenzioni.

«Ti va di fare una doccia? Così ti rilassi un po'.»

«Uhm, va bene» risponde. Prova ad alzarsi ma barcolla.

Mi tiro su dal divano e gli prendo una mano, cercando di farlo appoggiare a me, nonostante la grande differenza di altezza e di peso.

«Tutto ok?» chiede Ray, gettando le chiavi dell'auto sul tavolino all'ingresso e sfilandosi la giacca. Un attimo dopo Missi fa la sua comparsa con in mano le buste della spesa. «Preparo qualcosa da mangiare» dice.

«Ti aiuto!» mi offro, poi sussurro a Ray: «Puoi dare un occhio a Hunter?».

Annuisce e, dopo aver baciato Missi su una guancia, segue Hunter verso il bagno.

«Che è successo?» chiede Missi mentre siamo in cucina, con un tono leggero come se cercasse di non essere troppo invadente.

Chiudo gli occhi e sospiro. «Credo che abbia avuto un calo di tensione. Sai, non è un periodo facile per nessuno...» Poi continuo: «Ho una voglia matta di iniziare il college e abbandonare questo strazio: i compagni di scuola, il quartiere, i bordelli».

«Hunter?»

«No, lui no. Io non voglio allontanarlo da me, e spero che neanche lui voglia farlo. In ogni caso sta avendo un atteggiamento strano, ho visto nei suoi occhi qualcosa che mi ha davvero atterrita.»

«Che cosa hai visto nei suoi occhi?» Missi mi guarda, interessata, mentre riempie una pentola d'acqua sotto il lavabo.

«Arrendevolezza.»

Missi si avvicina e sbalordendomi mi rinchiude tra le sue braccia, senza alcuna difficoltà dato che siamo della stessa statura. Inspiro il profumo di lavanda dei suoi vestiti, senza ricambiare l'abbraccio, ma lasciando che lei mi consoli.

«Non so cosa succeda tra voi due, ma è simile a quello che è successo tra me e Ray. Ti consiglio solo di combattere per quello che è tuo, per quello che sai di volere. Non lasciare che le sue paure ti spaventino, Cherie.»

«Ho fatto del mio meglio, ma non ha voluto farmi entrare nella doccia con lui.» Ray si avvicina con un sorriso divertito. Missi scoppia a ridere notando, dietro di lui, la faccia imbronciata di Hunter. È da un po' che non vedevo l'espressione da "mi state tutti sul cazzo" del mio ragazzo.

«Meno male, avrei potuto ingelosirmi» scherzo.

«Voi andate in camera, ci pensiamo noi alla cena» mi assicura Missi, strizzando l'occhio nella nostra direzione. Prende Ray per mano e comincia a dargli ordini precisi su come condire l'insalata.

Io e Hunter andiamo nella sua camera, riconosco alcuni dei suoi oggetti e abiti che erano nel vecchio appartamento. Il luogo è impersonale, oltre al disordine non ci sono altri indizi che spingano a pensare che lui dorma qui. Niente foto, niente poster o roba simile. «Ogni posto in cui vai sa di te» sorrido timidamente, sedendomi sul letto e guardandomi intorno.

«Suppongo sia così...» Quando, mormorando quelle parole, finalmente mi guarda, il mio cuore fa un salto. Veste una maglia nera parecchio aderente e con le maniche lunghe, dei pantaloni da basket blu elettrici ed è a piedi nudi. Sembra un ragazzino, con i capelli umidi e l'aria strafottente.

«Possiamo parlare?» bisbiglio, levandomi le scarpe e i calzini.

Lui annuisce, senza staccarmi gli occhi di dosso, e cammina verso di me. Sprofonda al mio fianco, facendo toccare le nostre braccia. La sua vicinanza e i suoi occhi accesi mi creano il solito brivido lungo tutto il corpo. Cerco di restare seria, ma quando lui è con me la mia serietà dura sempre troppo poco.

«Puoi dirmi cosa ti succede?» lo prego, mordicchiandomi il labbro inferiore.

«Ero e sono in ansia. Quello che sta succedendo tra di noi, Taylor e la sua gravidanza, Mitchell, mio padre... Troppe cose e troppo poco posto in cui contenerle tutte» confessa tutto d'un fiato.

Annuisco, capendo il suo disagio. «Okay.»

«Okay?» si acciglia.

«Sì, okay» sospiro. «Mi fido di te.» Quelle parole mi escono quasi automaticamente.

Lui mi obbliga a voltarmi verso di lui, facendo leggermente pressione sulle mie spalle. I suoi occhi verdi e intensi brillano nei miei.

«Io mi fido di te, Hunter. Ti chiedo solo di stare bene, di farlo per me, per te, per tutti quelli che ci tengono a te.»

«Lo farò. Ti prometto che staremo bene» posa la fronte contro la mia, sorridendo lievemente. Prendo il suo viso tra le mani, obbligandolo a baciarmi sulla bocca. Quasi di scatto chiudo gli occhi, sentendo la morbidezza della sua bocca contro le mie labbra. Hunter ha sempre un sapore forte, un sapore che non potrei spiegare a nessuno, perché nessuno capirebbe davvero.

Mi sento andare a fuoco a causa delle sue mani lungo la schiena e le spalle. «Mi fai perdere il controllo» mi confessa. Riconosco quello sguardo famelico, riconosco i segnali del suo corpo come lui riconosce i miei.

Gli sposto i capelli dalla fronte mentre lui mi fa stendere sul letto. Quando si alza per andare a spegnere la luce, mi sporgo verso il comodino per accendere la lampada. Ora c'è l'atmosfera giusta. Chiudo gli occhi sentendo il cuore battere così forte da spaventarmi, mi mordo un labbro obbligandomi a calmarmi. Cosa mi succede?

«Va tutto bene?» mi chiede, notando il mio disagio.

«Sì, sono solo un po' agitata anche io» ammetto, reggendomi sui gomiti.

Hunter si leva la maglietta, senza nessuna malizia, come se sentisse caldo. E non lo biasimo. «Lo so, piccola. E dovresti sapere che non ti obbligherei mai a fare ciò che non vuoi.»

«Lo so, ma io voglio farlo. Voglio sentirti di nuovo mio, Hunter. Voglio che tu sappia che mi fido di te col corpo e con l'anima.»

«Lo sai che sono tuo. Non rendere tutto così fottutamente poetico, è meno eccitante» scherza.

Gli faccio la linguaccia e mi sporgo verso di lui, seduto sul letto, gettandogli le braccia intorno al collo. Spingo le mie labbra contro le sue, inspirando il suo profumo. Lui mi bacia appassionatamente, passandomi le dita tra i capelli. Si stacca a fatica, facendomi ansimare contro la sua bocca.

«Voglio tutto di te» mi sussurra all'orecchio, leccandomi il lobo. E io voglio tutto di lui, anche quello che non sarà disposto a darmi.

«Voglio tutto di te» ripeto le sue parole, graffiandogli leggermente la schiena. Quel "voglio tutto di te" va oltre il sesso, e lo sappiamo benissimo entrambi.

Senza distogliere lo sguardo da me mi toglie la maglietta, lanciandola a terra. «Sei bellissima, se solo tu potessi vederti con i miei occhi, capiresti perché non riesco a fare a meno di te» sussurra.

Mi mordo il labbro inferiore nascondendo un sorriso, poi mi slaccio il reggiseno. Una strana ondata di brividi mi percorre la schiena, ci metto poco a capire che è perché sono, ancora una volta, esposta a lui.

Hunter si allunga verso di me, baciandomi il collo e succhiandolo lentamente, abbassandosi fino ai seni. Con una mano li stuzzica mentre, con la lingua, gioca con i miei capezzoli.

Porto la testa all'indietro. «Hunter, ti prego.» Si allontana con uno schiocco, riportando gli occhi su di me. La sua espressione mi spaventa e mi eccita allo stesso tempo. Stringo le gambe, consigliando al mio corpo di calmarsi. Il suo sguardo è serio, affamato, mi desidera tanto quanto io desidero lui.

«Fammi tua» gli sussurro. Immediatamente sale su di me, gemendo piano.

Si morde il labbro inferiore prendendo i lembi dei miei jeans e tirandoli verso il basso insieme agli slip neri. Sollevo il bacino per aiutarlo. Prende un preservativo da uno dei cassetti e si abbassa i pantaloni rivelando la propria eccitazione.

Apro le gambe, mettendogli le mani sulle spalle e incitandolo a farsi avanti. Le sue dita mi spostano i capelli dal viso. Lui continua a guardarmi, e io continuo a guardare lui. Lui mi bacia, e io bacio lui. Siamo una cosa sola. I brividi mi percorrono le gambe man mano che lui entra, facendosi spazio tra le pareti strette. Porto la testa indietro, urlando per il piacere, unendo le mie urla ai suoi gemiti rauchi.

«Ti amo» mi confessa, nascondendo la testa nell'incavo del mio collo. I miei seni contro il suo petto, i nostri respiri uniti e le mie unghie contro la sua pelle. Piacere. Amore. Droga.

«Ti amo» gli rispondo, baciandogli la spalla. Ed è vero, lo amo tantissimo.

Il giorno dopo vengo svegliata da diversi rumori, uno peggio dell'altro. Hunter borbotta contro il mio e il suo cellulare, nascondendo il volto tra i miei seni e lamentandosi dell'inutilità delle sveglie. Quando riconosco la voce di Chris Martin mi rendo conto che non è la sveglia che suona. È la suoneria del mio telefono.

«Ci stanno chiamando» sbadiglio, passandomi una mano tra

i capelli. Sollevo le coperte, notando l'espressione contrariata di Hunter, con le gambe tra le mie. Gli sorrido. «Buongiorno anche a te, Brontolo.»

«Buongiorno, stronzetta.» La sua mano mi accarezza la gamba sinistra e io divento dello stesso colore della salsa piccante quando mi rendo conto di essere nuda.

«Smettila» brontolo, spostandogli la mano.

«Come se ti dispiacesse un round mattutino» scherza, ammiccando.

«Ovvio che non mi dispiace.» Alzo un sopracciglio per tentarlo. «Solo che magari non ne hai le forze» lo sfido con un sorrisetto.

Lui sgrana gli occhi, sollevandosi e mettendosi su di me, e inizio a ridere per il solletico procurato dalla pernacchia sul mio collo.

La porta si apre di scatto e ringrazio il cielo che siamo coperti dalle lenzuola, anche se Hunter nudo sopra di me non lascia molto spazio all'immaginazione.

Missi compare, con gli occhi umidi e le labbra tremanti, ha in mano il telefono. Torniamo immediatamente seri. «Hanno chiamato dall'ospedale. Mitchell… Mitchell…»

40

«Cher, muovi il culo» mi grida Hunter fermo all'ingresso del condominio, reggendo la porta aperta con la sua grande mano. I suoi occhi, anche se da lontano, mi fulminano con un'intensità fastidiosa. Cerco ancora di infilarmi i lacci nelle Converse mentre saltello giù dalle scale, con la borsa piena di oggetti inutili su una spalla e la camicetta sbottonata.

«Sto arrivando!» esclamo, saltando gli ultimi tre gradini e rischiando di rompermi una caviglia. Corro raggiungendolo sul marciapiede, lui si guarda intorno prima di attraversare e percorrere il parcheggio a passo deciso.

«Non ci posso credere» ansimo. Ho il batticuore ai massimi livelli, alzo lo sguardo su di lui chiedendomi se è agitato quanto me.

Hunter mi guarda attentamente e fa una smorfia. «Nemmeno io. Perché hai le tette al vento?»

«Che?» corrugo la fronte, poi noto il reggipetto di pizzo nero in bella vista. Sento il viso andare a fuoco mentre mi allaccio la camicia bianca prestata da Missi.

«Cosa cavolo ti sei messa…» chiede lui, divertito.

«Non commentare, idiota. Hai addosso una maglia di due taglie più piccole» scherzo, indicandogli la maglia blu che fa risaltare alla perfezione i pettorali.

Lui alza un sopracciglio, scuotendo la testa. Poi entra al posto del passeggero accanto a Ray. Io mi sistemo con Missi dietro. Ha ancora il fiatone, come me d'altronde.

«Hanno chiamato?» chiedo.

«E cosa diavolo dovrebbero dire?» Hunter sbuffa, abbassando i finestrini.

Lo ignoro, concentrandomi su Missi che si sistema il mascara. «Non ci posso ancora credere.»

Fisso fuori dal finestrino la città che si muove velocemente. Ray non apre bocca per tutto il tragitto, lo stesso Hunter si finge impassibile.

«Hai già visto sua madre?» chiedo a Hunter. So che la madre di Mitchell è in ospedale, probabilmente anche le sue sorelle, ma dubito che quello stronzo di suo padre sia presente.

«No» risponde, secco, accendendosi una sigaretta.

Rimaniamo in silenzio fino a quando arriviamo in ospedale. «Scendete qui, io cerco il parcheggio più vicino» sospira Ray. Hunter è il primo a scendere.

«Sei pronta?» mi domanda Missi.

Mi chiedo se sono veramente pronta a vederlo. L'immagine di Missi che entra in camera mia stamattina mi ha ucciso troppe volte. Non sapevo cosa aspettarmi, quali sarebbero state le sue parole.

«Chee?» sento Hunter al mio fianco. Quando alzo gli occhi mi rendo conto di essere di fronte alle porte dell'ospedale, forse sono rimasta immobile per così tanto tempo da farlo spaventare. Poso lo sguardo sulla mia mano, intrecciata alla sua, e deglutisco.

«Ehi, piccola, guardami» mi solleva il mento con due dita. «Va tutto bene.» Posa la fronte sulla mia. «Sono qui con te» mi promette.

«Forse non...» Mi blocco quando incrocio degli occhi familiari. Lui? Cosa ci fa Barney qui, ora? «B-Barney?» balbetto, stringendo la mano di Hunter.

«Cherie, devo assolutamente parlarti.» Si alza dalla panchina su cui era accomodato avviandosi verso di noi.

Hunter mi nasconde dietro il suo corpo statuario, facendomi da muro protettivo. Stringo il suo braccio con una mano, respirando in modo affannoso. Il pensiero che anche Brandon e Bruno possano trovarsi qui mi terrorizza.

«Hunter, è una cosa importante, ho bisogno di parlare con Cher» dice Barney.

«Non mi interessa un cazzo, ora abbiamo qualcosa di più importante di cui occuparci. Sei pregato di levarti dai coglioni, e te lo sto dicendo con gentilezza» ringhia lui di rimando.

Sento Barney sospirare. «Cher, ti posso chiamare? Sul serio, è importante» mi chiede con voce tremante.

«Non ora, Barney» lo supplico con lo sguardo.

Lui annuisce, affranto, e si fa di lato facendoci passare.

L'odore familiare dell'ospedale mi avvolge, pazienti e inservienti camminano per le corsie senza preoccuparsi della nostra presenza. Mi sento così piccola e fragile in questo posto che non lascio la mano di Hunter nemmeno per un istante.

Hunter mi guida all'ascensore, con Ray e Missi alle calcagna. Tutto il tempo che impieghiamo per salire al piano di terapia intensiva sembra condensarsi in un solo secondo. Stringo la mano di Hunter più forte, o forse è lui che la stringe a me.

«Ragazzi.» Taylor viene verso di noi. La guardo, irrigidendomi tutta. Come immaginavo la sua attenzione non si concentra su di me, ma su Hunter. «Finalmente siete arrivati» sospira.

«Dov'è?» domanda Hunter.

«Nell'ultima camera.» Una ragazza con un forte accento francese compare alle sue spalle. Girandomi riconosco Michelle, la sorella minore di Mitchell. I suoi occhi scuri, come quelli del fratello, si inchiodano nei miei. «Cherie?»

Sorrido andando verso di lei. «Michelle.»

Mi stringe in un abbraccio, che ricambio. «Quanto tempo che non ci vediamo» sussurro, tirando su col naso.

«Sei bellissima, Cherie.»

«Lo sei anche tu» le assicuro. Michelle è tra le ragazze più belle mai viste. È la copia di Mitchell, ma al femminile. Gambe magre e lunghe, pelle ambrata e capelli neri.

«Hunter...» Michelle gli sorride ma lui rimane immobile.

«Andiamo?» mi domanda, impaziente.

Annuisco e lancio un'occhiata a Taylor, che mi scruta aggressiva. Ray incontra uno dei dottori e gli chiede se possiamo fare visita a Mitchell.

«Camera quattrocentodue» ci dice, impassibile, avvicinandosi a un bancone e firmando delle carte.

Ray si avvia per i corridoi, spingendoci a seguirlo. Cammina sicuro, sembra privo di emozioni tanto quanto Hunter. Ho sempre pensato che i ragazzi nascondessero i propri sentimenti molto meglio delle ragazze, e anche oggi ne ho conferma: ecco perché Missi sta trattenendo dei singhiozzi mentre Ray conta quante porte mancano a quella di Mitchell.

«Quattrocentouno, quattrocentodue. Quattrocentodue, eccola.» La indica con un cenno del mento.

Hunter si ferma all'improvviso e io vado a sbattere contro la sua schiena facendomi male al naso. Sbuffo.

«Penso che sua madre sia con lui» commenta Hunter.

Io lo guardo per avere una spiegazione. «Non vorrai farmi entrare da sola?» domando.

«Non ho detto questo» ribatte.

«Non mi sembra il momento giusto per discutere» interviene Ray, facendo un passo avanti e bussando alla porta.

Lascio la mano di Hunter, asciugandomela sui jeans neri. Missi è al mio fianco e mi guarda attendendo una qualunque reazione da parte mia. Cosa si aspetta che io faccia? Che scoppi a piangere? Forse si aspetta addirittura una scenata.

La voce della madre di Mitchell mi colpisce quando Ray apre la porta. Avanziamo nella camera bianca e tetra, su cui aleggia una fastidiosa puzza di detersivo e gel per le mani.

«Smettila di chiedermi se voglio dell'acqua, sto ben...» Mitchell si blocca voltato verso di noi. Rimaniamo tutti immobili, fissandolo.

È in quel letto, ed è vivo. Non posso credere che i suoi occhi siano aperti e che ci stia guardando. Il suo sorriso è vivo. I suoi occhi, scuri come la notte, sono vivi.

«Ragazzi» mormora.

Gli corro incontro, scostando la madre, e mi getto tra le sue braccia singhiozzando come una stupida.

Lo stringo forte a me, fregandomene del fatto di fargli del male.

«Mon amour» sussurra al mio orecchio con voce roca.

Gli accarezzo i capelli, mettendo un ginocchio sul letto per potergli stare più vicino. Sento i battiti del suo cuore vivi come non mai, sento i nostri battiti uniti. Lo sento così vivo che sembra anche a me di rinascere. La sua pelle è fredda, ma non mi importa, la riscalderò con la mia.

«Mitch» ansimo con la faccia nascosta nell'incavo del suo collo. «Mitch, non farlo mai più» lo prego, stringendo la presa nei suoi capelli.

«Mon amour, non succederà più, te lo giuro.» Lui mi sposta per guardarmi. I suoi occhi sono coperti da un velo leggero ma visibile di lacrime. Sembra più magro, pallido, con i capelli più lunghi ma sempre bello da mozzare il fiato.

«Ehi, campione!» Ray si fa avanti e lo saluta con un sorriso tremante e un cenno del capo.

«Raymond» gli risponde Mitch.

«Te la sei vista brutta» commenta il biondo, mettendosi le mani in tasca e guardandolo con comprensione.

«Direi proprio di sì.» Mitch inclina la testa di lato. «Hunter?»

Hunter si avvicina a noi mordicchiandosi il labbro inferiore, scrutando il suo amico di sottecchi. Si guardano per un tempo indefinito, minuti o secondi. Hunter si avvicina al letto e gli fa un cenno, io lo guardo in cagnesco obbligandolo a parlare. «Mitch...» lo saluta.

«Hunter.» Sento Mitch deglutire. Abbassa lo sguardo, vergognandosi di se stesso mentre fissa le nostre dita unite.

«Questo è Hunter?» brontola la madre di Mitchell, avvicinandosi a noi con un bicchiere d'acqua tra le mani. È molto diversa dai suoi due figli, è bassa e ha la carnagione chiara, i capelli castani raccolti in una crocchia alta ed è goffa e in carne.

Hunter le lancia una delle sue occhiate poco amichevoli.

«Sì, mamma, lui è Hunter. Lo conosci già» replica Mitchell, cercando di mettersi seduto.

Lei rimprovera il figlio in francese, e grazie ad alcune lezioni del mio migliore amico capisco che non vuole che si stanchi.

«Come ti senti?» gli domando lasciandogli la mano per permettergli di bere.

«Devastato» sospira. «Come se fossi uno scolapasta» ridacchia.

«Immagino.» Hunter si fissa le scarpe consumate. Mi chiedo a cosa stia pensando.

«Potete lasciarci da soli?» domanda Mitch, guardando Ray

e Missi, imbarazzati. Poi ripete la stessa frase in francese a sua madre.

«Vuoi restare da solo con me e Hunter?» chiedo.

Lui annuisce, passandomi una mano tra i capelli. «Voglio parlarvi.»

«Non devi stancarti» gli assicuro. «Abbiamo tutto il tempo del mondo, nei prossimi giorni.»

«Ho bisogno di parlarvi, Cherie.» Mi scruta serio.

Annuisco e guardo Missi in segno di scuse, lei mi sorride comprensiva e prende Ray per mano. La madre di Mitch, di cui non ricordo nemmeno il nome, si accomoda all'uscita chiudendo la porta alle sue spalle.

«Hunter, siediti» gli ordina Mitchell.

Hunter lo guarda come se fosse impazzito, convinto come sempre che nessuno possa dargli ordini, nemmeno un ragazzo appena uscito da un coma durato quasi una settimana.

«Sto bene così» risponde più gentilmente possibile.

«Mitchell, cosa ti è saltato in mente?» La parte arrabbiata di me sta avendo il sopravvento. «Hai veramente cercato di suicidarti?»

«Non ho cercato di ammazzarmi, non pensavo a cosa stavo facendo mentre salivo in auto» fa una risata nasale. «Ho avuto un brutto periodo, mio padre si è fatto risentire e ha provato a mettere le mani su Michelle.» Serra la mascella, furioso. «Ora va tutto bene, ma non doveva farlo, e mi odio per averla lasciata nelle mani di quell'uomo per tutto questo tempo.»

«Non è stata colpa tua, Mitch» gli dico.

«Non lo so» si mordicchia il labbro. «E poi la storia di Taylor e del bambino, non so più a cosa pensare. Non so dove scappare, sta diventando tutto troppo pesante.»

«Ti ha detto qualcosa di preciso sul bambino? Delle probabilità che possa non essere… tuo?» sussurra Hunter, guardandomi per un secondo.

Distolgo immediatamente gli occhi dai suoi, fingendo che il cuore non stia minacciando di scoppiarmi nel petto.

«Non me ne ha parlato. Che merda di situazione, lei è solo una ragazzina. Io non sono pronto a fare il padre, nessuno nelle mie condizioni sarebbe pronto. Questo pomeriggio uno psicologo verrà a farmi visita, ma non so nemmeno perché. Ho convinto mia madre a non chiamare anche un prete, non ho il diavolo dentro, come lei si ostina a credere» fa una smorfia.

«Mai dire mai» commenta Hunter con un lieve sorriso.

«Le hai già parlato?» gli chiedo.

«Ho visto parecchia gente oggi, e lei non è tra quelle. Ho preferito tenerla lontana almeno per questa mattina.»

Hunter fa un passo in avanti. «Cosa ti hanno detto?»

Mitchell ci guarda: sembra stia cercando il coraggio per parole troppo difficili. «Dovrò restare in ospedale ancora per un po', ho delle analisi da fare e continuano a chiedermi se sono un alcolista e se ho bisogno d'aiuto. Il mio fegato è un po' provato, pensano che ci abbia fatto l'abitudine» sbuffa.

«Ed è così? Da quando bevi così tanto?» gli domando.

«Nell'ultimo mese, per dimenticare» confessa.

«Non hai pensato di venire da me?»

Mitchell mi guarda come se fossi la persona più ingenua del mondo. «È te che volevo dimenticare.»

41

Sono passate le sei del pomeriggio, Hunter mi ha accompagnata in ospedale, in modo che possa parlare con Mitchell. La sua infermiera mi ha detto che ha dormito per tutto il tempo, e che ora ha bisogno di mangiare qualcosa ma non vuole, forse a me darà ascolto.

Entro nella camera di Mitchell con un vassoio pieno di cibo. È ancora a letto, con un enorme cerotto sulla tempia e lo sguardo perso nel vuoto. Mi avvicino e poso il vassoio sulle sue gambe.

«Devi mangiare qualcosa» dico a voce bassa, come se avessi paura di disturbare il silenzio che ci circonda.

«Ero convinto che non ti avrei più rivista, oggi.»

«Non ti lascerò mai più, Mitch, te lo prometto» sospiro, avvicinando la poltrona su cui sono seduta al suo letto. «È stato un momento di confusione, stavo scappando da tutti voi, senza accorgermi che voi siete la mia vera famiglia, siete tutto ciò che ho.»

«Quando ti ho baciato, al fiume, ho capito tante cose» porta gli occhi su di me. «Pensavo che, se tu avessi ricambiato, avrei potuto dare una lezione a Hunter, avrei potuto anche solo sperare di piacerti un po' più di lui.»

«Tu mi piaci, Mitch» lo interrompo.

Lui ride, scuotendo la testa. «Non in quel senso, non come ti piace Hunter.»

Resto in silenzio, non volendo ferirlo.

«Quando ti ho baciato, sapevo che sarebbe cambiato tutto, ma il desiderio di averti vicina per almeno due secondi è stato più forte di me.»

«Perché non me ne hai mai parlato? Avrei potuto fare qualcosa.» No, non avrei potuto fare niente. Cosa puoi fare quando una persona si innamora ma non è ricambiata? Resti lì a guardarla porgerti il suo cuore, mentre le tue mani sono in quelle di un altro, e non possono afferrarlo. «O forse no, non avrei potuto fare niente» mi correggo.

«Ho invidiato Hunter, perché lui è riuscito a fare in poche settimane quello che non ho fatto io in tutti questi anni: prenderti.»

«Non puoi confrontarti con lui, tu hai fatto altro per me, Mitch.»

Lui nega. «Ti ha presa, in tutti i sensi. È entrato nella tua vita, con la sua solita rudezza, con quel suo ghigno, le mani dure e l'aria da menefreghista. Non poteva non piacerti.»

Faccio una smorfia. «Non è questo che mi piace di Hunter.»

«Sì invece» si impone. «Ha quell'aria da ragazzo cattivo...»

«No» dico quasi con disgusto. «Hunter è oltre tutto questo. Ha coraggio, mi protegge, e protegge quelli a cui vuole bene, che ha sempre stimato. E quando parla mi riscalda il cuore, mi dà una sensazione strana, qualsiasi cosa dica... Scusa, io...»

Mitchell sorride. «È tutto ok, sono felice di vederti stare bene, per una volta. Se Hunter riesce a farti sentire così, ben venga, lo accetto.»

Annuisco, sincera. «Sono contenta.»
Si mette seduto. «Però devi stare attenta, dico sul serio.»
«Ancora con questa storia? Hunter si è tolto dai casini, non sta...»
«No, lo so. È altro, non conosci tutto di lui. Dovete parlarne, così capirai perché ho paura che ti metta nei casini.»
Ho una strana sensazione. «Lascerò che me ne parli quando si sentirà pronto a farlo.»
«No, Cherie, no» mi blocca. «Dovete parlarne subito, lui non lo farà mai di sua spontanea volontà.»
«Dài, non ha mica ucciso qualcuno.»
Mitchell si sofferma a guardarmi, con una faccia che sta a dire che la mia non è proprio una battuta. Mi acciglio. «Così mi spaventi.»
«Mitchell?» Sua madre apre la porta, entrando con una confezione di pillole in mano. «Devi prendere queste.»
«Mamma, stiamo parlando» sbuffa Mitch.
«Non ti preoccupare, penso di dover andare» dico alzandomi in piedi.
«Vai già via?» chiede lui.
«C'è un'altra ragazza fuori» dice sua mamma.
«Credo che Taylor sia qui» mi spiega Mitchell.
«Oh» faccio una smorfia. «Allora è proprio meglio se me ne vado.»
«Ti ha fatto qualcosa di male?» mi domanda lui.
«Oltre a darmi della puttana per averti baciato?»
Dovrei aggiungere che è andata a letto con Hunter, ma non voglio essere io a dirglielo.
«Non sei stata tu a baciare me.» Si gratta la barba leggera con le dita. «Non volevo mettervi una contro l'altra...»
«Ancora con quella storia?» Taylor entra nella camera di

Mitch. È tornata al suo solito aspetto: jeans stretti e maglia scollata. Si fa spazio, sollevando un sopracciglio mentre mi squadra.

«E per fortuna non ho aggiunto altro» dico sarcastica.

«Sei sempre qui a metterti al centro dell'attenzione, Cher?»

«Da che pulpito...» Fisso gli occhi nei suoi. «Perderei solo fiato a elencare le volte in cui lo hai fatto tu, quindi evitiamo.»

«Basta così, ragazze» ci blocca Mitchell, guardandoci con un certo nervosismo. «Taylor, che cosa vuoi?»

«Parlarti.» Si sfiora la pancia.

«Ci vediamo domani, Mitch» gli sorrido, salutandolo con un cenno del mento. È chiaro di cosa gli voglia parlare.

«A domani, mon amour» mi ricambia il sorriso.

«Mon amour?» ripete Taylor.

Preferisco non ribattere.

Mon amour. Mitchell mi chiama in questo modo da quando eravamo piccoli, non perché è innamorato di me, ma perché il primo film in francese che mi ha costretto a vedere era così complicato che l'unica espressione che capivo era "mon amour". E da lì mi ha sempre chiamato in questo modo.

«Chiamalo.»

«No.»

«Hunter, fallo.»

«Scordatelo» brontola.

«Chiama tuo padre, Hunter» ringhio gattonando sul letto, arrivando fino a lui che è seduto sul bordo del materasso intento a sfilarsi le scarpe.

«Non rompere, Chee» borbotta, alzandosi in piedi e andando verso l'armadio.

In casa non c'è nessuno, oltre a noi: Ray e Missi sono andati a trovare Mitchell, mentre io non lo vedo da ieri sera.

«È da troppo tempo che non parli con tuo padre, devi almeno sapere come sta.»

«Lo chiamerò quando sarò pronto ad andare da lui.» Caccia fuori dall'armadio una canottiera bianca e se la posa su una spalla, facendo lo stesso con un paio di boxer.

«E quando sarai pronto?» insisto.

«Tu non chiudi mai quella bocca? Hai mai provato a stare zitta per... non so... quindici minuti?»

Ci lanciamo a vicenda delle occhiate, poi mi alzo e vado verso di lui, ma Hunter cerca di scapparmi precipitandosi in bagno.

Lo raggiungo quasi subito e gli tiro la maglietta. «Non dirmi di stare zitta, stronzo.»

«Scusi, principessa, non succederà più.» Si avvicina alla vasca da bagno lasciando sgorgare l'acqua tiepida.

«Perché aspettare? Sei qui, puoi farlo ora, non sprecare altro tempo.»

«Cher, non è così facile.» Si sfila la maglietta gettandola a terra. Fingo di non essere scossa alla vista del suo petto, dorato, liscio e pieno di tatuaggi. «Lì mi conoscono tutti, ho bisogno di fare piccoli passi, non voglio incontrare nessuno di cui mi pentirei» dice, sfilandosi i pantaloni e i boxer.

«C'è qualcuno in particolare?»

Hunter sembra pensarci su, poi mi guarda come se le sue parole potessero ferirmi. «Sì.»

«Ne vuoi parlare?»

Lui abbassa gli occhi sul proprio corpo, facendomi cenno che è nudo.

«Oh, certo, vuoi lavarti prima...» Scuoto la testa, cercando di nascondere il batticuore e l'imbarazzo.

«Spogliati» mi intima.

Non so come ribattere a quel suo ordine. Poi, quasi automaticamente, mi sfilo la maglia di dosso, sotto i suoi occhi affamati come un lupo che segue con lo sguardo un cucciolo indifeso.

«Sbrigati, Cherie» supplica mentre si passa la lingua sul labbro.

Faccio scivolare via anche gli shorts neri, lasciandoli cadere a terra, per poi gettarli vicino alla sua maglia. Porto due dita contro l'elastico degli slip rosa pallido, e li faccio scivolare verso il basso. Poi mi slaccio anche il reggiseno.

«Cazzo...» sento Hunter sibilare. Sta entrando nella vasca, fino a immergersi del tutto.

«Posso...» chiedo, facendo un passo in avanti.

Lui fa emergere una mano, fradicia, e me la porge. La stringo e lascio che mi aiuti a posizionarmi tra le sue gambe, dandogli le spalle. Trasalisco sentendo il suo membro contro il mio sedere, mentre le sue mani vagano contro le mie gambe.

«Stai comoda?» mi domanda, stranamente premuroso.

«In un certo senso sì.»

«Vuoi sapere di Evelyn?» Mi bacia la spalla destra, e intanto annuisco. *Evelyn?* «Eve è stata la mia prima vera ragazza, quella con cui potrei dire di avere instaurato un rapporto che andava oltre il sesso occasionale.»

«Okay» rispondo titubante.

«Con lei è successo tutto per caso. Era una ragazza fantastica, come te, avete molte cose in comune ed entrambe usate la bocca solo per inveirmi contro» sogghigna. «Eve era forte, decisa, e cercava in ogni modo di tirarmi fuori dai guai. Mitch la conosceva, erano buoni amici. Mi è stata accanto fino a quando ha potuto, mi ha sorretto e dato forza. Quando mio padre era via lei dormiva da me, e nei fine settimana, se non aveva scuola, passavamo tutta la giornata a letto...»

La sua voce è nostalgica, non sono nella posizione di poterlo guardare negli occhi ma scommetto che direbbero lo stesso. Eppure il pensiero di loro due a letto non mi provoca quel brivido di gelosia che dovrebbe percorrermi. «L'amavi?» chiedo.

«No» risponde con una sincerità inquietante. «Sei l'unica persona che ho amato più di me stesso. Lei però era innamorata di me» fa un sospiro. «Ed è stato il suo amore a portarla via.»

«Se ne è andata perché non ricambiavi?»

«Mi lasci finire?» Mi pizzica un fianco. «Ovviamente quel periodo è stato un vero schifo per me. Me ne sono successe di tutti i colori, Mitchell mi cercava ovunque. Io e Eve avevamo litigato pesantemente quella mattina, lei mi aveva detto che ero un figlio di puttana. Quella sera avevo bisogno di dimenticare, con un paio di amici me ne andai in un club notturno, uno dei peggiori in assoluto.» Fa una lunga pausa, lasciandomi col fiato sospeso. «E quella sera ho mostrato il lato peggiore di me: l'ho tradita, con un'altra ragazza, e lei questo non me lo ha mai perdonato.»

«Hunter, hai fatto delle cose di cui ti vergogni, ma il fatto che tu te ne penta ti rende già una persona diversa» commento.

«È per quegli avvenimenti che ho capito di avere dei problemi, che nemmeno uno psicologo poteva risolvere. Ero ossessionato dal sesso così tanto da metterlo prima dell'amore. Da usarlo come se fosse un rimedio. Cambiare aria era l'unica soluzione, Mitchell mi ha aiutato in questo più di quanto lui creda. Evelyn ha smesso di parlarmi, e non l'ho mai più rivista. E lei è solo un pezzo dell'enorme puzzle che costruisce la mia nomea di ragazzo di merda.»

«In che senso? Non è poi così grave. Insomma, l'hai tradita, ma non solo per questo puoi essere considerato un ragazzo di merda» commento.

«Evelyn va un po' oltre.» Quando Hunter si alza per uscire

dalla vasca, aspetto che mi porga la mano per aiutarmi a fare lo stesso.

«Oltre quanto?» corrugo la fronte.

«Lo vuoi veramente sapere?»

«Sì» sussurro. «Chiudiamo questa storia.»

«Cher, questo...»

«Hunter» gli prendo una mano, «ti prego.»

«Okay, ti porterò da lei quando saremo a Boston.» Sospira. «Così potrai vederla con i tuoi occhi.»

«Va bene, non preoccuparti» rispondo, stringendomi nell'asciugamano subito dopo di lui.

Hunter si avvicina a me, socchiude le braccia e mi stringe, tenendomi ferma contro di lui. È la sensazione più vera che si possa provare.

42

Essere pessimisti è una cosa ottima. Se succede qualcosa di bello, puoi gioirne. Se succede qualcosa di brutto, eri preparato. Non so dove ho letto questa frase tanto poetica quanto veritiera, ma allo stesso tempo molto malinconica.

Nella vita ho imparato a essere pessimista, in modo da non dovermi mai aspettare troppo dalle persone. Più alte sono le aspettative, più alte sono le delusioni. Se qualcuno ti promette il sole di notte, non lamentarti se poi ti ritroverai solo una lucciola tra le mani. La colpa è tua, che ci hai sperato sul serio.

Due settimane dopo le cose sembravano essersi calmate: Mitchell è uscito dall'ospedale e io e Hunter ci siamo concentrati un po' di più su noi due. Nulla sembrava poter rovinare questo momento di pace. Eravamo riusciti a mettere da parte i problemi, a tenerci alla larga dalle cattive amicizie, a passare quasi tre giorni a settimana al fiume.

Poi, come un fulmine a ciel sereno, chiama Taylor e dice che vuole parlare con Hunter. Così, una sera, nel bel mezzo del nulla.

Mi pettino di fronte allo specchio di Ray, fissando con attenzione il mio riflesso; le labbra gonfie, il viso leggermente abbronzato contornato da capelli morbidi e i grandi occhi azzurri.

Questa sono io, adesso. Ma come sarò una volta che scoprirò di chi è il bambino?

Mi avvicino a rilento; la mia fronte tocca lo specchio freddo nello stesso momento in cui sento la porta del bagno aprirsi, ma non mi muovo di un centimetro.

«Hai bisogno di altro tempo?» domanda Hunter.

Mi allontano dallo specchio, e mi sistemo la canotta nera sopra gli shorts. «No, possiamo andare.»

«Non sei obbligata a venire con me.» Hunter mi circonda i fianchi con un braccio.

«Voglio sentire cos'ha da dirti, e poi non cercare di nasconderlo, so che sei nervoso quanto me.»

«Lo sono molto. E non voglio trasmetterti tutto questo nervosismo.»

«Troppo tardi» sorrido, sollevandomi di poco per baciarlo sulle labbra. Non gli do il tempo di ricambiare che scappo dalla sua presa, lo sorpasso e mi avvio in salotto.

«Finalmente» mi schernisce Ray, con in mano una lattina di aranciata. Poi mi chiede: «Posso parlarti un secondo?».

Non ho mai parlato da sola con Ray, mi sorprende voglia farlo proprio adesso. «Certamente» annuisco, seguendolo in un angolo della cucina.

«Qualunque cosa stia per succedere» si ferma, assicurandosi che lo stia ascoltando bene «non prenderla troppo male. Succedono sempre casini nella vita, nulla va mai per il giusto verso. Questa situazione, Taylor, il bambino, il padre di Hunter, tutto questo, vi sta solo mettendo alla prova. Più andrete avanti, più il vostro amore si rinforzerà.» Mi mette una mano sulla spalla, poi dice: «Io credo in voi, siete due stronzi, due incomprensioni, ma insieme riuscite a combinare qualcosa di straordinario».

«Non so più come gestire il tutto, sta diventando troppo difficile resistere, Ray.»

«Provaci ancora, provateci ancora.» Mi fa una carezza, poi si allontana e mi apre la porta. «Prego» dice mentre la tiene spalancata.

Sollevo un sopracciglio, sorpassandolo. «Grazie» gli sorrido. Ray è un brava persona, ma non sono ancora convinta di potermi fidare totalmente di lui. Mi sono fidata di troppa gente per poi rimanere ferita, non voglio più rischiare.

«Possiamo andare adesso?» Hunter cammina verso di noi, con le mani in tasca.

«Sì» annuisco, seguendolo fuori dall'appartamento.

«Di cosa avete parlato?» mi chiede, subito dopo aver messo in moto l'auto.

Sistemandomi la treccia morbida su una sola spalla, mi volto a guardarlo. Ero quasi certa che mi avrebbe fatto questa domanda, anche se quando eravamo nell'appartamento non si è mostrato troppo interessato all'argomento.

«Pensavo avesse fatto lo stesso discorso anche a te» gli rispondo.

«Di che discorso stai parlando?» Esce dal parcheggio.

«Sai, su come l'uso del preservativo permetta di evitare malattie sessualmente trasmissibili» gesticolo, divertita.

«Dài, sii seria» mi riprende, accennando comunque un sorrisetto.

«Mi ha solo detto di non prenderla troppo male» scrollo le spalle, sintetizzando il discorso di Ray.

«Forse stiamo drammatizzando troppo.» Mi mette una mano sul ginocchio, stringendolo appena. «Quel bambino potrebbe anche non essere mio.»

«Ho solo una domanda da farti.» Fisso attentamente il suo profilo che risplende alla luce dei lampioni, dato che fuori è già notte. «Perché non avete usato un profilattico?»

Hunter trasalisce un secondo, stringendo il volante tra le mani, accelerando. «Non ci ho pensato.»

«Non ti credo» ribadisco. Anche se ubriaco marcio, non è da lui dimenticarsi una cosa del genere. Penso che il suo obiettivo fosse farlo, in quel momento, e basta, voleva assolutamente ferirmi e non gli importava delle conseguenze.

«Non ero in me, sai già come la penso su questo argomento. Non mi sarei mai sognato di farmi Taylor se avessi avuto un po' di sale in zucca.»

«Quando avevi intenzione di dirmelo? Insomma, l'ho scoperto per caso. Tu me lo avresti mai detto?»

«Certo, cazzo. Te lo avrei detto, avevo solo bisogno di…»

Lo interrompo. «Di rendertene conto? Tu non ti rendi mai conto dei tuoi sbagli» concludo. «Siamo arrivati» deglutisco, indicando il vialetto della casa di Taylor.

Hunter si avvicina con l'auto, fermandosi di fronte alla casa dei vicini per non insospettire i familiari di Taylor.

«Quel bambino non può essere mio. L'ultima cosa di cui ho bisogno adesso è un figlio, cazzo.» Hunter si morde le labbra, e mi passa il suo cellulare senza nemmeno il bisogno di chiederglielo.

Una volta tra le mani, cerco il nome di Taylor, e apro la casella dei messaggi. Ce ne sono una marea da parte sua, ma Hunter non ha mai risposto.

«Dille che siamo qui fuori.» Spegne la macchina e si accascia contro lo schienale. Lo vedo passarsi nervoso una mano sulla nuca, posando lo sguardo sulla porta della casa dei Trisworden.

Non ho mai conosciuto i suoi genitori, non realmente. Nel senso che non so come prenderebbero la notizia di diventare nonni così presto; mi hanno sempre dato l'impressione di una classica famiglia cristiana. Mi chiedo se non sia tutta una finzione, mi chiedo cosa ci sia davvero dietro quelle mura.

Due minuti dopo averle mandato il messaggio, Taylor esce di casa, chiudendosi la porta alle spalle e guardandosi intorno. Indossa dei pantaloncini rosa e una canotta scollata, dello stesso colore pallido. Quando nota la nostra auto, si affretta a raggiungerci. Non appena mi vede, sgrana gli occhi, poi fa finta di niente entrando in macchina, e si sistema sul sedile posteriore.

«Non mi hai detto che ci sarebbe stata anche lei» dice a Hunter, fingendosi impassibile. So che è seccata dalla mia presenza, ma avrebbe dovuto immaginarlo.

«Ovvio che Cher ci sarebbe stata.» Hunter la guarda dallo specchietto retrovisore.

Resto in silenzio, al contrario di Taylor. «È una cosa privata, non mi sembra che lei c'entri qualcosa in tutto questo.»

«Fingo di non averti sentita» ribatto.

Hunter ci interrompe. «Possiamo andare diritti al punto?»

«Deve per forza...» ricomincia Taylor.

«Cazzo, taci, Taylor» la minaccia Hunter, voltandosi verso di lei con le narici allargate. Sta perdendo la pazienza.

Gli metto una mano sulla spalla, bisbigliandogli che va tutto bene. È solo agitato, ha paura, ma non paura di diventare padre, paura che vada tutto male per l'ennesima volta.

«Prima dell'incidente di Mitchell ho fatto il test del DNA. Stamattina mi hanno dato i risultati» inizia.

Le mani mi tremano, mi è impossibile incontrare lo sguardo di Hunter che cerca disperatamente il mio.

«Continua» mormora lui.

«Il test è risultato positivo. È lui il padre.» Lo dice come se si vergognasse.

Tiro un lungo sospiro, portandomi le mani davanti al viso.

Il padre è Mitchell, non Hunter. Non andrà tutto una merda, non questa volta. Possiamo farcela, Ray ha ragione, possiamo sistemare le cose, può andare tutto bene.

«Dio» sussurra Hunter. «Ci hai fatto venire un'ansia incredibile, non hai idea, cazzo.»

«Non so come dirlo ai miei genitori, ma nasconderlo ulteriormente peggiorerà le cose.»

«Vuoi tenere il bambino?» le chiede Hunter.

«Sì» la sento mormorare.

«E allora lo devono sapere. E ovviamente dovrai dire anche di Mitchell, e confermare anche a lui che il bambino è suo.»

Sono rimasta in silenzio per troppo tempo, ma non riesco a esprimermi, dunque lascio che siano loro a parlare.

«Mi dispiace per tutto» si scusa improvvisamente.

Chiudo gli occhi, e lascio che il dolore si mascheri da solo. Era l'unica persona di cui mi fidavo, l'unica ragazza con cui potevo parlare senza sentirmi presa in giro. Si è mostrata uguale a tutti gli altri, mi ha tradita, mi ha spezzata.

Taylor continua: «Non volevo farti del male. Ma io sono innamorata di Mitchell, e tu lo hai baciato e...».

Hunter la interrompe. «No, Taylor. Non te l'ho detto, ma devi sapere che è stato Mitchell a baciarla, non il contrario» spiega. «Mitch provava qualcosa per Cher, è così che stavano le cose.»

«Cosa...» Si porta le mani davanti alla bocca, trattenendo un singhiozzo.

«Avrei dovuto dirtelo prima» dice Hunter, dispiaciuto. «Te la stai prendendo con Cher inutilmente.»

«Quel che è successo è successo. Possiamo andarcene?» prego Hunter, stringendo i pugni. Sto cercando di non scoppiare, di tenere tutto dentro, di mostrarmi forte, sto cercando di resistere.

«Ci vediamo in giro, Taylor» la congeda Hunter, facendole un cenno col mento.

Taylor annuisce, tirando su col naso e uscendo dall'abitacolo.

Hunter si affretta a partire. Non so perché, ma per qualche strana ragione sto peggio di prima, un'ansia incredibile mi pesa sulle spalle.

«È tutto finito, piccola» mi rassicura, passandomi una mano sulla guancia. «Vuoi che ti porti da qualche parte?»

Non ho tempo di rispondergli che il mio cellulare inizia a vibrare. Quando lo prendo, noto il nome di Barney lampeggiare, e mi immobilizzo.

«Che succede?» chiede Hunter preoccupato. Le telefonate che ci arrivano non portano mai nulla di buono.

«È Barney, non ho idea di cosa voglia» rispondo rifiutando la chiamata. «Non posso pensare anche a lui in questo momento.»

«So che non dovrei dirlo, anche perché detto da me suona incoerente, ma forse è qualcosa di importante e dovresti rispondere» mi consiglia.

Sto impazzendo, non può finire sempre così. Quando ci riprova accetto la chiamata.

«Cazzo, Cher, finalmente!» Barney sembra agitato.

«Che c'è?» gli domando, con voce forzata.

Hunter mi fissa preoccupato. Stringe lo sterzo tanto forte da farsi diventare le nocche bianche.

«Ho bisogno di vedere te e Hunter immediatamente, è importante. Bruno sa che siete tornati, ha in mente qualcosa di grosso, devo parlarvi all'istante!» È irrequieto e quasi mi urla contro, il suo tono è talmente alto che anche Hunter sente le sue parole.

«Porca puttana» impreca, inchiodando nel bel mezzo della strada.

Gira lo sterzo, imbocca un vicolo e accelera. Sta cambiando direzione e so dove si sta dirigendo.

«Stiamo arrivando» dico.

43

Qualsiasi cosa succederà, non mi pentirò mai delle scelte prese e delle strade percorse. Quando tutto mi sarà tolto, o mi sarà reso, accetterò ciò che mi ritroverò tra le mani. È così che deve andare, ma me lo sento, sono sicura che finirà tutto bene. Ho scalato questa montagna insieme all'amore della mia vita, e voglio tornare indietro con la stessa persona, anche se questo richiede altri graffi, altro sangue.

Mentre Hunter stringe il volante tra le dita, io mi trovo di fronte al mio primo attacco di panico.

Ho la gola secca, non riesco neanche a ingoiare il magone, le mani mi formicolano e sudano allo stesso tempo. Il mio respiro è talmente pesante che anche Hunter se ne accorge.

«Cher, ti senti bene?» mi guarda preoccupato, togliendo una mano dallo sterzo e posandola sulla mia.

Non penso di stare bene, anzi, ne sono sicura. Respiro solo dal naso, se respirassi dalla bocca potrei spaventarlo, e spaventare anche me stessa. Sbatto più volte le palpebre, cercando di capire se le gocce che sento scivolare sulle guance siano sudore o lacrime.

«Non...» singhiozzo, stringendo forte i pugni. «Va tutto bene» provo a convincermi.

«Non mi sembra che vada tutto bene, Chee.»

«Dobbiamo andare da Barney, dobbiamo…» Inizio a respirare con la bocca, sentendomi effettivamente male. «Dobbiamo far andare le cose nel verso giusto.»

Hunter deglutisce rumorosamente mentre tiene lo sguardo fisso sulla strada di fronte a sé. «Scappiamo.»

Mi mordo forte un labbro, chiudendo gli occhi e cercando di respirare normalmente. «Non sei serio.»

«Sono serissimo.»

«Non possiamo farlo» sussurro.

«Perché no?» si volta un attimo verso di me. «Sistemiamo questa merda con i Bellvieri e poi scappiamo, senza dire nulla a nessuno, lasciamo tutti qui.»

Mi volto verso di lui. «Scapperesti con me?»

«Scapperesti con me?» Mi rivolge la mia stessa domanda.

Annuisco. «Sì.»

«E allora ok.» Mi fa un sorriso furbo, ma rassicurante. «Scappiamo, ci sposiamo, facciamo tanti bambini da far schifo e facciamo tanti viaggi» ridacchia.

Riesco ad accennare una risata, guardando la sua espressione divertita, anche se nervosa. «Dovremmo addirittura sposarci? Pensavo volessi convivere e basta» lo provoco.

«Prima di te pensavo di voler sopravvivere e basta» mi risponde.

Corrugo la fronte, tirando su col naso. «Non stai parlando sul serio.»

«Ci sposeremo e scapperemo. Tu vuoi sposarmi?»

Mi acciglio. «Hunter» cerco sicurezza nel suo sguardo. «Ci conosciamo da poco più di un'estate.»

«Non me ne frega un cazzo» scrolla le spalle. «Ti amo.»

«Ti amo anche io.» Lo guardo stupita. «E sì, vuol dire che ci sposeremo.»

«È questa la risposta che volevo» sussurra, sorridendo teneramente mentre ferma l'auto.

Guardo fuori dal finestrino e mi rendo conto che siamo alla festa di fine estate. Negli ultimi anni è di routine che ci sia una festa prima dell'inizio dei corsi al college.

Missi e Ray avevano detto che ci sarebbero andati e ci avevano consigliato di fare altrettanto in modo da scrollarci di dosso l'ansia, ma noi avevamo in mente di passare la serata da soli. Come non detto.

«Sono sicuro che è qui.» Hunter stringe gli occhi in due fessure ed esce dall'auto.

«Ce lo ha comunque scritto in un messaggio.» Guardo il cellulare, poi il bordello davanti a noi.

È una festa enorme che coinvolge due case, quelle di Simon Gere e Stuart Newman, due vicini ventiquattrenni che si sono fatti un nome per le feste pazzesche che organizzano una volta all'anno, ogni anno. I giardini sono pieni zeppi di gente, la musica è altissima e i brani che provengono dalle due case sono gli stessi. C'è un solo dj, da Simon Gere, con un proprio palco e quelle che sembrano essere casse di una potenza assurda.

«C'è praticamente tutta la città» commento, prendendogli la mano e seguendolo all'interno. Nonostante il macello, gli organizzatori hanno tutto sotto controllo. Ci sono dei giocatori di rugby che si improvvisano guardie all'entrata, controllano i nostri documenti e ci chiedono le chiavi dell'auto.

Ho dovuto convincere Hunter a dargliele, anche se lui continuava a ripetere che comunque non avrebbe bevuto nulla. Non siamo qui per divertirci, siamo qui per trovare Barney e scoprire cosa sta succedendo.

«Ragazzi!» La voce di Barney sovrasta la musica assordante.

Io e Hunter ci voltiamo subito verso di lui, che ci corre incontro con la fronte sudata e l'ansia che gli si legge in faccia.

«Eccoti.» Hunter mi prende per mano e mi porta di fronte a lui, che indossa degli occhiali da sole neri, nonostante sia ormai sera.

La musica è così forte e c'è così tanta gente che non riusciamo a concentrarci. Barney ci fa cenno di seguirlo e andiamo nella cucina della casa di Stuart, al primo piano, poco prima della veranda. Chiude le porte, in modo che la musica non ci disturbi. Non c'è nessuno in questa stanza, sono tutti quanti ubriachi ai piani superiori o in giardino.

Resto ferma, appoggiata al tavolo pieno di bicchieri rovesciati e palline da ping-pong. «Quando sei tornato in città?» gli chiedo.

Barney si porta una mano tra i capelli. «Non appena ho ricevuto la chiamata di Brandon. Ero a Manchester, lontano da loro, al sicuro. Ci sono rimasto per qualche settimana, poi mi hanno trovato» deglutisce. «Hanno minacciato di farvi del male se non fossi tornato» sputa tutto d'un fiato.

«I Bellvieri non si separano mai.» Hunter incrocia le braccia al petto.

«Hanno fatto il nome di Bruno nel corso delle indagini sulla morte di Shelman» dice, prendendoci alla sprovvista. «Dicono che sia stata una ragazza, anche se non si sa chi...» Barney mi guarda con dispiacere.

Socchiudo le labbra, guardandolo attentamente. «Pensano che sia stata io?»

Barney abbassa gli occhi e Hunter fa un passo in avanti. «Che ipotesi del cazzo.»

«So che non sei stata tu, ma la polizia è arrivata a casa dei miei fratelli poco dopo la tua scomparsa» ci informa. «Hanno tenuto un loro amico dentro per due notti, era l'unica persona che hanno trovato in casa quella mattina. Stava sistemando delle cose sul tavolo della nostra cucina» si interrompe un attimo.

«Quali cose?» chiedo, col fiatone.

«Pasticche.» Hunter socchiude gli occhi in due fessure.

«Sì» annuisce Barney, guardandolo. «Lui ha confessato alla polizia di lavorare per Brandon e Bruno Bellvieri, ma ha dichiarato di non sapere dove si trovassero in quel momento. Le pasticche erano le stesse che hanno ucciso Shay. Quando Bruno ha scoperto che la polizia si era messa sulle sue tracce, è scomparso ma senza allontanarsi, in modo da potervi cercare. Quando ha scoperto che non eravate qui, se l'è presa con me, obbligandomi a tornare.»

«Togliti gli occhiali da sole» gli ordino, camminando verso di lui.

Barney sobbalza, scuotendo la testa.

«Levali» lo incita Hunter.

Barney abbassa il capo e io, avvicinandomi, glieli tolgo. Di fronte ai suoi occhi, contornati di nero, mi cadono di mano. È pieno di lividi intorno agli occhi, gonfi, e ha un taglio da coltello vicino al sopracciglio.

«Ti hanno picchiato?» bisbiglio.

«Volevano darmi una lezione» sussurra, deluso. Gli accarezzo una guancia con la mano.

«Cosa dovremmo fare?» Hunter si avvicina a noi, cercando l'attenzione di Barney. «Non ho intenzione di scappare senza prima dargli anch'io una lezione, per tutto.» Digrigna i denti.

«Ho un piano.» Barney si rimette gli occhiali, raccogliendoli da terra.

«Possiamo fidarci di te?» gli chiede Hunter.

«Hai visto i suoi occhi?» ribatto. «Io mi fido di lui.»

«Voglio semplicemente fargliela pagare, per le loro follie

stanno soffrendo troppe persone» chiarisce Barney. «Fidati di me solo per questa sera, Davis.»

Hunter lo osserva attentamente, poi sospira e annuisce. «Chiameremo Ray, lui potrà aiutarci.»

«E Learman?» chiede Barney. «Avremmo bisogno di più persone possibile.»

«È in riabilitazione» rispondo. «Possiamo cavarcela anche senza di lui, tu cos'hai in mente?»

Barney si porta le mani in tasca. «La polizia verrà sicuramente a dare un'occhiata più tardi» inizia. «Succede sempre alle feste di Gere, il padre è un noto giornalista, John Gere, e il figlio non si sognerebbe mai di rovinare la sua reputazione portando della droga a una festa.»

«Arriva al punto» lo incalza Hunter.

«Certo» annuisco, interrompendo Barney prima che possa ricominciare. «Dirai a Bruno e Brandon che Hunter e io ci troviamo qui, in modo che arrivino quando c'è la polizia, o poco prima. Quando Simon Gere scoprirà che ci sono dei Bellvieri alla sua festa, farà in modo di farli portare via dalla polizia» spiego.

«Esatto.» Barney annuisce con un sorrisetto. «Finiranno in prigione, e per un bel po'. Bruno spaccia pasticche da quando io ero solo un ragazzino; Brandon ha rubato tre quarti delle auto che possiede e che usa per organizzare corse illegali.»

«E noi dovremmo farti da cavie?» Hunter si acciglia.

Barney scrolla le spalle. «Non si esporrebbero per nessun altro motivo.»

«È noi che vogliono.» Guardo Hunter, andandogli incontro. «E ci avranno.»

«Penso che sia un'idea davvero stupida.» Missi cerca di tenere il mio passo, nonostante le sue scarpe nere con le zeppe.

Siamo ancora alla festa e stiamo cercando di attirare l'attenzione di qualcuno, ma non so di chi. Barney dice che, sicuramente, ci sono degli amici di Bruno in giro che danno un'occhiata o spacciano qualcosa.

«Dobbiamo solo farci vedere in giro.» Mi fermo di scatto, nel bel mezzo del giardino di Stuart Newman, guardandomi intorno.

Hunter e Ray sono nel giardino di Simon, si confondono tra la gente e cercano di attirare l'attenzione. Barney invece sta scambiando qualche parola, a caso, con i giocatori di rugby all'entrata, aspettando l'arrivo dei suoi fratelli.

«Perché gli amici di Ray amano cacciarsi nei guai?» si chiede Missi mentre incrocia le braccia al petto.

Ridacchio, portando gli occhi su di lei. «Non lo facciamo di proposito» ci difendo. «È solo che a volte succede.»

Missi mi guarda, accennando un sorrisetto triste. «Sei mai andata al cinema con Hunter?»

Sussulto a quella domanda. «No» sussurro, imbarazzata. «Ma una volta siamo andati a cena, a Liverpool.»

«Da quanto state insieme?»

«Ci conosciamo da poco prima che finisse la scuola, ma stiamo insieme, insieme davvero, da poco più di un mese.»

«E in tutto questo tempo, quante volte avete avuto un attimo solo per voi due? Un giorno, un'ora, un minuto per pensare solo a voi e al vostro amore?» Missi mi guarda con i suoi occhi sognanti. «Siete così forti, invincibili. Non siete la solita storia d'amore, quella con i mazzi di fiori e i cioccolatini.»

Arricciamo il naso all'unisono per poi scoppiare a ridere.

Torno subito seria e faccio un lungo respiro. «Non so cosa ci sia di bello in noi due, ma c'è qualcosa, in tutto questo, che mi spinge a restare al suo fianco. Siamo simili, perché nessuno vede ciò che vediamo noi.»

«Siete un mosaico» annuisce.

La guardo con aria interrogativa. «Un mosaico?»

«Un insieme di pezzi rotti che insieme creano un capolavoro.»

Le sorrido, annuendo. «Forse hai ragione.»

«Ehi, ragazze.» Un tizio biondo e alto si avvicina a noi con un sorriso stampato sulle labbra. Ha un'aria tranquilla, anche troppo. «Come mai tutte sole?»

«Stiamo aspettando i nostri ragazzi.» Missi si attacca al mio braccio, guardando il tipo di fronte a noi con diffidenza. «Puoi andartene? Ci copri la visuale, grazie.»

Ma lui resta fermo, bloccando i suoi occhi nei miei. «Potrei darti una mano a trovare il tuo ragazzo, Cherie.»

Trasalisco, stringo la mano di Missi, e indietreggio impercettibilmente. Lui sa il mio nome, mi conosce.

Missi rimane immobile, cercando di controllare il respiro mentre ricambia la mia stretta.

«Pessima mossa trovarsi qui, sai?» Prende il cellulare e digita velocemente un numero, portandosi il telefono all'orecchio. La persona dall'altra parte sembra rispondere immediatamente. «Hai ragione, è lei.»

Nello stesso istante, io e Missi iniziamo a correre verso il cancello tra le due case. Gli shorts e le scarpe da ginnastica rendono tutto molto semplice, ma le persone che ballano e si agitano ci ostacolano.

«Devi chiamare Hunter, ha detto di chiamarlo!» mi urla Missi, cercando di fermarmi.

Inizio a guardarmi intorno, agitata. Quel ragazzo non ci ha nemmeno seguite.

«Chiama Ray, io chiamo Hunter.» Prendo il cellulare e faccio partire la telefonata, ma Hunter non risponde. Non risponde. Non è possibile. L'ansia inizia a graffiarmi le pareti dello stomaco, un familiare senso di nausea prende il sopravvento.

«Amore? Sono io, ehi… Ray? Mi senti?» chiede ad alta voce Missi, allontanandosi di poco dalla musica. «Sono qui, Ray, sono qui e ci hanno viste!»

Provo di nuovo a chiamare Hunter, ma inutilmente.

Sono qui ti prego chiamamii scrivo.

Non riesco a digitare correttamente e gli mando continui messaggi, senza risposta. Gli occhi mi si appannano, mentre respiro con fatica e mi guardo intorno, sperando di vederlo. Ho bisogno di lui. Perché non lo vedo? Sta bene? Non può non stare bene, lui *deve* stare bene.

«Ray, dov'è Hunter?» sento domandare da Missi.

Mi giro verso di lei, e ho la conferma che qualcosa non va.

Mi guarda, dispiaciuta, allontanando di poco il cellulare. «I tirapiedi di Bruno hanno visto Ray e Hunter, Hunter è venuto a cercarti.»

«No» scuoto la testa, indietreggiando. «No, non è possibile» continuo a blaterare, girandomi di scatto e facendomi spazio a gomitate tra la gente.

«Cher! Non allontanarti!» Missi prova a venirmi dietro, ma inizio a correre e a urlare il nome di Hunter nella folla.

La musica è ancora alta, ma io non riesco a sentirla, tutto intorno a me si muove al rallentatore e le tempie mi battono così forte che riesco a sentire i battiti del mio cuore. Lo troverò. Noi non siamo fatti per stare lontani.

«Hunter! Sono qui, Hunter!» grido, con le lacrime che mi rigano il volto, entrando in casa e girando in tondo. Poi supero la cucina ed esco sulla veranda. Scendo le scale, attraversando la piscina del retro, e continuo a urlare il suo nome.

Qui non c'è nessuno, il vuoto assoluto, è una delle aree off limits. La piscina è deserta, ma scoperta, e la luce blu dei neon mi illumina il volto. Cammino fino al bordo, tirando su col naso, con le lacrime che mi scivolano sulle guance.

«Dolcezza» gracchia una voce alle mie spalle.

Girandomi, rischio di perdere l'equilibrio quando riconosco Brandon nella penombra. È solo. Il sangue mi si gela nelle vene e il cuore minaccia di esplodere.

«No» scuoto la testa, indietreggiando, ma sono sul bordo della piscina e rischio di cadere in acqua.

Lui si avvicina. «Mi sono un po' rotto i coglioni di te, Jelson.»

Stringo i pugni. «Potrei dire lo stesso di te, Bellvieri.»

«Vi ho dato la possibilità di levarvi dalle palle. Ma voi avete preferito continuare a mettere i bastoni tra le ruote.» Sbuffa una risata nervosa, per poi tornare serio e avvicinarsi maggiormente. «Sei una fottuta rompicoglioni, Cherie, se non fosse stato per te, tutto questo si sarebbe potuto evitare.»

«Non sono stata io a fare il nome di Bruno!» grido, stringendo i pugni sempre più forte.

«Come fai a sapere che hanno fatto il suo nome allora?» Lui mi guarda con un sorriso cattivo, da stronzo, avvicinandosi ancora di più.

Non voglio dirgli che è stato Barney, non voglio metterlo maggiormente nei guai.

«Sei una piccola puttana» mi insulta lui, sollevando una mano. Un solo metro ci divide, e io sono a pochi centimetri dall'acqua.

Brandon, nella mano che ha alzato, tiene stretto un coltellino svizzero con la lama estratta.

«Non fare stronzate, Brandon» sgrano gli occhi. «Hunter ti...»

Lui urla, con il viso rosso e gli occhi spalancati. «È colpa sua se ora ti farai del male! È colpa del tuo ragazzo, e sai perché?» Mi guarda satanico, digrignando i denti. «Perché ti sei innamorata di un morto che parla, lui non prova emozioni, perché le persone come noi non conoscono l'amore per qualcuno che non siano loro stesse» mi deride, avvicinandosi ancora di un passo.

«Lui non è come te» sussurro, con le mani tremanti. Non so nuotare, e l'acqua dietro di me è troppo alta. Potrei morire in questo preciso momento solo per la paura di morire.

«Non è nemmeno come te» mi dice. «È un ragazzo di strada, è cresciuto senza regole, se non lo ucciderà la polizia, si ucciderà da solo.»

«Brandon, non farlo.» Mi piego in avanti quando lo vedo avvicinare il coltello.

«Troppo ta...» Le sue parole vengono interrotte quando viene spinto, da non so chi, su di me, ed entrambi cadiamo in acqua. Sono scossa dai tremiti, sento Brandon su di me, con tutto il suo peso e la sua altezza, e il coltello graffiarmi il braccio mentre affondiamo nell'acqua fredda.

Risalgo, immediatamente, urlando dal dolore provocato dalla ferita sul braccio. Inizio ad agitare le braccia e i piedi, ma continuo ad affondare, perché non so come tenermi in superficie.

Inizio a bere dell'acqua e il cloro mi brucia gli occhi, finché una mano mi aiuta a risalire. Attaccandomi al bordo bianco della piscina, sputo fuori l'acqua e, strisciando verso il pavimento, mi porto una mano sul braccio sanguinante.

«Mon dieu» dice una voce familiare. Sollevo lo sguardo verso Mitchell, che tiene in mano un vaso di fiori rotto. C'è solo lui. È stato lui a salvarmi.

«Mitchell...» sussurro, incredula.

Lui mi guarda, come se non potesse credere ai suoi occhi. Mi prende le mani, aiutandomi ad alzarmi, e guarda preoccupato la ferita. Senza nemmeno rendermi conto dei miei movimenti, gli cingo le spalle con le braccia, stringendolo come se non sapessi fare altro. Non so perché lui sia qui, ma mi ha appena salvato la vita. Il mio migliore amico, l'unico che c'è stato dall'inizio alla fine. È lui, il mio angelo custode.

«Cher» mormora, baciandomi una guancia mentre cerca i miei occhi. «Stai sanguinando» dice preoccupato, prendendomi il braccio. È solo un taglio, ma sanguina tanto e brucia.

«Perché sei qui?» sgrano gli occhi, respirando a fatica.

«Sono riuscito a convincere mia madre, ma devo tornare tra poco e... Dio, quanto sangue» si blocca, levandosi la maglietta e strappandola per bendarmi la ferita. Stringo i denti, e aspetto che abbia finito.

«Sono felice che tu sia qui» tiro su col naso.

«Lo sono anche io, mon amour» mi sorride, per poi voltarsi verso Brandon che, privo di sensi, galleggia nel bel mezzo della piscina. Mitchell deve averlo colpito con il vaso di fiori.

«Hunter! Devo trovarlo!» urlo e mi stacco da lui, correndo verso la veranda. Mitchell mi segue.

Quando torno alla festa, la musica è spenta e la polizia è già arrivata. È più di una volante, ce ne sono addirittura tre e tutti sono spaventati e si guardano in giro.

«Cher!» Missi mi corre incontro, seguita da Barney. «Bruno è qui» mi informa.

Sto per rispondergli quando Barney dice: «Ha una pistola».

Mi porto una mano davanti alla bocca per trattenere un grido, guardandomi intorno, spaventata. Respiro lentamente, mentre cerco di capire dove possa essersi cacciato.

«Cazzo» impreca Mitchell, affiancandomi. «Lo troveremo.»

«Tu non dovresti essere qui.» Barney lo fissa, confuso.

«Mi hanno permesso di venire» gli spiega velocemente lui.

«Non voglio che lo portino via» mi mordo forte le labbra. «Ha detto che saremmo stati bene» piango. «Lo ha promesso, devo trovarlo, perché deve mantenere la sua promessa.»

Restano tutti in silenzio, e mi osservano stringere il tessuto della maglietta di Mitchell intorno al braccio. Poi il mio cellulare suona e io lo prendo, immediatamente. «È Hunter» dico, senza emozione, fissando il suo messaggio.

«Cosa dice? Ray è con lui?» mi affianca Missi.

«Cosa dice il messaggio?» Mitchell mi guarda dal basso, mentre scendo i gradini, continuando a fissare lo schermo.

«Cinque» mi acciglio. «C'è solo scritto "cinque".»

Il cellulare di Missi suona, il che la fa sussultare mentre apre il messaggio. «Quattro.»

Sgrano gli occhi, fissando il suo sguardo smarrito. Un attimo dopo anche quello di Barney squilla. «Tre» ansima, nervoso, leggendo il suo messaggio. «Cazzo» mormora.

Inizio a correre di nuovo in cerca di Hunter mentre grido il suo nome.

Un agente della polizia, notandomi, mi ferma per un braccio. «Ragazzina, non puoi andartene in giro, troveremo i tuoi amici, ma dovete restare tutti qui...» dice, ma io continuo a dimenarmi, urlando il nome di Hunter.

Il cellulare suona ancora. «Due» singhiozzo, senza nemmeno leggere. Crollo a terra. Poi, l'ultimo squillo. «Uno» sussurro.

Un secondo dopo uno sparo gela tutti i presenti.

Non l'ho salvato. Non ci sono riuscita. Hunter è morto, me lo sento. Il cuore mi batte forte mentre piango, disperatamente, sussurrando il suo nome insieme alle mie scuse. Non doveva finire così.

«Presto, con me!» Un agente della polizia armato ordina ai suoi colleghi di seguirli nel retro della casa di Stuart. Resto ferma, immobile, con i vestiti zuppi d'acqua e il braccio sanguinante. Non riesco più a respirare, l'aria sta diventando densa e non riesco a farla passare per i miei polmoni. È tutto finito. È tutto finito. È tutto finito.

«Cher!» Missi e Barney si avvicinano.

«Mon amour, mi dispi...» Mitchell viene interrotto dal ritorno della polizia.

Sollevo lo sguardo, pronta a vedere il corpo morto del mio ragazzo, ma invece non ce n'è traccia. La polizia ha ammanettato Bruno e altri tre, portandoli verso una delle volanti. Il più grande dei Bellvieri mi guarda con odio, senza distogliere gli occhi un solo istante.

«Chee» sento una voce roca e ansimante poco dopo.

Spalanco gli occhi, alzandoli verso di lui. Hunter. Mi sollevo in piedi, e lo guardo come se fosse un miraggio. Invece è proprio lui, ed è vivo.

«Hunter» deglutisco, alzandomi per andargli incontro. Prima che possa correre tra le sue braccia, lo stesso agente di prima distende un braccio davanti a me, bloccandomi il passaggio.

Ray appare poco dopo dietro di lui, tenendosi forte una spalla. È sporco di sangue e trema, ma almeno sta bene, stanno tutti e due bene.

«Hunter?» chiede il poliziotto. «Hunter Davis?»

Hunter rimane immobile, guardandomi negli occhi. C'è troppa distanza tra noi, non posso sopportarlo. Vedo in lui una strana arrendevolezza, qualcosa che non posso sopportare.

Fisso smarrita Ray e Missi che si stanno baciando, abbracciati, felici di essersi ritrovati. Missi piange tra le braccia del suo ragazzo, e anche io muoio dalla voglia di poter fare lo stesso con il mio.

«Ray?» Hunter lo chiama, lui si stacca da Missi e lo guarda, annuendo.

«Sei tu Hunter Davis?» Lo sbirro fa un cenno ad altri due colleghi, che si avvicinano alle spalle di Hunter.

Mitchell mi prende per mano, mentre Ray si avvicina a me.

Non capisco. Cosa sta succedendo?

«Sì, sono io» sospira, abbassando lo sguardo.

Non lo stanno facendo davvero. Uno degli agenti, di colore e con delle grosse spalle, lo ammanetta. «Hunter Davis, sei in arresto per traffico di stupefacenti, partecipazione a gare clandestine, combattimenti illegali e falsa testimonianza. Hai il diritto di rimanere in silenzio, qualsiasi cosa dirai potrà essere usata contro di te» recita come se stesse leggendo un copione.

Non sta succedendo davvero. Lui è vivo, ma non può andare in prigione. Non può, no.

Prima che me ne renda conto, inizio a urlare e a dimenarmi tra Mitchell e Ray che cercano di tenermi ferma. Loro lo sapevano. Sapevano che avrei reagito. «Hunter, no! Non farlo, Hunter!» urlo, mentre scalcio, inutilmente. «Non puoi farlo, cazzo, no!»

I ragazzi continuano a trattenermi, in silenzio, mentre mi dispero gridando il suo nome. Lo stanno portando via, ma lui può ancora sentirmi.

«Dovevamo scappare» singhiozzo. «Mi avevi detto che saremmo scappati, che sarebbe andato tutto bene, Hunter.» Piango disperata mentre chiudono la portiera.

Ray e Mitch mi lasciano andare e io corro verso la volante della polizia, battendo i pugni contro il finestrino.

«Ti amo, lo giuro» urlo con tutta me stessa. «Non mi lasciare, ti prego!» Piango disperata, poi un agente mi prende facendomi allontanare dall'auto. Riesco a scorgere il volto basso di Hunter, i ricci gli coprono gli occhi ma non le guance, bagnate, con le lacrime che gli rigano il volto. Lo hanno arrestato.

Lui lo ha fatto. Se ne è andato.

La tristezza mi avvolge come un abbraccio di fuoco.

Non respiro. Manca l'aria.

Non mi sento più un essere umano, sono solo un corpo vuoto.

Sono tornata a sopravvivere.

SEGUI SABRYNEX SU

wattpad @Sabrynex

Un fenomeno su **www.wattpad.com** con:

2.2 milioni di visualizzazioni online

69.000 voti

10.000 commenti

5.000 follower

Finito di stampare nel mese di gennaio 2016
presso il Nuovo Istituto Italiano d'Arti Grafiche (BG)

Printed in Italy